MARION ZIMMER BRADLEY

Geschichten aus dem Haus der Träume

Ins Deutsche übertragen von
Dr. Elisabeth Sautter und
Dr. Helmut Pesch

BASTEI
LÜBBE

BASTEI LÜBBE TASCHENBUCH
Band 20 450

1. Auflage: Oktober 2002

Vollständige Taschenbuchausgabe

Bastei Lübbe Taschenbücher ist ein Imprint
der Verlagsgruppe Lübbe

Titel der amerikanischen Originalausgabe: Greyhaven
© 1983 by Marion Zimmer Bradley
© für die deutschsprachige Ausgabe 1985/2002 by
Verlagsgruppe Lübbe GmbH & Co. KG, Bergisch Gladbach
Titelillustration: Mark Harrison/Agentur Schlück
Umschlaggestaltung: QuadroGrafik, Bensberg
Satz: Heinrich Fanslau, Communication/EDV, Düsseldorf
Druck und Verarbeitung:
Brodard & Taupin, La Flèche, Frankreich
Printed in France
ISBN 3–404–20450–6

Sie finden uns im Internet unter
http://www.luebbe.de

Der Preis dieses Bandes versteht sich einschließlich
der gesetzlichen Mehrwertsteuer.

Inhalt

Marion Zimmer Bradley

Greyhaven oder
Das Haus der Träume

Was ist Greyhaven, und was hat es mit dem Titel dieser Anthologie zu tun?

Oberflächlich betrachtet ist Greyhaven ein riesiges schindelgedecktes Haus im Claremont-Distrikt der Hügel von Berkeley, Kalifornien. Auf einer tieferen Ebene ist es ein »Haushalt«, eine Art große Familie, eine geistige Verwandtschaft. Auf einer weiteren Ebene ist es das Zentrum eines Kreises von Autoren, einer literarischen »Schule«, die sowohl mit Berkeley selbst als auch mit der Welt der Fantasy und Science-Fiction Verbindung hat.

Es begann mit einer Schwester und ihren zwei Brüdern – einem leiblichen und einem angenommenen Bruder –, die alle drei Geschichten schrieben. Es war die Schwester – ich selbst, Marion Zimmer Bradley –, die sich zuerst als Schriftstellerin einen Namen machte. Die zwei Brüder heirateten Frauen, die sich vom College her kannten; eine davon wurde selbst eine Schriftstellerin, die andere machte eine kleine literarische Agentur auf, da sie ein Talent besaß, das noch seltener war als das einer Schriftstellerin: die Fähigkeit zu sagen, wo es an einer Geschichte mangelt und was zu tun ist, um sie zu verbessern.

Die Zeit verging. Aus allen drei Ehen wurden Kinder geboren. Selbst das große Haus Greyhaven wurde zu klein für die wachsende Familie, sodass man es um das Haus Greenwalls erweiterte. Durch die beiden Häuser ging ein Strom junger Leute hindurch – als Freunde, Besucher, Babysitter und alles Mögliche – und da sich Gleich und Gleich nun einmal gern gesellt, ergab es sich, dass sich eine große Anzahl der

Durchreisenden als angehende Schriftsteller herausstellte, denen ein Platz zum Wohnen und, vielleicht noch wichtiger, zum Schreiben zur Verfügung gestellt wurde, zusammen mit der Benutzung von Schreibmaschinen, ermutigenden Worten und der Gesellschaft von Gleichgestellten.

Als wir einmal vor etwa drei Jahren zum Tee in dem großen Esszimmer in Greyhaven zusammensaßen, fingen wir an, die Anzahl von professionellen und halbprofessionellen Autoren zusammenzuzählen, die wir als Teil unserer Familie ansahen, und einer von uns sagte: »Du meine Güte, wir sind ja schon eine richtige literarische Bewegung!« Und jemand anders meinte: »Wer braucht denn noch zu einem Schriftsteller-kongress zu fahren? Wir haben doch schon einen hier am Esstisch!«

Es ist wahr; manche »literarische Bewegungen« haben mit weniger Leuten angefangen als den Autoren, die sich am Sonntagnachmittag zur Teestunde um den Tisch von Grey-haven oder Greenwalls oder zu einer der in Greyhaven ver-anstalteten »Liedertafeln« zusammenfinden. Es lag daher nahe, eine Anthologie von Autoren zusammenzustellen, die wir als Mitglieder unserer »Familie« betrachten.

Jeder Autor in dieser Anthologie hat, mit zwei Ausnah-men, tatsächlich in Greyhaven oder Greenwalls gewohnt; die Ausnahmen sind gute Freunde, die an Autorenseminaren in Greenwalls teilgenommen oder eng mit einem oder mehreren von uns zusammengearbeitet haben. Und doch sind die Geschichten in dieser Anthologie sehr unterschiedlich. Vielleicht ist das Einzige, was wir alle gemeinsam haben, eine echte Liebe für das Spekulative in der Literatur und die Liebe zum Handwerk des Schriftstellers. Wir verbringen viele, viele Stunden damit, über unsere verschiedenen Werke zu reden – ja, wann immer mehrere von uns zusammenkommen, um den Tisch von Grey-haven oder in dem heißen Badebecken, welches die große Attraktion von Greenwalls ist, wendet sich das Gespräch über kurz oder lang unvermeidlich dem Schreiben zu.

Wer schreibt an was? Was macht das neue Buch? Oh, wow, du hast etwas verkauft, wir werden eine Autorenparty für dich geben müssen! Hast du das Titelbild von meinem neuen Buch gesehen? Hurrah oder Horror, je nachdem, was der zuständige Redakteur oder Graphiker daraus gemacht hat. Ich habe gerade diesen Ablehnungsbrief bekommen, was, meinst du, kann der Lektor *damit* gemeint haben? Und so weiter und so fort, während das heiße Wasser brodelt oder die selbst gebackenen Plätzchen verschwinden und die Kaffeekanne oder Teekanne immer wieder neu gefüllt wird. Termine, Verträge, Ideen, Entwicklungen – endlose Fachgespräche kommen und gehen, wo wir alle Profis sind – oder fachkundige Amateure, im Falle derjenigen, die noch nicht ihren Lebensunterhalt mit dem Schreiben bestreiten.

Die Gesellschaft von Gleichgestellten. Das ist es, was hier zählt. Freunde und Familie, um die Freude über einen Erfolg zu teilen, die Enttäuschung oder Ernüchterung bei einer Ablehnung, um über eine Geschichte zu reden, der noch irgendetwas fehlt, die Wahl eines neuen Themas, das glückliche oder unglückliche Ende.

Die Familie, die zusammen schreibt, bleibt zusammen? Ich hoffe es. Es ist nicht auszuschließen, dass eines Tages irgendein eifriger Kandidat – jetzt, da Science-Fiction und Fantasy Gegenstand wissenschaftlicher Untersuchungen geworden sind – eine Magister- oder Doktorarbeit über die »Schule von Greyhaven« in den sechziger, siebziger und achtziger Jahren schreiben wird. Dieses Buch könnte ihm – oder ihr – einen Ansatzpunkt dazu liefern. Aber vor allem hoffe ich, dass es Ihnen ein Bild davon vermitteln wird, was es heißt, Mitglied eines großen Haushaltes und einer Familie von Freunden zu sein, die ein alles überragendes gemeinsames Interesse haben. Greyhaven ist daher eher ein Lebensgefühl – und ein wunderbarer Ort zum Schreiben. Und aus diesem Lebensgefühl kamen die vielen Geschichten in diesem Buch . . . und als älteste und bislang erfolgreichste Autorin aus unserem Kreis habe ich das Vergnügen, Ihnen meine Autorenfamilie vorzustellen.

Marion Zimmer Bradley

Diana L. Paxson

Brüder des Windes

Diana Paxson, im Privatleben die Frau meines Adoptivbruders Don, ist ein schlagender Beweis dafür, dass Schreiben ansteckend ist. Ich kannte Diana als geschickte Kostümbildnerin, als Expertin für englische Literatur, als Dichterin und selbst als Musikantin, die ihre eigenen Stücke schrieb und vortrug, zuerst auf der Mandoline und dann auf der irischen Harfe. Sie war das Genie, das das erste Turnier der »Gesellschaft für kreativen Anachronismus« ins Leben rief, und sie arbeitete viele Jahre lang an der Entwicklung von Lehrplänen mit, die nordamerikanischen Indianerkindern helfen sollten, sich einen Sinn für ihre kulturelle Eigenständigkeit im Raumzeitalter zu bewahren. Sie hat auch am Mills College unterrichtet.

Jedoch war niemand überraschter als ich, als sie mir eines Tages im Vertrauen erzählte, dass sie begonnen hätte, einen Roman zu schreiben. Der Roman wurde schließlich auch fertig, aber ich hielt ihn für gänzlich unverkäuflich und sagte ihr das auch. Ich war jedoch von der Szenerie des Romans und der Charakterisierung der Figuren beeindruckt genug, um sie zu ermutigen, mit dem Schreiben fortzufahren.

Es gibt eines, womit sich ein erfolgreicher Schriftsteller mit vielen Möchtegern-Schriftstellern in seinem Bekanntenkreis abzufinden hat: man wird dauernd um Rat und um kritische Beurteilungen gebeten, und ich habe gelernt, dass die beste Art, mit diesen Leuten umzugehen, darin besteht, ihnen das zu geben, was sie alle behaupten zu wollen, aber sehr wenige tatsächlich wollen, nämlich eine vollkommen ehrliche Bewertung. (Es hat mich ein paar Freunde gekostet, aber das ist nicht die Art von Freunden, auf die ich Wert lege.) Die Maxime, die ich mir angeeignet habe, ist die von Harriet Vane in Dorothy

L. Sayers' klassischem Roman *Gaudy Night*: »Ich tue alles für alle und jeden, außer ihm zu sagen, sein scheußliches Buch sei gut, wenn es das nicht ist.« Es ist oft eine schmerzliche Aufgabe, und ich fühle mich gewöhnlich wie ein Rohling; junge Autoren sind sensible Geschöpfe, und in dem Stadium, wenn ich ihre Arbeiten zum ersten Mal zu Gesicht bekomme, haben sie noch nicht die erste Notwendigkeit eines Profis entwickelt: eine harte und objektive Sicht ihres eigenen Werkes. Ablehnungsbriefe sind die erste Erfahrung fast aller hoffnungsvollen Autoren, und sie müssen lernen, die Hitze zu ertragen, oder aus der Küche bleiben.

Dianas Fähigkeit, objektiv gegenüber Kritik zu sein, wegzugehen und etwas neu zu schreiben, statt ihr eigenes unvollkommenes Werk zu verteidigen, überzeugte mich, dass sie die Ermunterung wert war; und, wie ich es vorhergesehen hatte, es kam ein Tag, als sie ihre erste Geschichte verkaufte, dann ihre zweite. Schließlich kam die Zeit, wo ich ihr den Rat gab, dass sie nicht länger auf irgendeine Kritik hören sollte, außer von dem Menschen, der den Scheck unterschreibt – nicht einmal auf meine.

Inzwischen hat Diana rund ein Dutzend Kurzgeschichten in verschiedenen Anthologien veröffentlicht, darunter meine ersten beiden *(The Keeper's Price* und *Sword of Chaos)* sowie Virginia Kidds *Futura*, den kürzlich erschienenen *Hexengeschichten* (Bastei-Lübbe 13 003), und ihr erster Roman, *Lady of Light and Darkness,* erschien in zwei Bänden bei Pocket Books.

Diese spezielle Geschichte hier war, in einem sehr realen Sinne, der Ursprung der Idee einer Greyhaven-Anthologie. Vor einigen Jahren zeigte mir Diana die erste Fassung dieser Geschichte und fragte mich, was ich davon hielte. Ich war von der Geschichte sehr beeindruckt, doch als sie zum ersten Mal abgelehnt worden war, gab ich ein paar Hinweise, wie man sie überarbeiten könnte – was hauptsächlich darin bestand, die damals noch unerfahrene Diana zu überzeugen, dass eine Geschichte dieser Länge nicht aus drei verschiedenen Blickwinkeln erzählt werden konnte. Sie schrieb die Geschichte um, und die Neufassung erschien mir nicht nur handwerklich in Ordnung, sondern hervorragend. Ich war ebenso erzürnt und enttäuscht wie Diana selbst, als sie sich beim nächsten Versuch wieder nicht verkaufte. Ja, ich sagte ihr, wenn ich jemals eine Anthologie herausgeben sollte, würde ich sie sofort kaufen, und am gleichen Tag, als ich den Vertrag für diese Anthologie unterschrieb, rief ich Diana an, um ihr zu sagen, dass ich jetzt in der Lage sei, jenes Versprechen zu erfüllen.

Doch als die Geschichte dann ankam, war mir ein wenig bang zumute. Diana hatte seitdem verschiedene Kurzgeschichten verkauft, die Qualität ihrer Arbeiten hatte sich immens verbessert, und ich war unendlich viel erfahrener als Herausgeberin geworden. Würde ich die Geschichte immer noch gut finden, und was würde ich sagen, wenn sie mir nicht mehr gefiel? Ich hielt mir sogar einen Ausweg offen, indem ich sie bat, mir noch ein paar ihrer neueren unveröffentlichten Geschichten einzureichen, sodass ich eine Wahlmöglichkeit hatte. Doch als ich »Brüder des Windes« wiederum las, fühlte ich erneut die ganze Kraft und Leidenschaft der Geschichte; ich glaube, die Herausgeberin, die sie ablehnte, hat sich ganz einfach gewaltig geirrt, aber ihr Verlust ist letztlich unser Gewinn.

Diana schrieb über diese Geschichte:

Dies ist die einzige Geschichte, die ich je geschrieben habe, welche mit einem Traum begann, wobei der Traum in diesem Fall die Hauptfigur und den zentralen Konflikt sowie, was noch wichtiger ist, die Atmosphäre lieferte. Wie viele andere Menschen träume auch ich mitunter vom Fliegen, und in dieser Geschichte habe ich versucht, ein Gefühl davon zu vermitteln, wie das ist. Es wäre interessant, eine Umfrage darüber anzustellen, wie viele Menschen Träume vom Fliegen haben und welche Techniken sie dabei benutzen.

Anakor verharrte; nahezu regungslos hing er im Auge des Windes. Östlich der Berge unter ihm hätte er, wäre das sein Verlangen gewesen, die Ruinen des Reiches von Berilan sehen können, wo die Magier seinesgleichen erschaffen hatten. Ein verwaschener Fleck am westlichen Horizont zeigte Tarrant an, wo sich eben jetzt ein neues Reich zu erheben begann. Seine Augen, um vieles schärfer als die Augen jener, die nur menschlicher Natur waren, hätten über den gewölbten Rand der Welt hinausblicken können. Aber er war ganz auf einen einzigen lebendigen Punkt konzentriert, der sich direkt unter ihm mühsam über den Hang quälte.

Er brauchte keine Nahrung. Der junge Blaubock, den er tags zuvor getötet hatte, briet über dem Feuer. Aber er hungerte nach Rache, und er wusste, dass der Punkt, den er beobachtete, ein Mensch war.

Anakor wartete geduldig, denn aus der Luft sah er, dass ein Steinschlag den Pfad versperrte. Es war ein Pfad, den man nur mit Mühe hinaufzuklettern vermochte – es würde fast unmöglich sein, darauf wieder nach unten zu kommen. Der Punkt kletterte nach oben; Anakor veränderte die Stellung seiner Flügel und begann sich langsam nach unten zu schrauben.

Keuchend in der dünnen Luft, kämpfte Orik sich aufwärts. Bislang hatte er sich im Berghang festklammern können, wenn die Wegspur unsicher wurde, aber er fragte sich, wie lange er wohl noch durchhalten würde. Seine Wunde schmerzte ihn jetzt sehr, sie klopfte im Takt seines fliegenden Pulses.

Der Junge kletterte seit mehreren Stunden. Er war nun schon den dritten Tag unterwegs, zumeist ohne Nahrung. Seine Verfolger würden ihn jetzt nicht mehr einholen. Es war wie ein böser Traum – die Entdeckung und seine Flucht und diese schreckliche Wanderung. Er war dem Tod entronnen, aber wenn die, die er suchte, Legende waren, wie man ihm gesagt hatte, lag Tod jetzt auch vor ihm.

Er quälte sich ein paar Schritte weiter und bog um einen Felsvorsprung. Und blieb stehen. Seine Beine gaben unter ihm nach, und er sank in die Knie, denn der Pfad war verschwunden.

Das hier war kein gewöhnlicher Erdrutsch – an dergleichen hatte er sich schon gewöhnt –, sondern ein regelrechter Abgrund; es war, als sei die Felsbank mit einem riesigen Löffel losgebrochen worden. Der Berg erhob sich wie eine Wand über ihm und fiel viele tausend Fuß zu einem Felsencanyon hinunter.

Für einen langen Augenblick setzte das Denken des Jungen aus, und in diesem Augenblick schlug Anakor zu.

Orik schrie auf, als große Klauen sich in seine Schultern bohrten. Dann grub er sich mit seiner unverletzten Hand in den Boden und kämpfte wild gegen die Schläge der mächtigen Schwingen. Er schrie, und sein Schrei vermischte sich mit dem misstönenden, triumphierenden Kreischen seines Angreifers.

Die Kraft seiner schlagenden Flügel hob Anakor und den Jungen ein Stückchen vom Boden hoch. Er wand sich krampfhaft, und eine der Klauen der riesigen Kreatur drang, als sie neuen Halt suchte, durch seinen Verband und in das, was einmal sein Arm gewesen war; eine neue Welle des Schmerzes schwemmte ihn an den Rand der Bewusstlosigkeit.

Und dann hörte jede Bewegung auf.

Oriks Atem kam in rauen Stößen, seine gesunde Hand war immer noch in den Boden verkrallt, und seine Augen starrten blicklos über den Felsrand. Als sich sein Kopf klärte, fühlte er, wie sich die mörderischen Klauen zögernd von ihm lösten, dann vernahm er das Geräusch schwerfälliger Flügelschläge, als sich die Last von seinem Rücken hob.

Langsam wandte er den Kopf. Auf einem vorkragenden Stein sah er, nur ein paar Schritte entfernt, einen großen Vogel, größer als jedes geflügelte Wesen in Reveuse. Der Vogel beobachtete ihn aufmerksam aus feindseligen gelben Augen. Orik starrte zurück.

Ein Adler ... Legende gab ihm den Namen ein und, nach einem Augenblick, auch Hoffnung. Während er ihn ansah, schienen die Konturen des Vogels zu verschwimmen, aufzubrechen wie ein Spiegelbild, wenn ein Stein in den Brunnen geworfen wird. Orik staunte und erkannte plötzlich, dass er nicht länger einen Vogel sah, sondern einen Mann, nackt und zottig, der auf dem Felsen kauerte. Der Mann sprach mit einer Stimme, die rau war, als sei sie lange nicht benutzt worden.

»Du bist einer von uns!«

Orik nickte stumm und versank endlich in Bewusstlosigkeit.

»Nein, Vater, nein! Ich kann es zurückverwandeln; tu das Messer weg!«, hatte Orik geschrien. Die Fackeln flackerten wild, und die Trommelschläge füllten dröhnend seinen Kopf. Er fühlte einen scharfen Schmerz, als ihn der erste Stein traf, dann ein zweiter und noch einer, als die Menge sich herandrängte.

»Aber ich bin es doch, Orik – Ihr kennt mich doch schon Euer Leben lang! Ich bin doch nicht anders als früher. Warum tut Ihr das?« Wild starrte er in den Kreis von Gesichtern und wusste, dass sie alle Fremde waren. Hinter ihm warteten die Wälder, dunkel und drohend, und hinter ihnen die Berge, wo die Weradler lebten. Noch einmal warf er einen Blick auf das Katendorf, das seine Heimat gewesen war, dann hielt er die Hände schützend über den Kopf und rannte los.

Orik stöhnte. Sein Beim schmerzte, sein Arm auch. Wo war er? Steinigten sie ihn wieder? Er zitterte und öffnete die Augen. Er war vom Abgrund weggezogen worden und lag auf festem Boden. Er war in Sicherheit.

Seine Wunde klopfte immer noch schmerzhaft; der ungeschickt erneuerte Verband drückte seinen Arm zusammen. Er drehte den Kopf zur Seite und vermochte die Federn, die unter dem rauen Tuch hervorkamen, zum ersten Mal ohne Freude oder Furcht anzusehen.

Das gehörte zu ihm, ein Adlerflügel, wo sein Arm sein sollte, und das einzig Unnatürliche daran war die Tatsache, dass sein übriger Körper unverwandelt geblieben war. Ein tiefer Seufzer hinter ihm bekundete, dass der andere noch da war.

»Kannst du mich den Rest der Verwandlung lehren?«, fragte Orik und sprach damit aus, was ihn die ganzen letzten drei Tage vorangetrieben hatte.

»Ja … Es wird schwierig sein in deinem Alter, aber ich sehe, dass du Mut hast – du kannst lernen …«, eine kurze Pause folgte, »… wenn du am Leben bleibst. Ich habe eine geschützte Höhle jenseits des Tales und ein gutes Feuer. Wenn ich dich hinbringen könnte, hätte ich die Möglichkeit, dich zu pflegen. Aber es führt kein Fußweg zu den Türen der Horste, und wenn ich dich zwischen meine Fänge nähme, würde ich dich noch mehr verletzen.«

Orik legte den Kopf auf die andere Seite, seine Gedanken bewegten sich schwerfällig. »Könntest du mich hier mit dem Nötigsten versorgen?«

»Ich könnte dir alles bringen außer Feuer. Wir befinden uns in großer Höhe, und es ist noch früh im Jahr. Ich glaube nicht, dass meine eigene Wärme ausreicht, um dich am Leben zu erhalten.«

»Hast du irgendeine Decke? Wenn ich darauf läge, und du würdest sie an den Ecken fassen, oder die Ecken wären an deinen Füßen festgebunden, könntest du mich dann tragen?«

»Du wiegst weniger als ein Bock, und ich habe eine gegerbte Haut, in der ich dich tragen könnte. Aber Adler fliegen hoch, und wenn sie mir entgleitet, würdest du in der Tiefe zerschmettern. Es ist zu gefährlich.«

Der Junge überlegte einen Augenblick. »Wir müssen es versuchen ... Du hast es selbst gesagt: Wenn die Abendkälte kommt, muss ich sterben. Ich war ohnedies so gut wie tot, als du mich fandest. Zu fallen wäre wenigstens ein rasches Ende. Ich enthebe dich aller Verantwortung für mein Schicksal.«

Anakors Augen waren in seinem menschlichen Gesicht so ausdruckslos wie in seinem Adlerkopf. Ohne ein weiteres Wort erhob er sich; seine Konturen verschwammen und veränderten sich. Fasziniert beobachtete Orik, wie die Adlergestalt an die Stelle der menschlichen trat. Anakor schritt auf den Abgrund zu, warf sich empor, bis er in dem blauen Dunst verschwand, der die gegenüberliegende Seite verschleierte.

Orik schloss die Augen. Es war getan. Vielleicht hatte der Weradler Recht, und er würde bald tot auf den Felsen liegen; aber er hatte sein Ziel erreicht und endlich sein eigenes Volk gefunden.

»Aber *wann* wirst du mich den Verwandlungszauber lehren?«, fragte der Junge. Seine Stimme klang immer noch quengelig von dem Fieber, das ihn eine Woche lang geplagt hatte. »Muss ich für den Rest meines Lebens halb Mensch, halb Vogel bleiben?«

Anakor legte ein weiteres Stück Holz ins Feuer und brummte: »Ich habe dir schon gesagt, es ist kein Zauberspruch, nicht einmal Magie, was immer auch deine abergläubigen Nachbarn dir erzählt haben mögen. Es ist eine Sache des Geistes. Ein vom Fieber geschwächter Geist kann die Verwandlung nicht meistern. Der Geist muss völlig klar sein, ganz ruhig. Unsere einzige Schwäche besteht darin, dass wir wieder menschlich werden, wenn unser Gefühl den Geist trübt, bevor die Verwandlung vollendet ist.«

»Und nach der Verwandlung?«

»Selbst dann ist es noch so. Deshalb ist es so gefährlich. Wenn du dich im Flug verwandelt hast, musst du sterben. Ich habe erlebt, dass so etwas geschah, als ich jung und unser Volk in diesen Bergen noch zahlreich war.« Anakor machte eine Pause. Als er weitersprach, bebte seine Stimme vor Schmerz, obwohl sein Antlitz unbewegt blieb.

»Ich hatte einen Freund, und er kämpfte mit einem anderen um eine Gefährtin. Es gibt ein Ritual für solche Wettkämpfe – wir kämpfen auf dem Boden mit Messern. Selbst wenn es ungefährlich wäre, würden wir unsere Gabe nicht so missbrauchen. Aber der andere war bekannt dafür, dass er mit dem Messer sehr gut war, und mein Freund liebte die Frau bis zum Wahnsinn.

Sie waren auf der Jagd, als ihn plötzlich eine wilde Wut übermannte. Er griff nicht die Ziege an, die sie ausgemacht hatten, sondern seinen Rivalen, den anderen Adler. Die Verwandlung kam mitten in der Luft über ihn.« Anakor schwieg einen Augenblick und stocherte im Feuer herum. »Ich habe auf den Felsen gesehen, was von ihm übrig geblieben war. Deshalb habe ich gezögert, dich hierher zu bringen.«

»Es tut mir Leid. Das konnte ich nicht wissen.« Orik fragte sich, ob diese Furcht allein die Selbstdisziplin des Älteren erschüttert haben mochte. Ein solcher Tod schien ihm jetzt, nachdem er wieder Leben in seinen Gliedern fühlen konnte, viel schrecklicher. Anakors Gesicht war immer verschlossen und ruhig. Orik kam das rasche Weinen und Lachen in seiner menschlichen Familie in den Sinn, und er dachte bei sich, dass solche Disziplin wohl schwer zu erlernen sein würde.

Sein Unterricht begann am folgenden Tag. Stundenlang saß er auf dem Felsrand vor der Höhle und konzentrierte sich auf einen kleinen Punkt jenseits der weiten Klüfte, die sie von den fernen Gipfeln trennten, oder lernte die Orientierungszeichen seiner neuen Heimat auswendig. An den Abenden ersetzte das Licht ihres Feuers die Berge, und er übte sich darin, seinen Geist von allen bewussten Gedanken freizumachen, wenn er die Bilder beschrieb, die er in den Flammen sah. Auch streng kontrollierte Atmung gehörte zu seinem Training, und er begann sich körperlicher Vorgänge bewusst zu werden, von deren Existenz er zuvor nichts geahnt hatte. Anakor erklärte ihm, dass er lernen müsse, jeder Zelle seines Körpers das Muster seines Geistes aufzuprägen.

»Wie früh beginnt man bei unserem Volk gewöhnlich damit, das zu lernen?«, fragte er am Ende eines besonders entmutigenden Tages. Er hatte angefangen, sich zu fragen, ob er wohl jemals die Freiheit der Weite, die er überblickte, erleben würde. Es war ein wundervoller Anblick, aber er wünschte nicht, für den Rest seines Lebens auf einem Felssims zu sitzen. Sein Flügel war schon fast geheilt.

»Wenn das Junge alt genug ist, seinen Blick zu konzentrieren, beginnt es«, antwortete Anakor mit einem seltenen Lächeln. »Und es vernimmt die Musik des hohen Raumes mit dem Wiegenlied, das ihm seine Mutter singt. Die Verwandlung aber wird erst von den Älteren gelernt. Einst brachten uns die Menschen ihre Söhne und Töchter, wenn sie feststellten, dass sie von unserer Art waren.« Er blickte zu dem Jungen hinüber.

»Jetzt ist das nicht mehr so«, sagte Orik bitter. »Wenn die Verwandlung in der Wiege über sie kommt, werden sie verbrannt. Und solche Geburten sind selten geworden. Weißt du von anderen, die spät zu eurem Volk gekommen sind, so wie ich?«

»Nicht zu meinen Lebzeiten. Die Bruderschaft des Himmels nimmt von Jahr zu Jahr ab, denn auch wir paaren uns nicht immer richtig.«

»Was geschieht mit den Jungen, die ... die nicht ...«, Orik geriet ins Stocken.

»Die nicht von Adlerart sind? Viele von ihnen sterben – nein, nicht durch unsere Hände; aber das Leben ist schwer für sie, es gibt viele Unglücksfälle. Wir tragen die, bei denen keine Hoffnung auf eine Verwandlung besteht, bei Nacht an den Rand einer menschlichen Siedlung und lassen sie dort zurück.« Er hielt inne, seine Züge waren plötzlich von einem alten Schmerz verzerrt.

»Es macht dich traurig, darüber zu sprechen – kannst du mir sagen, warum?«, fragte Orik sanft.

»Wir hatten einen Nestling, meine Gefährtin und ich, mit dem es so war.« Die gelben Augen verschleierten sich wieder, und der Ältere wandte sich ab.

Orik versuchte, etwas zu sagen, aber er wusste nicht was und schwieg. Doch er schwor sich, dass er um des Mannes auf der anderen Seite des Feuers wie um seiner selbst willen die Verwandlung meistern werde.

»Nun erzähle mir noch einmal, was du fühltest, als sich dein Arm in einen Flügel verwandelte ...«, sagte Anakor. Sie waren aus der Höhle hinaus in den Morgen getreten, einen Morgen, der wie der Anfang der Zeiten war. Die Luft so klar, dass es schien, als könnten sie jede einzelne Nadel an den Bäumen des Waldes unter ihnen erkennen, wie ein Adler im Flug auf zehn Meilen.

»Es war ein Morgen wie dieser«, antwortete der Junge. »Ich war hinter einer streunenden Ziege her. Ein Wind wehte, und als ich auf dem Hügel stand, vergaß ich die Ziege und konnte an nichts anderes denken als an Himmel und Wind. Ich fühlte mich ein bisschen wie betrunken und lehnte mich nach vorn in den Wind und breitete meine Arme aus, als ob ich mich emporschwingen wollte.

Plötzlich prickelte es in meinem Arm und in der Schulter, und dann erfasste mich der Wind, und ich wurde halb in die Luft gehoben. Ich verlor das Gleichgewicht und bekam Angst und fiel zurück auf den Boden. Als ich die Augen öffnete, sah ich dies . . .«, und er hob die Adlerschwinge, die an der Stelle hing, an der sein Arm hätte sein sollen.

»Das ist der Luftrausch, die Trunkenheit, wie sie unserer Art eigen ist. Das ist, was du heute fühlen musst. Steh auf und stemme dich gegen den Wind – ich bin hier, um aufzupassen, dass du nicht weggeblasen wirst – und wirf deinen Geist hinauf zum Firmament. Stell dir die Kraft des Windes unter deinen Flügeln vor, die Sonne auf deinem Rücken und sprich in deinem Herzen: *Ich komme aus dem Himmel, und der Himmel ist in mir. Ich bin der Erstgeborene des Nordwinds, und die Luft ist mein Element, meine wahre Heimat.*«

Orik blickte in die bernsteinfarbenen Augen, die immer die Augen eines Adlers waren, auch wenn Anakor menschliche Gestalt angenommen hatte. Dann nickte er und trat an den Rand des Felsens. Langsam streckte er seine ungleichen Glieder aus, bis der Wind Arm und Flügel erfasste und ihn schwanken ließ und Anakor seine Knöchel umfasste, damit er nicht wirklich fortgeweht würde.

Aber Orik spürte es nicht. Sein Bewusstsein hatte sich nach innen gewandt und verwandelte Haut, Muskeln und Knochen. Herz und Seele flogen, und als ihn der Wind umspielte, fühlte er das Prickeln in seinem Körper.

»Öffne deine Augen, mein Sohn, und schau auf dein Erbe!«, sprach Anakor.

Und Orik öffnete die Augen und sah.

Sie saßen in der Höhle vor dem Feuer und hielten Festmahl bei einer jungen Bergziege. Orik lehnte sich zurück, noch so freudetrunken, dass er kaum hörte, was Anakor sagte. Er war geflogen! Konzentriert bis zum Äußersten hatte er sich in die Arme des Windes geworfen; mit jedem Schwung seiner Federn, mit jeder Verlagerung seines Gewichts hatte er Anakor imitiert, bis er sich entspannt gegen die Luft zu lehnen begann und seinem Meister in großen Kreisen über den wirren Teppich aus Grün und Grau tief unter ihnen folgte. Schließlich hatte er sich heftig flatternd wieder auf der schmalen Felskante niedergelassen, doch sein Herz war noch droben am Himmel.

Er erholte sich rasch genug, um das Fleisch zu verzehren, als es gar gebraten war, und wurde sich bewusst, dass Anakor ihn wieder ›Sohn‹ genannt hatte.

»Meintest du das wirklich so?«, fragte der Junge. »Ich glaubte, ich hätte alle Hoffnung auf eine Familie aufgegeben, als ich aus meinem Dorf floh.«

»Ich habe dir erzählt, dass ich einen Nestling hatte, den ich verlor. Du bist gekommen, um an seine Stelle zu treten. Wenn dein Herz zustimmt, sei mir ein Sohn.« Er lächelte, und Orik gab das Lächeln zurück.

Die Jahreszeiten gingen vorüber. Orik nahm zu an Kraft und Größe – Kraft gebündelter Muskeln, festgespannt über schmalen widerstandsfähigen Knochen. Haar und Gefieder waren dicht und glänzend braun, und seine Augen, gelb wie Anakors Augen, behielten stets ihren scharfen und leicht verhüllten Blick.

Einmal in diesen Jahren erreichte sie ein Aufruf, und sie verließen ihr einsames Königreich, um an einer Versammlung ihrer Brüder teilzunehmen. Die Menschen wurden wieder zahlreicher; sie kamen in die Berge, auf der Suche nach Gold und Silber, nach Holz, Wild und – Land. Die Adler mit ihrem langen Gedächtnis und noch längeren Traditionen erinnerten sich der zerstörten Städte jenseits der Berge und der Zauberer, die mit der Menschheit herumgespielt hatten, bis sie sich teilte und die Rasse der Weradler geboren worden war.

Sie hatten auch mit anderen Kräften ihr Spiel getrieben, bis das Unheil hereingebrochen war. Die Bauern in den Ebenen nannten ihre Vorfahren Götter und hielten sie für Legende. Aber nach Generationen nannten sie die Adler Dämonen und töteten sie, wann immer sie konnten.

Die Adler stritten darüber, ob auch sie töten sollten, aber die Entscheidung lautete, die Menschen in Ruhe zu lassen, jedenfalls für eine Weile. Es gab Raum genug.

Anakor, der zum Angriff geraten hatte, schäumte während des ganzen Rückwegs zur Höhle, und Orik, der trotz seiner Vertreibung manchmal wehmütig an das Herdfeuer eines menschlichen Heimes dachte, versuchte, die leidenschaftliche Erregung seines Ziehvaters zu besänftigen.

»Es ist doch nicht meinetwegen, nicht wahr, Vater?«, fragte er, als sie die Höhle erreicht hatten.

»Weil sie dich ausgestoßen haben? Nein, obwohl es zu der Rechnung beiträgt.« Anakor schwieg eine Weile, und Orik wagte nichts zu sagen. »Ich will dir sagen, mein Sohn, warum ich die Erdgebundenen hasse«, fuhr der Ältere schließlich fort.

»Ich habe dir schon erzählt, dass ich ein Kind hatte und was aus ihm wurde. Wovon ich dir nicht erzählt habe, ist das Schicksal meiner Gefährtin, seiner Mutter. Ihr Name war Lanaka, und sie war die Schönste unserer Frauen. Jedenfalls dachte ich das, und so auch mein Blutsbruder, denn ich war es, den er angriff, als er in rasender Eifersucht seine Adlergestalt verlor und ins Verderben stürzte.

Sie und ich waren glücklich miteinander und noch glücklicher, als das Kind kam. Aber als wir das Kind fortschicken mussten, verließ auch ihre Fröhlichkeit sie. Kummer ließ ihr Gefieder glanzlos werden, und sie verbohrte sich in die Idee, dass wir uns in unserem Sohn vielleicht getäuscht hätten, dass er, wenn wir gewartet hätten, sich doch noch verwandelt hätte. Sie gab mir die Schuld daran, obwohl es nicht meine Entscheidung war, sondern das Gesetz unseres Volkes, und sie begann, die Menschen zu beobachten, überzeugt davon, dass unser Sohn schließlich doch seine wahre Natur entdecken und zu uns zurückkommen würde.

Eines Tages kamen Jäger auf der Suche nach der gefleckten Katze bis zum Waldrand, und einer von ihnen fiel hin und wurde verletzt. Lanaka sah, was vor sich ging, und flog hinab, um zu sehen, ob sie helfen könnte. Sie erschossen sie ...

Sie hielten sie nicht etwa für einen Raubvogel – ich hätte ihnen vergeben können, wenn sie geglaubt hätten, sie sei eine Gefahr für sie. Nein, sie hatte sich verwandelt. In ihrer Gestalt einer menschlichen Frau begegnete sie ihrem Tod – Lanaka starb, weil sie ein Weradler war.

Deshalb weiß ich, dass kein Friede sein kann zwischen uns und den Menschen. Ihre Furcht lässt sie uns alles Böse antun, das in ihrer Macht liegt, und der einzige Weg, mit ihnen fertig zu werden, besteht darin, ihrer Furcht Recht zu geben, sodass sie uns nicht mehr ins Gehege kommen. Der Rat mag für die anderen entscheiden, aber auf meinen Boden soll kein erdgebundener Mensch seinen Fuß setzen und ungeschoren heimkehren!« Zornbebend wandte Anakor sich ab und fing an, Holzstücke ins Feuer zu werfen, als wolle er es damit ersticken.

Es war Orik, der, als er den Wald nach Wild durchstreifte, die kleine Gruppe von Menschen entdeckte, die sich wie Ameisen am schwach glitzernden Fluss entlangbewegten. Orik war dankbar, dass Anakor beschlossen hatte, diesen Tag in der Höhle zu verbringen. Er hatte Angst vor dem, was der andere diesen Geschöpfen antun würde, wenn er sie an einer gefährlichen Stelle auf dem Pfad überraschte.

Er hasste die Menschen nicht. Er hatte nicht den Wunsch, einem von ihnen Schaden zuzufügen. Langsam, fast träge, glitt er abwärts.

Hinter den Bäumen am Rande der Lichtung verborgen, stand Orik und beobachtete die Menschen. Seine Nase, seit langem nur noch an den Geruch von gebratenem Fleisch gewöhnt, weitete sich, als ihn der Duft ihres Kochfeuers erreichte. Und da war auch ihr eigener Geruch, Menschengeruch.

Aber sie waren nicht ganz so wie die Leute, die er gekannt hatte. Ihre Kleidung war einförmig, nicht wie die groben, farbenfrohen Gewänder der Dörfler. Auch ihre Sprache war anders, und ihre Frauen arbeiteten neben den Männern. Es waren fünf – ein großer Mann mit silbernem Haar, der ihr Anführer zu sein schien, zwei andere Männer, eine untersetzte, dunkelhaarige Frau und eine weitere Frau, ein schlankes Mädchen mit Haaren, die wie Sonnenlicht in einem Bergsee schimmerten.

Orik beobachtete sie und versuchte sie zu verstehen, und immer wieder ruhten seine Augen auf dem hellhaarigen Mädchen.

Die länger werdenden Schatten erinnerten ihn daran, dass Anakor auf ihn wartete. Er nahm wieder Adlergestalt an, tötete rasch und ungeschickt eine junge Wildgeiß, und während er sie mit schweren Flügelschlägen heimwärts trug, überlegte er, ob Anakor wohl die Eindringlinge entdecken und was dann geschehen würde.

Das immer während Rieseln des kleinen Wasserfalls erfüllte die Luft und verschluckte die Geräusche, die Orik verursachte, als er, des Gehens auf dem Boden ungewohnt, sich dem Teich näherte. Spätes Sonnenlicht fiel schräg durch die hohen Föhren, die das Wasser wie ein Spalier von Wächtern umgaben, und funkelte golden in den Wassertropfen auf der Haut des Mädchens, das unter dem Fall badete.

Orik beobachtete sie, und als sie ans Ufer kam und sich anzuziehen begann, zog er sich in das Buschwerk zurück. Unbewusst tat er einen Schritt, während er sie immer noch betrachtete, und trat auf einen trockenen Ast, der laut knackend zerbrach. Verwirrt suchte er Halt am nächststehenden Baum, fasste sich wieder, wandte sich um, fand sich Auge in Auge mit ihr.

»Hallo!«, sagte sie nach einer frostigen Ewigkeit.

Orik, der sich vage daran erinnerte, dass Nacktheit verpönt war, zog Zweige um sich. Unfähig zu einer Entgegnung schaute er sie an.

»Wer bist du? Verstehst du, was ich sage?«, fragte sie, merklich erleichtert, als er sich nicht bewegte.

»Ja«, brachte er schließlich heraus.

Das Mädchen sah ihn mit gerunzelter Stirn an und zog automatisch seine Stiefel an.

»Du und deine Leute, was tut ihr hier?«, fragte Orik plötzlich.

»Nun ...«, begann sie unsicher und versuchte, sich ihm anzupassen.

»Wir sammeln Dinge – Pflanzen und Blumen und Steine – und machen Bilder von den Tieren und Insekten, die wir finden.«

»Warum?«

»Seit langer Zeit ist niemand mehr aus unserem Land in diese Berge gekommen. Wir haben nur Legenden in unseren Büchern, keine wirklichen Kenntnisse. Wir werden unsere Musterstücke und unsere Berichte zu einem Ort bringen, wo man lernt und wo es noch andere wie uns gibt – Leute, die etwas über die Welt wissen wollen und über das, was sie birgt. Bist du von einem Dorf hier in der Nähe oder ein Jäger aus den Ebenen?«

Er wandte seine Augen ab, unfähig, ihren Blick zu ertragen.

»Ich bin auf der Jagd«, antwortete er schließlich.

»Ich muss gehen – es ist Zeit für unsere Abendmahlzeit. Möchtest du mit uns essen? Mein Name ist Idella. Sag mir, wie du heißt, und komm mit zu meinen Freunden«, fügte sie hinzu, hielt ihm ihre Hand entgegen und lächelte ihn an.

Langsam streckte er seinen Arm aus und nahm ihre Hand in seine.

»Nein«, sagte er, »ich kann nicht mitkommen.« Er ließ sie los und wandte sich um. Dann schaute er sie noch einmal an. »Ich heiße Orik. Vielleicht werde ich dich wiedersehen.« Zögernd lächelte er, dann tauchte er ins Dickicht und verschwand.

Lange Zeit schaute sie ihm nach; ihre Hand schmerzte noch von seinem Griff. Dann seufzte sie ein wenig, nahm ihr Handtuch und ging zu ihrem Lager zurück.

»Sie sind seit drei Tagen in unserem Revier! Du wusstest es und hast geschwiegen! Warum?« Anakors Stimme klang rau vor kaum gebändigtem Zorn. Orik öffnete den Mund, um zu leugnen, schloss ihn aber gleich wieder und überlegte, wie viel sein Ziehvater wohl wissen mochte. Er senkte den Kopf und ließ den Sturm über sich ergehen.

»Vor drei Tagen kamst du spät heim, mit einer lahmen Geschichte von Mangel an Wild und mit einer armseligen Beute. Gestern warst du wieder fort und hattest überhaupt keine Erklärung anzubieten. Du sitzt am Feuer, und deine Gedanken sind weit fort. Du kennst meinen Willen – dieses Land ist den Menschen verboten! Warum hast du nichts gesagt?«

»Die Menschen sind schon auf dem Weg, unser Gebiet zu verlassen ... Bald werden sie fort sein. Ich weiß, was du fühlst, aber sie haben nichts Böses im Sinn.«

»Sie sind Menschen! Es ist ihre Natur, Böses zu tun, so wie es unsere Natur ist zu fliegen. Nun gut, mögen sie auch den Weg in mein Reich gefunden haben, sie werden jedenfalls keinen Weg hinausfinden!« Herausfordernd starrte er Orik an, aber der junge Mann schwieg und wandte sich ab.

Der Wind blies kalt auf Oriks nackte Haut, als er und Anakor die Höhle verließen. Der Osten war von Wolken verhangen, aus denen sich hin und wieder ein ärgerliches Grollen vernehmen ließ. Es war ein schlechter Tag, um draußen zu sein, und er würde wahrscheinlich noch schlechter werden. Orik erschauerte und wandte sich plötzlich entschlossen dem Älteren zu.

»Vater, ich bitte dich, tue es nicht!«

»Nein!« Anakor drehte sich nicht um.

»Dann werde ich sie warnen!«, schrie Orik und machte einen Satz nach vorn.

»Orik! Beherrsche dich! So kannst du nicht fliegen, und du darfst sie nicht wissen lassen, was du bist. Ich will nicht, dass du vor meinen Augen getötet wirst!«

»Ist es dir noch nicht in den Sinn gekommen, dass sie *dich* töten könnten, wenn sie bewaffnet sind?«

»Mit uns beiden zusammen und dem Sturm und an dem Ort, den ich wählen werde, glaube ich das nicht!« Anakor lachte.

Orik schluchzte auf und versuchte sich zu beherrschen. Dies war sein Vater dem Geist nach, dem er sein Leben verdankte, und doch tauchte das Gesicht des Mädchens mit dem leuchtenden Haar jetzt vor ihm auf, wie es ihn seit Tagen im Traum heimsuchte.

Anakor lachte wieder, dann wurde er still und verwandelte sich. Im nächsten Augenblick hatte er sich in den Wind geworfen und flog rasch südwärts. Orik, noch im Kampf mit sich selbst, taumelte gegen die Felswand. Er zwang sich zur Ruhe, und allmählich trat kalte Entschlossenheit an die Stelle seiner leidenschaftlichen Erregung, eine Zielklarheit, die schärfer war als die Kälte der Luft. Einen Augenblick lang verharrte er im Gleichgewicht, dann kam die Verwandlung über ihn, und er folgte Anakor.

Donnerschläge erschütterten die Luft. Die Bergsteiger, im Aufstieg zum letzten Grat, zitterten im kalten Wind.

Auf dem kahlen, eisbedeckten Ödland, das sich über der Waldgrenze ausdehnte, gab es nicht einmal einen Wildpfad, der die Männer und Frauen, die es betreten hatten, hätte leiten können, und sie mussten sich auf das Auge ihres Führers verlassen, um einen Weg durch das Land und nach unten zu finden.

Über ihnen schwebte ein Adler, wie so oft in den vergangenen Tagen. Als die Bergsteiger den Grat erreichten, flog ein zweiter Adler über und ein wenig hinter dem ersten.

Aneinander geseilt quälten sich die Menschen nun abwärts auf die große Schlucht zu, die vom Gipfel eine volle Meile tief zu dem Fluss abfiel, der seinen Weg noch tiefer im Felsen suchte. Steilhänge und Geröllhalden und fallende Steine begleiteten den Pfad abwärts. Es war der einzige Weg, der aus dem Gebirge herausführte.

Das Donnern des Wasserfalls wurde von den Wänden der Schlucht zurückgeworfen, manchmal schwächer, manchmal betäubend, je nachdem, wie der Wind sich drehte. Fünfzig gefährliche Fuß lang mussten sich die Bergsteiger ihren Weg daran entlang bahnen, bevor sie wieder in die Felswand einsteigen konnten. Als sie ihr näher kamen, schwang sich der erste Adler in abgezirkelten Kreisen hinab.

Orik beobachtete Anakor, sah ihn näher und näher gleiten und dann mit angelegten Schwingen und ausgestreckten Fängen auf das Mädchen herabstoßen, das sich langsam über die schlüpfrigen Steine tastete.

Idella . . .

Sie fiel ins Seil und schrie auf, und ihr Aufschrei vermischte sich mit dem gellenden Schrei des jagenden Adlers. Eine messerscharfe Kralle bohrte sich in ihren Überwurf und riss ihn von der Schulter bis zur Brust auf. Ihr Griff lockerte sich, und wild um sich schlagend glitt sie auf den Abgrund zu. Meter von ihr entfernt holten ihre Gefährten das Seil ein und versuchten, sie auf das vergleichsweise sichere Sims zurückzuziehen. Ihre Kapuze war zurückgefallen, und der Wind peitschte ihr Haar wie eine Flamme.

Anakor drehte ab und stieg hoch, um erneut anzugreifen.

Orik sah das Haar des Mädchens und dachte an die zarte Vollkommenheit ihres Körpers unter dem Wasserfall. Anakor beachtete ihn nicht, er war blind für alles außer seiner Beute. Wieder setzte er zu seinem schrecklichen Anflug an.

Mit überwältigender Klarheit wurde Orik sich bewusst, dass er seine eigenen Schwingen angelegt hatte; er fühlte, wie die eiskalte Luft seine Federn kräuselte, als er sich zwischen Anakor und seine Beute stürzte.

Der Angreifer sah ihn und schwang sich mit einem Wutschrei von der Felswand weg in die Höhe. Er glitt so nahe an Orik vorbei, dass sich ihre Flügelspitzen beinahe berührten. Dann kippte er ab und ließ sich wie eine Sternschnuppe nach unten fallen.

Auch Orik wendete; seine geringere Größe verschaffte ihm in dem begrenzten Raum zwischen den Felsen einen Vorteil. In dem Winkel seines Geistes, in dem er sich seiner selbst noch bewusst war, verspürte er eine Kälte so eisig wie die Luft, die ihn umgab.

Anakors Augen aber glühten wie Kohlen, als Orik sich auf ihn stürzte. Sie stießen aufeinander. Und dann verschwamm Anakors Gestalt, und er schrie auf.

Es war ein Schrei, wie er nur aus einer menschlichen Kehle kommen konnte.

Oriks Augen erstarrten, als die ausgebreiteten Schwingen unter ihm sich in die emporgeworfenen Arme eines Mannes verwandelten, der vergeblich um sich schlug, während er in die dunstige Tiefe stürzte.

Anakor war verschwunden.

Der Wind pfiff durch die Stille.

Und Oriks verzweifelter Schrei brach sich an den

Wänden der Schlucht, als er seine Flügel anlegte und seinem Gefährten nachtauchte.

Das Mädchen, das noch im Felsen hing, blickte ihm verständnislos nach, als er in der schattigen Tiefe unter ihr verschwand.

Der Adler stieg aufwärts durch den schimmernden, wirbelnden Dunst, vorbei an den rauschenden Fällen, und kämpfte mit der Feuchtigkeit, die sich auf seine Schwingen legte.

Die Bergsteiger hatten die Felswand überwunden und waren schon lange im Wald verschwunden, aber Orik hielt nicht an, um nach ihnen zu suchen. Aufwärts – er musste höher hinauf ... Er kämpfte sich zum klaren Himmel empor, wie er sich einst den Bergpfad hinaufgekämpft hatte.

Er hatte Felsbrocken aufeinander geschichtet, um Anakors zerschmetterten Körper zu bedecken, hatte ein Grabmal errichtet, das jedem denkenden Geschöpf, das sich eines Tages hierher verirren mochte, ein Rätsel sein würde. Aber immer noch sah er die Wut in Anakors Augen, als er abstürzte, und die Leere in ihnen, als Orik neben dem Toten am Fuß des Wasserfalls niederging.

Die Berge schrumpften unter ihm. Orik geriet in einen Aufwind, von dem er sich über die Wolken hinaustragen ließ. Und erst als er über alles hinaus war, bis auf das unverhüllte Licht der Sonne, verhielt er, verharrte bewegungslos im Auge des Windes.

Irgendwo unter ihm näherten sich Idella und ihre Gefährten langsam der Ebene, leicht zu finden, wenn er gewollt hätte. Niemand würde ihm jetzt noch verbieten, ihr zu folgen. Niemand und nichts – nur das Bild der fallenden Gestalt Anakors.

Aber in die leere Höhle wollte er nicht zurück, und die anderen seiner Art hatte er nie richtig gekannt.

Unwillkürlich hob Orik einen Flügel an, wendete langsam. Unter ihm drehte sich die Erde hinweg wie eine umgedrehte Schale.

Orik hatte nun kein Zuhause mehr außer dem Himmel und keine Brüder außer dem Wind, auf dem er ritt. Aber er erkannte miteins, dass die ganze Welt ihm gehörte. Einige wenige Augenblicke noch verhielt er.

Dann flog er ostwärts, der Sonne entgegen.

Joel Hagen
Sie kommen und gehen

So viele Leute gehen jedes Jahr durch Greyhaven hindurch, dass ich niemals all ihre Namen lerne. Einer von den Leuten, die ich recht häufig auf Partys in Greyhaven sah, war ein großer, blonder junger Mann, der so aussah wie Kuke Skywalker und der mir einfach als »Chang« vorgestellt wurde. Seinen wirklichen Namen hatte ich nie gekannt.

Beim Science-Fiction-Weltkongress in Phoenix, Arizona, fiel mir, als ich durch die Kunstausstellung ging, eine Gruppe von Arbeiten besonders ins Auge, die neben anderen seltsamen kleinen Skulpturen auch das »Skelett« eines winzigen geflügelten Menschen enthielt, komplett mit der genauen lateinischen Bezeichnung (*homo aerialis* oder so etwas Ähnliches). In jenem Jahr waren zwei Autoren aus unserem Haus, ich selbst und Randall Garrett, für den HUGO nominiert worden; Randalls Erzählung »Laurelin« war für die beste Kurzgeschichte nominiert worden, und er saß in dem abgeteilten Raum, der für Kandidaten reserviert war, richtig herausstaffiert mit einem Rüschenhemd, während Vicki, die Sie später kennen lernen werden, seine Hand hielt, und mein Buch *Der verbotene Turm* war in der Kategorie »Bester Roman« nominiert worden, und ich saß in dem abgeteilten Raum, während Diana *meine* Hand hielt. Trotz der begreiflichen Aufregung war ich erfreut zu hören, dass der Flügelmensch den Preis für das beste dreidimensionale Kunstwerk in der Ausstellung gewonnen hatte, und fragte Diana: »Wer ist dieser Joel Hagen?« Als er durch den Saal nach vorn kam, um den Preis entgegenzunehmen, wies Diana auf ihn und sagte: »Du kennst ihn – das ist Chang!«

Was beweist, dass die Talente von Greyhaven nicht nur auf das Schreiben von Science-Fiction beschränkt sind. Im Lauf der Jahre habe ich viele von Joels ausgezeichneten Bildern und Plastiken gesehen. Aber als ich Tracy Blackstone, die die meisten der Greyhaven-Autoren als Agentin vertritt, bat, mir alles zu schicken, von dem sie meinte, dass es für diese Anthologie zu gebrauchen sein könnte, war ich erstaunt, diese merkwürdige, kryptische kleine Geschichte zu finden.

Einer der Tests, den ich anwende, und Material für eine Anthologie auszuwählen, besteht darin: Ich lese alle Geschichten, die mir zugeschickt werden, und bei all denen, die ich nicht von vornherein wegen mangelnder Qualität oder aus sonstigen Gründen als ungeeignet aussondere, versuche ich nach zwei oder drei Tagen, mir die Geschichte in Erinnerung zu rufen, ohne sie noch einmal gelesen zu haben. Wenn ich mich an nichts mehr davon erinnern kann, wird sie abgelehnt.

»Sie kommen und gehen« mit seinen beißenden surrealen Bildern blieb mir für weit mehr als die drei Tage deutlich im Gedächtnis. Aus Gründen, die offensichtlich sind, wenn man die Story gelesen hat, erinnerte sie mich an Richard Mathesons klassische SF-Erzählung »Menschenkind«.*

Ich finde diese Geschichte einfach unklassifizierbar, wenn ich auch denke, dass sie mehr Horror als Fantasy ist ... oder nicht? Aber ich fand sie auch einfach unvergesslich.

---

* Originaltitel: »Born of Man and Woman« (1950); eine SF/Horror-Geschichte aus der Sicht eines monströsen Kindes, das aus seinem Gefängnis im Keller heraus die Revolte gegen seine Eltern plant [deutsch in Manfred Kluge (Hrsg.) *The Magazine of Fantasy and Science Fiction 57 (1980)]*. Anm. d. Übers.

Da kommt dieses Insekt wieder aus der Küche. Es glänzt wie eine Kupfermünze, wenn es fliegt. Vielleicht könnte ich es in ein Glas stecken, mit kleinen Zweigen und Blättern.

Mir ist übel. Offenbar versucht sie durchzukommen. Der Verputz an der Wand und ein Stück des Teppichs davor werden feucht. Ich rücke den Stuhl fort und stehe auf der anderen Seite des leeren Zimmers, denn der Geruch feuchter Dinge, was immer sie sein mögen, ist schlecht. Ich sehe einen Teil von ihr in der Luft schwimmen, nass und rosafarben, und lege Zeitungspapier darunter, damit der Teppich nicht so schmutzig wird. Der Rest erscheint nach und nach. Ihre Augen und ihr Mund sind wieder verklebt, und sie hört sich grässlich an, als sie würgend und spuckend versucht, ihren Mund freizubekommen. Ihre Hände können noch nicht richtig greifen, und so muss ich ihr Augen und Mund mit nassen Lappen auswischen. Ihre Augen stehen weit auseinander und sind riesengroß.

Sie kann jetzt sprechen und lässt mich die bekannten Linien auf die Wand zeichnen. Sie berührt die Wand nie, und ich tue es wahrhaftig auch nicht gerne. Als ich mit den Linien fertig bin, sehen sie verschwommen aus, und ich kann kaum richtig feststellen, wo die Wand ist. Mir ist so schwindelig, dass ich nicht mehr stehen kann, und so krieche ich mit geschlossenen Augen herum, um den Stuhl zu finden.

Ich setze mich und sehe zu, wie sie mitten im Zimmer steht und redet. Wo ihr Rückgrat endet, ist eine glänzende Stelle und eine andere neben ihren Schulterblät-

39

tern. Sie bewegt ihre Arme in langsamen Kreisen, aber ihre Finger tanzen wie Fliegen und hinterlassen Striche in der Luft.

Ich höre einen Knall wie von einer zerplatzenden Glühbirne, eines der schwarzen Dinger schießt aus dem Raum in die Linien und bohrt sich in die schwarze Wand. Es ist schmutzig und tot und hässlich, und sie muss andere Worte sagen und neue Linien zeichnen, bevor der Rest durchkommt.

Ich kenne den Großen. Er kam vor einem Jahr im Winter und trug meine Schuhe und schritt rückwärts durch das Meer, während er auf seine Fußspuren blickte. Er war es, der meinen Hund gegessen hat und der mir dann sein Messer gab, als ich weinte. Irgendwie ist das Messer nicht in Ordnung. Ich kann es nicht festhalten, wenn es aus der Hülle gezogen ist, und ich schneide mich immer, wenn ich es zurückstecke.

Sie bekam dieses Mal fünf durch, den Großen und das tote Ding nicht mitgezählt. Ich sehe zu, wie sie sich durch das Zimmer bewegen und sich alte Kleider und Hüte anziehen. Die meisten von ihnen können keine Schuhe tragen wie einige von denen, die im Winter kamen; aber es ist dunkel draußen und nur ein paar Blocks von hier zum Haus von Whitman. Ich wünschte, sie hätten Johnny Whitman nicht verändert. Vorher mochte ich gerne mit ihm draußen spielen, aber jetzt macht er gar keine lustigen Sachen mehr. Er geht nur noch in den Geschäften Zucker und Essig für sie kaufen. Jetzt ist das Insekt wieder da. Ich wollte, ich hätte ein Einmachglas. Ich wollte, ich hätte einen neuen Hund.

Vicki Ann Heydron
Katzengeschichte

Vicki Ann Heydron betrat den Greyhaven-Kreis, als sie auf dem Weg zu Bill Crawfords *Witchcraft and Sorcery Convention* (später *Fantasy Faire,* weil die vorherige Bezeichnung zu viele Okkultismen, Satanisten und Ähnliche anlockte, wobei doch »Witchcraft and Sorcery« einfach der Titel von einem von Bill Crawfords Magazinen war) ein Taxi mit mir teilte.

Vicki hörte zufällig mit, wie ich zu dem Taxifahrer sagte, dass ich zu dem Hotel müsse, wo das Treffen stattfand, und fragte mich, ob wir uns nicht das Taxi teilen könnten. Sie war ein wenig entgeistert, als sie merkte, dass ich der Ehrengast war, aber wir wurden schnell Freunde, und später am selben Tag machte ich sie mit meinem Bruder Paul und etwas später mit Randall Garrett bekannt, dem Autor der bekannten Fantasy-Geschichten um Lord Darcy.*

Während sie bei uns lebte, entdeckten sie und Randall, dass sie zusammen arbeiten und zusammen schreiben konnten; eine von Randalls besten Geschichten, »The Horro out of Time« (eine nicht-humoristische Erzählung in der Manier H. P. Lovecrafts), wurde von Randall begonnen, von Vicki fortgeführt und schließlich von Randall zu Ende geschrieben. Hört sich bekannt an? Ja; es bedarf eines Experten, um sagen zu können, welche von den Geschichten unter den vielen Kuttner-Pseudonymen in den fünfziger und sechziger Jahren von Henry Kuttner und welche von Catherine Moore Kuttner waren. Aus pragmatischen Gründen, wie bei den Kuttners, zeichneten auch die Garretts diese Werke mit Randalls

---

* Deutsche Ausgaben als *Komplott der Zauberer* (Bastei-Lübbe 20 033), *Mord und Magie* (Bastei-Lübbe 20 041) und *Des Königs Detektiv* (in Vorb.). Anm. d. Übers.

Namen – als ein etablierter Autor konnte er ein höheres Honorar verlangen als die Anfängerin Vicki. Ähnlich wurde auch Vickis erste eigene Geschichte, »Keepersmith«, die unter beider Namen veröffentlicht wurde (um Vicki gerecht zu werden), als Geschichte von Randall *und* Vicki auf den Markt gebracht, um ein höheres Seitenhonorar von *Isaac Asimov's Adventure Story Magazine* zu erhalten. Zu diesem Zeitpunkt war es Tracy Blackstone, die beide Garretts vertrat, bereits klar geworden, dass Vickis Geschichten genauso gut geschrieben waren wie die Randalls, und während der schweren Krankheit, die die Arbeit an ihrem ersten gemeinsamen Roman unterbrach – als Randall für längere Zeit in einem tiefen Koma lag und sich dann erst allmählich wieder erholte –, hatte niemand auch nur die geringsten Bedenken, Vicki allein den Roman beenden zu lassen, den sie zusammen geplant und begonnen hatten. *The Steel of Raithskar,* 1981 bei Bantam erschienen, ist ein prächtiger Roman – ich hatte einen Teil davon gelesen, als Randall mir die ersten vier Kapitel gezeigt hatte, und als ich damit zu Ende war, war mein Kommentar: »Wenn Leigh Brackett in den achtziger Jahren schriebe, wäre das die Art von Romanen, die sie schreiben würde!«

Aber selbst wenn sie nicht mit Randall zusammenarbeitete, hat Vicki Heydron Garrett eine ebenso sichere Hand bei Fantasy, bei Abenteuer und bei Humor ... wie ihre »Katzengeschichte«, die für diese Anthologie geschrieben wurde, deutlich macht.

I.

Katherine Christopher wurde durch das tief aus der Kehle kommende Knurren ihres Siamkaters Martinique aus einem tiefen Schlaf gerissen. Das Knurren kam vom Balkon, durch die gläserne Schiebetür, die immer als Nachtausgang für den Kater offen gelassen wurde.

Katherine stand auf und ging leise hinaus in die mondsilberne Nacht. Martinique kauerte auf dem seitlichen Balkongeländer und starrte aufmerksam in den Baum. Wo er hinsah, zitterten die Zweige, als etwas, das sich darin verfangen hatte, zappelte und mit Lauten zwitscherte, die Kathy nie zuvor gehört hatte.

Die schwarze Schwanzspitze des Katers zitterte erwartungsvoll. Plötzlich erstarrte sie. Kathy warf sich nach vorn und packte den Kater mitten im Sprung.

»Was immer es sein mag«, schalt sie das laut protestierende Tier, »es ist gefangen. Das ist kein faires Spiel.«

Sie zog Martiniques Krallen aus ihrem nackten Arm, warf den Kater mit leichtem Schwung in ihr Schlafzimmer und schloss die Schiebetür, bevor er wieder hinausschlüpfen konnte. Dann lehnte sie sich gegen das Geländer und schaute zu der schattenhaften Gestalt im Baum hinauf.

Durch irgendeine Krankheit war der Baum mitten im Wachstum aufgehalten worden, und seine Krone war schief gegen die Hauswand gewachsen. Einer der stärkeren Äste wuchs parallel zum äußeren Geländer von Kathys Balkon, genau drei Fuß darüber. Im vergangenen Jahr waren viele der verkrüppelten Äste abgeschnitten worden, aber sie hatte gebeten, diesen einen übrig zu lassen. Er eignete sich sehr gut als Privatzugang Martiniques zu ihrer Wohnung im zweiten Stock.

Das helle Zwitschern kam aus einer dunklen Stelle über und hinter dem »Tür«-Ast, wo neue Triebe aus den Astschnitten gewachsen waren und ein dichtes grünes Gewirr gebildet hatten.

»Ich wusste, dass eines Tages so etwas passieren würde«, sagte Kathy laut. »Diese blöden Miller-Jungen – es hängt genug von ihrer Drachenschnur in diesem Baum, um einen Elefanten zu fesseln.«

Sie hob den langen Rock ihres Nachthemdes hoch und kletterte auf den Sitz eines weiß lackierten schmiedeeisernen Stuhls; dann trat sie vorsichtig auf das breite holzverkleidete Geländer und verlagerte ihr Gewicht darauf, während sie sich an dem Ast festhielt.

Nun konnte sie sehen, *wo* es war. Eine dunkle Silhouette bewegte sich vor dem nur wenig helleren Hintergrund der verholzten inneren Zweige … Sie hatte geglaubt, es müsse ein Vogel sein, weil es solche zwitschernden, zirpenden Laute von sich gab – aber die Silhouette war zu lang und zu dick.

Sie warf einen Blick nach unten, bedauerte es sofort und richtete ihre Augen rasch wieder auf das gefangene Geschöpf.

»Ich kann dich nicht hier lassen«, erklärte sie ihm ungeduldig. »Wenn Martinique dich nicht erwischt, dann irgendeine andere Katze.«

Sie krallte ihre Zehen um das Geländer, lehnte sich mit dem Becken gegen den unteren Ast und griff mit beiden Händen nach der sich bewegenden Gestalt.

»Nur keine Bange!«, redete sie ihr gut zu. »Beiß oder

44

kratz oder stich mich nicht oder so was. Ich versuche wirklich, dir zu helfen.«

Als ob es sie verstehen könnte, beruhigte sich die kleine Gestalt. Sanft schloss sich eine von Kathys Händen um sie.

Es war kein Vogel. Es war warm und pelzig und ... seltsam. Ein Windhauch wisperte durch den Baum und strich über ihre nackten Arme. Kathy stützte das merkwürdige Geschöpf mit der einen Hand, mit der anderen zog sie an der Schnur, die es im Gewirr der Zweige festhielt.

Sie fühlte sich höchst unbehaglich. Die raue Baumrinde presste sich durch das dünne Nylongewebe an ihre Schenkel, und die ausgestreckte Haltung verursachte ziehende Schmerzen in Armen und Beinen.

Reichlich spät dachte sie an die Schere in ihrer Nachttischschublade. *Zu* spät, stöhnte sie stumm. *Wenn ich je heil herunterkomme, wird mich nichts mehr jemals wieder hier heraufkriegen!*

So kämpfte sie einhändig mit der hartnäckigen Schnur. Als sie eben zu fürchten begann, es wirklich nicht zu schaffen, riss der letzte Strang so plötzlich, dass sie taumelte. Sie kippte vornüber und griff mit aller Kraft nach dem Ast, schloss die Augen und hielt den Atem an, bis das Schwanken nachließ. Und, nur für alle Fälle, noch eine halbe Ewigkeit länger. Dann glitt sie am Balkongitter hinunter und sank atemlos in den Stuhl. Ihr Kopf dröhnte, ihr Herz klopfte schmerzhaft, ihre Schenkel waren böse zugerichtet, und alle Muskeln taten ihr weh.

Das Geschöpf, das sie selbst in den Augenblicken der Gefahr sorgsam festgehalten hatte, lag ruhig und vertrauensvoll in ihrer Hand.

Schließlich kam sie wieder zu Atem. Sie schaute auf das Bündel und fing hastig an, es aufzuwickeln. Als es vom letzten Stückchen Schnur befreit war, flog es von ihrer erhobenen Hand hoch und schwebte vor ihrem Gesicht. Sie starrte es an.

Das Ding, das sie gerettet hatte, war nun im Mondlicht deutlich zu sehen. Es war ungefähr eine Handspanne groß und hatte die Gestalt eines Menschen – mit Flügeln. Es wirkte größer, als es hätte sein sollen, so als sei ein Mensch zusammengeschrumpft und dann wieder auseinander gezogen worden. Seine Füße waren wie Hände; sie hatten gegenüberliegende Daumen. Es war mit etwas Feinem, Schimmerndem, Weichem bedeckt – als sie es zuerst berührt hatte, war sie der Meinung gewesen, es sei ein Fell. Es mochte aber auch Flaum sein.

Die Flügel waren hauchdünn, fast transparente Membranen, sichtbar nur, weil sie das Mondlicht widerspiegelten und zurückwarfen. Ovale Augen, schimmernd wie Opale, standen in einem Winkel von fünfundvierzig Grad in seinem weichen, zierlichen Kopf.

Interessiert schaute es sie an.

Sie lächelte ihm zu und sagte: »Du bist ... mehr als schön. Du bist wundervoll!« Wie in einer kurz aufblitzenden Vision sah sie sich dieses liebliche Geschöpf finden, *nachdem* Martinique es zu packen gekriegt hatte, und sie schauerte. »Ich bin so froh, dass du in Sicherheit bist.«

Sie spürte es. Ein Gefühl von Freundlichkeit ging von diesem Wesen aus, zärtliche Wärme, ganz und gar wohltuend. Seine Worte wurden direkt in ihre Gedanken hinein gesprochen:

»Du zaslouzitis unsere Dankbarkeit und ein Prani ist splnitit bis zur pristi Lunar-Solar-Rejuxtaposition.«

Dann flog es fort.

II.

Katherine war erschöpft und zittrig von der körperlichen Anstrengung und dem intellektuellen Schock, den ihr das Erlebnis versetzt hatte. Benommen ging sie in ihre Wohnung zurück und ließ sich auf den Bettrand fallen. Sie löste das blutbefleckte Nachthemd von ihrer Haut, um die Schrammen zu untersuchen. Sie waren hässlich, aber oberflächlich und hatten schon aufgehört zu bluten. Sie beschloss, sie erst am nächsten Morgen zu behandeln, und schlüpfte mit einem Seufzer der Erleichterung unter die Decke.

Als die Schiebetür wieder für ihn geöffnet worden war, hatte Martinique den Baum durchstreift und enttäuscht herumgeschnüffelt. Jetzt sprang er neben sie, schnupperte an ihrer Wange und rollte sich schließlich am Fußende des Bettes zusammen.

Auf einmal war sich Kathy nicht mehr sicher, dass das alles wirklich passiert war.

Würde sie sich genauso fühlen wie jetzt, wenn sie nur aus einem Traum erwacht wäre?

Ein Traum, dachte sie verschwommen. *Ein wunderbares kleines Wesen, das es nicht geben kann, das in einer Sprache denkt, die man beinahe verstehen kann. Das ist Einbildung! Und doch ist da auch ein reales Element im Spiel. Ich habe genau das getan, was ich in einer derartigen Situation tun würde: mir um ein Haar meinen dummen Hals brechen.*

Ihr Geist bewegte sich auf jener angenehmen Grenze zwischen Schlaf und Wachen, auf der die Wahrheit manchmal ganz klar wird und selten erschreckend ist. Sie hielt die Empfindung fest, denn sie wusste, dass sie in solchen Augenblicken viel über sich selbst lernte. Sie ließ ihre Gedanken in und um den »Traum« wandern.

Ich nehme an, mein Unterbewusstsein versucht mir zu sagen, was ich schon weiß, aber nicht zugeben will – ich stecke in einem ausgefahrenen Geleise, und das zermürbt mich all-mählich. Ich brauche eine Veränderung, etwas, das anders ist.

Und dieser verdammte Urlaub ist das nicht! Es war ein Fehler von Anfang an. Hawaii – ausgerechnet in diesem Jahr mit zwanzig Pfund über meinem normalen Übergewicht? Wie war das doch, als ich kürzlich den Badeanzug anpro-bieren wollte? Ich schaute in den Spiegel und konnte meine Taille nicht finden. Ich war so deprimiert, dass ich den Heim-weg unterbrach und eine doppelte Portion Karamelleis ver-speiste!

Sie war jetzt wacher, kämpfte aber darum, den Fluss ihrer Gedanken nicht zu verlieren. Sie hatte in die-sen letzten Monaten die Symptome erkannt – Fress-sucht, Lethargie, ständig nervöse Kopfschmerzen – Symptome eines Problems, das sie nicht zu identi-fizieren vermochte ... oder dem sie sich nicht stellen wollte.

Wie wird sich dieser Urlaub von meinem Alltag unterschei-den? Er wird sein wie alle anderen – eine Reise mit geplanten Besichtigungen und Aussichten, die man ausgewählt hat, damit sie angesehen werden. Ein für mich programmierter Urlaub – so wie meine Arbeit von anderen Leuten program-miert wird. Ich kann Mr. Hodge keinen Vorwurf daraus machen, dass er das von ihm geschaffene System vorzieht. Aber ich bin es, die die Überstunden machen muss, damit moderne Größenordnungen mit zwanzig Jahre alten Methoden bewäl-tigt werden können.

Ich habe eine Menge Zeit und Geist in die Planung des neu-en Systems investiert. Man könnte damit Kauforder in der Hälfte der Zeit erledigen und Platz schaffen für das automati-sche Registrierprogramm, von dem Mr. Hodge dauernd er-klärt, dass wir es brauchen.

Aber er erklärt, die Umstellung erfordere zu viel Zeit, und will es mich nicht machen lassen ...

ER WILL ES MICH NICHT MACHEN LASSEN?

Ich bin jetzt sechs Jahre dort. Ich bin zweiunddreißig Jahre alt und eine ausgewachsene, kräftige Frau. Ich weiß, dass ich Recht habe und . . .

Aber ich benehme mich wie ein verängstigtes Küken. Ich habe Angst, die Karten auf den Tisch zu legen: entweder so, wie ich es will, oder ich KÜNDIGE!

Ich bin nur zu verdammt bequem. Ich verdiene genug Geld, um mir diese nette Wohnung zu leisten, und reise viel. Ich habe Angst davor, das Boot zum Schwanken zu bringen. Obwohl ich einen besseren Job haben oder – um ehrlich zu sein – auch mehr Spaß an meinen Reisen haben könnte, wenn ich die Courage hätte, meine eigenen Entscheidungen zu treffen, und dabei das Risiko einginge, es falsch anzufangen.

Unruhig warf sie sich im Bett herum und störte Martinique. Mit einem Schlag seines Schwanzes, der das dynamische Äquivalent eines lauten »Na!« darstellte, sprang er auf den Boden, trottete durch die geöffnete Tür auf den Balkon hinaus und verschwand.

Eine Katze schert sich um nichts, dachte sie, als sie ihm nachblickte. *Martinique tut immer alles auf seine Weise, ohne sich den Kopf über die Entscheidungen zu zerbrechen, die er trifft.*

Vielleicht ist es im Grunde nur das, was Menschen von Tieren trennt – dass Menschen die Konsequenzen ihres Handelns bedenken müssen.

Plötzlich lächelte sie. *So, das also hat mich die ganze Zeit beunruhigt! Ich bin ein menschliches Wesen, das eine Katze sein oder wenigstens die Qualitäten einer Katze haben möchte: Schönheit, Unabhängigkeit, Grazie, Selbstvertrauen.*

Ihr Lächeln verging, als sie daran dachte, dass sie Martinique auf dem Sprung gesehen hatte, das im Baum gefangene hübsche Wesen zu vernichten.

Wie steht es mit der Wildheit? Ist sie Teil oder Ergänzung der anderen, menschlich gesehen wünschenswerten Eigenschaften?

Sie drehte sich auf die andere Seite und stopfte sich das Kissen bequem unter den Kopf.

Ein interessantes Problem. Der einzige Weg, die Antwort zu finden, besteht darin, dass ich selbst eine Katze werde. Für einen Augenblick spielte ihr schläfriges Bewusstsein mit der Idee, und sie kam zu dem Schluss: *Ich glaube, dass es der Mühe wert wäre. Wert auch den Zwang, sich damit auch die anderen Seiten einzuhandeln. Ich wünschte, ich könnte herausfinden, wie es ist, eine Katze zu sein.*

Was das angeht, was heute Abend geschehen ist, so beschloss sie, *werde ich morgen früh nachsehen, ob meine Beine wirklich zerkratzt sind. Ich könnte es jetzt tun – aber ich möchte noch ein bisschen länger an meinen schönen Freund glauben.*

Sie versank in Schlaf.

Um zwölf Uhr achtzehn und eine viertel Minute rundete sich der Mond.

III.

Das schrille Rasseln des Weckers riss sie aus dem Schlaf.

Das verdammte Ding war lauter geworden.

Sie warf sich auf die Seite und griff nach der Uhr, aber ihre Hände waren unbeholfen, und ihre Beine hatten sich auf eine merkwürdige Weise in die Leintücher verwickelt. Sie verlor am Rand der Matratze das Gleichgewicht und fiel aus dem Bett. Halt suchend grapschte sie nach dem Nachttisch.

Er kippte um. Ein halb gefülltes Wasserglas flog rückwärts gegen die Wand und hinterließ einen großen nassen Fleck. Die Nachttischlampe wurde nach außen geschleudert und von ihrem Kabel zurückgerissen. Jetzt lag sie auf dem Boden; der Schirm war zerbrochen, die Glühbirne aber wunderbarerweise unversehrt geblieben. Zwei spitz zulaufende Fläschchen mit Nagellack rollten haltlos über den dicken Teppich.

Der aufgezogene Wecker lag mit dem Zifferblatt nach unten und gab immer noch sein nerventötendes Rasseln von sich. Katherine wuchtete sich herum und schlug ärgerlich auf ihn ein. Das Uhrglas zersprang, und willkommene Stille breitete sich aus.

Gut so! Ich habe dieses Ding schon immer gehasst!

Mein Gott, was für eine Art aufzuwachen! Wie dumm, aus dem Bett zu fallen – das ist mir nicht mehr passiert, seit ich fünf Jahre alt war.

Und warum passiert es mir heute? Ich fühle mich so merkwürdig...

Sie blickte auf die Hand, mit der sie die Uhr zertrümmert hatte. Es war eine Pfote.

Ihre erste Reaktion war: *Ich träume noch!* Aber sie verwarf den Gedanken sofort wieder. Nicht weil das Ereignis so wirklich anmutete. Tatsächlich hatte das Zimmer um sie herum jene besonders scharfen Konturen, wie sie manchmal in Träumen auftreten. Aber sie träumte immer in Farbe – und diese Welt war eindeutig schwarzweiß eingestellt.

Der Geruch vermittelte ihr die Vielfalt, die ihrem visuellen Eindruck fehlte. Am stärksten war der süße Wohlgeruch des Ziersteinkrauts auf ihrem Balkon. Aus der Küche drang die Schärfe von Zwiebelabfällen und aus dem Badezimmer der leichte Duft ihres Badeöls, vermischt mit dem erdigen Geruch von Martiniques Katzenklo. Sie erfasste einen Hauch von »scharfem Grün« von den Blättern des Baumes, der sich über den Balkon wölbte...

Und sie erinnerte sich.

Das also ist es, was der kleine Elf gesagt hat! Er hat mir einen Wunsch geschenkt (hört sich wie ein Märchen an, aber was sonst könnte es erklären?), und ich wusste es nicht einmal!

Sie war entrüstet. Eine solche Chance zu bekommen auf eine derart zufällige und unfaire Weise...

Aber war es unfair? Auf diese Weise gab es keinen

bewussten Kampf um vielleicht doch nur künstlich gesetzte Ziele. Man hatte ihr erlaubt, ihre Wahl auf der völlig unpraktischen Grundlage des reinen Wünschens zu treffen.

Und gestern Abend wünschte ich so sehr, wie Martinique zu sein. Sehe ich aus wie er?, überlegte sie mit einer Art hysterischer Ruhe. *Glänzend und dunkel? Vielleicht mit längerem Fell?*

Hmmm!

Sie wollte um ihr Bett herumgehen und in die Spiegel an den Wandschranktüren sehen, aber als sie aufzustehen versuchte, wickelte sich ihr langes Nachthemd fest um ihren Nacken und brachte sie aus dem Gleichgewicht. Das Geräusch, das sie auf dem Teppichboden verursachte, schien ihren neuerdings empfindlichen Ohren schrecklich laut. Die Lampe machte einen Sprung, und die Nagellackfläschchen rollten ein Stück weiter.

Ein winziger Anflug von Zweifel setzte sich in ihrem Kopf fest: Natürlich konnte sie sich nicht vorstellen, dass Martinique je über seine eigenen Füße fallen würde, aber wenn schon, dann würde es bestimmt keinen solchen Plumps geben.

Plötzlich drängte es sie sehr zu sehen, wie sie aussah. Sie erhob sich vorsichtig und versuchte, sich aus den weichen Falten ihres Nachthemdes herauszuwinden. Als das nicht gelang, rollte sie sich auf die Seite und zog unbeholfen mit allen vier Pfoten daran. Schließlich stand sie frei in einem Knäuel zerrissenen Nylon, das, wie ihre Erinnerung ihr sagte, von hellem Gelb war.

Es war längst Morgen geworden, und die Sonne schien durch die Balkontüren, als sie endlich vor dem Spiegel stand und sah, was aus Kathy Christopher geworden war.

Einen endlosen Augenblick lang balancierte sie auf der schmalen Grenze zur Panik. Dann aber brach sich ihr Sinn für Humor durch all das Befremdliche hindurch Bahn.

Lachen kullerte weich in ihrer Kehle, als sie auf das Geschöpf im Spiegel starrte. Dessen Kiefer öffnete sich, und eine lange Zunge fiel heraus, und das schien ihr sehr komisch. Der Schwanz schlug hin und her, und Kathy Christophers Bewusstsein brüllte vor Lachen.

Sie war nicht hysterisch, sondern entzückt.

Endlich ein Erfahrungsbeweis dafür, dass ein Mensch seine eigentliche Natur nicht ändern kann! Ich mag jetzt eine Katze sein, ... aber ich bin dieselbe Art von Katze, wie ich ein Mensch war!

Deshalb schien mir keine dieser Verwandlungsgeschichten, die ich als Kind gehört habe, wirklich! Ein Prinz verwandelt sich in einen Frosch – wahrhaftig! Ein Prinz ist hundert Mal größer als ein Frosch – wo bleibt der Rest von ihm?

Es ergab einen klaren Sinn. Sie hatte sich die Schönheit und Anmut einer Siamkatze gewünscht. Was sie aber geworden war...

Ein fetter Berglöwe.

Sie schritt vor dem Spiegel auf und ab und gewöhnte sich rasch an den horizontalen Gang. Sie probierte ihre Rückenmuskeln aus, die ihren Schwanz hin und her peitschen ließen. Welch ein Gefühl der Kraft ihr das vermittelte! Sie fühlte sich ganz allgemein stärker und, trotz ihrer unvollkommenen Körperbeherrschung, graziöser. Im Vergleich zu dem, was sie gewesen war, fühlte sie sich leichter und sah auch so aus.

Das wunderte sie, bis sie die Sache genau durchdacht hatte.

Die Muskulatur einer Großkatze ist sehr verschieden von der eines Menschen. Dicker und effizienter. Einiges von ihrem menschlichen Übergewicht war in das dichtere Muskelgewebe der Katze absorbiert worden und hatte nur eine relativ dünne Rolle Fett um ihre Mitte zurückgelassen.

Ihr Haar war von einem matten Blond gewesen, eine hübsche Farbe, die ihr aber ziemlich eintönig vorgekommen war. Als sie das Spiel von Glanz und Schatten an der Flanke des sich bewegenden Spiegelbildes sah, war sie überzeugt, dass die Farbe genau richtig für ihr Löwenfell war.

Ihre Augen waren groß und glänzend. So geheimnisvoll wie Martiniques Augen. Ihre Menschenaugen waren blau-grün gewesen – hatte sich diese Farbe verändert? War es die richtige Farbe für die Augen eines Berglöwen?

Ihre Klauen hatten sich reflexartig geöffnet, als sie versucht hatte, sich aus ihrem Nachthemd zu befreien. Jetzt streckte sie sie bewusst aus. Das vermittelte ihr ein beruhigendes Gefühl.

Sie begann an dem dicken Teppich zu kratzen, genau auf die gleiche Weise, wie sie Martinique dauernd erklärte, dass er es *nicht* tun dürfe. Hinterläufe steil nach oben gestreckt, Vorderpfoten und Brust fast am Boden – das herrliche Kratzgefühl lief bis in ihre Schultern hinauf.

Sie erstarrte zu Eis, als im Vorraum auf der anderen Seite des Wohnzimmers Schritte hörbar wurden. Jemand klopfte leise an ihre Wohnungstür.

IV.

»Kathy? Bist du fertig?«

Marcia! O mein Gott, sie bestand gestern Abend beim Essen darauf, mir zu helfen, meine Koffer herunterzutragen. Und ich habe ihr meinen Ersatzschlüssel gegeben, damit sie die Pflanzen gießen und Martinique füttern kann.

Wenn sie mich nun hier findet, wird sie einen Schlag bekommen! Was soll ich tun?

»Kathy?«, wiederholte die Stimme, dann murmelte sie etwas. »Wahrscheinlich steht sie noch unter der

Dusche. Macht nichts, wir haben noch viel Zeit ...« Der Schlüssel glitt ins Schlüsselloch und drehte sich. »Ich werde sie mit einer Tasse Kaffee überraschen.«

Kathy blickte wild um sich; flüchtig bemerkte sie, dass die abgerundeten Ohren der Katze im Spiegel zurückgelegt waren, sich beinahe flach an den großen weichen Kopf gepresst hatten. Weil sie keine andere Möglichkeit entdeckte, suchte sie mit einem Sprung auf die andere Bettseite, die von der halb offenen Schlafzimmertür abgewandt war, gerade noch rechtzeitig Schutz, bevor ihre Freundin das Wohnzimmer betrat. Sie hörte, wie Marcia Luft holte, als sie sah, dass das Badezimmer leer war.

»Kathy?« Ein nervöses Zittern lag in ihrer Stimme. »Kathy? Wo bist du? Gib Antwort!« Sie näherte sich langsam dem Schlafzimmer. Kathy drückte sich, so eng sie nur konnte, an den Bettrahmen. Ihre ganze Aufmerksamkeit war auf Marcia gerichtet.

Lautlos war Martinique durch die offene Balkontür gekommen und fauchte jetzt das riesige, lohfarbene Ungetüm an, das neben dem Bett kauerte.

Kathy schrie überrascht auf, sprang hoch und landete mit dem Gesicht zum Spiegel hin auf dem Bett.

Martinique, du Idiot!

Marcia schaute zur Tür herein, ihre Augen starrten verstört und entsetzt. Sie blickte von Kathy, die in Verteidigungsstellung auf dem Bett hockte, auf Martinique, der sich mit gesträubtem Fell und zurückgelegten Ohren gegen die Glastür presste, und schließlich auf das zerrissene, blutige Nachthemd auf dem Boden. Dann schlug sie die Türe zu und rannte schreiend durch das Wohnzimmer hinaus auf den Flur.

Kathy vernahm einen neuen Laut von Martinique und drehte sich nach ihm um, gerade noch rechtzeitig, um zu sehen, wie sein zwölf Pfund schwerer Körper zum Sprung ansetzte. Es war rührend und beängstigend – sie wusste, dass Martinique sie schwer verletzen konnte, bevor sie imstande sein würde, sich zu verteidigen. Und dann müsste sie ihn womöglich töten.

Sie fuhr, so gut sie nur konnte, knurrend auf die Siamkatze zu, und diese wich zurück. Mit einem letzten trotzigen Fauchen entfloh Martinique auf dem Weg über seinen Balkonausgang.

Marcia wird bestimmt die Polizei rufen – ich muss raus hier, und zwar schnell! Sie wird an meiner Stelle für Martinique sorgen.

Sie überlegte, ob sie der Katze den Baum hinunter folgen sollte, verzichtete dann aber darauf, als sie sich daran erinnerte, wie der Ast unter ihrem Gewicht geschwankt hatte. Nein, sie würde das Haus auf menschliche Art und Weise verlassen müssen – durch den Flur und die Treppe hinunter.

Sie lief zur Schlafzimmertür und verbrachte einige entmutigende Sekunden mit dem Versuch, den Türknopf mit ihren Pfoten zu drehen. Dann sprach sie wütend zu sich selbst: *Hör auf, wie ein Mensch zu denken, verdammt! Tu etwas, das nützt!*

Sie hob den Kopf und nahm den facettierten Glasknopf zwischen die Zähne, drehte und zog, während sie sich mit aller Kraft zurücklehnte. Mit einer Pfote stieß sie dann die Türe auf und war im Wohnzimmer. Auch die Wohnzimmertür war geschlossen. Sie versuchte, den Knopf zu drehen, und er gab nach. Sie holte tief Atem.

So, das wär's. Beeilen wir uns, Katzenmädchen!

Sie öffnete die Tür und sprang hinaus. Leute standen im Flur und flüsterten. Jetzt schrien sie und rannten auf ihre eigenen Türen zu.

»Mein Gott, es ist *wirklich* ein Berglöwe!«

»Arme Kathy!«

Die Stimmen klangen hinter ihr her, als sie durch den Gang auf die Treppe und den Aufzug zuraste.

»Geht mir aus dem Weg, ihr da! Gebt mir freies Schussfeld!«

Schuss?

Sie erinnerte sich daran, dass Fred Hastings mit seinem Gewehr geprahlt hatte, das er zur Sicherheit im Hause habe.

Sicherheit?

Sie grub ihre Krallen in den Teppich, um die letzte scharfe Ecke zum Treppenhaus zu schaffen, und knallte mit dem Kopf gegen die Schwingtür. Das Gewehr ging los, als sie gerade dahinter verschwand.

»Ich habe noch eine Ladung – ich werde diesen Killer kriegen!«, hörte sie Hastings brüllen, als er durch die Diele hinter ihr her gerannt kam.

Ihr Kopf dröhnte von dem Schlag gegen die schwere Tür. Sie trat auf die oberste Treppenstufe und rollte bis zum halben Treppenabsatz hinunter. Die Tür über ihr schwang auf, und sie setzte achtlos über die nächsten Stufen hinweg nach unten, wobei ihr die gewundene Treppenflucht als Deckung diente.

Sie schoss hinaus in die Eingangshalle und kam heftig bremsend zum Stehen.

Der Sicherheitsverschluss! Ich komme nicht ohne Schlüssel hinaus!

Hastings war nicht so dumm, wie er schien; er blieb am Ausgang zur Halle stehen und drückte die Schwingtür langsam nach außen. Wie ein Torpedo schoss sie vorwärts, diesmal genau im rechten Augenblick, sodass ihre federnden Vorderläufe zuerst gegen die Tür prallten. Sie flog hindurch, stieß dabei den Mann um, und ihr Sprung trug sie halbwegs die letzten Stufen abwärts. Der Mann fluchte, setzte sich auf und feuerte wieder, aber sie bekam noch rechtzeitig die Kurve. Dann befand sie sich auf der Parkebene, folgte einem abfahrenden Auto auf die Rampe und durch die automatische Tür und raste in einem Albtraum voller Panik durch die Straßen von San Francisco.

V.

Sie lag in einem verkrauteten Acker in der Nähe eines niedergebrochenen Zaunes. Ein schwarz-weißer Wagen hielt ganz in der Nähe an. Sie setzte zum Sprung an, aber die Polizisten verließen ihren Wagen nicht. Sie drehten die Scheiben herunter, stellten Code 7 im Radio ein und unterhielten sich gut gelaunt über dies und das und die verbleibende Zeit bis zum nächsten Zahltag. Kathy ließ sich wieder nieder, unsagbar glücklich über die wenn auch ahnungslose menschliche Gesellschaft.

»He, Frank!«, sagte plötzlich einer der beiden Beamten, »warum suchen wir eigentlich nach der Katze?«

Stille. Dann: *»Möchtest du, dass ein Berglöwe so einfach in der Stadt herumläuft?«*

»Nein, ich meine nur, warum wir? Der Sheriff hat Bluthunde. Warum wird sie nicht damit aufgespürt?«

Gute Frage, Frank. Wie lautet die Antwort?

»In der Stadt? Bei all den Autos? Der Benzingestank würde alles andere überdecken, aber das ist nicht einmal nötig; ein einziger Schnaufer, und der Geruchssinn eines Hundes ist für Stunden gestört.«

»Ach so. Bluthunde sind also nicht drin.« Der andere Polizist schien enttäuscht zu sein. »Was, zum Teufel, tut ein Berglöwe überhaupt in San Francisco?«

Sie hörte geradezu, wie Frank die Achseln zuckte. »Wer weiß. Vielleicht irgendjemandes Schoßhündchen, Bert.«

»Vielleicht«, sagte Bert in einem unheilschwangeren Ton, der ihr Angst einjagte, »vielleicht ist er toll.« Er schwieg eine kurze Weile, dann fügte er hinzu: »Und vielleicht finden wir ihn heute Abend und bringen den Fall zu einem tollen Ende.«

»Ha! Halt den Mund und iss dein Erdnussbutterbrot!« Als sie wegfuhren, legte Kathy ihren Kopf auf die Vorderpfoten und versuchte, sich zu entspannen. *Keine*

Bluthunde war eine willkommene Information. Der Verdacht auf Tollwut jedoch keineswegs, so leichthin er auch ausgesprochen worden war.

Einen Teil ihrer Aufmerksamkeit auf Geräusche und Gerüche konzentriert, die ihre Entdeckung signalisieren würden, versuchte sie sich klar darüber zu werden, was passiert war.

Transmutation. Sie war erschrocken über die Kraft, die so etwas zustande gebracht hatte. Was war das kleine fliegende Geschöpf, das sie gerettet hatte? Ein »Elf« – etwas Reales, das die Grundlage aller Legenden und Kindergeschichten bildete?

Oder ein Fremdwesen? Jemand mit Vorstellungen und Kräften, die nichts zu tun hatten mit den Naturgesetzen, die für Menschen gelten?

Ich werde es niemals wissen.

Was war das, was es sagte? »Du, irgendetwas, unsere Dankbarkeit ... und noch etwas anderes. Offensichtlich meinte es, wenn ich eine Katze sein wolle, nun, warum nicht!

Sie seufzte und lächelte innerlich.

Vielen Dank jedenfalls, kleiner Freund, für deine guten Absichten.

Als es dämmerte, stand sie auf und ging los, um ihren Hunger zu stillen, der ständig stärker geworden war. Sie hatte mehrere Stunden in dem Feld verbracht und eine ganze Reihe von Methoden erwogen, Nahrung zu beschaffen. Sie war noch nicht hungrig genug, um Mülltonnen zu durchstöbern, und sie konnte wohl kaum in Fred's Sandwich-Bar auftauchen und ein belegtes Brötchen verlangen.

Sie entdeckte einen Supermarkt und wartete in der Nähe der Hintertüre, im Schatten leerer Kisten verborgen. Bei Schichtwechsel, als Leute aus der selbst schließenden Doppeltür herauskamen, kroch sie nahe genug heran, um die Türe zu erreichen, bevor sie zuschnappte. Sie glitt hindurch, durchquerte den vollgestopften Vorratsraum und fand den Weg zu einem Raum hinter der Fleischabteilung.

Ein Mann sortierte Hühner und verpackte sie. Dicht neben ihm befand sich ein Regal mit den größten, saftigsten Fleischknochen, die sie je gesehen hatte, und der Geruch des frischen Fleisches machte sie beinahe verrückt.

Sie zwang sich zu warten, wenn auch voller Ungeduld, und hoffte darauf, dass der Metzger nach vorne ging, bevor jemand sie entdeckte. Stattdessen kam ein anderer Mann in einer fleckigen Schürze herein, warf die verpackten Hühner auf ein Brett und trug sie hinaus auf die Fleischtheke.

Der Metzger nahm eine Schweinehälfte vom Haken, wandte sich von ihr weg zu der elektrischen Säge und begann, Koteletts zu schneiden.

Ich werde keine bessere Gelegenheit bekommen.

Sie schlich in den Raum, immer bemüht, den mittleren Verkaufstisch so lange wie möglich zwischen sich und dem Metzger zu halten. Dann machte sie einen Satz auf die seitliche Theke zu und packte ein paar Steaks zwischen ihre Kiefer.

Der Metzger drehte sich um und schrie vor Überraschung auf.

Sie schoss auf die Tür zu, aber ihre Pfoten glitten auf dem schlüpfrigen Linoleum aus, und sie suchte panikartig nach Halt. Plötzlich fühlte sie einen scharfen, stechenden Schmerz direkt an ihrer linken Schulter. Ein blutiges Beil bohrte sich in die Wand neben dem Türrahmen.

Sie ließ die Steaks fallen und fuhr empört fauchend herum.

Du Hundesohn! Du hast versucht, mich umzubringen!

Sie schnappte sich eines der Steaks, rannte zum Hinterausgang und zog die Klinke herunter, damit die Tür aufging. Sie durfte jetzt nicht anhalten, um ihr Steak zu verzehren, obwohl sein verführerischer Saft ihr durch ihre scharfen Zähne und in die Kehle sickerte. Wieder war die Jagd eröffnet – sie musste zuerst einen sicheren Platz finden.

So hetzte sie nun schon zum zweiten Mal an diesem Tag durch die Straßen der Stadt. Und dieses Mal trieb nicht Furcht sie an, sondern Zorn. Nicht einmal der stupide Fred Hastings und sein Gewehr hatten solche Wut in ihr geweckt. Sie waren *beide* in Panik gewesen, und Hastings hatte geglaubt – irrigerweise, aber ernsthaft –, dass sie jemanden getötet hatte!

Aber was habe ich diesem Metzger getan? Ich habe mir ein paar lausige Steaks von einem Haufen von Hunderten genommen. Er wusste bestimmt, dass ich ihm nichts tun würde – ich wollte nur genug Futter, um am Leben zu bleiben.

Wahrscheinlich Angst, seinen Job zu verlieren, wenn ihn jemand bestahl. Deshalb warf er ein Beil nach mir; verdammt nahe daran, mir den Kopf abzuhacken. Bastard!

Ihre Schulter schmerzte, aber sie rannte und keuchte und hielt sich an die dunkelsten Straßen, die sie entdecken konnte. Die wenigen Unerschrockenen, die ihr zu folgen versuchten, hatte sie bald weit hinter sich gelassen. Als sie in Sicherheit zu sein glaubte, legte sie in einer verlassenen Allee eine Pause ein, um wieder zu Atem zu kommen.

Eine Außenleiter führte zum Dach eines einstöckigen Hauses zu ihrer Linken hinauf. Beim ersten Versuch musste sie feststellen, dass sie für das Erklettern einer Leiter nach Menschenart nicht gebaut war; sie fiel auf den Boden und zog sich ein Stück zurück. Dann nahm sie einen Anlauf und sprang so hoch sie konnte. Mit den Vorderpfoten hielt sie sich an einer Stufe fest, ihre Hinterpfoten suchten und fanden festen Halt und katapultierten ihren Körper nach oben aufs Dach.

Auf dem Dach befand sich ein Oberlicht und aus dem darunter liegenden, verdunkelten Zimmer drang ein flackernder Schein herauf. Ein Flüstern: »Hilf mir bei diesem Fernseher, verdammt noch mal! Wir müssen in zehn Minuten hier wieder raus sein!«

Leise kroch sie über das Dach zum nächsten Haus. *Es tut mir Leid,* erklärte sie dem unbekannten Eigentümer des Fernsehers, *aber diesmal stimmt's: ich kann's mir wirklich nicht leisten, mich dahinein verwickeln zu lassen.*

Die Häuser standen hier Mauer an Mauer mit mehr oder weniger gleich hohen Dächern. Sie schlich sich über den Block entlang der Straße, sprang immer wieder ein paar Fuß nach oben oder nach unten, bis sie zum letzten Dach kam. Dann sank sie zusammen und ließ das Steak auf ihre Vorderpfoten fallen. So hungrig sie auch war, sie musste erst eine Minute verschnaufen.

Blut verklebte die Wunde an ihrer Schulter, schützte sie vor der Luft und ließ sie weniger schmerzen. Sie versuchte, sich zu drehen und daran zu lecken, aber die Wunde befand sich zu hoch oben an ihrem Rücken.

Wenn es schlimm wäre, versicherte sie sich, *hätte ich nicht rennen können.*

Und nun zu dem Steak.

Sie wusste genau, dass sie das Fleisch auf das Dach legen, mit einer Pfote festhalten und dann Stücke davon abreißen musste. Aber das Dach war dreckig, rußig von niedergegangenem Smog und dem losen Staub aus den höher gelegenen Hügeln.

Mit rohem Steak kann ich leben. Aber ich weigere mich, SCHMUTZIGES rohes Steak zu essen.

Sie setzte sich auf ihre Hinterbacken, hielt das Steak zwischen den Pfoten und knabberte so anständig wie nur möglich daran herum.

Ein Berglöwe!, verspottete sie sich. *Ich fühle mich mehr wie ein Eichhörnchen.*

Außerdem ist dieses Steak nicht genug. Ich hätte die ganze Schweinehälfte nehmen sollen.

Oder noch besser den Metzger!

VI.

Der Gedanke erschreckte sie. Und das Gefühl, das sie gleichzeitig überkommen hatte. Eine beunruhigende ... Vorahnung.

Sie fraß das Steak auf und kauerte sich nieder, um den Knochen zu zerbeißen. Sie schob die schmale, scharfe Kante von einer Seite ihres Mauls zur anderen.

Sie versuchte, sich die rasende Wut, die sie überfallen hatte, als das Beil ihre Schulter traf, ins Gedächtnis zurückzurufen und zu analysieren. *Ich war auf dem Sprung, den Mann zu töten. Ich wollte ihn töten.*

Und nicht, weil er mich verletzt hatte. Mit einer simplen Reaktion auf Schmerzen könnte ich fertig werden, wenn ich der Meinung wäre, dass es das war. Aber ich glaube es nicht. Eine normale Katze wäre durch den Schmerz erschreckt worden und nur noch schneller weggelaufen.

Nein, ich habe mich aus einer völlig menschlichen Reaktion heraus zu dem Mann umgedreht. Er beleidigte mich, als er das Beil nach mir warf.

Und ich habe mir Gedanken wegen der Wildheit einer Katze gemacht? Sie spuckte den Knochen aus und fing an herumzuwandern.

Ich muss aus dieser Stadt hinaus. Wenn mir das nicht gelingt, werden sie mich töten oder ...

Sie konnte nicht sagen, woher die Überzeugung kam, aber sie wusste, wenn sie es jemals fertig brächte, einen Menschen mit ihren Zähnen und Krallen zu töten, würde der letzte Funke Menschlichkeit in ihr erlöschen.

Was denke ich da? Bin ich denn jetzt menschlich?

Die Antwort stellte sich ein, bevor sie die Frage noch richtig formuliert hatte, und veranlasste sie, entschlossen auf den Rand des Daches zuzugehen.

Ja! Ich mag wie ein Berglöwe aussehen, aber ich bin eine

Frau namens Katherine Christopher. Ich kann denken. Ich kann Entscheidungen treffen.

Und ich entscheide mich, diese Stadt so rasch wie möglich zu verlassen, bevor jemandem ein Leid geschieht!

Weil San Francisco auf Hügeln gebaut ist, war das Dach an diesem Ende des Blockes vier Stockwerke hoch. Sie erhob sich über den Rand und tappte die Feuerleiter hinunter, die im Zickzack an der Hauswand entlanglief. Die Metallroste der Stufen waren scharf und taten ihren Pfoten weh. Sie war bis zum ersten Treppenabsatz gekommen und schon entschlossen umzukehren, als ein Polizeifahrzeug in die Allee einbog und direkt unter ihr anhielt.

Sie zog sich in den Schatten unter einem schwach erleuchteten Fenster zurück und wagte einen raschen Blick in den Raum dahinter. Ein ältliches farbiges Ehepaar saß vor dem Fernsehapparat; der Mann war auf dem Sofa eingeschlafen, die Frau döste in ihrem Schaukelstuhl.

Schritte auf dem Dach, dann ließ sich eine Stimme direkt über ihrem Kopf vernehmen.

»Jensen!«

Ein Mann stieg aus dem Polizeiwagen unter ihr, schaute nach oben und tat ein paar Schritte seitwärts, um die Feuerleiter besser in den Blick zu bekommen.

»Hast du sie?«, rief er.

»Jawohl. Zwei von der Sorte. Alles klar.«

Der Wagen fuhr weiter, und die Schritte verklangen auf dem Dach. Sie stellte fest, dass sie wieder Atem bekam.

»Heute gab es zwölf Augenzeugenberichte über den Berglöwen...«

Die Stimme aus dem Fernseher ließ sie davon absehen, ihr Versteck zu verlassen.

Es folgte eine kurze Meldung über ihr Auftauchen

im Supermarkt. Dafür, dass der Metzger das Tier, wie er behauptete, schwer verletzt hatte, gab es keinen Beweis. Der Vorfall wurde jedoch, im Gegensatz zu anderen Berichten, von Augenzeugen bestätigt.

»Um einer Forderung der Behörden zu entsprechen, unsere Zuschauer genau über Größe, Aussehen und mögliche Verhaltensweisen von Pumas zu informieren, befindet sich Reporter Jerry Rogers soeben bei Dr. Kenneth Lawson in dessen Wildtier-Forschungsinstitut in den Hügeln bei Santa Cruz. Jerry...?«

»Danke, Bob. Ich bin hier mit Dr. Lawson in seinem Haus, das zugleich auch der Haupttrakt des Forschungszentrums ist...«

Sie sah durch das Fenster auf den Fernsehschirm. Das Flackern tat ihren Augen weh, aber sie gewann einen Eindruck von einem behaglichen, getäfelten Raum mit zwei Männern in Sesseln neben einem großen steinernen Kamin.

»Haben Sie eine Idee, Doktor, wie ein Berglöwe ungesehen nach San Francisco hineinkommen kann?«

»Nicht auf natürliche Weise.«

Junge, ist das eine Untertreibung!

»Ich will sagen«, fuhr der Doktor fort, »dass ein Puma unmöglich von selbst in die Stadt spaziert sein kann. Irgendjemand muss ihn illegal als Haustier mitgebracht haben.«

»Vielleicht die Frau, in deren Wohnung er entdeckt wurde? Die Frau, von der man annimmt, dass sie...«

»Die Frau, die *verschwunden* ist«, unterbrach ihn der Doktor. »Es liegt kein ausreichender Beweis dafür vor, dass die Frau tot ist, und auch nicht dafür, dass der Puma sie verletzt hat.«

Gib's ihm, Doc!

»Und was ist mit dem Metzger, der angegriffen wurde?«

»Wahrscheinlich wurde die Katze durch den Geruch von Fleisch angezogen, und der Metzger überraschte sie so, dass sie Angst bekam.«

»Wollen Sie damit sagen, Dr. Lawson, dass dieser Berglöwe *nicht* gefährlich ist?«

»Ja«, antwortete der tiefe Bariton, den sie zu mögen begann.

»Vor allem da wir nicht wissen, wie schwer er verwundet ist. Er hat unglaubliche Überlebensfähigkeiten; er kann fast alles fressen und verdauen.« *Das werde ich mir merken.* »Es gibt keinen Grund anzunehmen, dass er Menschen angreift, wenn er nicht unmittelbar durch sie bedroht wird.«

Die Kamera verharrte auf dem Gesicht des Doktors, und sie bemühte sich, durch das Flackern hindurch ein klares Bild von ihm zu bekommen. Er schien noch jung zu sein, hatte dichtes, helles Haar und einen sauber geschnittenen krausen Bart. Er blickte direkt in die Kamera, und sie konnte sich des Eindrucks nicht erwehren, dass er in erster Linie sie ansprach.

»Dieses Tier gehört zu einer im höchsten Maße gefährdeten Art, und es wäre eine Vergeudung, es zu vernichten, bevor nicht alle Anstrengungen unternommen worden sind, es lebend zu fangen. Wir haben viel Platz hier und alle Einrichtungen, um es angemessen zu versorgen. Ich bin sicher, für das ganze Institut zu sprechen, wenn ich dem Puma Schutz anbiete, bis seine Herkunft geklärt und der Besitzer, wenn es ihn gibt, ermittelt worden ist.«

Die Kamera schwenkte zur Seite, als ein riesiger Berglöwe ins Zimmer trottete, und der Reporter sich auf seinem Sessel kerzengerade aufsetzte. Dr. Lawson streckte die Hand aus und kraulte die Katze im Nacken.

»Dies ist Sir George«, stellte er vor, »der hier aufgewachsen ist. Nach dem, was ich den Augenzeugenberichten entnommen habe, ist unser Puma erheblich kleiner als George und von etwas hellerer Farbe. Wahrscheinlich handelt es sich um ein Weibchen.«

Sie hörte dem weiteren Gespräch nicht mehr zu. Sie hatte bereits gewusst, dass sie die Stadt verlassen musste. Jetzt wusste sie auch, wohin sie gehen würde.

Mit halsbrecherischer Geschwindigkeit kletterte sie die Stufen hinunter; das Metallgeländer schwankte und klirrte, als sie auf der gewundenen Leiter abwärts kletterte. Sie erreichte den Absatz des ersten Stockwerks ... Und trat in die leere Luft hinaus.

Zu spät erinnerte sie sich daran, dass an diesen alten Häusern die Feuerleitern ein Stück über dem Boden endeten. Wild drehte sie sich um ihre Achse.

Katzen landen immer auf den Pfoten. Ist das nicht so?

Die Reflexe kamen; sie reagierte völlig richtig. Aber die Masse war zu groß und die Reaktionsgeschwindigkeit zu gering. Ihre hundertachtzig Pfund krachten durch einen achtlos aufgeschichteten Stapel von Pappkartons. Sie schlug mit der linken Seite hart auf dem Asphalt auf. Die Schachteln flogen auseinander und kreuz und quer über die Straße, einige fielen ihr auf Kopf und Rücken. Sie hätte froh über die Deckung sein müssen, die sie ihr gaben – wenn sie bei Bewusstsein gewesen wäre.

Sie erwachte mit einem Gefühl panischer Angst und schnappte nach Luft. Sie blieb ganz still liegen und versuchte, gleichmäßiger zu atmen; der brennende Schmerz an ihrer Seite ließ ein wenig nach.

Vorsichtig bewegte sie sich. Sie hatte nichts gebrochen und war nicht steif, so dass sie annahm, dass sie nicht sehr lange bewusstlos gewesen war. Sie konnte die Straßengeräusche und Stimmen hören – die von Frauen vor allem –, die lachten und riefen. Nichts deutete darauf hin, dass die Störung auf der Straße bemerkt worden war.

Sie glitt unter den Schachteln hervor und unterdrückte ein Stöhnen, als sie sich aufrichtete. Ein Blick über die Straße bestätigte ihr, dass zu dieser späten Stunde die Umgebung die Domäne einer anderen Katzenart war. Nach einigen vorsichtigen Schritten bekam sie ihren wunden Körper wieder unter Kontrolle.

Trotz der Schmerzen fühlte sie sich besser. Zum ersten Mal, seit ihr diese unglaubliche Geschichte passiert war, hatte sie ein festes Ziel.

Abseits von Menschen und hell erleuchteten Straßen begann sie ihre Reise nach Santa Cruz. Und zu Dr. Kenneth Lawson.

VII.

Es war wichtig, dass keiner der Berichte über ihr Auftauchen dadurch neue Nahrung erhielt, dass jemand sie *wirklich* zu sehen bekam. Sie kam zu der Einsicht, dass sie sich Stolz nicht leisten konnte.

Sie untersuchte Mülltonnen gegen den Protest ihrer regulären Kundschaft. Sie schaffte es, eine Grille zu verspeisen. Sie fegte einen Lebensmittelbehälter von einem zur Hälfte entladenen Bahnwaggon und labte sich an rohen Eiern und Milch.

Einmal sprang sie, angelockt durch den Geruch von gegrilltem Fleisch, über eine sechs Fuß hohe Hecke und schnappte sich von einem unbeaufsichtigten Bratrost einen riesigen Braten. Er verbrannte ihr das Maul – aber er schmeckte herrlich!

Meistens fraß sie gar nichts. Sie entdeckte, dass der Versuch, sich einen geraden Weg durch ein Labyrinth von Vororten und über offenes Land zu bahnen, eine gänzlich andere Sache war, als den Highway entlangzufahren.

Eines Nachmittags folgte sie schließlich der Sonne nach Westen aufs Meer zu und lief an der Küste entlang, bis sie Santa Cruz erreichte. Nachdem sie zwei weitere Tage immer größere Halbkreise landeinwärts gezogen hatte, war sie zu der Stelle gekommen, an der sie sich jetzt befand.

Sie war sich nicht sicher, was sie sich unter dem Wildtier-Institut eigentlich vorgestellt hatte. Aber als sie nun von den Hügeln her darauf hinunterblickte, wusste sie, dass sie das hätte erwarten *müssen*. Es war ein Zoo. Große Käfige, natürlich so bequem und umweltgerecht für ihre Insassen konstruiert wie eben möglich. Aber nichtsdestoweniger Käfige.

Hier würde man aber nicht auf mich schießen, redete sie sich gut zu. *Ich würde in Sicherheit sein.*

Sicher – in einem Käfig?, schnaubte ein anderer Teil ihres Bewusstseins. *Immer noch bereit, alles zu opfern um der Sicherheit willen, was?*

In der größten Anlage, die kein Dach hatte und raffiniert durch unüberwindliche Gräben aus glattem Zement abgesichert war, befand sich George. Er lag auf einem breiten, flachen Felsen vor einer künstlichen Höhle. Der Kopf des riesigen Pumas hob sich und wandte sich in ihre Richtung. Dann erhob er sich und witterte und prüfte ihren Geruch. Und rief sie, mit einem stolzen, herrlichen Laut, der sie auf die Füße und den Hügel hinunter brachte, bis sie verwirrt vor dem offenen Tor in der Steinmauer, die das Institut umgab, stehen blieb.

Hinter dem Tor befand sich eine weite grüne Rasenfläche und dahinter ein Haus. Ein Mann kam aus dem Haus und blickte zu der Großkatze hinüber. Innerhalb eines Drahtverhaues zog sich von Georges Anlage ein Auslauf zu einer Reihe von Käfigen hin. Der Mann rief etwas, und der Puma kam von seinem Miniaturberg zu einem der Käfige herunter. Sein Futterkäfig, vermutete Kathy.

Kathy hatte Dr. Kenneth Lawson erkannt. Sie hörte jetzt die warme Stimme, die sie im Fernsehen gehört hatte, in beruhigendem liebevollen Ton mit Sir George reden. Aber obwohl die Katze sich gegen den Drahtverhau lehnte und sich von dem Mann berühren ließ, blieb sie unruhig.

»Irgendetwas hat dich aufgestört«, bemerkte Dr. Lawson. »Ich glaube, ich werde einmal nachsehen.«

Er ging zum Haus zurück, die Asche aus seiner Pfeife klopfend. »Charlie«, rief er, »hol den Jeep heraus ... Heiliger ...«

Er blieb stocksteif stehen, als er sie sah, wie sie unsicher neben dem Tor kauerte.

»Vergiss es, Charlie. Hol das Betäubungsgewehr und bleibe außer Sicht. Wir haben Besuch.«

Dr. Lawson war in persona eher noch eindrucksvoller als das Bild, das sie mit einiger Anstrengung auf dem Fernsehschirm in den Blick bekommen hatte. Er war groß und von nordischem Typ, trug ein T-Shirt und Jeans, und sie konnte sehen, dass er sich in guter körperlicher Form hielt.

Eine schattenhafte Bewegung an der Hausecke erlaubte ihr einen kurzen Blick auf Charlie: dunkles Haar und Sonnenbrille.

»Ich habe von hier aus freies Schussfeld«, sagte er leise.

»Nicht bevor sie verrückt spielt«, erklärte Dr. Lawson. Sieh sie dir an! Die Verfassung, in der ihr Fell ist. Der hässliche Kratzer muss von dem Beil stammen, das sie getroffen hat. Nein, ich verwette meine Karriere dafür, dass dies das erste Mal ist, dass sie sich selbst überlassen ist. Sie *möchte* uns trauen. Sie ist an Menschen gewöhnt!«

Er hockte sich nieder und streckte seine Hand aus, obwohl sie einige Meter voneinander entfernt waren. »Komm herein, Mädchen. Wir werden dir nichts tun.«

Sie zögerte. Sie wusste, dass sie wegen Dr. Lawson hierher gekommen war, weil seine Stimme die einzige gewesen war, die sich zu ihren Gunsten erhoben hatte. Sie war erschöpft und hungrig und brauchte verzweifelt die Geborgenheit, die sie hier finden würde.

Und doch – die lange Feuerprobe ihrer Wanderung hatte eine Veränderung in ihr bewirkt. Sie hatte sich daran gewöhnt, den Kontakt mit Menschen zu meiden. Und Georges Willkommensschrei hatte eine nervöse Wildheit in ihr geweckt.

Wieder rief George und presste sich gegen die Umzäunung seines Käfigs.

Der Mann lächelte. »Komm, Lady. Komm herein und bleib eine Weile bei uns.«

Sie traf ihre Entscheidung.

Die starken Finger des Mannes suchten nach einer Stelle genau hinter ihrem linken Ohr und fing an, sie zart zu kraulen. Sie legte sich auf den weichen Rasen und drehte sich auf den Rücken. Er lachte entzückt und rieb ihr Brustfell. In einem Anfall von menschlicher Panik wurde ihr bewusst, dass er sie dort berührte, wo ihre Brüste sein sollten, und dass sie nackt war. Dann aber lachte sie sich aus.

Alles, was er sieht, ist eine Katze, und zwar eine bettelnde. Aber er will mich hier haben. Er gibt mir Sicherheit.

Sie stupste seinen Arm mit ihrem Kopf und rieb ihr Maul über seine Hand. Wäre sie auch äußerlich eine Frau gewesen, hätte sie vor Glück geweint.

Da sie eine Katze war, lernte sie zu schnurren.

VIII.

Charlie säuberte und verband ihre vernachlässigte Wunde. Ken bürstete die Kletten und Insekten aus ihrem Fell, und sie durfte so viel fressen, wie sie wollte.

Während dieser Prozedur achtete sie darauf, folgsam und kooperativ zu erscheinen, und lag völlig still da bis auf ein gelegentliches unwillkürliches schmerzliches Wimmern. Ken verbreitete sich mit einiger Verwirrung über ihren hohen Intelligenzgrad.

Es war fast dunkel, als sie fertig waren, und Charlie meinte: »Meinst du nicht, wir sollten sie über Nacht in den Käfig sperren? Vergiss nicht, dass sie ohne Schwierigkeiten den Weg aus einer Stadtwohnung gefunden hat.«

Sie legte ihre Ohren zurück, und Ken lachte. »Hast du das gesehen? Ich schwöre, sie versteht tatsächlich, was wir sagen.« Er setzte sich auf sein Bett. Sie sprang auf das Fußende, aber er stupste sie energisch herunter. »In Ordnung, Lady. Ich werde nicht verlangen, dass du im Käfig schläfst, wenn du nicht versuchst, auf meinem Bett zu schlafen. Geh hinaus und mach es dir auf dem Sofa im Wohnzimmer bequem. Geh jetzt!«

Widerwillig gehorchte sie. Als sie durch den kurzen Flur trabte, den Flur, den sie im Fernsehen gesehen hatte – konnte sie ihre Stimmen hören.

»Ich glaube nicht, dass sie versuchen wird fortzulaufen«, sagte Ken, »sie scheint wirklich glücklich bei uns zu sein. Und kein Wunder! Sie hat eine schöne Strapaze hinter sich.«

»Können wir sie hier behalten?«, fragte Charlie. »Was ist mit dem Besitzer?«

»Ich werde einen Weg *finden*, sie hier zu behalten, Charlie. Sie ist es wert, dass man sie ausgiebig studiert. Ich bin noch nie einem klügeren Tier begegnet.«

Sie sprang auf das Sofa, legte sich nieder und brütete über einem ethischen Problem, das ihr gerade in den Sinn gekommen war.

Er glaubt, ich bin wirklich ein Berglöwe. Um herauszufinden, warum ich so klug und gelehrig bin, wird er seine Forschung umorientieren. Es wird seine Karriere ruinieren, wenn er nicht einen anderen Puma aufziehen kann, der genauso intelligent ist wie … Einen anderen Puma aufziehen … Oooh!

Charlie fasste es in Worte.

»Willst du sie mit Sir George paaren?«

»Darauf kannst du wetten. Sie könnte der Anfang eines ganz neuen Zweigs der Katzenfamilie werden!«

Die Welt brach um sie zusammen – schon wieder. Sie legte den Kopf auf die Pfoten, und es war ihr zum Weinen zumute.

Was soll's? Was habe ich denn erwartet? Habe ich geglaubt, Dr. Ken Lawson, der Mann mit dem ehrlichen Gesicht und dem gewinnenden Lächeln, würde einen Blick auf mich werfen und sagen: »Hier ist eine Frau, die nur ganz zufällig ein Berglöwe ist«?

Würde ich einen Mann respektieren, der einfältig genug wäre, etwas derart Verrücktes zu glauben?

Natürlich glaubt er, dass ich lediglich eine besondere Art Katze bin. Und er ist ein Wissenschaftler – es gehört zu seinem Job, Versuchstiere zu paaren. Was das anbelangt, so bin ich ein Berglöwe, und ich nehme an, wenn man ihn genau ansieht, ist George ein recht hübscher Bursche.

Warum also fühle ich mich, als ob ein toller Playboy mir vorgeschlagen hätte, ich sollte statt mit ihm mit seinem pickligen Neffen ausgehen?

Ken ging an ihr vorbei in die Küche und trank ein Glas Wasser. Als er durch das Zimmer zurückkam, blieb er einen Augenblick stehen, um ihr über den Kopf zu streichen. Sie brachte es fertig, ihn anzuschnurren.

Das wenigste, was sie tun konnte, war, auf Wiedersehen zu sagen.

Als sie sicher war, dass die beiden Männer schliefen, machte sie sich mit Pfote und Maul an der verriegelten Haustür zu schaffen, öffnete sie und rannte hinaus in die Nacht. Sie wusste, es war dumm und würde das ganze Haus auf die Beine bringen, aber irgendetwas drängte sie, am Tor anzuhalten und Sir George ein Lebewohl zuzurufen.

Er antwortete ihr, und als sie in das Buschwerk an dem Hang flüchtete, den sie heruntergekommen war –

war das erst an diesem Nachmittag gewesen? –, verstand sie, warum seine Stimme sie so tief aufwühlte. Es war ein Schrei der Verlassenheit.

Kopfüber stürzte sie sich in den wildesten Teil des Geländes, den sie finden konnte; sie wusste, dass der Jeep niemals schnell genug sein würde, um ihr zu folgen. Aber abgesehen von dieser Überlegung weigerte sie sich, darüber nachzudenken, was sie getan hatte und warum. Sie rannte weiter, kletterte immer höher in die Berge und hoffte, dass die Erschöpfung schließlich das Gefühl des Verlustes abtöten würde, das sie innerlich quälte.

Am Ende suchte sie sich einen hoch gelegenen, einsamen Platz, eine Felsbank, umgeben von der juwelenbestückten Nacht. Sie lag da und ließ die Dunkelheit allen Schmerz, alle Verwirrung stillen. Und in diesem Augenblick des Friedens kam ihr mit plötzlicher Klarheit die Erinnerung an das, was das Geschöpf gesagt hatte, das sie gerettet hatte.

»Du zaslouzitis unsere Dankbarkeit und ein Prani ist splnitit bis zur pristi Lunar-Solar-Rejuxtaposition.«

Ein Wort blieb hängen: »Bis.«

Sie hob den Kopf, ihre ruhige Stimmung verwandelte sich in ein Gefühl gebändigter Erregung.

Das ist es, was mein Unterbewusstsein die ganze Zeit über heimlich bewegt und mich davon abgehalten hat, mich als Katze anzusehen. Ich habe immer gewusst, dass die Verwandlung nicht auf Dauer ist – ich werde mich zurückverwandeln. Gott sei Dank, ich werde mich zurückverwandeln!

Wann?

Sie überlegte, was sich wohl ereignen würde, wenn die Verwandlung einträte, während sie mit Sir George im Käfig eingeschlossen wäre! *Und wenn es Nachwuchs gäbe ...* Sie wies diese Spekulation als sinnlos zurück, da eine solche Situation ja vermieden worden war. Stattdessen dachte sie noch einmal genau über die Worte nach, an die sie sich jetzt erinnerte:

».. . Lunar-Solar-Rejuxtaposition.«
Rejuxtaposition.
Natürlich!

Gott segne dich, Marcia, wandte sie sich in Gedanken an ihre Freundin und Nachbarin, *für dein Interesse an Astrologie. Ich denke selten an solche Dinge – wenn wir nicht beim Essen, genau an dem Tag, an dem es geschah, darüber gesprochen hätten, hätte ich nie gewusst, dass in dieser Nacht Vollmond war. Also . . . der nächste Vollmond? Kann es so einfach sein?*

Vielleicht bedeutet »Lunar-Solar« den Augenblick, in dem die Position von Erde, Mond und Sonne das nächste Mal genau die gleiche ist wie in jeder Nacht. Maria erwähnte auch das – wie oft, sagte sie, tritt das ein?

Sie durchforschte ihre Erinnerung und schnappte nach Luft. *Alle neunzehn Jahre!*

Ich will das nicht glauben! Ich richte mich nach dem nächsten Vollmond. Ich werde mich in eine Frau zurückverwandeln, achtundzwanzig Tage nach der Nacht, in der ich mich in eine Katze verwandelt habe. Aber wieviel Zeit ist seither vergangen?

Sie versuchte, sich zu erinnern. Die Wanderung nach Süden war ein Albtraum von Furcht und Hunger gewesen: die Tage waren unbemerkt ineinander übergegangen. Sie schätzte die Zeit am Ende auf insgesamt neun Tage. Das gab ihr noch neunzehn.

Neunzehn Tage, bevor ich wieder eine Frau werde. Aber nicht hier draußen. Ich will nach Hause!

Glaubst du, dass sie die Wohnung unter Quarantäne gestellt haben, oder was immer sonst sie tun, wenn sie glauben, jemand ist tot? Sie haben keine Beweise, und sie können doch sicher nicht glauben, dass ein Berglöwe eine ganze Frau frisst – vor allem nicht eine von meinem Umfang – und keine Spur hinterlässt außer ein oder zwei Tropfen Blut auf ihrem Nachthemd.

Nein, ich wette, sie haben weiter nichts getan, als die Wohnung abgeschlossen – oder sie glauben, dass sie es getan haben. Gesegnet sei die trickreiche Balkontür! Falls man die richtige Kombination nicht kennt, scheint sie sicher verschlossen.

Neunzehn Tage. Neun habe ich gebraucht, um hierher zu kommen; ich werde mir neun einräumen, um zurückzukehren. Ich möchte nicht mehr Zeit als nötig in der Stadt verbringen – Marcia geht vielleicht in der Wohnung ein und aus, und ich wäre sonst nirgends sicher.

Das lässt mir also zehn Tage hier, in Freiheit. Zehn Tage, frei von Furcht und Unruhe. Zeit genug zu lernen, was ich vor allem anderen wissen wollte: Wie es ist, eine Katze zu sein.

IX.

Am Morgen kletterte sie vorsichtig von ihrem Felsen herunter und lief durch den trockenen, verkrauteten Busch. Sie rannte nicht *von* einer Stelle *zu* einer anderen. Sie rannte aus purer Freude an dem wohltuenden Kratzen des Gestrüpps an ihren Flanken und an der Kraft und dem rhythmischen Spiel ihrer Muskeln. Sie rannte aus Freude am Morgen.

Ein Kaninchen sprang ihr über den Weg; sie jagte ihm nach und packte es am Nacken. Es quietschte und strampelte, bis sie den langen mageren Körper hochwarf und ihm das Genick brach.

Entschlossen schob sie das Flüstern menschlichen Gewissens beiseite und kauerte sich nieder, um ihre Beute zu verzehren. Sie wusste, dass sie diesen Fang hauptsächlich ihrem Glück zu verdanken hatte. Und sie war darauf gefasst, in den nächsten Tagen sehr hungrig zu werden.

An manchen dieser Hungertage beobachtete sie Ken oder Charlie, wenn sie durch die Hügel fuhren oder liefen. Sie suchten nach ihr, Ken ganz offen, Charlie verstohlen wie ein Jäger. Aber beide trugen jetzt Gewehre, und sie wusste, wenn sie Kens bittender Stimme folgen würde, würde er seine Chance nutzen. Man würde sie betäuben, ins Institut zurückbringen und einsperren. Wahrscheinlich mit George zusammen.

So spielte sie ein harmloses Spiel und folgte ihnen ungesehen. Teils tat sie es wegen der menschlichen Gesellschaft, teils genoss sie die Herausforderung, die es für die Katze Kathy darstellte, sich in der Nähe der Männer zu halten und sie dessen gleichzeitig nicht gewahr werden zu lassen. Nur einmal wurde sie dieser Herausforderung nicht gerecht – und das geschah aus eigener Entscheidung.

Ken Lawson kannte diese Hügel gut, aber er war nicht gegen Unfälle gefeit. Es geschah plötzlich – er stand auf einem großen, ziemlich flachen Felsen, der über einem Abhang vorragte und die Sicht auf den größten Teil eines dicht bewachsenen Tales freigab. Er verlagerte sein Gewicht, einer der Steine am Rand des Felsens brach los, und die Welt kippte unter ihm weg. Er warf sich im Fallen herum und konnte sich gerade noch an der äußersten Kante der Felsplatte festhalten, die nicht nachgerutscht war, ihm jetzt allerdings eine glatte Schräge von der Länge seines Körpers darbot.

Er wird es niemals schaffen!, dachte Kathy, als sie sah, wie er mit den Füßen nach einem Halt suchte, um sein Gewicht stärker auf die Platte verlagern zu können. Der flache Stein war zu glatt, der Abhang unter ihm nicht sehr steil. *Der Sturz wird ihn nicht töten, aber die trockene, steinige Halde hinunterzustürzen würde eine hässliche Sache sein.*

Halt dich fest, Ken!

Sie trat aus einem Dickicht am Ufer jenseits des kleinen Tales hervor. Sie musste an der gegenüberliegenden Seite hochklettern, wie Ken es getan hatte, und sich dann den Weg abwärts zu dem Felsvorsprung suchen, auf dem er gestanden hatte. Sie konnte ihn jetzt nicht sehen, aber sie hörte, wie er um Halt kämpfte und gelegentlich einen keuchenden Fluch ausstieß.

Jetzt hatte sie den abfallenden Stein vor sich und konnte sehen, wie seine Finger sich um die obere Kante krallten und nach einem besseren Griff tasteten. Sie hatte gehofft, einen festen Stand zu finden und ihm helfen zu können, indem sie ihre Vorderpfote fest auf die Felsplatte drückte. Nun sah sie, dass das unmöglich war; die Platte hatte sich über einer tiefen Tasche festgedrückter Erde erhoben.

Seine Hände waren verschwitzt und begannen abzugleiten. Sie hatte nicht viel Zeit.

Kathy setzte zum Sprung an. Einen gefährlichen Augenblick lang balancierte sie auf der Steinkante, alle vier Pfoten fest auf die harte Oberfläche gestemmt. Ken war es gelungen, sich so weit vorzuschieben, dass sein Gewicht besser verteilt war, sodass nun ihr Gewicht der entscheidende Faktor war.

Ken fühlte, wie sich der Stein bewegte, und sah auf, um festzustellen, wie es dazu kam. Sein Gesicht war dunkel angelaufen und nass vor Anstrengung, aber sie hätte gerne gelacht, als sie seinen Ausdruck sah.

»Lady! Ich will verdammt sein! Lady!«, wiederholte er, als der Felsbrocken wieder an seinem Platz lag.

Als die Schwerkraft aufhörte, gegen ihn zu arbeiten, war es für Ken ein Leichtes, sich über den Felsrand zu ziehen und auf die Knie zu kommen. Er griff lachend nach ihr, und sie spürte, wie der Stein unter ihnen sich wieder in Bewegung setzte.

Du Dummkopf! Willst du wohl, zum Teufel, so fix wie möglich von diesem Stein herunterkommen! Der Gedanke fand seinen Ausdruck in einem gefährlich klingenden Fauchen, aber sie konnte nicht sagen, ob das besser wirkte als der rutschende Felsbrocken.

»Schon gut, Mädchen!«, sagte er. »Ich höre dich ja. Halt nur schön still . . .«

78

Das tat sie auch, während er vorsichtig über ihren zusammengeduckten Leib auf festen Boden kroch. »Okay, Lady«, rief er aus. »Jetzt bin ich außer Gefahr. Nun sei du aber auch schön vorsichtig!«

Als sie sich mit einem Sprung in Sicherheit gebracht hatte, setzte er sich nieder und klopfte neben sich auf den Boden. Sie überlegte. Das Betäubungsgewehr lag unten im Tal, nicht unwiederbringlich verloren, aber für den Augenblick außer Reichweite. So legte sie sich neben ihn, und sie blieben eine, wie es schien, lange, stille Zeit, nur so, einer mit dem anderen.

»Tja«, seufzte Ken endlich und sprang auf die Füße. »Ich kann nicht ewig hier sitzen bleiben – ich habe zu tun. Ich nehme an, du hast keine Lust, mit mir nach Hause zu kommen?« Sie erhob sich und zog sich ein paar Schritte zurück. »Ich hab's mir schon gedacht.« Er schüttelte den Kopf. »Du bist wirklich etwas ganz Besonderes, Lady. Wenn ich es nicht besser wüsste, würde ich sagen, du besitzt eine menschliche Intelligenz.

Eines ist sicher – ich werde kein Wort über das verlieren, was heute passiert ist. Sie würden sagen, dass ich als Kind zu viele Lassie-Filme gesehen habe.« Er lachte, klopfte sich den Staub aus dem Anzug, sah sie an. »Wir werden nicht mehr nach dir suchen, Mädchen. Du hast mich davon überzeugt, dass du dort bist, wo du sein möchtest. Aber ... unser Tor ist immer offen. Du bist jederzeit willkommen.«

Etwas in ihr sehnte sich danach, mit ihm zu gehen, als sie zusah, wie er den Hang hinunter heimwärts schritt. Aber das war der hungrige Teil in ihr, die alte Kathy Christopher, die Sicherheit brauchte. Sie blieb, wo sie saß, bis er außer Sicht war.

Es gelang ihr, noch ein paar weitere Kaninchen zu fangen, als die Zeit, die sie sich eingeräumt hatte, schon beinahe um war. Sie hatte Feldmäuse und Frösche gefressen, aber meistens nur von einer zwar abwechslungsreichen, aber unerfreulichen Diät aus Käfern gelebt. Sie hatte überlebt. Der Körper, den sie trug, schien für sie ganz natürlich und richtig. Sie war eine Katze, und sie hatte das Gefühl, sie habe endlich verstanden, was Katzenart ist.

In jener Nacht kam sie in die Hitze.

X.

Katherine Christopher war weder eine sehr leidenschaftliche noch eine unerfahrene Frau gewesen. Aber dies ...

Es war ein Drang, den sie nur mit dem vergleichen konnte, was sie über Entwöhnung von Drogenabhängigen gehört hatte. Es fraß an ihr von innen nach außen. Es unterbrach ihren Schlaf. Es beeinflusste ihre motorischen Funktionen und ihre Konzentrationsfähigkeit. Es schmerzte und brannte, bis sie zu heulen begann und sich auf dem unkrautüberwucherten Boden wälzte.

Und durch die klare Nachtluft kam Antwort auf ihren sehnsüchtigen Schrei.

Mit dem Laut kam das Bild dessen, der ihn aussandte – die starke, schöne Wölbung seines Kopfes, die Art, wie seine Muskeln unter dem weichen Brustfell und an seinen Flanken spielten, seine Zuneigung zu seinen menschlichen Freunden und, zwingender als alles andere, seine verzweifelte Einsamkeit.

Sie verspürte den Wunsch, zu ihm zu laufen und sich ihm zu ergeben, den nagenden Trieb in sich zu befriedigen. Sie waren einander ähnlich, sie konnten zusammen sein, sie konnten einer des anderen Einzigartigkeit in einer feindlichen Welt erträglicher machen. Ihre Paarung war vorherbestimmt ...

Nein!, schrie ein letzter Funken von Verstand. Kathy zwang sich stehen zu bleiben und blickte um sich. Sie war schon auf dem halben Weg zum Institut gewesen.

80

Wegmarken zeigten ihr, dass sie sich in der Nähe des Vorgebirges befand, in dem sie sich in der Nacht, in der sie geflohen war, ausgeruht hatte. Als versuchten zwei verschiedene Persönlichkeiten Kontrolle über ihren Körper zu gewinnen, so musste die menschliche Kathy kämpfen, um dem Institut den Rücken zu kehren.

Ich kann nicht nachgeben, dachte sie grimmig. *Ich werde es nicht tun! In wenigen Tagen bin ich wieder ein Mensch. Ich bin auch jetzt ein Mensch. Hörst du, George?*

Ich bin ein MENSCH!

Gott helfe uns, ich kann nicht zu dir kommen. Verzeih mir, George. Hilf mir, Gott!, betete sie inständig. *Hilf mir, mich zu beherrschen!*

Sie zog sich auf den Rand des Felsens zurück und blieb dort zitternd liegen. Verzweifelt versuchte sie, sich gegen Georges kummervolle Stimme zu wappnen. Ihre Ruhe war hart erkämpft und sehr gefährdet.

Es wird nicht ewig dauern. Das war ihr einziger Trost. Bei Hauskatzen dauert die Hitzphase – oh, ich glaube drei bis fünf Tage. Selbst bei einem Berglöwen kann es nicht ewig dauern.

Obwohl es so schien.

Während dieser Zeit kämpfte sie buchstäblich mit der Versuchung. Immer wieder verlor sie ihre Selbstbeherrschung und fand sich dann auf dem halben Weg bergabwärts. Sie presste ihren Bauch gegen den steinigen Boden und zwang seine Wärme oder Kühle, das schreckliche Brennen in ihren Eingeweiden zu lindern. Sie wälzte und krümmte sich und lag dann erschöpft still, bis sie es nicht mehr ertragen konnte.

Sie merkte nicht, wie die Zeit verging. Die Welt wurde hell und wieder dunkel; der einzige Unterschied war, dass nachts Georges Stimme klagend von den Sternen widerhallte, bittend und bettelnd. Die Nacht rief aber auch den Menschen in ihr wach, mit berauschenden Visionen von romantischen Abenteuern und mit Bruchstücken intimer Erinnerungen, die das Feuer nährten, gegen das sie so hart ankämpfte. In der Nacht schien der Trieb am stärksten zu sein, der Ruf des Pumamännchens am verführerischsten. Und am Ende – und in der Nacht – vermochte sie ihm nicht länger zu widerstehen.

Tagelang war sie ohne Nahrung und Schlaf gewesen. Ihr Geist brannte im Fieber, und ihr Körper war schwach geworden. Ihre Bewegungen waren unstet, als sie schließlich dem Trieb nachgab und den Berg hinunter auf das Institut zustolperte.

Wieder stand sie in dem gewölbten Torweg zwischen den steinernen Mauern. Im hellen Mondlicht konnte sie sehen, dass George über die eingezäunte Brücke von seinem Auslauf in den Futterkäfig gekommen war, um ihr so nahe wie möglich zu sein. Ihr Geruch machte ihn verrückt, und er warf sich mit aller Macht gegen das Gitter.

Er wird sich umbringen, so sehr braucht er mich, dachte sie. *Sieh nur, wie er kämpft, um mich zu erreichen – er blutet! Verzeih mir, dass ich dich diese ganze Zeit über verleugnet habe! Jetzt bin ich hier, George. Ich bin hier!*

Sie rannte auf den Käfig zu und riss mit Zähnen und Krallen an dem Gitter, das ihn verschloss. George brüllte und warf sein ganzes Gewicht dagegen. Der Käfig hielt.

Sie erhob ihre schmerzverzerrte Stimme in einem Schrei der Wut und der Enttäuschung – und brach ab, als der Strahl einer Lampe ihre Augen blendete.

»Lady«, sprach eine wohlbekannte Stimme. Ken Lawson schaltete die Lampe aus, und nach einigen Sekunden konnte sie wieder sehen. Er und Charlie bildeten Schatten vor dem Licht aus dem Haus und dem Hof, aber sie konnte sehen, dass sein Haar zerzaust und sein Gesicht hager war.

»Ken, sei vorsichtig!«, warnte Charlie. »Sie ist jetzt niemandes Schoßhündchen mehr. Lass mich das Betäubungsgewehr holen...«

»Ich sagte nein, Charlie«, entgegnete Ken mit leiser Stimme. »Frage mich nicht, warum. Bitte, frag mich nicht, warum.«

Langsam schritt Ken auf sie zu. Sie zog sich ein paar Schritte zurück, dann blieb sie stehen und ließ ihn näher kommen. Das Licht hatte George verstummen lassen, aber nun erneuerte er seine Anstrengungen, das Käfiggitter niederzureißen. Ihre Aufmerksamkeit aber war ganz auf den Mann gerichtet.

Erinnerungen tauchten vor ihr auf. Die ruhige Frische seiner Stimme, die in die Panik einer ganzen Stadt fiel. Sein Blick, als er sie begrüßt hatte, und die Wärme seiner Hand auf ihrem Körper. Ihre Angst um ihn, als er über dem gefährlichen Abgrund hing, und die kostbaren Augenblicke friedlicher Kameradschaft hinterher. Er war der einzige Mensch in der ganzen Welt, der versuchte, sie zu verstehen.

Jetzt trat er ganz nahe an sie heran und kniete nieder, sodass er ihr Gesicht sehen konnte.

»Ken, bitte ...«, kam Charlies ängstliche Stimme.

»Es ist schon recht. Sie wird mir nichts tun.« Dann zu ihr: »Du hast eine schlechte Zeit gehabt, nicht wahr, Lady? Und George auch. Und Charlie und ich haben nächtelang nicht schlafen können.«

Er nahm ihren Kopf zwischen seine Hände. Sie schloss die Augen und zitterte und rieb ihre Ohren an seinen Handtellern.

»Als du in der ersten Nacht nicht kamst, Lady – ich weiß nicht, was eine Katze dazu bringen kann, freiwillig anzugehen gegen ... Ich weiß nicht, was ich denken soll –

Lady, was soll ich tun? Soll ich Georges Käfig öffnen?« Sie öffnete ihre Augen, und es wurde seltsam still. George hatte mit seinem wahnsinnigen Toben aufgehört, saß schwer atmend da und beobachtete sie. Ken sah sie an, mit einem verwirrten, grüblerischen Ausdruck im Gesicht. Selbst Charlie, der Kens leise

Worte nicht hatte hören können, bei dem Krach, den George veranstaltet hatte, schien auf ihre Entscheidung zu warten.

Durch alle Verstörtheit ihres gemarterten Geistes flutete plötzlich Einsicht in ihr Bewusstsein, als sie von dem Puma zu dem Mann vor ihr blickte.

Ihr Körper schrie nach dem riesigen Berglöwen, der durch ihre Nähe so schrecklich erregt war.

Er könnte mir helfen. Aber nur, weil es seine Natur ist. Er würde nehmen, aber nicht geben; nur seinen Trieb stillen.

Ken möchte mir helfen. Ich wünschte, er könnte es. O Gott, wie sehr ich mir wünsche, er könnte es!

Die Katze in mir braucht George. Aber ich bin keine Katze.

Wieder blickte sie in das Gesicht des Mannes und sah, wie sein Ausdruck sich veränderte und ein Verstehen darin aufdämmerte, als ob er ihre Gedanken lesen könnte:

Öffne den Käfig nicht, Ken. George würde nur ein Ersatz sein für dich.

Sie raffte alle ihre menschliche Selbstbeherrschung zusammen und zog sich aus Kens Händen zurück. Er ließ sie gehen.

Sie rannte fort von dem unauflöslichen Konflikt, auch wenn sie dabei aus ganzer Seele schrie. Sie verschloss ihre Ohren vor Georges enttäuschtem Wutgeheul und Kens leisen Abschiedsworten. Sie zwang sich zu laufen, konzentrierte all ihre Aufmerksamkeit und Kraft auf ihre starken, federnden Beine. Sie lief, bis sie zusammenbrach und nicht mehr fähig war, wieder aufzustehen. Dann sank sie dankbar in einen Schlaf, der ihr das Vergessen schenkte, welches ihr verwehrt worden war.

XI.

Als sie erwachte, war der Trieb vorbei, wenn er auch
Narben in ihrem müden Geist und ihrem erschöpften
Körper hinterlassen hatte. Sie bewegte sich langsam.
Zuerst fand sie einen Bach, an dem sie ihren überwälti-
genden Durst stillen konnte. Während dieses Tages
ruhte sie sich aus und fraß Beeren und Käfer. Bis zum
Abend war sie wieder stark genug, zu jagen, und am
nächsten Morgen machte sie sich auf den Heimweg.

Sie lief, so schnell sie es wagen konnte, fraß, wenn sie
konnte und es wirklich nötig hatte. Sie versuchte, außer
Sicht zu bleiben; das Letzte, was sie jetzt brauchen
konnte, war, ausgemacht und auf dem Weg zur Stadt
verfolgt zu werden.

Sie gestattete sich keinen Zweifel daran, dass sie in
eine Frau zurückverwandelt werden würde, wenn der
Mond sich erneut rundete. Sie wusste, dass die Qual,
die sie eben erlitten hatte, sie in einigen Tagen erneut
überfallen würde, da der Trieb nicht befriedigt worden
war. Das war eine gespenstische Vorstellung, der nach-
zuhängen sie sich weigerte.

Den obersten Platz nahm in ihren Gedanken der
Wunsch ein, zu Hause zu sein, wenn es geschah, damit
es dort zu Ende gehe, wo es begonnen hatte. Darunter
verbarg sich nagende Furcht, verursacht durch die Hit-
zephase, die ihr endlos erschienen war, und die sich
rundende Scheibe des Mondes. Ihre früheren Berech-
nungen waren wertlos, und sie wusste, dass der Vollmond ganz nahe war. Sie war noch viele Meilen von der
Stadt entfernt, als sie gegen Abend am Fuß einer Hecke
lag und aus einem laut tönenden Autoradio Nachrich-
ten hörte. Die Station pflegte als Teil ihres Tagesüber-
blicks eine Gezeiteninformation zu geben; sie wartete
gespannt darauf und flehte in Gedanken den jungen
Mann unter dem Wagen an, das Scheppern mit seinem
Werkzeug einzustellen.

Ihre Geduld wurde mit der Bekanntgabe des bevorstehenden Vollmonds belohnt. Sie wartete noch ein wenig länger, um das Tagesdatum zu erfahren, dann war sie auch schon auf den Beinen und jagte davon.

Morgen Nacht! Ich werde es niemals schaffen!

Ich muss es schaffen! Das, so dachte sie verbissen, *das ist es, was mich die ganze Zeit angetrieben hat. Ich werde bei Vollmond in meiner Wohnung sein!*

Sie sprang durch die Nacht, raste über lange Strecken und wechselte dann in eine langsamere Gangart über, bis sie wieder zu Atem gekommen war. Bei Anbruch des Tages hatte sie die Ausläufer der Stadt erreicht. Sie bewegte sich jetzt vorsichtiger; sie wollte keinen neuen Aufruhr erregen, der dazu führen könnte, dass man ihre Wohnung überwachte. Gegen Mittag war ihre Ausdauer erschöpft, und sie versteckte sich in einem mit Brettern vernagelten Lagerhaus, zu müde, sogar die Ratten zu jagen, die sie empört anpfiffen.

Sie erwachte in panischer Angst – es war bereits dunkel.

Wie viel Uhr ist es? Und um welche Zeit rundete sich der Mond? Um welche Zeit genau?

Sie verließ das Gebäude, ignorierte ihren leeren Magen; ihr Entschluss stand fest.

Auf geradem Weg durch die Stadt. Sie stellte sich ihren Standort im Vergleich zur Lage ihres Hauses vor und schlug dann die kürzeste Route ein. *Ich werde dieser Richtung folgen, ganz gleich, was passieren mag. Die Nachricht kann sich nicht rascher verbreiten, als ich laufen werde.*

»Ganz gleich, was passieren mag«, schloss ein, dass sie über Autodächer lief, wo Wagen sich an den Ampeln stauten oder entlang der Straße parkten. Wenn nötig, fegte sie Fußgänger beiseite, in Gedanken Abbitte leistend – für gewöhnlich allerdings ließ man ihr viel Platz.

Sie befand sich drei Blocks von ihrer Wohnung entfernt, und ihre Lungen begannen, von der ständigen

Anstrengung zu schmerzen. Sie hörte ein stotterndes Röhren, und zwei Polizisten auf Motorrädern kamen aus einer Seitenstraße hinter ihr her.

Versuchen sie mich lebend zu fangen? Oder haben sie Befehl zu schießen, wenn sie es mit Aussicht auf Erfolg tun können? Es ist gleichgültig ... jetzt bin ich nah dran. Wenn ich sie nur für ein paar Minuten irreführen kann ...

Sie drehte nach rechts ab und quetschte sich durch einen engen Spalt zwischen zwei Häusern. Der Boden neigte sich und endete an einem hohen Zaun. Sie sprang darüber weg in eine enge Gasse. Aber die Polizisten waren ihr zuvorgekommen. Einer von ihnen kam eben um die Ecke hinter ihr her. Aufheulend donnerte sein Motor zwischen den Zäunen daher. Vor ihr brachte der andere sein Rad quietschend zum Stehen, ließ es auf den Boden sinken und nahm dahinter Deckung. Er richtete eine Pistole auf sie.

Pfeilschnell schoss sie nach vorn und über das Motorrad hinweg, nicht ganz ohne den Polizisten zu streifen. Er war klug genug, nicht zu schießen, da sich der andere Verfolger dicht hinter ihr befand; jetzt rollte er sich aus dem Weg, als sein Kollege über das Motorrad sprang und die Jagd fortsetzte.

Vor Kathy lag jetzt der Baum, der zu ihrem Balkon führte. Sie hoffte, dass der Mann hinter ihr in der Hitze der Verfolgungsjagd nicht daran denken würde, dass er sich jetzt so nahe bei der Wohnung befand, in der der Berglöwe zuerst gesehen worden war.

Sie tat, als wollte sie an dem Baum vorbeilaufen, dann wirbelte sie herum und schnellte sich drei Meter am Baumstamm hoch. Als sie sich ohne Schwierigkeiten nach oben zog und von dem wild schwankenden Ast auf den Balkon sprang, hörte sie das Motorrad quietschend anhalten und dann um die Ecke der vorderen Eingangstür des Hauses knattern.

Der runde, leuchtende Mond schien auf eine Katze,

die verzweifelt versuchte, eine verschlossene Schiebe-tür zu öffnen.

Mein Gott, ich kann sie nicht aufbekommen! Und es ist doch so einfach – gegen die Schwelle drücken, leicht zurückschieben, nochmals andrücken und dann öffnen. Leicht für eine Frau – nicht aber für einen Puma? Und – o nein – nicht hier drau-ßen!

Sie spürte ein seltsames Gefühl, ein Fließen, und in ihrer Verzweiflung gelang es ihr endlich, die Türe doch zu öffnen. Sie fiel nach innen und lag im vollen Glanz des Mondscheins und versuchte, die Einzigartigkeit dessen, was sie fühlte, auszukosten und ihrem Gedächt-nis einzuprägen.

Das Aufdämmern von Farben, das Verklingen von Geräuschen und Gerüchen. Als es geschehen war, wuss-te sie nur noch, dass sie etwas ganz und gar Wunderba-res erlebt hatte.

Und dass sie wieder eine Frau war.

XII.

Sie erhob sich ... und lachte, als ihr bewusst wurde, dass sie immer noch auf allen vieren kroch. Sie bewegte gezielt die Muskeln, an die sie sich erinnerte, und stand *wirklich* auf, ein wenig unsicher noch.

Wie groß sie war! Sie erinnerte sich nicht, so groß gewesen zu sein.

Alle meine Ansichten werden nun ein wenig anders sein, nachdem ich die Welt aus einem neuen Blickwinkel gesehen habe.

Sie schritt auf die Spiegeltür zu. Im flutenden Licht des Mondes, der eben noch rund gewesen war, sah sie sich als Frau wieder. Und sie war nicht weniger erstaunt als in dem Augenblick, in dem sie im selben Spiegel das Bild eines Berglöwen erblickt hatte.

Die Frau im Spiegel hatte eine mächtige zerzauste

Mähne sonnengebleichten Haares, mit Kletten und Unkraut darin. Sie war dünner geworden – noch keineswegs schlank, o nein, aber das Hungern und Rennen hatte wenigstens vierzig Pfund weggeschmolzen.

Ihre Haut war schmutzig und zerkratzt, und eine lange schmale Narbe lief von ihrem Schulterblatt bis zum linken unteren Rippenbogen. Sie starrte diese neue Frau an – verdreckt und verkrustet und völlig nackt – und stellte fest, dass sie schön war.

Aber da war eine Veränderung, die tiefer ging als diese körperlichen Unterschiede. Die Augen des Spiegelbildes, blau-grün, wie sie sie in Erinnerung gehabt hatte, leuchteten in einem inneren Licht von Selbstvertrauen und Stärke.

»Das«, sprach sie laut, »sind die Augen einer *unabhängigen* Frau.« Sie schritt hinaus auf den Balkon, blickte hinaus in die Nacht und flüsterte: »Wer immer du sein magst, kleines Wesen, du *zaslouzitis* meine Dankbarkeit. Sehr!«

Martinique sprang auf den Balkon und zögerte.

»Alles in Ordnung«, erklärte sie ihm, bückte sich, um ihn aufzuheben, und kraulte ihn hinter dem Ohr und wusste nun besser zu ermessen, welches Vergnügen sie ihm damit bereitete. »Ich bin wieder ich.« Sie lächelte verschmitzt. »Nun, vielleicht nicht ganz *dasselbe* Ich.«

Sie ging im Zimmer herum und machte sich wieder mit dem aufrechten Gang vertraut. Sie sprach mit sich und der Katze, den Laut ihrer menschlichen Stimme genießend.

»Die Polizei wird jeden Augenblick eintreffen. Ich werde mir eine Geschichte für sie ausdenken müssen. Dann werde ich mir überlegen, wie ich Mr. Lodge die Neuigkeit beibringe. Und an einem der nächsten Tage«, sagte sie, und Wärme breitete sich tief in ihrem Inneren aus, »werde ich ein schönes langes Gespräch mit Dr. Kenneth Lawson führen.«

Ihre Stimme klang tiefer, als sie sie in Erinnerung hatte.

Wahrscheinlich bin ich noch heiser von dem Gebrüll in den Bergen. Sie lächelte in der Rückerinnerung. Die Entfernung und die Zeit und die grenzenlose Erleichterung, keine Katze mehr zu sein, gaben ihr Raum, die Erfahrung objektiver zu betrachten.

Es ist nur gut, dass ich nicht in die Hitze kam, als ich noch in der Stadt war. Ich wäre ganz schön verdächtig gewesen, mit einem Schwanz ehrgeiziger Kater in meinen Gefolge!

Anodea Judith

Kinderträume

Anodea Judith ist ein lebender Beweis für zwei Dinge, die ich bei dieser Anthologie des Öfteren feststellen muss: zum einen, dass Schreiben ansteckend ist – mit Autoren zu leben regt neue Autoren zum Schreiben an –, und zum anderen, dass beinahe alle Künstler mehr als ein Talent haben; Kreativität kann sich auf mehr als eine Art ausdrücken.

Ich kannte Anodea Judith zuerst als Malerin; ihre Wandgemälde mit Wolken, Vögeln und Blumen sind überall in Berkeley zu sehen, einschließlich an meiner Schlafzimmerdecke. Sie ist auch (da das Anfertigen von Wandgemälden ein unsicherer Broterwerb ist) eine Masseuse und Physiotherapeutin von beträchtlicher Geschicklichkeit, wovon der Rücken eines manchen in unserer Gemeinschaft Zeugnis ablegen kann. Verkrampfte Muskeln von zu langem Sitzen an der Schreibmaschine oder Kopfschmerzen, die offensichtlich mehr von dem Druck eines Abgabetermins als von medizinischen Ursachen herrühren, lösen sich schnell unter ihren kundigen Händen. In jüngerer Zeit hat sie an einem Sachbuch über die *chakras*, die Energiefelder des menschlichen Körpers, gearbeitet. Doch ich hätte nie gedacht, dass sie irgendein Interesse am Schreiben von Geschichten hätte, bis die folgende Story auf meinem Schreibtisch landete.

Warum ist das Schreiben von Geschichten so ansteckend? Nun, ich glaube, dass die meisten Menschen, die nicht selber schreiben, glauben, dass »ein Schriftsteller zu sein« etwas Magisches und Ungewöhnliches ist; dass »Schriftsteller« nicht wirklich menschliche Wesen, sondern eine Rasse von Supermenschen sind. (Ich erinnere mich, dass eine Freundin meiner Tochter, als sie mich kennen lernte, einmal stotternd hervorstieß: »Aber Sie – Sie sind überhaupt nicht wie ein berühmter

Autor, Sie sind wie – wie –« und endlich fand sie das richtige Wort, »wie ein *wirklicher Mensch!*«)

Menschen, die viel mit Schriftstellern zusammen sind, kommen schnell über jene exaltierte Vorstellung vom Autor als Übermensch hinweg. Sie stellen fest, dass Autoren ihre Schöpfungen nicht voll entfaltet wie Athena aus dem Haupte des Zeug hervorbringen, sondern ein Wort nach dem anderen, und mit falschen Anfängen und falschen Fährten zu kämpfen haben, die dann zusammengeknüllt im Papierkorb landen, und ihre Arbeit verfluchen, als ob sie Installateure oder Schuhverkäufer wären, und dass wir im Allgemeinen erst den einen und dann den anderen Schuh anziehen wie andere Sterbliche auch. Aus jener desillusionierenden Erkenntnis erwächst häufig ein anderer schleichender Verdacht: »Hey – wenn *die* das kann, könnte ich das auch mal versuchen.«

Und häufig geschieht es dann auch.

Und das Ergebnis ist oft sehr amüsant und fantastisch.

Jedem Autor, der sich auch als Herausgeber betätigt oder sich bemüht, seine Erfahrungen in Seminaren weiterzugeben, wird oft vorgeworfen, eine »Schule« des Schreibens zu schaffen – die Hand John W. Campbells ist sichtbar in seinem ganzen genau geschulten »Stall« von *Astounding-* und *Analog-Autoren,* und dasselbe ist von den Milford- und Clarion-Workshops gesagt worden*** – dass sie Autoren nach *ihrem eigenen Bilde formen.*

---

* John W. Campbell (1910–1971), amerikanischer Autor und Herausgeber. Zu den von ihm entdeckten Autoren zählen Isaac Asimov, Robert A. Heinlein und A. E. van Vogt. Anm. d. Übers.

** Die *Milford Science Fiction Writers' Conference* war in den fünfziger und sechziger Jahren ein Forum für eine Gruppe von Autoren, zu denen Damon Knight, James Blish, Robert Silverberg, Harlan Ellison, Samuel R. Delany u. a. zählten, die dann später die *Clarion Science Fiction Writers' Workshops* für junge Nachwuchsautoren förderten. Anm. d. Übers.

»Kinderträume« widerlegt gewiss jene Behauptung. Es ist nicht die Art von Geschichte, die ich je geschrieben haben könnte. Aber ich glaube doch, dass es eine hübsche Geschichte ist.

»Nein! Ich will nicht!«

Mutter zog eine Grimasse und strich entschlossen ihren Rock glatt. Sie bemerkte, dass der Stoff dünne Stellen aufwies, und dachte trocken, dass ihre Geduld noch weit größere Verschleißerscheinungen zeigte.

»Zum letzten Mal, Johnny, da ist nichts in deinem Wandschrank, nichts unter deinem Bett, und außer ein paar Plastikspielsachen ist auch nichts in deiner Spielzeugkommode. Jetzt musst du anfangen, groß zu werden und die Wirklichkeit zu akzeptieren und zu Bett gehen wie andere große Leute.«

»Meinst du, ich kann bis Mitternacht aufbleiben wie du und Pappi?«

»Nein!«, schrie Mutter und schob Johnny durch die Diele in sein Zimmer bis ans Bett und schloss die Türe mit einem Knall. »So, nun will ich bis morgen Früh keinen Piepser mehr von dir hören, verstanden?«

Keine Antwort. Nur ein leises dünnes Wimmern. Mutter fand es außerordentlich hart, das anzuhören, ohne schwach zu werden, deshalb ging sie rasch durch die Diele, wobei sie etwas von »Wirklichkeit akzeptieren« und »groß sein« vor sich hin murmelte.

Inzwischen schaltete Johnny, groß genug zu wissen, wann er geschlagen war, seine Nachttischlampe an, sprach ein paar Gebete an die Adresse seines Teddybärs, kletterte tapfer ins Bett und zog die Decken fest über den Kopf.

»Was versteht Mutter schon von Wirklichkeit«, brummte er bei sich. »Ich werde ihr die Dinger zeigen, und dann wird es ihr Leid tun!«

Kaum hatte Johnny diese verhängnisvollen Worte gesprochen, als ein kühler Lufthauch durch das Zimmer zog, begleitet von einem lauten Knacken und den Geräuschen, die ein kleiner Junge macht, wenn er sich tiefer in die Sicherheit seiner Steppdecke verkriecht. Aber die Decke half nicht, und Johnny, zwischen Neugier und Angst hin und her gerissen, gab seiner Neugier nach und redete sich zu, dass er die Wirklichkeit nicht nur akzeptieren, sondern ihr auch ins Gesicht sehen müsse, und lobte sich selbst für seine Tapferkeit.

Eine schwache Bewegung machte sich unter der Steppdecke bemerkbar. Wieder ließ sich ein lautes Knacken vernehmen, dieses Mal begleitet von einem kalten Windstoß, der den Vorhang vor dem geschlossenen und verriegelten Fenster blähte. Wenig später kam ein schmales Köpfchen unter der Decke zum Vorschein, gefolgt von einem weit aufgerissenen Auge und dann von einem zweiten, und dann erschien eine kleine Nase, schnief, schnief, und schnupperte nach dem Wind.

»Buuuh!«, machte eine Stimme, und die Decke flog hoch und bedeckte den kleinen Jungen wieder völlig, ausgenommen, natürlich, die Füßchen, die nun am Bettende herausschauten.

»Willst du mich nun sehen oder nicht?«, verlangte eine heisere, brüchige Stimme zu wissen, während etwas das Kind in den großen Zeh zwickte.

Dieses Mal sprang Johnny ganz unter der Decke hervor, obwohl das ganz und gar nicht seine Absicht gewesen war.

»Das ist schon besser«, sagte die Stimme und setzte sich zufrieden auf die Spielzeugkommode.

»We-we-wer bist d-d-du?« Johnny stotterte und versuchte, die Decke vom Boden aufzuheben und sich damit wieder ins Bett zu verziehen.

Das grüne, schuppige Geschöpf gab zuerst keine

Antwort, sondern gähnte breit und entblößte dabei große spitze Zähne. Es streckte ein, zwei Fühler aus, kreuzte eines seiner vielen Beine und legte seinen seltsamen grünen Kopf auf die eine seiner schuppigen Klauenhände, während die andere sein Schwert packte.

»Ich hatte gehofft, du würdest *mir* das sagen! Schließlich bist du es ja, der mich geschaffen hat!«

»Waas?«, rief Johnny ungläubig aus.

»Ach, du liebe Zeit!«, schrie das Geschöpft. »Wann werde ich endlich wieder für erwachsene Leute arbeiten können? Kinder haben es so schwer, die Wirklichkeit zu akzeptieren.«

»Wa-wa-was meinst du?« Johnny schrie und fühlte, dass er irgendwie drauf und dran war, eine wichtige Wahrheit über die Natur des Universums zu erfahren, von der ihm seine Mutter noch nie etwas erzählt hatte.

Das Geschöpf stand plötzlich auf dem Boden, sprang mit ausgestrecktem Schwert auf Johnny zu und fragte: »Möchtest du, dass ich dir deinen kleinen Kopf abschlage oder nur deine Ohren?«

Johnny flüchtete sich wieder unter die Bettdecke und rollte sich diesmal zu einem so kleinen Ball zusammen, dass nichts von ihm mehr herausgucken konnte.

»Los, antworte mir, du Dummkopf! Du hast mich doch gerufen, oder etwa nicht? Ich meine, ich würde ganz bestimmt nicht freiwillig in einem Kleiderschrank leben, du etwa?«

Johnny konnte sich nicht darüber klar werden, ob dieser Bursche darauf aus war, ihm etwas anzutun oder nicht. Er war wirklich hässlich, aber das waren auch manche der Geschöpfe aus *Krieg der Sterne*, und sie hatten ihm nie etwas zuleide getan. Er kam zu dem Schluss, dass er ja bisher unversehrt geblieben war und deshalb ebenso gut die Sache durchstehen konnte, weil niemand anders ihm jemals diese Geheimnisse erklären würde, wenn er nicht von selbst dahinter käme. So zwang er sich zu einer großartigen Demonstration seines Mutes und warf die Decken von sich und sprach, mit einer eindrucksvollen Imitation der festen Stimme seines Vaters:

»Schon gut, du, du, du Ding du!«

»So ist's besser«, entgegnete das Geschöpf. »Ich meine, wir haben nicht die ganze Nacht Zeit. Du musst morgen zur Schule, weißt du.«

Johnny nickte gehorsam und lobte sich, dass er diese Schlafzimmerunterhaltung mit dem hässlichsten Geschöpf, das er je gesehen hatte, so mühelos akzeptierte.

Das Geschöpf begann: »Also, es scheint, dass ich mich gerade ruhig durch die Überwelt bewegte, auf dem Weg zu einer heißen Verabredung, um es genau zu sagen« (Johnny überlegte, wer oder was wohl jemals Lust haben könnte, mit etwas so Hässlichem auszugehen, aber er sagte nichts), »als ich plötzlich diese zwingende Gegenwart spürte, die mich zuerst in einen Wandschrank schickte und dann wieder hinaus mit einem unklaren Befehl, mich irgendeinem erwachsenen weiblichen Wesen zu zeigen. Dann komme ich an und werde *höchst* unhöflich behandelt und stelle fest, dass ich meine Existenz ausgerechnet dem beweisen soll, der mich geschaffen hat! Jetzt bist du an der Reihe, eine Erklärung abzugeben! Und sie sollte besser gut sein, wenn dir etwas an deinen kleinen Fingern liegt!« Diese letzteren Worte waren von einem Fauchen begleitet, das Johnny veranlasste, seine Finger schleunigst unter die Decke zu stecken, was dazu führte, dass sie ihm entglitt und auf den Boden rutschte und ihn völlig preisgab.

»Ich habe dich nicht geschaffen, du, du, du hässliches Ding!« (das Schwert hob sich drohend), »ich wollte sagen, du nettes, liebes Ding, du.«

Und das denkbar Komischste geschah, als er »nett« sagte. Das Geschöpf ließ sein Schwert zu Boden fallen, grinste mit einem breiten, zähneentblößenden Grinsen und streckte seine schuppige Hand aus, um Johnnys kleine Hand zu schütteln.

Johnny passte auf, um sicher zu sein, dass die andere Hand das Schwert nicht wieder aufhob, aber das Schwert war verschwunden, dort, wo es auf dem Boden gelandet war. Johnny war so überrascht, dass er seine Hand ausstreckte, aber nicht das Geschöpf ansah, sondern die Stelle am Boden, wohin das Schwert gefallen war.

»Wie hast du das gemacht?«, fragte er.

»Was gemacht?«, fragte das Geschöpf.

»Das Schwert verschwinden lassen!«

»Das habe nicht ich getan, du warst es, du kleiner Einfaltspinsel«, erklärte das Geschöpf. »Wenn du mich nett nennst, dann muss ich nett sein und brauche also kein Schwert.«

Johnny dachte einen Augenblick darüber nach, beschloss aber dann, nicht nur einfach so zu glauben. Dies hier war schließlich eine Übung im Akzeptieren der Wirklichkeit. Und es gibt keine Wirklichkeit ohne Beweis.

»Also dann wollte ich dich eigentlich auch nicht hässlich nennen. Du bist wunderschön!« Johnny hatte seine Finger unter dem Schlafanzug über Kreuz gelegt, denn das war die dickste Lüge, die je über seine Lippen gekommen war. Das Geschöpf sah ihn verblüfft an. Johnny tat seine Finger wieder auseinander und riss den Mund auf vor Staunen über das, was er sah.

Das Geschöpf verwandelte sich. Die Fänge in seinem Maul wurden kleiner, die Schuppen weicher, die Fühler wanden sich umeinander und formten ein langes, einzelnes Horn in der Mitte des grünen Kopfes.

»Ist es jetzt besser?«, fragte das Geschöpf mit weicher, lebhafter Stimme.

Johnny begann zu verstehen: »Ich glaube, ich würde dich lieber mögen, wenn du nicht grün wärst und wenn du einen Schwanz aus Haaren hättest statt aus Schuppen.«

Das Geschöpf veränderte sich nach seinen Worten. Es strahlte jetzt in allen Farben des Regenbogens, die im Licht der Nachttischlampe funkelten.

Johnny nickte beifällig, fasziniert von solchem Farbenspiel. Aber während er es beobachtete, begannen die Farben sich rascher und rascher zu drehen, bis vor seinen Augen ein heller Schein aufleuchtete und das pferdeähnliche Geschöpf schließlich von mondgleichem cremigem Weiß war. Das Geschöpf neigte seinen Kopf, legte sein Horn in Johnnys Schoß und sprach:

»Zu deinen Diensten, Herr. Dein Wunsch ist mir Befehl!«

Begleitet wurden diese Worte von einer Mischung aus Wiehern und Blöken und einem Schütteln der prächtigen weißen Mähne, die im Halbdunkel schimmerte.

»Mmmh.« Johnny nickte zufrieden. Das war in der Tat lustiger und unendlich befriedigender als Kunstunterricht in der Schule. Man musste sich einmal vorstellen, was die anderen Jungen morgen sagen würden, wenn er es ihnen erzählte!

Der Gedanke erinnerte Johnny an den ursprünglichen Zweck dieser Nacht. Niemand, weder seine Freunde noch seine Mutter, weder seine Schwester noch sein Bruder würden glauben, dass er ein großes, grünes, schuppiges Geschöpf aus seinem Wandschrank hatte herauskommen sehen und es in ein Einhorn verwandelt hatte. Sogar Johnny selbst hatte Schwierigkeiten, das zu glauben. »Ja«, seufzte Johnny bei sich. »Es genügt nicht, dass Wirklichkeit existiert, sie muss anderen bewiesen werden!«

Das, so wusste er wohl, war keine leichte Aufgabe.

»Nun gut«, sagte er gedankenvoll, »meinst du, du könntest hier bleiben und mir heute Nacht Gesellschaft leisten, sodass die anderen Geschöpfe im Wandschrank mir nichts tun können? Und dann, morgen früh«, fuhr er zuerst langsam, dann, als die Idee sich in seinem Kopf entfaltete, entschlossener forst, »gehst du ins Elternschlafzimmer und weckst meine Mutter, indem du sie mit deinem Horn stubst. Du darfst ihr natürlich nicht wehtun. Ich möchte nicht ohne Frühstück in die Schule gehen, verstehst du, aber bring ihr bei, dass sie mir glaubt, wenn ich sage, dass etwas in meinem Wandschrank ist!«

Das Geschöpf drehte sich langsam um, als ob es über die ihm gestellte Aufgabe nachdenken müsste. Es konnte nicht gut sein Horn in Mutters Schoß legen, da sie ja offensichtlich keine Jungfrau war, aber vielleicht konnte es einen eindrucksvollen Sprung über das Bett versuchen, dabei Mutters Gesicht mit seinem Schwanz streifen, mit einer Pirouette auf dem Boden landen und die Decken mit seinem Horn wegziehen. Ja, das würde ein Spaß sein! Es erzählte Johnny von seinem Plann, und Johnny stimmte vergnügt zu; begeistert klatschte er in die Hände.

»Aber«, sprach das Einhorn entschieden, »du musst auch etwas für mich tun.«

»Du bist mir zu Diensten«, entgegnete Johnny, »und ich bin dir zu Diensten. Gibt mir deine Befehle.«

»Du musst dich schön ins Bett legen und schlafen und alles vergessen, was heute Nacht geschehen ist. Du wirst morgen in der Schule niemandem etwas davon erzählen, denn du wirst dich nicht daran erinnern. Wenn du mir das versprichst, werde ich dafür sorgen, dass deine Mutter einen Blick auf mich werfen kann, den sie nie vergisst!«

Johnny versprach das, obwohl er insgeheim dachte, dass er nicht einmal in einer Million Jahre das außergewöhnliche Erlebnis vergessen würde, das er gehabt hatte.

»Okay, aber ich wünsche keine Pfuscherei, sonst werde ich dich wieder in ein ganz hässliches Geschöpf verwandeln.«

Das Einhorn schüttelte sich. »Abmachung ist Abmachung! Es geht los. Schlaf jetzt!« Und damit knipste es die Nachttischlampe aus und stupfte Johnny fest unter die Bettdecke. Johnny schlief sofort ein.

Am nächsten Morgen verschlief Mutter das Weckergerassel. Vater war schon aufgestanden und im Badezimmer damit beschäftigt, sich zu rasieren und anzuziehen. Plötzlich spürte Mutter die Haarbürste in ihrem Gesicht. Sie sagte: »Ralph, wirklich, es ist noch viel zu früh!«, dann setzte sie sich hastig auf und stellte fest, dass ihr Mann nicht im Zimmer war. Sie drehte sich zur Tür, gerade rechtzeitig, um ein Einhorn zu sehen, das eine Pirouette drehte, die es mit einem Aufbäumen und einem Stoß seines Horns beendete, welcher die Bettdecke auf den Fußboden beförderte und die arme verblüffte Frau der Wirklichkeit ihres zerknitterten Nachthemds und ihrer kalten Füße aussetzte.

»Ralph!«, schrie sie aus voller Kehle, mit einem Schrei, der das Wort beinahe unverständlich machte. »Komm schnell her! Ich habe gerade ein Einhorn gesehen!«

Aber als ihr Mann brummend das Zimmer betrat, drehte sie sich um und zeigte in die leere Luft und auf eine fest geschlossene Tür. Das Zimmer war ruhig und alles darin völlig unbewegt, mit Ausnahme natürlich des zitternden Fingers, mit dem sie auf die leere Stelle neben ihrem Bett zeigte.

»Aber ich habe es gesehen! Ein Einhorn war im Zimmer!«

»Ich wünschte, du würdest die Decken nicht so auf den Boden werfen, Liebling. Ich fürchte, die Katzen waren hier, und ich möchte keine Flöhe in unserem Bett.«

»Aber Ralph! Ich habe es gesehen! Ich fühlte Haare auf meinem Gesicht und sah ein großes weißes Tier mit einem einzelnen goldenen Horn; es drehte sich im Kreis genau da auf dem verrutschten Teppich. Dann drehte es sich zu mir um, stieß mit seinem Horn zu und zog die Decke weg! Ich schwöre es!«

»Liebling, weißt du, ob noch irgendwo saubere Socken liegen, die ich heute zur Arbeit anziehen kann?«

»Aber Ralph! Ich habe ein Einhorn gesehen! Ist das nicht wichtiger als deine schmutzigen Socken?«

»Ja, natürlich, Liebling. Warum rufst du heute Morgen nicht mal Doktor Gamble an? Es ist schon eine ganze Weile her, dass du dich hast gründlich untersuchen lassen, und es wäre doch gut, wenn wir wüssten, dass alles in Ordnung ist, bevor wir in Urlaub fahren.« Ralph blickte in den Spiegel und band seine Krawatte fest.

»Johnny! Das muss Johnny gewesen sein!«, rief sie aus, fuhr rasch in ihre Pantoffel und rannte durch die Diele in Johnnys Zimmer.

»Johnny, steh sofort auf. Ich muss mit dir reden!«, schrie sie mit einer Stimme, wie sie ganz und gar nicht typisch für sie war.

Johnny drehte sich schläfrig auf die andere Seite und fragte: »Wie spät ist es?«

»Zeit, mir zu sagen, was du in deinem Wandschrank versteckt hast! Ich habe gerade ein riesiges Tier in meinem Zimmer gesehen!«

»Du hast *was*?« Johnny unterdrückte ein Kichern, als er sah, dass seine Mutter ganz verstört war.

»Ich habe ein großes weißes Tier in meinem Zimmer gesehen. Es zog die Decke auf den Boden! Du hast dich beklagt, es kämen Dinge aus deinem Schrank. Ich wünsche eine Erklärung!«

»Ach das!« Johnny seufzte. »Ich bin zu der Überzeugung gekommen, dass du Recht hast. Es ist nichts in meinem Schrank, was ich nicht erfunden hätte. Nichts von all dem Zeug existiert wirklich. Ich habe mich entschlossen, erwachsen zu werden und die Wirklichkeit zu akzeptieren«, sprach er mit Entschiedenheit.

»Aber ich habe es gesehen!«

»Mutter, du musst wirklich erwachsen werden und die Wirklichkeit akzeptieren, wie wir alle!« Damit sprang Johnny aus dem Bett und ging zum Schrank, um sich für die Schule anzuziehen. Als er seine Schuhe anzog, bemerkte er, dass der Boden vor dem Schrank mit weißen Haaren bedeckt war. »Mutter«, rief er, »die Katzen sind schon wieder in meinem Zimmer gewesen!«

James Ian Elliot
Die falsche Nummer

James Ian Elliot, einer von den vielen, die durch Greyhaven hindurchgehen, hat sich auf ein ausgesprochen bizarres künstlerisches Gebiet spezialisiert: er ist ein Hautdekorateur, anders ausgedrückt, ein Tätowierungskünstler, und trägt die Zeichen seines Metiers wortwörtlich von Kopf bis Fuß in vielen Farben; er könnte jederzeit für Ray Bradburys »illustrierten Mann« herhalten.

Ich wusste nicht, dass er auch schrieb, bis Tracy mir dieses kleine Juwel überreichte.

Der blondhaarige Mann betrat die Telefonzelle, steckte die Karte in den Apparat und wählte eine Nummer. Das Universum löste sich auf, und er hing Ewigkeiten lang im Nichts. Dann kreisten die Sterne, die Welt setzte sich wieder zusammen, und der schwarzhaarige Mann trat aus der Zelle.

»Verdammt!«, sagte er und rief den Reparaturdienst an. »Schon die dritte Störung in dieser Woche.«

Marion Zimmer Bradley
Die Liedertafel

Eine der wichtigsten Arten, wie die Autoren, die in Greyhaven wohnen oder zum Greyhaven-Kreis gehören, ihre Werke miteinander austauschen, sind die »Bardic Revels«, die Liedertafeln.

Greyhaven veranstaltet einmal im Monat eine Party – nur halb im Scherz sagen die dort Ansässigen, dass dies die einzige Art sei, sicherzugehen, dass das Haus einigermaßen regelmäßig sauber gemacht wird. In Greyhaven hat es viele Arten von Partys gegeben, einschließlich Hochzeiten und Hochzeitsempfänge, Frühstückspartys im Stil des 19. Jahrhunderts, Publikationsfeiern und die jährlichen Neujahrsbälle. Aber vielleicht die häufigste Form ist die Liedertafel, wo Künstler, Dichter, Musiker und andere ihre Werke vortragen.

Als ich einmal eine Zeit lang für eine kleine lokale Zeitschrift arbeitete, bat man mich, einen Bericht über einen dieser Abende für die *East Bay Review* zu schreiben. Ich habe versucht, hierin die Atmosphäre eines solchen Abends zu vermitteln. Greyhaven wurde darin nicht namentlich genannt, um zu vermeiden, dass ungebetene Gäste die Party störten, aber ansonsten war alles so, wie es hierin beschrieben ist.

Und da ich viele der hier vorgestellten Geschichten einzuführen gedenke, indem ich darauf hinweise, dass sie erstmals bei einer solchen »Tafel« vorgestellt wurden, ist es einfacher, eine dieser Veranstaltungen so vorzustellen, wie sie sich an einem bestimmten Abend im Jahre 1977 ereignete.

Die Schließung der Cafés an der Salamandra- und Rockridge-Bahnstation hat Dichtern und Musikern der Umgebung kaum noch einen Ort gelassen, um ihre Werke vorzutragen. Die Liedertafel ist ein Ereignis, bei dem solche Musikanten und Poeten vor einer breiten sachkundigen Zuhörerschaft von ihresgleichen auftreten können.

Die Liedertafel, die am 8. Oktober in einem Privathaus in Berkeley Hills stattfand, wurde gemäß den Regeln der örtlichen Gesellschaft für Kreativen Anachronismus ausgerichtet und hat viel gemeinsam mit den alten schottischen Geilidh (was *kehli* ausgesprochen wird und soviel wie »Wechselgesang« bedeutet). Die Teilnehmer bildeten einen Kreis, und der Zeremonienmeister lenkte die Aufmerksamkeit in gebührender Weise von einem zum anderen.

Die Liedertafel unterscheidet sich in einem wichtigen Punkt von den Café-Veranstaltungen: es gibt *keine* Zuschauer. Alle Anwesenden müssen mitmachen. Die wenigen, die keine eigene Arbeit vorzulesen oder vorzusingen haben, dürfen das Lieblingswerk eines anderen zu Gehör bringen, aber singen oder lesen müssen sie alle. Ungeschriebene Gesetze verhindern die laute Bekundung von Missfallen an anderer Leute Werk; deine einzige Verteidigungsmöglichkeit besteht darin, etwas Besseres anzubieten.

Paul Edwin Zimmer war Zeremonienmeister; sein langes Gedicht »Logan« über den berühmten eingeborenen amerikanischen Führer aus den Revolutionskriegen wird bald von einem Verleger in Albany, Kalifornien, herausgebracht werden. Zimmer, ein bärtiger, langsam kahl werdender Rotschopf, der es liebt, einen Kilt zu tragen, hielt den Programmablauf mit freundlicher, aber fester Hand in Gang (er weiß auch mit Eindringlingen und betrunkenen Störenfrieden umzugehen).

Es gab bei diesem Fest kein bestimmtes Thema, und es waren mindestens drei sehr unterschiedliche Gruppen anwesend, die auftraten: die Gruppe der einheimischen Cafédichter, eine etwas akademischere Gruppe von örtlichen Autoren, die sich vor allem mit Science-Fiction, Fantasy oder Mythologie befassten, und eine Gruppe von Sängern und Schauspielern vom *Renaissance Faire*. Überraschenderweise gab es kaum Meinungsverschiedenheiten und keinerlei Streit zwischen ihnen, vielleicht weil alle drei Gruppen weitgehend aus toleranten Exzentrikern bestanden. Die Qualität rangierte von ausgezeichnet bis schwer bestimmbar.

Am besten bekannt war von den »Heimatdichtern« das Trio Deirdre Evans, Chris Trian und Paladin, deren gemeinsames Buch *Squids in Bondage* (etwa: »Tintenfische in Banden«) soeben angekündigt worden ist. Evans las einen außerordentlich lustigen Abschnitt aus diesem Buch vor, in dem sado-masochistische Trends der modernen Popkultur satirisch abgehandelt werden. Poeten, die anschließend zu Wort kamen, brachten für jeden Geschmack etwas, vom Zahmen bis zum Gewagten. Eine Dame las ein Gedicht vor, das in acht Zeilen alle angelsächsischen Obszönitäten enthielt, die ich jemals gehört habe, und einige, die ich noch nicht kannte. Das andere Extrem bildeten eigene Gedichte in Mittelenglisch, die der Verfasser zuvorkommenderweise für die Zuhörer übersetzte.

Die ortsansässigen Schriftsteller Poul Anderson und Randall Garrett lasen aus ihren Werken; Anderson aus einem Buch, an dem er noch arbeitet, und Garrett, der von seiner üblichen humoristischen Fiktion abging, trug verschiedene unveröffentlichte Gedichte vor. Eines davon war nach meinem Geschmack das beste Opus des Abends, ein langes komplexes Gedicht, das man unmöglich auszugsweise zitieren kann; es vergleicht das Schöpfungswerk, die menschliche Lebenssituation und die Hölle mit einer endlos langen Metapher des Wartens in einer Reihe auf etwas, das niemand sehen kann, in der jeder mögliche Lohn eine Sache des Glaubens ist.

»Und es ist immer vier Uhr dreißig; an einem heißen Nachmittag in Disneyland.«

Tolkien-Enthusiasten (davon waren sehr viele anwesend) waren entzückt über Chris Gilsons Vortrag und Übersetzung eines eigenen Gedichtes, das in einer der elbischen Sprachen Tolkiens geschrieben war. Leute, die von solchen Dingen etwas verstehen, versicherten mir, dass seine Aussprache korrekt, ja geradezu klassisch sei. Mein eigener Beitrag bestand in eigener Musik zu Texten von Tolkien und Poul Anderson.

Aber nicht alle Beiträge der Science-Fiction- und Fantasy-Gruppe waren klassischer Natur. Amy Falkowitz, ein einheimischer Fan und eine Künstlerin obendrein, brachte den ganzen Saal zum Erzittern, als alles lachte und im Chor nach einem Star-Trek-Volkslied (von Leslie Fish) von einem Schiff sang, dem der Treibstoff ausging und das mit Bier heimfuhr. Ebenfalls auf dem Feld der heiteren Muse bewegten sich Vicki Heydrons unbeschwerter Epos von einem Dorfbewohner, der verdammt ist, einem Dämonen zu opfern, der Jungfrauen bevorzugt, wo dergleichen unerreichbar ist, und Hilary Ayer, ein Schauspieler vom *Renaissance-Faire*, der mit einer leisen, aber angenehmen Stimme unzüchtige elisabethanische Balladen sang.

Der jüngste Poet, der aus seinen Werken vorlas, war der neunjährige Jan Studebaker, der ein Gedicht mit dem Titel »Delphine im Meer« vortrug, welches durchaus nicht das schlechteste Werk des Abends war.

Fiona Zimmer, sieben Jahre alt und bereits eine Veteranin des *Renaissance Faire*, brachte einen kurzen dramatischen Dialog mit ihrer Mutter, der Tänzerin und Schauspielerin Tracy Blackstone, zum Vortrag.

Die große Zahl der Teilnehmer und der Mangel an Themen ließen die Veranstaltung etwas schwerfällig ablaufen. Nach Mitternacht, als der Kreis auf eine vernünftigere Größe zusammengeschrumpft war, ging es zügiger voran, und die Gedichte wurden persönlicher.

Die Liedertafeln waren früher für alle offen, die kamen, aber Massen von Eindringlingen und ein paar Diebe haben Anlass dazu gegeben, dass sie jetzt nur noch auf Einladung zugänglich sind. Der beste Weg, eingeladen zu werden, besteht darin, sich bei den wöchentlichen Dienstagsabend-Lesungen im neuen Café »Kinder des Paradieses« einzufinden, sich sehen zu lassen und seine Fähigkeiten unter Beweis zu stellen.

Diana L. Paxson, Robert Cook,
Ian Michael Studebaker, Fiona Lynn Zimmer

Die Barden von Greyhaven

Die meisten der Geschichten in dieser Anthologie wurden
erstmals bei einer der Liedertafeln vorgetragen. Die Tafeln
haben aber auch noch einen anderen Zweck. In einer Fami-
liengruppe, die so weit reicht wie der Greyhaven-Kreis, der
sich aus vielen kreativen Einzelpersönlichkeiten zusammensetzt, ist nicht alles immer eitel Sonnenschein, da jede der vor-
genannten Persönlichkeiten sein oder ihr eigenes Maß an
künstlerischem Temperament besitzt, und bei einem Dutzend
oder mehr Primadonnas (oder Primotenores) auf einem Fleck
gibt es schon mal den einen oder anderen alten Knies. Wenn
die Dinge jedoch am besten stehen, machen wir (wie in den
nachfolgenden Gedichten) eher einen kreativen oder gar
humorvollen Gebrauch von den kleinen Schwächen, die man
so hat, statt einander die Teller um die Ohren zu schlagen. Dies
heißt natürlich nicht, dass bei uns nicht schon mal die Tassen
fliegen (allein die Gegenwart von Tagmenschen und Nacht-
menschen unter einem Dach reicht aus, um beide Typen auf
unterschiedliche Art zum Wahnsinn zu treiben), aber es lenkt
genug Energie vom Streiten zum Kichern um, dass wir nicht
ewig gezwungen sind, den Sonntagstee mit Pappbechern
und -tellern zu kredenzen.

Zum besseren Verständnis der folgenden Beiträge sollte
vorher darauf hingewiesen werden, dass (1) Paul Edwin Zimmer in der »Gesellschaft für kreativen Anachronismus« und in
Greyhaven aus unerfindlichen Gründen als »Edwin der Berserker« bekannt ist, was möglicherweise irgendetwas mit seiner
langjährigen Bewunderung für H. Rider Haggards *Eric Brightl-
eyes* (siehe die Einführung zu »Die Hand Tyrs« in diesem

Band) oder vielleicht auch etwas mit seinem Kampfstil zu tun hat, während (2) Robert Cook (siehe Einführung zu »Der Sohn des Holzschnitzers«) als »Serpent« bekannt ist, und viele ihrer Freunde kennen sie nur unter diesen Namen.

Diana L. Paxson

Serpents Schlummerlied

In einem dunklen Keller steht ein zerwühltes Bett,
Wo, wenn der Tag sich neigt, sich Serpent niederlegt,
Und gleich, wer ihn auch rufet, und gleich, was sich noch regt,
Serpent schlummert tief.

Ob draußen Wind auch heulet und Donner die Luft
 durchbricht,
Ob Rauch ihn auch umwallet, der Flammen rotes Licht,
Ob Fluten ihn umspülen, er achtet ihrer nicht,
Denn Serpent schlummert tief.

Das stumme Dunkel weichet, wenn laut Sirenen schrei'n,
Der Donner von Kanonen hallt durch die Nacht herein,
Des Krieges Bomben füllen die Luft mit blut'gem Schein,
Doch Serpent schlummert tief.

Die Heere Armageddons marschieren durch die Nacht,
Die alten Götter lachen wohl über der letzten Schlacht,
Doch im Chaos des Jüngsten Tages bleibt ein Raum
 unbewacht,
Wo Serpent schlummert tief.

(n. b.: Die Ereignisse in Strophe zwei beziehen sich auf eine Über-
schwemmung und einen Brand in dem Kellerraum, wo Serpent
in Greyhaven wohnte, welche er einfach verschlief ... Der Stil,
insbesondere der letzten Strophe, ist ein Pastiche von Serpents
eigenen Gedichten.)

Robert Cook
Morgenlied

Die Stille tief wie Umbra liegt
In des Hauses hohen Wänden,
Selbst der kleinste Laut versiegt,
Wo die mächt'gen Mauern enden.
Doch nun der Tag sich nieder neigt;
Schatten kriecht von Raum zu Raum.
Die Nacht ihr schwarzes Antlitz zeigt
Und füllt das Haus mit dunklem Traum.

Und dann, aus dieser Feste tönt
Ein Schrei, den kein Gemäuer dämpft.
Wie ferner Trommeln Schall er dröhnt,
Des Hunnenheeres, das da kämpft.
Die Zeit vergeht; da tönt's erneut
Wie dumpfer Schrei von Urgetier,
Entsprungen aus vergess'ner Zeit,
So grollt's und rollt's und tollt's herfür!

Es bricht herfür wie Donnerhall!
Die Erde zittert! Sturm! Taifun!
Die Mauern selbst durchfährt der Schall!
Die Fensterscheiben bersten nun!
Und betend kniet der Diener Schar.
Die Tiere wenden sich zur Flucht!
Die Vögel flattern auf! Fürwahr,
Wohl dem, der jetzt das Weite sucht!

»Mein Krug, mein Krug, mein Morgentrank!«
So hört man's wie Dämonen schrei'n.
»Es rast mein Schlund, mein Magen wankt!
Ich will nicht länger durstig sein!«
Es sinkt der Mut! Das Knie erbebt!
Die Glieder klappern laut mit Macht!
Ihr Götter, die Ihr Menschen liebt,
Steht uns nun bei! Der Berserker erwacht!

Diana L. Paxson

Der Bärserker

Oh, es war einst ein Berserker,
Der war gar schrecklich wild;
Denn sein Körper war sehr haarig
Und sein Sinn war nicht sehr mild.
Wenn die Kampfeslust ihn packte,
Biss er in des Schildes Rand,
Und wenn man früh ihn weckte,
Dann faucht' er: »Allerhand!«

Oh, es ging einst der Berserker,
Dass er einen Bären fang';
Denn der Winter kam schnell näher,
Und er hatt' kein' Mantel an.
Er sprach: »Es schläft den Winter lang
In seinem Fell der Bär,
Doch ich muss draußen kämpfen,
Und ich brauch' es mehr als er.«

Die Sonne kam, er stieg hinauf,
Er sah 'nen Kopf voll Haar,
Der gehörte zu 'nem großen Bär,
Der gerade aufgestanden war.
»Aha!«, sprach der Berserker,
»Genau das, was ich will!
Gib mir dein Fell, du kleiner Wicht,
Und halt' dabei schön still!«

»Mein schönes Fell?«, sprach drauf der Bär.
»Ich seh' nicht ein, wozu!
Dies ist mein Pelz, und außerdem
Bin stärker ich als du!«
Der Berserker erhob den Speer
Und nahm den Bär aufs Ziel.
Der Bär, der stieß ein Brummen aus
Und warf sich ins Gewühl.

Oh, sie kämpften durch den Morgen
Und bis zur Mittagszeit.
Sie rissen ganze Bäume aus,
Und die Felsen flogen weit.
Doch als zum Schluss der Kampf vorbei
Und es einen Sieger gab,
Nahm der das wohlverdiente Fell
Und stieg ins Tal hinab.

Er kam ins Dorf hinunter,
Und er war gar schrecklich wild,
Denn sein Körper war sehr haarig
Und sein Sinn war nicht sehr mild.
Er saß an des Berserkers Tafel,
Schlief in seinem Bett sogar,
Und keiner hat es je gemerkt,
Dass der Bär es selber war.

Selbst Kinder sind nicht von der Teilnahme ausgeschlossen; wenn sie dabeisitzen und zuhören wollen, müssen sie auch selbst einen Beitrag leisten, wenn die Reihe an sie kommt. Wie schon gesagt, sind die Gedichte von jüngeren Leuten keineswegs die schlechtesten von denen, die vorgetragen werden. Hier sind zwei Geschichten von Angehörigen der jüngeren Generation des Greyhaven-Haushalts, was beweist, dass das Schreiben von Fantasy entweder ansteckend ist – oder erblich.

Ian Michael Studebaker

Gedanken auf einem Hügel

Ein Adler fliegt sehr hoch,
Am höchsten, wie es geht.
Eine Libelle fliegt auch hoch,
Nicht sehr hoch für einen Adler,
Doch sehr hoch für eine Libelle.
Und ich, wenn ich auf dem Hügel stehe,
Bin hoch genug.

Fiona Lynn Zimmer
Erinnerung

Ich denke an das Unicorn,
Das süße Lied der Drachen.
Ich hör' die Nixen lachen
Auf dem kühlen Grunde.
Doch die Legenden dunkeln.
Man sagt mir nun, das Unicorn
Töte mit dem Silberhorn.
»Drachen verschlingen Maiden!«
Sagt man. Ach!
Und die Seeleute rufen mir nach:
»Hüte dich vor der Nixen Sang!«
Die Alten Götter sterben,
Und neue steigen hinan.

Elizabeth Waters
Erzähl mir eine Geschichte!

Die folgende Geschichte ist frei erfunden. Irgendwelche Ähnlichkeiten mit tatsächlichen Ereignissen sind rein zufällig und vom Autor nicht beabsichtigt. Alle Namen von Personen sind geändert worden, um die Schuldigen zu schützen. Namen wären im Übrigen sowieso überflüssig für jemanden, der je in Greenwalls oder Greyhaven gewesen ist...

Fast alle Autoren, die ich kenne, beklagen sich darüber, dass ihre wichtigen Papiere, Bleistifte, Zettel und Nachschlagewerke in einen Zeitschlucker oder ein kleines schwarzes Loch auf ihrem Schreibtisch zu verschwinden scheinen. Lisa Waters, deren Aufgabe im Leben darin zu bestehen scheint, Ordnung aus dem Chaos zu schaffen, trug diese Geschichte auf einer Liedertafel vor (siehe den entsprechenden Artikel); jeder Autor, dessen Haus, wie das meine, mit »dem Niederschlag einer dreißigjährigen Schriftstellerkarriere« angefüllt ist, wird sich ein Kichern nicht verkneifen können. So wie ich.

Lisa hat ihr Domizil in Greenwalls, ist von Beruf Programmiererin, und wenn sie nicht gerade Kurzgeschichten produziert und an einem Roman arbeitet, spielt sie für mich Buchhalterin, Sekretärin, Mädchen-für-alles und Abschirmdienst (das heißt, dass sie für mich ans Telefon geht, wenn ich an der Schreibmaschine sitze). Die Verlagsleute, mit denen ich zu tun habe, ganz zu schweigen von meinem leidgeprüften Agenten (und ganz zu schweigen von den Agenten der öffentlichen Hand), sind alle sehr viel glücklicher, seit Lisa meine Bücher führt. Es würde mich freuen, wenn sie selbst als Autorin Erfolg haben sollte (vielleicht mit ihrem historischen Roman über das England der Tudorzeit?), aber was dann mit dem Chaos in meinem Büro geschehen wird, kann ich mir schon jetzt ausrechnen. Denn der Zeitschlucker liegt immer noch auf der Lauer...

Obwohl ich jahrelang über den Zeitschlucker Witze gerissen habe, habe ich nie wirklich an seine Existenz geglaubt – bis zu der Nacht, in der er mich erwischte. Jeder, der Bescheid weiß, wird Ihnen zwei Dinge sagen: erstens, dass ich auf meinem Schreibtisch einen Zeitschlucker habe, um darin wichtige Papiere zu verlieren, und zweitens, dass mein Haushalt so unordentlich und so schlecht organisiert ist, dass selbst ein Zeitschlucker darin nichts finden könnte.

Mein Arbeitszimmer ist mit dem Niederschlag meiner dreißigjährigen Schriftstellertätigkeit bedeckt – Nachschlagewerke auf allen erreichbaren Regalen und auf allen Flächen, Manuskripte, die sanft zu Boden flattern, Stapel von Papier in allen Ecken und das Ganze übersät mit den Überresten von Büroklammern, Gummibändern und Bleistiftstummeln – an manchen Tagen ist es schwierig, die Schreibmaschine zu finden! Fügen Sie dem allem meinen zerstreuten Professor-Ehemann und meine beiden halbwüchsigen Kinder hinzu, und Sie werden leicht begreifen, dass ein Zeitschlucker bei uns höchst überflüssig ist. Nun, er mag überflüssig sein, aber er ist da.

Es war einer jener Tage gewesen, an denen alles schief geht. Ich war daran gewöhnt, Federn, Bleistifte, Farbbänder, Papier und fünf Jahre alte Manuskripte an den »Zeitschlucker« zu verlieren, aber an diesem Nachmittag hatte ich das Manuskript nicht finden können, an dem ich vormittags gearbeitet hatte. Mein Mann erklärte mir, ich hätte es verlegt, und es werde schon wieder auftauchen, meine Tochter versicherte mir, dass der Zeitschlucker es zurückgeben werde, sobald er es fertig gelesen habe, und mein Sohn verlangte einen Vorschuss auf sein Taschengeld. Ich hätte nichts dagegen, wenn der Zeitschlucker in solchen Augenblicken kurzfristig mein Portemonnaie verschlucken würde, aber natürlich lag das Portemonnaie deutlich sichtbar auf dem Küchentisch. Im Übrigen würde mein Sohn wahrscheinlich in jedem Fall einen Weg finden, es aus dem Zeitschlucker wieder herauszukriegen. Und als er seinen Vorschuss bekommen hatte, brauchte natürlich meine Tochter Geld für neue Schuhe, und meinem Mann fehlte Geld für sein Mittagessen. Als ich schließlich aufgab und ins Bett kroch, war ich beträchtlich ärmer – und hatte das verflixte Manuskript immer noch nicht gefunden.

Ich träumte und wusste nicht, wo ich war. Ich erwachte und setzte mich im Bett auf, um mich zu orientieren. Ich lag in meinem eigenen Bett. Mein Mann schnarchte neben mir, und die Uhr auf dem Nachttisch zeigte 3.15 Uhr an. Dann begannen die Ziffern der Uhr plötzlich zu rasen, wie sie es tun, wenn der Strom ausgesetzt hat, aber statt dann, wie normal, 0.00 Uhr anzuzeigen, tauchten ganz zufällige Ziffern auf, und während ich noch überlegte, was da wohl los sei, packte mich das Nichts und verschluckte mich.

Es war ein grässliches Gefühl – oder besser: ein Mangel an Gefühl; ich konnte nichts sehen außer einer Art trübem Grau, ich fühlte absolut nichts, nicht einmal Luft an meiner Haut oder in meinen Lungen. Ich versuchte zu schreien und brachte keinen Laut heraus oder wenn, dann hörte ich es nicht. Ich glaubte, ich wäre wahnsinnig; und dann hörte ich die Stimme *in* meinem Kopf, und ich *wusste*, dass ich wahnsinnig war.

»Los! Was passiert als Nächstes?«

»Waas?!?« Ich konnte mich nicht hören, aber die Stimme konnte es offensichtlich. In meinem Kopf tauchte das Bild einer Manuskriptseite auf, der letzten Seite, die ich morgens geschrieben hatte. Sie brach mitten in einem Satz ab.

»Die Geschichte! Was passiert als Nächstes?«

»Wer bist du?« In diesem Augenblick interessierte es mich nicht im Geringsten, was als Nächstes in meiner Geschichte passieren würde; es interessierte mich, was in meinem Leben als Nächstes passieren würde. »Bin ich tot?«

»Nein, natürlich nicht! Ich bin der Zeitschlucker, den du auf deinem Schreibtisch stehen hast, ›um darin wichtige Papiere zu verlieren‹ – und das ist unfair. Ich habe nie etwas Wichtiges genommen, und ich gebe sowieso all den Kram wieder her. Was passiert als Nächstes in der Geschichte?«

Ich muss eines sagen – er ließ sich nicht leicht vom Thema abbringen. »Wie kann ich wissen, was als Nächstes passiert? Ich hab's ja noch nicht geschrieben.«

»Doch, du weißt es. Wie könntest du es sonst schreiben? Es muss in deinem Kopf sein. Was passiert als Nächstes?«

»Du bist doch drin in meinem Kopf. Wenn es schon drin ist, warum kannst du es dann nicht selbst finden?«

»Weil es in deinem Unterbewusstsein ist, und so weit kann ich in deinem Kopf nicht kommen. Ich dachte, sogar Schriftsteller müssten das wissen! Was passiert als Nächstes?«

Er hörte sich wie ein Kind an, das quengelnd nach einem neuen Kapitel seiner Gute-Nacht-Geschichte verlangt.

»Ich weiß es nicht. Ich kann auch nicht an mein Unterbewusstsein heran, nicht bevor ich nicht an meiner Schreibmaschine sitze und zu schreiben anfange.« Etwas knallte in dem trüben Grau gegen mich. Ich streckte die Hände aus und befühlte es. Es war meine Schreibmaschine.

»Was passiert als Nächstes?«

Wenn es sich benahm wie ein Fünfjähriges, konnte ich es auch so behandeln. »Wissen deine Eltern, dass du herumläufst und Leute und Schreibmaschinen verschluckst?«

»Eh …« Gedankenpause. »Sie haben nie gesagt, ich dürfte *nicht!*«, schloss es triumphierend.

Ich schien Fortschritte zu machen; zum ersten Mal hatte es nicht »Was passiert als Nächstes?« gesagt. Also versuchte ich es weiter. »Warum hast du mich verschluckt?«

»Damit du die Geschichte zu Ende erzählst. Ich habe all deinen alten Kram gelesen, und ich habe alles gelesen, was du von dieser Geschichte aufgeschrieben hast, und ich will wissen, als als Nächstes passiert.«

»Du meinst, immer, wenn eines meiner alten Manuskripte verschwand, warst du es, der es gelesen hat?«

»Ja, aber mit denen bin ich fertig. Was passiert als Nächstes?«

»Und wenn du Papier und Farbbänder und Stifte …«

»Ich habe versucht, Geschichten zu schreiben. Aber ich kann es nicht. Ich bin nur ein Zeitschlucker und kann nichts schaffen. Selbst mit den gleichen Sachen, mit denen du Geschichten machst, ist alles, was ich machen kann, Durcheinander! Wenn ich mich sehr anstrenge, kann ich Sachen ungefähr dahin zurückbringen, wo ich es weggenommen habe; aber meistens kommt es zufällig wieder zum Vorschein. Ich brauche dich, um die Geschichte zu machen.«

»Und deshalb hast du mich geschnappt …« Ein schrecklicher Gedanke durchzuckte mich. »Kannst du mich zurückbringen?«

»Aber ich will eine Geschichte!« Entschieden das Greinen eines kleinen frustrierten Kindes.

»Ich kann nicht in einem Zeitschlucker schreiben.«

»Aber du hast gesagt, dass ein Schriftsteller seiner

Natur nach eine Person ist, die nicht aufhören kann zu schreiben.«

Genau das, was ich brauchen konnte: ein kleines Kind (ich benutze diese Bezeichnung, obwohl sie ungenau ist) mit einem guten Gedächtnis, außer anderen guten Eigenschaften, das offenbar an meinen Schriftstellerkursen teilgenommen hatte. »Es gibt einige Dinge, die einen Schriftsteller stoppen können. Kein Papier, keine Schreibstifte, kein Licht, keine Zeit. Ich brauche meinen Schreibtisch und meine Schreibutensilien, aber noch mehr brauche ich meine Familie, meine Welt, mein Leben und meine Erfahrungen. Ich brauche Zeit, die auf ordentliche Weise an mir vorübergeht, auf eine Weise, die mir Strukturen liefert, an denen ich die Ereignisse aufhängen kann. Ich brauche Zeit, damit die Ereignisse sich frei in meinem Unterbewusstsein entfalten können, bevor sie als Ideen und Geschichten wieder zum Vorschein kommen. Ich kann nicht in einem Zeitschlucker schreiben.«

»Ich will aber eine Geschichte! Ich muss wissen, was als Nächstes passiert!«

»Dann musst du mich jetzt gehen lassen. Sobald ich wieder zu Hause bin, kann ich weiterschreiben, und dann bekommst du den Rest der Geschichte – und du würdest gut daran tun, sie bald zurückzugeben; mein Verleger will sie auch haben.«

»Du kannst ihm eine Kopie geben.«

»Nur wenn du das Manuskript nicht wegschnappst, bevor ich eine Kopie davon gemacht habe. Ich werde ein Abkommen mit dir treffen. Ich werde eine Kopie machen von allem, was ich schreibe, und sie in die unterste Schublade meines Schreibtischs legen, und du kannst sie dir holen. Dafür verlange ich von dir, dass du aufhörst, alles andere zu verschlucken.«

»Du willst mir eine Kopie von deinen Geschichten geben?«

»Von allen!« Eine höhere Rechnung für Kopien ist

ein kleiner Preis, wenn man dafür nicht mitten in der Nacht aus dem Bett geholt wird.

»Okay. Aber du musst mir immer weiter Geschichten geben. Wenn du damit aufhörst, werde ich dich wieder holen und behalten, bis ich herauskriege, wie ich an dein Unterbewusstsein rankomme. Und ich will den Rest der Geschichte sofort haben. Ich möchte wirklich wissen, was als Nächstes passiert.«

Die Schreibmaschine glitt mir aus den Händen, und die graue Düsternis bewegte sich um mich und wurde schwarz. Das Nächste, was ich merkte, war, dass es Morgen war und meine Tochter sich über mein Bett beugte und mich anschrie, weil ihr Wecker nicht geklingelt und ich sie nicht geweckt hatte, und nun würde sie zu spät zur Schule kommen, wenn ich nicht sofort aufstand und sie mit dem Auto hinbrachte. Und die Uhr flackerte noch.

Also stand ich auf und fuhr sie zur Schule, und ich kam nach Hause und stellte die Uhr wieder richtig und setzte mich an meine Schreibmaschine und schrieb eifrig die Geschichte zu Ende. Und jetzt arbeite ich eifrig an einer neuen. Die Termine der meisten Schriftsteller werden von ihren Verlegern festgesetzt, meine aber von einem Zeitschlucker.

Randall Garrett

Glauben Sie an Vampire?

Es gibt eine Anekdote, die mir Randall Garrett einmal erzählte, über einen aufdringlichen Sechzehnjährigen, der ihn bei einem Science-Fiction-Kongress mit Fragen löcherte und wissen wollte, wie man verkäufliche Science-Fiction-Stories schreibt. Randall gab ihm ein paar Mal geduldig Antwort, aber der Junge war ungewöhnlich hartnäckig, und Randall ist nicht als ein besonders geduldiger Mensch bekannt; so gab er dem Knaben schließlich zu verstehen, er solle abzischen und ein bisschen älter werden, bevor er es mit dem Schreiben versuchte. »Aber«, beharrte der Junge, »Sie haben doch auch schon Geschichten verkauft, bevor Sie siebzehn waren!«

»Yeah«, antwortete Randall, »aber ich brauchte auch niemanden zu fragen, wie man es macht.«

Natürlich ist die Geschichte nicht neu; sie ist schon über Mozart erzählt worden. Aber Randall kann fast jedes Klischee aufgreifen, es umdrehen und auf den Kopf stellen und etwas Frisches und wunderbar Neues daraus machen. Seine wohl bekannte Lord-Darcy-Serie* über einen Detektiv in seiner Alternativwelt, wo die Magie funktioniert und die Naturwissenschaft nicht, wurde aus seinem Unwillen über die »wissenschaftlichen Detektive« geboren, die lange Erklärungen über das wissenschaftliche Brimborium vom Stapel lassen, mit dem sie Giftrückständen, Fingerabdrücken und ballistischen Spuren nachgegangen sind. Nachdem er eine Anzahl von solchen Geschichten gelesen hatte, meinte er respektlos, dass sie ihre Arbeit ebenso gut mit Zaubersprüchen tun könnten – und machte eine Pause, und in dieser Pause wurde

---

* siehe Fußnote zu Vicki Ann Heydron. Anm. d. Übers.

Lord Darcy und sein treuer Gefährte, der Zauberer Sean O'Lochlainn, geboren, der in der Lage ist, festzustellen, ob eine Kugel aus einer bestimmten Pistole abgefeuert worden ist, indem er sie durch einen Zauber zwingt, zu ihrem Ursprung zurückzukehren – »das Zurück-in-den-Mutterleib-Prinzip«, wie der Magier locker erklärt.

In jüngerer Zeit hat Randall als eine Hälfte des Garrett-und-Heydron-Teams gearbeitet (siehe die Einleitung zu »Katzengeschichte« in diesem Band), und zusammen haben sie den ausgezeichneten Gandalara-Zyklus verfasst, beginnend mit den Bänden *The Steel of Raithskar, The Glass of Dyskornis* und *The Bronze of Eddarta*.

Randall hat auch ein amüsantes Buch von humorvollen Geschichten und Satiren auf andere Autoren mit dem Titel *Takeoff* (Donning, 1980) veröffentlicht. Und für diesen Band haben wir eine Geschichte entdeckt, die niemals zuvor in den USA veröffentlicht wurde. Es handelt sich um eine ganz gewöhnliche Vampirgeschichte ... oder?

Sind Sie jemals einem betrunkenen Vampir begegnet? Ich meine *in Wirklichkeit?* Hmm! Lassen Sie es mich Ihnen erzählen. Ich glaubte ihm nicht, verstehen Sie, nicht eine Minute lang. Aber lassen Sie es mich Ihnen erzählen.

Es war vor einigen Wochen. An einem Dienstagabend. Ich fühlte mich ein bisschen einsam, wissen Sie, deshalb beschloss ich, runter in die »Flamme« zu gehen, eine recht nette kleine Bar hier in San Francisco, falls Sie so was mögen, was bei mir der Fall ist, und an jenem Dienstagabend war sie nicht allzu sehr überfüllt, wofür ich dankbar war. Menschengedränge macht mich nervös.

Jedenfalls spazierte ich hinein und sah mich um, um festzustellen, wer da war. Ich sah nur zwei Leute, die ich kannte, George und Harry, und sie saßen in einer der hinteren Nischen und sahen sich versunken an, und ich hatte natürlich keine Lust, *dieses* Tête-à-Tête zu unterbrechen.

Und dann sah ich ihn.

Er war wirklich ein schöner junger Mann, mit schwarzem, gelocktem Haar, sehr lang, und bleichen Zügen, die mich an einen schmalen jungen Lord Byron erinnerten, wenn Sie verstehen, was ich meine. Er trug einen schwarzen Rollkragenpullover, schwarze Jacke und eine weite schwarze Hose. Kein Leder, verstehen Sie; solcher Lederknaben sind nicht mein Typ.

Jedenfalls saß er da mutterseelenallein vor einem fast leeren Glas an einer der Seitentheken. Er sah nicht verdrossen oder bösartig aus, wie so viele junge Burschen;

er trug ein nettes, verträumtes Lächeln auf seinen reichlich roten Lippen (ich überlegte einen Moment, ob er wohl einen Lippenstift benutzte; ich hoffte nicht, das wäre zu viel des Guten gewesen). Ich betrachtete sein verträumtes Lächeln ein Weilchen und hoffte, dass er nicht high war oder etwas mehr als nur Alkohol im Blut hatte. Oh, ich habe nichts dagegen, wenn jemand hin und wieder ein kleines Pfeifchen raucht, aber ich kann es absolut nicht leiden, wenn jemand harten Stoff benutzt.

Ich überlegte, ob es meine Mühe wert wäre, hinzugehen und Näheres herauszufinden, als er zu mir herübersah und sein Lächeln sich noch ein wenig verstärkte. Er nahm seine Augen nicht von mir, und das war eine Einladung, wenn ich jemals was davon verstanden habe. Ich ging zu dem Platz, wo er saß.

»Hallo«, sagte ich, »ich heiße Dan. Darf ich Ihnen einen Drink bestellen?«

»Danke, gern.« Seine Stimme war tief und etwas heiser. Eine hübsche Stimme, dachte ich. »Ich heiße Boris.« Er hatte einen Akzent, den ich nicht ganz unterbringen konnte. Russe? Zu schwach, um sicher zu sein.

Ich gab Mickey, einem der Kellner, einen Wink, und er kam, um unsere Bestellung entgegenzunehmen. Boris bestellte einen doppelten Bourbon-on-the-rocks.

»Und für mich einen doppelten Wodka und ein Glas Wasser, Mickey«, sagte ich. Mickey weiß, dass ich nicht trinke, deshalb bringt er mir immer Wasser in beiden Gläsern, aber da ich sie bezahle, als ob es wirklich Wodka wäre, hat er nichts dagegen. Ich bin gerne in Gesellschaft, wissen Sie, und habe schon vor Jahren herausgefunden, dass es schrecklich umständlich und hemmend sein kann, erklären zu müssen, dass man ein reformierter Alkoholiker ist. Manche Hurensöhne versuchen dann tatsächlich, dich zu einem Drink zu überreden.

Als ich ihn mir genauer angesehen hatte, kam ich zu dem Schluss, dass er keinen Lippenstift benutzte; es war ganz einfach die natürliche Farbe seiner Lippen. Auch seine Augen waren faszinierend: so dunkel, dass sie beinahe schwarz waren, und es war schwer zu sagen, wo die Pupille aufhörte und die Iris anfing. Er hatte lange, dunkle Wimpern, von denen man hätte annehmen können, sie seien falsch. Aber bei der geringen Entfernung konnte ich feststellen, dass sie das nicht waren.

Ich weiß nicht mehr, worüber wir zuerst sprachen. Triviales Zeug, nur Geschwätz. Sie kennen diese Art von Unterhaltung, bei der sich die Leute gegenseitig sondieren. Nach etwa einer Stunde fand ich, dass wir uns gut genug kannten.

»Boris«, sagte ich, »was würdest du davon halten, mit zu mir nach Hause zu gehen? Ich habe einen guten Bourbon, und es wäre viel angenehmer als in diesem Schuppen hier. Du hast gesagt, du magst Vivaldi. Ich habe ein paar Platten, die du vielleicht gerne hören würdest.«

Er sah mich an. Seine Augen waren noch klar, aber seine Zunge war schon ein ganz kleines bisschen schwer. »Danny, mein Junge, das ist gar keine schlechte Idee.«

Es gelang mir, trotz der späten Stunde, ein Taxi zu finden. Als wir meine Wohnung erreichten, war er etwas nüchterner geworden – aber nicht viel. Ich schloss die Türe auf, ließ ihn eintreten und schaltete das Licht ein. Er sah sich um, ein wenig schwankend.

»Hmmm! Das ist eine *Wucht!*«

Ich war wirklich froh, dass es ihm gefiel. Ich habe eine Menge harter Arbeit in meine Wohnung investiert, damit sie gemütlich und hübsch ist. »Danke«, sagte ich. »Ich finde es auch ganz nett. Die Bourbonflasche ist in dem chinesischen Schränkchen da drüben – bedien dich.«

Das tat er – reichlich. »Hast du ein bisschen Eis? Ich mag warmen Whiskcy nicht sehr.«

»Aber klar doch«, entgegnete ich. Ich ging zum Kühlschrank und füllte eine Schale mit Eis. Ich stand mit dem Rücken zu ihm, als er fragte: »Dan, wie alt bist du?«

»Achtundzwanzig«, log ich, ohne mich umzudrehen. Er gluckste ein bisschen, während ich noch mehr Eis in die Schale legte. »Was glaubst du, wie alt bin ich?«

»Och, neunzehn, zwanzig«, antwortete ich und machte den Eisschrank zu.

»Und wenn ich dir gestehe«, sagte er mit merkwürdiger Stimme, »dass ich 1757 geboren bin?«

Ich drehte mich und starrte ihn an, die Eisschale in der Hand. »Du meinst 1957!«

»*Siebzehn*hundertsiebenundfünfzig.«

»Na, na, komm schon, Boris, niemand ist *so* alt!«

»Ich wohl«, erklärte er mit demselben merkwürdigen Ausdruck. Der Klang seiner Stimme hatte sich verändert; er war irgendwie entschiedener, obwohl die Wirkung des Bourbon noch hörbar war. »Weißt du, ich bin nämlich ein Vampir.«

Tja, ich starrte ihn nur an. Ich überlegte, was für ein dummes Spiel er wohl spielte. Wollte er mich aufschlitzen oder beißen? Versuchte er, mich mit seiner Geschichte zu erschrecken? Oder spielte er nur ein kleines Spielchen? Er sah nicht gefährlich oder bedrohlich aus. Ich beschloss, das Spiel mitzuspielen, um zu sehen, wie weit er gehen würde. »Du meinst, du – du verwandelst dich in eine Fledermaus? Solche Sachen?«

Er lachte leise. »Das ist dummes Zeug, Dan, nichts weiter als dummes Zeug. Vergewaltigt alle physikalischen Gesetze. Um von Biologie gar nicht zu reden. Kann ich etwas von dem Eis haben?«

Er saß in der Mitte des großen weißen Knautschsessels – Sie wissen, einer von diesen breiten Polyäthylensäcken, die halb mit kleinen Stückchen Schaumgummi gefüllt sind. Es ist ein bisschen schwierig, wieder hochzukommen, und ich glaubte nicht, dass er versuchen würde, sich auf mich zu stürzen.

»Natürlich«, sagte ich. Ich nahm die Eiszange und ging zu ihm. Er hielt mir sein Glas hin. Als ich die Eiswürfel hineinfallen ließ, meinte er: »Du sagst nicht viel!«

»Nun – ich meine – ich meine, es kommt nicht *alle* Tage vor, dass jemand mir erzählt, er sei ein Vampir.«

Er lachte sein sanftes Lachen und tat einen kräftigen Schluck aus seinem Glas. »Nein, ich vermute, das ist richtig. Aber du siehst nicht sehr erschrocken aus. Glaubst du mir nicht?«

»Hmm. Ich weiß nicht. Was wirst du tun, mich in den Hals beißen oder so was?«

Er schaute zu mir auf. »Nein. Aber ich könnte.« Dann lachte er – richtig dieses Mal. Und ich sah zwei Fangzähne. Sie waren so, wie ich es noch nie an einem menschlichen Wesen gesehen hatte. Ich tat einen Schritt rückwärts, ohne die Augen von ihm zu lassen. Das ließ ihn nur noch mehr lachen. Ich stellte die Eisschale vorsichtig auf das chinesische Schränkchen.

»Willst du mir wirklich und wahrhaftig erzählen, dass du ein Untoter bist?«

»O nein!« Er schüttelte feierlich den Kopf. »Das ist alles Aberglaube. Ich bin genauso lebendig wie du. Vielleicht lebendiger als du. Ich bin einfach *anders*, das ist alles.«

»Richtige Vampire sollen Angst vor Kreuzen haben. Ich habe eines im anderen Zimmer. Soll ich es holen?«

»Geh nur, Dan, wenn dich das glücklicher macht. Auch das ist nur Aberglaube.« Er trank sein Glas leer. »Kann ich noch einen haben?«

»Bediene dich.« Ich zog mich ein Stück von dem chinesischen Schränkchen zurück. »Richtige Vampire sollen nichts trinken außer Blut«, sagte ich.

Wieder dieses unirdische Glucksen, als er sich hochwuchtete, um sein Glas wieder zu füllen. Er schwankte sichtlich, schritt dann aber auf das chinesische Schränkchen zu. »Noch ein Aberglaube«, erklärte er. »Alles dummer Aberglaube. O ja, wir trinken auch Blut – eine Menge.« Er sah mich verschmitzt an, während die Whiskeyflasche kippte. »Ich weiß, woran du denkst: an den Satz aus dem Film ›Nein, danke, ich trinke nie – Wein‹.« Er ließ mehr Eis in sein Glas fallen. »Hm, das ist alles ungereimtes Zeug. Ein kleiner Schluck schadet niemandem, nicht einmal einem Vampir!« Er ließ sich wieder in den Knautschsessel fallen.

»Richtige Vampire«, sagte ich vorsichtig, »sollen imstande sein, andere Leute in Vampire zu verwandeln.«

»Lächerlich! Wer glaubt einen derartigen Unsinn? Entweder du bist ein Vampir, oder du bist keiner. Weißt du, was ein Vampir ist?«

»Ich nahm an, ich wüsste es.«

»Ha, du weißt es nicht! Ich werde dir sagen, was ein Vampir ist.« Er trank mehr von seinem Bourbon. »Weißt du, dass es noch andere planetarische Systeme gibt außer eurem winzigkleinen Sonnensystem? Ja, es gibt sie. Jawohl, Sir, es gibt sie!« Er wies mit der Hand zum Fenster und zum Himmel dahinter. »Von dort kommen wir. Das Schiff ging verloren, zerschellte hier vor sieben-, fast achthundert Jahren. Nicht viele von uns sind übrig geblieben. Zweiunddreißig überlebten. Vierundzwanzig Männer, acht Frauen. Kein gutes Verhältnis, absolut kein gutes Verhältnis! Wir vermehren uns langsam, wir Vampire.«

Er schwieg einen Augenblick, der schrecklich lang erschien, und starrte sinnend in sein Glas.

Ich räusperte mich. »Trotzdem, in achthundert Jahren...«

»Du meinst, jetzt gäbe es mehr von uns? *Falsch!*« Er sah mich an. »Irdische Krankheiten haben eine Menge von uns geschafft. Geburten töteten unsere Frauen.« Eine echte Träne rollte über eine seiner Wangen. »Meine Mutter starb, als ich geboren wurde.«

»Richtige Vampire sollen unsterblich sein.«

»Quatsch! Eine lange Lebensspanne. Zwölf, manchmal auch fünfzehnhundert Jahre. Wenn wir keinen Unfall haben.«

»Wie zwischen Sonnenaufgang und Sonnenuntergang nicht im Sarg zu liegen?«, fragte ich wachsam.

»Brauchen nicht in einem Sarg zu liegen.« Verachtung lag in seiner Stimme. »Wir können uns überall aufhalten, wo uns das ultraviolette Licht der Sonne nicht trifft. Unsere Heimatsonne war viel röter als eure. Nicht viel UV. Fünf Sekunden können bei einem Vampir einen tödlichen Sonnenbrand hervorrufen. Aber ein Sarg? *Ha!* Ich bin einmal einen ganzen Tag lang mit der New Yorker U-Bahn gefahren!«

»Richtige Vampire«, sagte ich hartnäckig, »sollen immun gegen Messer und Kugel sein. Ich nehme an, das ist auch Aberglaube?«

Er grinste wie ein Wolf. »O nein! Wieder falsch. Danny, Junge, hier, ich werd's dir zeigen. Hast du ein Messer? Gib mir ein Messer. Oder ein Gewehr.«

»Ich habe kein Gewehr«, sagte ich, »ich werde dir ein Messer holen.« Ich ging in die Kochnische und holte ein kleines Schälmesser. Ich hielt es nicht für allzu klug, ihm mein Fleischmesser aus dänischem Stahl zu geben. »Fang auf«, sagte ich und warf es ihm zu. Er versuchte es zu fangen, aber es flog ihm, ohne Schaden anzurichten, in den Schoß.

»Ich werd's dir zeigen, mein skeptischer Freund«, sagte er. Er ergriff das Messer mit der rechten Hand, stieß die Scheide bis zum Heft in den linken Handteller, so dass das Messer auf der anderen Seite herauskam. Er hielt seinen linken Arm hoch wie ein Schuljunge, der die Aufmerksamkeit seines Lehrers erregen will. Kein Blut war zu sehen.

Er kniepte übertrieben mit einem Auge. »Jetzt kommt das schwierigere Stück Arbeit. Pass auf. Pass auf!« Und er zog die Schneide langsam wieder heraus.

Er blutete ein bisschen. Nicht viel. Dann wischte er

das Blut ab; zurück blieb nur eine dünne rosafarbene Linie, die rasch verschwand.

»Du kannst einen Vampir nur töten, wenn du alles Blut aus seinem Körper saugst«, erklärte er. »Auch mitten-ins-Herz-Stoßen nutzt nichts.«

Ich glaubte trotzdem nicht, dass er ein richtiger Vampir war, nicht eine Sekunde, aber das Ganze war doch ein recht eindrucksvoller Trick. »Ich habe gelesen, dass man das mit Hypnose oder so etwas machen kann. Und es gibt eine Art von Hysterie – ich habe vergessen, was genau –, die so was bei menschlichen Wesen bewirkt. Es ist selten, nehme ich an, aber ...«

Aber ich wusste, dass er log. Die Zähne konnten falsch sein – eine extra angefertigte Fassung vielleicht. Und seine Geschichte, er sei von einem anderen Stern gekommen, wollte mir einfach nicht einleuchten. Vielleicht bin ich altmodisch, aber ich glaube nicht an all diese verrückten Ideen.

Ich stand nur da und starrte ihn an und versuchte klar zu denken. Was wollte er? War das Ganze nur ein Ulk, oder wollte er mich wirklich erschrecken? »Richtige Vampire ...«; meine Kehle war wie ausgetrocknet. Ich schluckte und begann wieder: »Wirkliche Vampire sollen sehr stark sein.«

Er sprang auf die Füße. Der Blick in seinem Gesicht gefiel mir gar nicht. »Oh, wir sind stark! Das geht in Ordnung. Ich werd's dir zeigen.« Es gefiel mir ganz und gar nicht, wie er das sagte.

»Wir sind unendlich viel stärker als alle menschlichen Wesen. Unendlich viel stärker«, sagte er.

Dann sprang er plötzlich auf mich zu und packte meine Handgelenke.

In diesem Augenblick glaubte ich seine Geschichte. Er war weit stärker, als irgendein Mensch es sein konnte.

Ich riss meine Gelenke aus seinen Händen, schnellte vor und packte *seine* Gelenke.

Seine Augen weiteten sich überrascht und entsetzt.

Er versuchte loszukommen. Aber ich hielt ihn fest im Griff.

Dann grinste ich, und jetzt bekam *er* es mit *wirklicher* Angst zu tun.

»Diese Zähne!«, schrie er. »Was, um Gottes willen, bist du?«

»Nur ein anderer Vampir«, sagte ich.

»Ein *richtiger*!«

Adrienne Martine-Barnes

Wildwald

Eins von den Dingen, die die Leute zusammenhalten, welche zu der Gruppe von Greyhaven-Autoren gehören, ist der Sonntagsnachmittagstee. Und eine von den Leuten, die diese Teestunden zu denkwürdigen Ereignissen machen, ist Adrienne Martine-Barnes, die einmal gesagt hat: »Wenn ich einen Morgen an der Schreibmaschine gesessen habe, habe ich zwei Möglichkeiten. Ich kann mir sechs oder sieben Drinks genehmigen – was schlecht für meine Figur und meine Arbeitsmoral ist –, oder ich kann in die Küche gehen und kochen, was das Zeug hält.«

Die Ergebnisse von Adriennes »Kochanfällen« fallen unterschiedlich aus – wie alle phantasiebegabten Leute neigt sie mitunter zum Experimentieren, und die Resultate können nicht hundertprozentig vollkommen sein. Oder haben *Sie* schon mal versucht, blauen Reispudding zu essen? Auf der anderen Seite hat sie viele bemerkenswerte Genüsse kreiert: das Spinatwalnussbrot, das sie für ein »Darkover«-Fest erfunden hat, ebenso wie das »Rabbithorn *en croute*«, welches vermutlich die kunstvollste Pastete der Welt darstellte, die je in einer gehörnten Pastetenhülle aus dem Ofen gekommen ist, und eine ganze Serie von Puddingen und Pasteten und Kuchen, einschließlich einiger, deren Zutaten auf die Diäten Rücksicht nehmen, nach denen einige von uns hier leben müssen. Wenn man bedenkt, dass sie auch noch eine hervorragende Kostümbildnerin ist, die viele Preise bei Maskeraden gewonnen hat, sowie ein geistreicher und humorvoller Conferencier bei Kongressen und eine Expertin auf dem Gebiet der Gesellschaftstänze, dann fragt man sich, wie sie Zeit findet zu schreiben. Aber sie findet sie; ihr erster Roman mit dem Titel *Never Speak of Love* ist von mindestens einem

Kritiker als eine ausgezeichnete Analyse des Konfliktes zwischen Frau und Künstlerin verstanden worden. Ihr Science-Fiction-Roman *The Dragon Rises* ist inzwischen erschienen, und zwischen solch größeren Werken brachte sie auch noch eine Geschichte für meine Darkover-Anthologie *Sword of Chaos* und jetzt diese geschickt entwickelte Geschichte von einer Welt zuwege, in der Magie etwas Alltägliches ist – aber welche Art von Magie, das dürfte hier das Entscheidende sein.

Ich sage »dürfte«, weil eine der häufigsten Klischeesituationen in der Fantasy eine Welt ist, in der Magie funktioniert und die Naturgesetze nicht. Aber Adrienne scheint in dieser Geschichte von einem Kampf zwischen rivalisierenden Arten von Magie die Fantasy als eine Metapher für andere Auseinandersetzungen in unserer technologisch orientierten Zivilisation zu benutzen, wo rivalisierende Ansichten von Wissenschaft die eine Welt zerstören könnten – oder die andere.

Kera ließ ihre müden Schultern sinken und holte keuchend Luft. Sie biss die Zähne zusammen, hob den schlanken Metallstab wieder hoch und begann aufs Neue mit dem Ritual des steigenden Wassers. Seit fast drei Tagen versuchte sie, das Wasser vor sich zu bezwingen, denn die Ritualmeisterin hatte sie in diesen Raum eingesperrt und ihr erklärt, sie dürfe ihn erst wieder verlassen, wenn sie die Aufgabe erfüllt habe. Die Worte kamen in zermürbender Monotonie aus ihrem Mund, als sie den Stab über der silbernen Schale mit Wasser bewegte. Das Wasser blieb flach wie Glas und spiegelte ihr angespanntes Gesicht wider, die Augen zwei runde, schwarze, rot-, gold- und blaugesprenkelte Opale, ihre Lippen eine karmesinrote Linie auf goldener Haut. Das grau-grüne Haar hing ihr wie Unkraut vom Kopf, feucht von Schweiß trotz der Kühle des Raumes – so sah sie sich in das Wasser hinabgezogen, das sie zu beherrschen versuchte.

Sie hielt inne und sackte nach vorn; sie empfand die dicken Wände um sich herum wie ein Grab. Ihr Durst war fast unerträglich geworden, und sie war versucht, von dem Wasser zu trinken. Aber das würde ihr nicht helfen. Wie oft schon hatte die Ritualmeisterin erklärt, dass dies überhaupt kein Wasser sei, sondern das Wesen, das Symbol von Wasser. Es war nutzlos. Kera spürte das Wesen nie, von dem man ihr gesagt hatte, sie werde es finden. Wasser war Wasser, und sie hatte weder den Wunsch, noch bestand die Notwendigkeit, es zu beherrschen oder das Chaos freizusetzen, das angeblich darin verborgen war. Das Zeug in der Schale war alles andere als chaotisch.

Keras Kopf schmerzte. Sie fühlte sich schwach und benommen, ein Gefühl, das gleichzeitig mit einem merkwürdigen Krampf in ihrem Leib immer stärker geworden war. In diesem Moment drehten sich ihre Eingeweide um und mit beiden Händen an dem Stab Halt suchend, krümmte sie sich vor Schmerz. Ein neuer Krampf zog sie in der Mitte zusammen, und sie umfasste den Zauberstab mit einem dünnen wimmernden Laut. Etwas Warmes, Klebriges berührte das warme Fleisch ihrer Schenkel, und sie stieß einen Schrei aus. Die Steine in der Wand, Metallblöcke, durch Zauber geschaffen, schienen stöhnend zu antworten.

Kera schnappte nach Luft. Vier Schmiede-Magier hatten ein ganzes Jahr gebraucht, um den Stab zu schaffen, und sie hatte ihn in einer einzigen Sekunde zerbrochen. Sie suchte nach einem Riss im Material, denn sie war ganz sicher, dass ihre Kraft nicht ausreichte, geschmiedete Gegenstände zu beschädigen. Aber da war nichts.

Ein Lufthauch wurde in dem fensterlosen Raum spürbar, ein frischer Luftzug, der die Oberfläche des Wassers in der Schale kräuselte und die muffige Feuchtigkeit von Steinen und Mörtel hinwegzufegen schien. Der Schweiß auf ihrer Stirn trocknete, als sie sich suchend nach der Luftquelle umsah. Der zerbrochene Stab in ihren Händen fühlte sich jetzt warm an; sie ließ die Stücke auf den Boden fallen und zog sich ein paar Schritte davon zurück.

Dann fiel ihr Blick auf die dünnen dunklen Blutflecken auf dem Boden, dort, wo sie gestanden hatte, und sie sah, wie der Stein dampfte und kochte. Blut! Sie suchte an ihren Händen nach einem Schnitt, den sie sich zugezogen haben mochte, als der Stab zerbrochen war, aber sie waren unverletzt. Blut war verboten. Die Ritualmeisterin hatte ihr das eingehämmert. Nur unkultivierte Waldleute benutzten Blut beim Zaubern. Kera spürte einen kalten Knoten böser Vorahnung in ihrem leeren Magen und ein merkwürdiges Prickeln von etwas, das wie Freude war, in ihrem Nacken.

Dann wurde die Tür hinter ihr von außen entriegelt, und einen Augenblick später trat ihr Vater, Coran, ein, gefolgt von Meisterin Pelli, die Ritual lehrte, und dem alten Sebo, Schmiedemeister und Feuermagier. Coran, Lordmagier der Feste Derry, hatte eine Schnittwunde an der Stirn, und der Saum seines weißen Gewandes war versengt, als habe er zu nahe am Feuer gesessen, und er war offensichtlich übler Laune. Kera liebte seine rosige Hautfarbe, seine blassblauen Augen und sein nachtschwarzes Haar, aber der Ausdruck in seinem Gesicht verhieß in diesem Augenblick nichts Gutes. Wenn er mich doch manchmal anlächeln oder an sich drücken würde wie meine alte Amme, dachte sie.

Meisterin Pelli verzog ihren schmalen Mund, als habe sie gerade etwas Saures getrunken. Ihre Nase zitterte und schnüffelte. Hinter ihr stolperte Sebo herein.

»Ich habe dir verboten, es zu versuchen«, betonte Pelli, bevor Kera auch nur ein Wort sagen konnte. »Du wirst Glück haben, wenn das Fundament nicht zerbirst.«

Kera sah die Ritualmeisterin mit der ganzen Abneigung langer Jahre voller gegenseitiger Feindseligkeiten an. »Ich hoffe, dass ein Stein dich zerschmettert, alte Hexe. Ich hoffe, der Turm tötet euch alle!« Die Worte versetzten ihr einen Schock. Es war, als sei ein Damm in ihr gebrochen und habe Gedanken freigesetzt, die sie vor sich selbst verborgen hatte.

»Der Raum riecht nach Blüten«, murmelte Sebo und bewegte seine Hände in einem Abwehrzauber. »Äpfel. In Derry! Entsetzlich!«

Coran packte Kera an den Schultern und schüttelte sie. »Was für eine Tochter bist du, dass du es wagst, dich mir ständig zu widersetzen. Ich habe dir alles gegeben – die besten Lehrer, die besten Werkzeuge. Und du lohnst es mir mit Unverschämtheit und Aufsässigkeit. Warum?«

Kera fühlte Feuer in ihren Adern aufsteigen, wie einen Rausch von Wahnsinn. Sie legte eine Hand gegen seine Brust und stieß ihn heftig von sich fort. »Alles! Nichts hast du mir gegeben als toten Stein und totes Metall. Ich hasse es. Ich hasse es, das Zeug in meinen Händen zu halten. Ich hasse Pellis schleimige Sprüche und dich!« Ihre Augen wurden schmal. »Ich soll dein Werkzeug zur Beherrschung der Elemente sein. Pah! Ich werde es nicht sein!«

»Ich habe Euch geraten, nicht den Versuch zu machen, sie zu zähmen, Herr. Sie ist zu sehr wie ihre Mutter. O nein, seht nur!« Pelli deutete zitternd auf Keras bloße Füße. Ein dünner Faden Blut wand sich um ihre Knöchel, wie eine seltsame Schlange. »Verderben!«

»Ersticke an deiner Zunge, alte Hexe!« Kera stieß die Worte hervor, ohne zu überlegen, und riss sich von ihrem Vater los. »Ertrinke in deinen ekelhaften Ritualen!«

Pelli gab einen japsenden Laut von sich, und eine dunkle Flüssigkeit ergoss sich über ihr Kinn, befleckte ihr rotes Gewand und tropfte auf den Boden. Ein Gestank wie von einer Jauchegrube verbreitete sich, und Sebo sperrte sprachlos den Mund auf.

»Hör auf damit!«, brüllte Coran.

»Wie?«

»Denk an deine Kraft, Kind. Erfühle sie, beherrsche sie. Und halte die Blutung an. Wenn du sie nicht unter Kontrolle bekommst, wird der Turm zusammenstürzen.«

»Ich habe nichts getan«, schrie Kera, erschreckt durch die Kraft, die sie durchflutete und jetzt ganz zu erfüllen schien.

»Begreifst du nicht, warum ich dich vorbereitet, dich gezwungen habe! Nicht-ritualisierte Kraft ist schrecklich, tödlich! Du könntest ebenso gut eine . . . Waldhexe sein.« Corans Gesicht nahm einen Ausdruck der Verachtung an, als er die verfluchte Rasse erwähnte, gegen welche die Turmherren einen langen und ermüdenden Krieg führten.

»Sind tot und vergessen. Du hast es mir gesagt.« Einsicht überkam sie plötzlich. »Oder etwa nicht? Erinnerst du dich an das, was du sagtest? ›Der Letzte starb vor deiner Geburt, Kind. Arme primitive Kreaturen.‹ Du hast behauptet, dass wir deshalb den Turm nie verlassen, weil die Welt draußen durch den Krieg zerstört worden sei. Und du verlässt die Feste Derry niemals außer in der Dämmerung auf einem Flieger, um einen der anderen Türme aufzusuchen. Deine Füße berühren die Erde nie. Wie kannst du den Gestank dieser Bestien ertragen?« Sie schauderte, denn sie hasste und fürchtete die riesigen geflügelten Tiere, die auf den Zinnen des Turmes hausten. »Sie sind gar nicht alle tot, stimmt's? Wenn sie es wären, könntest du dich ohne Angst draußen bewegen. Und *ich* lebe! Meine Mutter war keine untergeordnete Ritualmeisterin, nicht wahr? Sie war eine Waldfrau, und ich bin es auch!«

»Niemals! Eher werde ich dich töten!« Coran sagte es ohne Erregung, so als sage er lediglich »Nimm Platz«. Dann runzelte er die Stirn. »Die Hüter haben versagt. Du solltest nicht fähig sein, solche Gedanken zu haben. Du kannst nicht bluten. Es ist unmöglich!« Er schien weit mehr über das Versagen seiner magischen Kräfte erregt zu sein, als über die Rebellion seiner Tochter. »Das ist eure Schuld«, sprach er, zu der Ritualmeisterin gewandt. »Ich habe sorgfältige Anweisungen gegeben . . .«

Pelli hatte Gewebe aus rituellen Gesten in die Luft gesponnen, um die Flut, die sich aus ihrem Mund ergoss, anzuhalten und zu festigen, und es war ihr schließlich gelungen, sie einzudämmen. »Euer Ehrgeiz . . .«, gurgelte sie, und bräunlicher Schlamm tropfte von ihrer Zunge. »Verflucht ... kann mich nicht erinnern ... zu Ende ... leer, leer, ... wünsche ... dich erwürgt ... Wiege.« Dann wankte sie hinaus, eine Spur von stinkendem Unrat hinter sich herziehend.

»Ich muss dem zustimmen«, greinte Sebo. »Der Rat war von Anfang an gegen Eure Idee.«

»Engstirnige Bastarde. Sie waren neidisch auf meine Zauberkraft!« Offensichtlich verwirrt murmelte Coran diese Worte vor sich hin.

»Meisterin Pelli und ich haben unser Bestes getan, die Verantwortung liegt bei Euch, Lord Coran. Wir haben Euch davon in Kenntnis gesetzt, dass bei Kera ... merkwürdige Begabungen ... zutage traten ..., schon vor drei Jahren. Ihr hieltet es für richtig, nicht auf uns zu hören und dem Rat zu erklären, dass alles sich gut entwickle. Was dem Menschen angeboren ist, setzt sich früher oder später durch. Pelli hat Recht. Das Kind hätte niemals am Leben bleiben dürfen, und jetzt muss Kera unbedingt getötet werden. Wenn sie mit ihrem Wissen über unsere Methoden zu ihrem Volk zurückgeht, wird Chaos herrschen.«

»Warum hat man mich am Leben gelassen?«, erkundigte sich Kera. Sie mochte den alten Schmiedemeister, wenn sie auch seine Feuer und die Metalle hasste, die sein Leben und Werk waren.

Er zuckte die Achseln, und seine runzligen Hände flatterten. »Lord Coran wollte deine Kraft so lenken, dass er sie gegen die Waldleute einsetzen konnte. Eines Nachts raubte er deine Mutter und brachte sie hierher. Sie war ein wildes Geschöpf, ein Wildwald-Mädchen, aber er unterwarf sie sich, denn sie war fast noch ein Kind und noch nicht im Besitz ihrer Kraft. Sie starb in dem Augenblick, in dem du deinen ersten Atemzug tatest, aber der Turmherr hatte, was er wollte – dich. Eine Mischung aus unserer und ihrer Art. Es war grausam, aber die Waldleute machten all unsere Pläne zunichte. Es war unerträglich. Wenn wir den Wildwald an der einen Stelle zurückdrängten, schoss er an einer anderen wieder hoch! Selbst heute noch müssen wir die Erde rings um den Turm unablässig abbrennen, sonst würde es immer wieder nachwachsen. Furchtbares, ungeordnetes Chaos.« Furcht prägte sein verhutzeltes Gesicht.

Tief unter ihnen war ein Knirschen zu hören, und der Turm ächzte wie ein riesiges Tier. Beinahe wäre Kera auf Pellis widerlicher Spur ausgerutscht, als sie an ihrem Vater und Sebo vorbeischlüpfte und auf die Wendeltreppe zurannte. Sie nahm zwei, drei Stufen auf einmal. Coran erwachte aus seinen Gedanken und folgte ihr, wobei er vor Wut heulte.

»Komm zurück! Ich muss dich töten!«

Kera raste die Treppe hinunter, verletzte sich ihre bloßen Füße und die Hände an dem unnachgiebigen Material, aus dem der Turm bestand, fegte an verstörten Dienern und Zauberern vorbei, die ziellos treppauf, treppab liefen. Das Gebäude rumpelte und ruckte, als die verwirrten Turmleute versuchten, den Zerfall des Zaubergewebes aufzuhalten, das die Mauern zusammenhielt. Kera bemerkte nicht, wie das Metall kreischte, wo ihr Blut seine Spuren hinterließ.

Sie erreichte das Ende der Treppe wenige Schritte vor der Menge, die sie jetzt verfolgte, und fühlte das Mauerwerk mit der Erde kämpfen, auf der es ruhte. Noch nie zuvor war sie im Turm so weit nach unten gekommen, und sie wusste jetzt, warum. Sie spürte die Kraft, die von ihr fernzuhalten sich Pelli so sorgsam bemüht hatte. Die Erde, die ihre verhasste Last zaubergebundener Blöcke so geduldig getragen hatte, spaltete sich mühelos und drückte die Fundamente auseinander. Ein Teil der Mauer stürzte ein, und Kera erblickte dahinter ein Licht, einen goldenen Glanz. Sie zwängt sich durch die schmale Öffnung, ohne darauf zu achten, dass ihr Körper unter dem dünnen blauen Gewand böse zerschunden wurde, und sah zum ersten Mal die Sonne.

Ein blutroter Ball an einem klaren blauen Himmel. Sie blinzelte in der ungewohnten Helligkeit, denn im Turm gab es nur den immer blassen, schattenerfüllten Schein von Kerzen und Fackeln. Vor ihr erstreckte sich weit und kahl gebleichtes Erdreich. Sie beugte sich nieder und berührte den krümelnden Staub mit ihren zerschundenen Händen, und der Turm hinter ihr bebte unheilvoll. Kera lief; ihre Füße hinterließen blutige Spuren auf dem unfruchtbaren Boden.

Coran hetzte hinter ihr her, seine längeren Beine und seine größere Körperkraft verringerten die Entfernung zwischen ihnen. Dann stieß der Turm einen letzten Schrei aus, einen fast menschlichen Schrei, der über die gebleichte Ebene hallte, und begann zusammenzustürzen. Große Steinbrocken flogen durch die Luft, bevor sie auf der leidenden Erde zerbarsten.

Aus brennenden Lungen mühsam atmend, hielt Kera zögernd inne und blickte zurück. Ein Stein flog dicht an ihrem Kopf vorbei. Coran war wenige hundert Schritte entfernt stehen geblieben und sah entsetzt zu, wie der Turm starb. Die Flieger auf dem Dach kreischten, als sie aus ihren Nestern flüchteten. Ihre riesigen Schwingen durchschnitten den Himmel wie schwarze Mäntel. In der Ebene wimmelte es von erschreckten Turmleuten, die der Vernichtung zu entkommen suchten. Kera war völlig verstört bei dem Gedanken, dass dies alles ihr Werk sein sollte.

Coran, Magier und Turmherr, gewann bald einen Teil seiner Selbstbeherrschung zurück. Er gab ein Zeichen, und einer der Flieger tauchte vom Himmel heran und setzte mit seinen großen, krallenbewehrten Klauen neben ihm auf. Coran stieg auf das Tier und erteilte ihm einen Befehl.

Der Flieger krächzte heiser und schoss auf Kera zu,

dass der Aasgestank seiner Flügel sie umwehte. Eine Sekunde lang konnte sie nicht glauben, was da geschah. Ihr Bewusstsein weigerte sich zu erkennen, dass Coran wirklich entschlossen war, sie zu töten. Mit einem Aufschrei der Furcht und des Zornes warf Kera ihre blutende Hand hoch und fuhr damit über die Teile der tödlichen Schwingen, die sie erreichen konnte. Das Krächzen des Fliegers wurde zu einem Schmerzensgeschrei. Der mächtige Flügel sackte durch, als das Blut sich in Feuer verwandelte, und verbrannte zu grauer Asche. Der Flieger sank zu Boden und warf Coran ab. Nur mit knapper Not entging der Mann der Krallenklaue, die im Todeskampf nach ihm griff.

Der Magier sprang auf das Mädchen zu, aber sie lief vor ihm davon. Ihre Beine zitterten, und sie stolperte, aber sie stand wieder auf und lief keuchend weiter. Plötzlich umschmeichelte sie eine süß duftende Brise, und ihre Kräfte kehrten zurück. Kera hatte keine Bezeichnung für den Duft, aber er verhieß Heimat und Ruhe und Leben.

Corans Schrei brachte sie zum Stehen, und wieder drehte sie sich um. Aus der toten Erde brach etwas hervor, geschmeidig, grün, sich windend wie eine Schlange, kräftig und lebendig. Eine lebende Peitschenschnur wand sich um die Beine des Turmherrn; schreiend riss er daran. Die Ebene hinter ihm schäumte über vor wirrem Grün. Der Turm war ein Haufen zerborstener Blöcke, über den sich Schlingpflanzen wie grünes Feuer legten. Unfähig, sich zu bewegen, aber ungebrochen, rief Coran: »Du kannst nicht gewinnen. Geh nur zurück zu deinen verfilzten Bäumen und in deine ungeordnete Welt. Schlafe mit irgendeinem schmutzigen Waldmenschen und gebäre ihm Kinder. Dann magst du zusehen, wie sie in unserem läuternden Feuer verbrennen. Läuterung! Die anderen Herren werden mich rächen. Wenn wir unser Ziel erreicht haben, wird für Tausende und Abertausende von Jahren kein Flecken Grün mehr die

Erde beschmutzen. Das Feuer wird deine Art verzehren und Ordnung wieder herrschen!« Die Pflanze umschlang seine Brust und schnürte ihm den Atem ab. Kera hörte die Knochen brechen.

»Es tut mir Leid, Vater.«

»Leid!«, stöhnte er. »Du hast all meine Pläne zerstört, und es tut dir Leid!« Dann starb er, und die grünen Schlingen überwucherten ihn.

Kera legte den Kopf in ihre zerschundenen Hände, erschöpft und elend, unglücklich über die Zerstörung, die sie in ihrer Unwissenheit und Wut heraufbeschworen hatte. Sie fühlte sich leer und sehnte sich nach etwas, von dem sie keine klare Vorstellung hatte. Fetzen von Pellis endlosen Riten und Ritualen drängten sich in ihr Bewusstsein, die Worte für Geburt und Tod, für Hochzeiten und Krankheiten, Worte, die Wasser aufsteigen und Feuer erlöschen lassen konnten. Sie dachte an die Weisheit eines ganzen Lebens, die sich auf ihren unüberlegten Befehl hin aus dem Mund der alten Frau ergossen hatte.

Wenn sie mich nur ein wenig gern gehabt hätten; wenn er mich nur für einen Augenblick geliebt hätte, würde ich getan haben, was sie wollten. Ich muss gehen. Nein, noch nicht. Ich kann ihn nicht verlassen ohne seinen Totengesang. Ich schulde ihm nichts, und er hat mich nicht geliebt, aber ich kann ihn nicht so zurücklassen.

Nach einer Weile näherte Kera sich dem grünen Hügel, auf dem ihres Vaters fleischloser Schädel zu einer Sonne emporstarrte, die er immer gefürchtet und gehasst hatte. Sie begann die Totenlitanei zu sprechen, die ihn der Luft und dem Feuer überantworten, die ihn vor Erde und Wasser schützen sollte, leere Worthülsen, über einen toten Leib gesprochen. Sie entdeckte einigen Sinn auch für sich selbst in diesem letzten Ritual, eine gültige Erklärung für das, was sie innerlich angetrieben hatte.

Schließlich sprach sie:

»Geh deinen Weg, Lord Coran von Derry,
durch reines Feuer
und makellose Luft.
Reite auf flammenden Schwingen
über die dunkelnde Welt,
ohne Erde, die dich hält,
ohne Wasser, das dich trägt,
hin zu einem Licht, das dunkel ist,
hin zu Luft, die sich nicht regt,
hin zu Ordnung ohne Fehl,
wissend, dass das Zeichen alles,
nichts das Wirkliche je ist.«

Die Blätter der Schlingpflanzen raschelten, und der
Schädel schien zu seufzen und zerfiel. Kera blieb noch
einen Augenblick stehen, dann ging sie fort, den Wildwald und das Volk ihrer Mutter und die blassen Blüten
eines alten Apfelbaumes zu suchen.

Phillip Wayne

Der Steuereinnehmer

Phillip Wayne spielt die irische Harfe, Cello, Banjo, Flöte, Recorder, Synthesizer und ein halbes Dutzend anderer Instrumente, die ich vergessen habe. Außerdem komponiert er auch noch Stücke für Gitarre, die er auch selber vorführt. Er gehört eher zum Greenwalls- als zu dem ursprünglichen, dem Greyhaven-Teil der Großfamilie. Sein weltlicher Beruf ist der eines Computerprogrammierers, und er hat verschiedene Software-Programme für den Apple-Computer entworfen. Ich erinnere mich noch an eine Liedertafel in Greyhaven, wo es elf irische Harfen gab ... aber das ist eine andere Geschichte.

Phillip tauchte bei einem meiner Autorenseminare auf, und damals schrieb er seine erste Gellan-Grauwolf-Geschichte, über einen Harfner, der mit einem grauen Wolfsgefährten umherzog ... einem telepathischen Tier, das dem verschmitzten Gellan bei seinen Streichen zur Seite stand. Bei einer späteren Liedertafel las er die folgende Geschichte, die mir nicht ganz dem professionellen Standard zu entsprechen schien; also triezte und scheuchte ich ihn, bis er sich hinsetzte und sie richtig überarbeitete.

Angehörige der vereinigten Haushalte in der »Greyhaven-Kommune« teilen viel mehr als nur das Schreiben miteinander. Als Phillip die letzte Seite seines Manuskripts überarbeitete, passte ich auf seinen drei Monate alten Sohn Alexander auf (wie die meisten wissen, schließen die Fans Wetten ab, wenn ein Baby auf einem Kongress auftaucht, wie lange es dauern wird, bis ich es auf meinem Schoß habe). Ich mag Gellan Grauwolf und sage jetzt schon voraus, dass dies nur das erste von seinen vielen Abenteuern sein wird.

Gellan Grauwolf, manchmal auch Gellan der Harfner genannt, packte mit seiner breiten Musikantenhand die kleinere des Gassenjungen, die sich zu dem Wagen hochstreckte, in dem Gellan saß.

Für gewöhnlich weckten Kinder in ihm ein Gefühl fröhlicher Unschuld, aber in diesem besonderen Fall streckte sich die Kinderhand nach einer Stelle aus, wo sie nichts zu suchen hatte – in das Innere seiner Gürteltasche. Der Junge hätte seine Hand gerne wieder zurückgezogen, wenn es die Umstände erlaubt hätten, aber sein Arm traf auf ein weiteres Hindernis.

Tira, Gellans große Wölfin, hatte ihre Kiefer, wenn auch ganz zart, um den Arm geschlossen, der zu der Hand gehörte. Jedes Mal, wenn der Junge versuchte, die Hand von der anstößigen Stelle wegzunehmen, knurrte Tira ihn an und packte ein bisschen fester zu.

So hungrig!, dachte Tira.

NEIN!, dachte Gellan zurück.

Da alles, was von ihr zu sehen war, ein grauer Kopf war, der an der Seite des Wagens aus einem Haufen Kleider und Decken herausschaute, wandte eine Menge Volk sich der Szene zu.

Gellan lächelte den Buben freundlich an, der aber betrachtete seinen offenkundig guten Willen als eine Gefahr und kämpfte darum, seinen Arm aus Tiras sanfter Hand zu befreien.

»Einen guten Tag, junger Herr«, sagte Gellan, als spreche er zu dem Sohn eines angesehenen Herrn, »was mag da nur mit deiner Hand passiert sein?« Er nahm die Hand vorsichtig aus seiner Tasche und zog den kleinen Jungen auf den Wagen hinauf.

Tira öffnete ihre Kiefer, aber Gellan hörte, dass sie dachte, wie gut doch ein kleines Stück Fleisch in ihrem Zustand schmecken würde. Seit er sie vor einigen Monaten in den nördlichen Wäldern gerettet hatte, waren sie immer zusammen gewesen und einander eng verbunden. Jetzt, kurz bevor sie ihren neuen Wurf zur Welt bringen sollte, dachte sie unentwegt an Nahrung.

Der Gassenjunge strampelte, um sich aus Gellans Griff zu befreien, nachdem die unmittelbare Gefahr, dass ihm der Arm abgebissen würde, gebannt war, aber er musste feststellen, dass es Gellan ein Leichtes war, ihn festzuhalten.

»Ich bin Gellan«, sagte der Mann ruhig, »vielleicht würdest du mir deinen Namen nennen?«

»Aelwyn«, antwortete der Junge, immer noch zappelnd. »Mein Vater ist der Fleischer, und er wird dich zerhacken und in seinem Laden verkaufen, wenn du mir etwas antust.«

»Wird er das, Aelwyn?« Gellan lachte. »Und weiß dein Vater, dass du dir dein Taschengeld aus anderer Leute Börsen stiehlst?«

»Mein Vater weiß noch gar nichts«, entgegnete der Junge und fing an sich zu beruhigen. »Baron Ayenbyte hat ihn ins Gefängnis geworfen, weil er seine Steuern nicht zahlen konnte. Ich habe versucht, Geld zusammenzubringen, um ihn herauszukriegen.«

Gellan schnalzte mit der Zunge, und der vor den Wagen gespannte Gaul bewegte sich langsam vorwärts, als sich die Menge verlief. »Wäre es nicht sicherer gewesen, das Fleisch aus deines Vaters Laden zu verkaufen? Das wäre bei weitem nicht so – hm – gefährlich.«

»Der Baron hat alles für sein Fest mitgenommen. Er wird heiraten.«

»In drei Tagen«, bestätigte Gellan. »Das ist der

Grund, warum ich hier bin. Man erwartet von mir, dass ich auf der Hochzeit spiele. Tiras Junge werden an einem dieser Tage zur Welt kommen und ... Wolfsjunge werden halb verhungert geboren. Sie brauchen sofort einen Haufen Fleisch.«

»Ich kann dir zeigen, wo es Fleisch gibt«, sagte Aelwyn verschmitzt, »wenn du mir hilfst, meinen Vater zu befreien.«

»Warum sollte ich nicht den Baron um Fleisch bitten, Kleiner?«

»Weil er es dir nicht geben würde«, sagte Aelwyn so harmlos und selbstverständlich, dass Gellan es ihm zu seiner Überraschung tatsächlich glaubte.

»Nun, dann werde ich dein Angebot vielleicht annehmen. Erzähl mir ein bisschen mehr von deinem Vater.«

Der Baron hatte zur Vorbereitung seiner Hochzeit jedermann mit hohen Steuern belegt. Die Braut kam von einer *sehr* reichen Baronie in der Nähe, und der Alte Ayenbyte hatte seine eigene Baronie völlig ausgeplündert, um ein Fest auszurichten, das sich mit jedem Fest in ihrer Baronie messen konnte. Der Vater der Braut war in sein Töchterchen vernarrt, und wenn er mit Ayenbytes Vorbereitungen nicht zufrieden wäre, würde die ganze Sache möglicherweise abgeblasen.

Gellan hatte Gerüchte gehört über den Zustand von Ayenbytes Vermögen – oder besser: über den Mangel an Vermögen.

»Kennst du den Namen der betreffenden Dame?«, fragte er.

»Nein, aber ihr Vater heißt Osbearn, Baron von Form.«

Gellan kannte Osbearn gut; er war eitel, aalglatt und ganz und gar unzuverlässig. Wenn er seine Tochter Ayenbyte als Braut zuführte, dann war Gellan bereit, jede Wette einzugehen, dass mehr dahinter steckte, als es den Anschein hatte.

Vielleicht, meinte Gellan bei sich, würde er Aelwyn helfen festzustellen, worauf Osbearn aus war, und, wenn möglich, den Rahm für sich abschöpfen.

Während er sich mit Aelwyn unterhielt, stellte Gellan fest, dass er Ayenbyte immer weniger mochte.

An diesem Abend nahm sich Gellan ein Zimmer in einem Gasthaus, das »Zum lachenden Einhorn« hieß. Es war nicht gerade das beste, in dem er bis dahin übernachtet hatte, aber es war sauber, und der Gastwirt Clerry erwies sich als ein jovialer, redseliger Mann, sobald Gellan seine Kehle erst einmal mit ein paar Bechern angefeuchtet hatte.

Clerry hatte einige Monate lang zu Ayenbytes Haushalt gehört; als der Baron sich weigerte, ihn für seine Dienste zu entlohnen, war er fortgegangen.

»Der Baron«, erklärte Clerry, »ist ein Betrüger. Er hat all diese Köpfe an seiner Wand hängen – Jagdtrophäen. Fragt ihn, und er wird Euch erzählen, wie er jedes einzelne Tier getötet hat, und er wird eine große Geschichte daraus machen. Und jedes Einzelne hat er ganz alleine erlegt, ohne dass jemand bei ihm war. Ist das nicht merkwürdig? Aber ich weiß, wie er zu jedem einzelnen dieser Tiere gekommen ist. Er hatte einen Förster, der auf hundert Meter eine Fliege von der Kruppe eines Pferdes schießen konnte. Immer wenn der Baron zum Jagen in die Wälder ging, pflegte zur gleichen Zeit der Förster zu verschwinden. Kam der Baron zurück, tauchte auch der Förster plötzlich wieder auf. Wer besorgte wohl das Schießen?«

»Keine Wette!«, erklärte Gellan und schenkte Glerry ein neues Glas Bier ein.

»Eines Abends kam er hierher, und wir betranken uns gemeinsam. Er hat mir alles erzählt.«

»Was ist aus dem Förster geworden – wie hieß er noch?«

»Marbry, Fletchers Sohn. Ich weiß nicht, was aus ihm geworden ist. Der Baron ging eines Tages auf die Jagd, während Marbry hierher kam, um ein Bier zu trinken. ›Ist der Baron heute nicht auf Jagd‹, fragte ich. ›Wohl‹, sagte er, ›aber heute wird er kein Glück haben‹, und mehr ließ sich aus ihm nicht herausbekommen. Dann stieg er auf ein Pferd und ritt weg. Hab nie herausgekriegt, warum er fortgegangen ist.«

»Und hat der Baron damals irgendein Wild erlegt?«

»Nun, woher sollte ich das wissen? Aber die Leute sagen, dass er nicht ein einziges Stück mehr erwischt hat, seit Marbry fort ist!« Clerry warf den Kopf zurück und lachte.

Gellan tat es ihm nach, und ihr Lachen hallte durch die leere Schenke.

Am nächsten Morgen legte Gellan den noch schlafenden Aelwyn neben Tira in den Wagen, und alle drei machten sich auf den Weg nach Schloss Ayenbyte. Als Erstes bemerkte Gellan, dass dem Schloss jede Spur von Pracht fehlte. Der übliche Graben war vorhanden, aber dieser Graben hier schien schon seit langem ausgetrocknet zu sein. Auf der gegenüberliegenden Seite erhob sich eine niedrige Steinmauer. Von einem Mann, der Wache hochte (›stand‹ war nach Gellans Meinung nicht das richtige Wort), erfuhr er, dass er am rückwärtigen Tor um Einlass zu bitten habe.

Innerhalb der Mauern präsentierte sich das Schloss nicht sehr viel besser. Ein Stall war da, ein kleines Haus für die Bediensteten, eine Wachstube, in der höchstens fünfzehn bewaffnete Männer Platz hatten, und ein Hauptgebäude von der Form einer runden Schachtel, das zwei Stockwerke hoch und damit die größte Anlage im Schloss war.

Aelwyn erwachte und kletterte zu ihm auf den Kutschbock. »Für den Augenblick bist du mein Sohn«, erklärte Gellan ihm. »Wenn du das vergisst, werden wir beide die gleichen Probleme haben wie dein Vater. Verstanden?«

»Ja, Vater«, sagte Aelwyn.

»Gut. Und benimm dich, bis ich dir etwas anderes sage. Bestimmt werde ich dir irgendwann etwas anderes sagen müssen. Glaubst du, dass du damit klarkommen kannst?«

»Ganz besonders damit!«, kicherte Aelwyn.

Ein Page brachte Gellan in die Haupthalle. Es lag klar auf der Hand, dass die meisten Steuern, die Ayenbyte eingetrieben hatte, in diesen einen Raum geflossen waren. Kostbare Brokatstoffe hingen an den Wänden und umrahmten handgewebte Bildteppiche. Silberne und goldene Leuchter spendeten Licht, und Läufer aus feiner Spitze bedeckten die breiten Tische, die schon mit goldenen Tellern, großen goldenen Pokalen und silbernen Messern für die Gäste gedeckt waren. Gellans Handteller juckten. *Ein paar von diesen Dingen könnten mich ein ganzes Jahr – vielleicht noch länger – ernähren. Ich könnte Tiras Welpen so viel Fleisch geben, wie sie wollen.*

Zu Häupten all dieser Pracht saß Baron Ayenbyte in rot-grünen Gewändern, die ihm viel zu lang waren und auf den Steinboden herabhingen.

Der Baron befahl dem Pagen, sie allein zu lassen.

»Willkommen in der Baronie Ayenbyte. Wir fühlen uns außerordentlich geehrt, einen Barden von Eurem Rang bei meiner Hochzeit zu haben.«

Erst als er sich erhoben hatte, vermochte Gellan die massive Statur des Mannes richtig abzuschätzen. *Ich würde viermal in ihn hineinpassen*, dachte Gellan. *Er wäre nicht imstande, einen Bogen zu heben, ihn ohne Hilfe zu spannen und irgendetwas zu treffen.*

»Ich bin geehrt, Euer Hochwohlgeboren, der Gesellschaft eines so großen Jägers teilhaftig zu sein!« Gellan machte eine Bewegung zu den Köpfen hin, die hinter dem Thronsessel an der Wand hingen.

»Ach ja, aber es ist schon einige Zeit her, dass ich auf die Jagd gegangen bin«, meinte der Baron. »Ich habe mir etwa vor einem Jahr den Rücken verrenkt; er ist seither nie mehr richtig in Ordnung gewesen.«

»Das verstehe ich.« Gellan näherte sich den Köpfen und begutachtete jeden Einzelnen. »Ihr müsst ein sehr guter Schütze sein. Ich kann auf keinem von diesen Stücken eine Pfeilspur finden.«

»Hab die meisten direkt ins Auge getroffen«, brüstete sich der Baron. »Sie geben bessere Trophäen ab, wenn der Pfeil direkt ins Gehirn dringt!«

»Richtig! Es gab mal eine Zeit, in der auch ich solch ein Schütze war. Aber seit ich Harfner geworden bin, habe ich keinen Bogen mehr in die Hand genommen. Ich vermag mit Euch zu fühlen; manchmal ist es, als hätte ich eine Geliebte verloren.«

»Genauso ist es!« Baron Ayenbyte strahlte. »Ihr glaubt nicht, wie es mein Herz erwärmt, mit einer verwandten Seele sprechen zu können. Seht Ihr den Bären da hinten? Ich muss Euch erzählen, wie ich ihn erwischt habe. Ich bin sicher, Ihr werdet es gerne hören.«

Der Baron stürzte sich dann in eine der längsten Geschichten, die Gellan je von jemandem gehört hatte, der kein professioneller Erzähler war. *Und auch,* dachte Gellan, *eine der unglaubhaftesten.* Aber er tat sein Bestes, um nicht gelangweilt dreinzuschauen oder zu gähnen, eine Leistung, die weit bemerkenswerter war als die heroischen Taten, von denen Baron Ayenbyte mit solchem Eifer berichtete.

Als er fertig war, begann er sogleich mit einer neuen Geschichte und dann mit einer dritten. Gellan hörte ihm zu, manchmal teilnahmsvoll mit der Zunge schnalzend, manchmal in simuliertem Entsetzen die Augen weit aufreißend. Der Baron hielt sich offensichtlich für einen Meistererzähler.

Irgendwann während der langen Reihe von Geschichten ließ der Baron ein Fass Bier kommen. Sie saßen da und tranken, während sie Berichte über Heldenmut in Wald und Forst austauschten.

»Es ist eine Schande«, bemerkte Gellan schließlich, »und es tut mir wirklich Leid, dass Ihr Eurer neuen Braut und ihrem Vater zum Hochzeitsfest keine frische Beute anbieten könnt. Osbearn beurteilt Männer nach dem, was sie tun, nicht nach dem, was sie getan haben.«

»Kennt Ihr ihn?«

»O ja, sehr gut«, log Gellan. »Ich habe sehr oft für ihn gesungen.« In diesem Augenblick blitzte eine großartige Idee in Gellans Kopf auf, und er wusste, was er tun würde.

Ohne Zweifel.

Ohne Skrupel.

Und ohne die geringsten Gewissensbisse.

»Wenn ich den Wunsch hätte, ihn zu beeindrucken«, erklärte Gellan und ließ die Worte wie Honig von seinen Lippen träufeln, »ihn wirklich zu beeindrucken, würde ich ihm einen Hirsch präsentieren. Nicht irgendeinen, versteht Ihr, sondern einen von den großen weißen im Flothen-Wald. Nicht einmal Osbearn hat einen von denen.«

»Eine wundervolle Idee!«, sagte Ayenbyte und strahlte, wurde aber gleich wieder trübselig. »Aber das ist nicht möglich, es sei denn, wir ...«

»Wir?« Gellan konnte erkennen, dass Ayenbyte ziemlich betrunken war. »Ich dachte, Ihr ließet Euch vielleicht dazu überreden, mir zu helfen. Ich würde euch gut bezahlen. Ich dachte ... Wir könnten ... auf die Jagd gehen. Wenn wir einen Hirsch heimbrächten ... Ihr einen Hirsch heimbrächtet ... könnten wir sagen, er sei meine Beute. Eine harmlose kleine Täuschung ..., und ich würde Euch sehr gut bezahlen.«

»Kommt nicht in Frage!«, erklärte Gellan. Aber falls er Ayenbyte nicht völlig falsch einschätzte, würde eine Ablehnung das Interesse des Barons nur noch steigern.

Wie er erwartet hatte, drang Ayenbyte in ihn. Schließlich sagte Gellan: »Ich würde alles dafür geben, wieder einmal einen guten Bogen in den Händen zu halten. Gebt mir einen, und wir können morgen früh auf die Jagd gehen.«

Gellan bezweifelte, dass ein Mann von Ayenbytes Umfang auf ein Pferd steigen und alleine zur Jagd reiten konnte. »Aber wir müssen unbedingt schon morgen einen erlegen. Meine Hochzeit wird in zwei Tagen stattfinden, wisst Ihr.«

Baron Ayenbyte fiel über den Tisch, mit dem Gesicht in eine goldene Schüssel.

Gellan erhob sich. »Schlaft wohl, Baron«, sagte er. »Die morgige Nacht dürfte etwas weniger gemütlich sein.«

Als er aus der Halle trat, war die Sonne untergegangen. Über dem Hof lag ein leichter Nebel. Er fand Aelwyn schlafend neben dem Wagen und rüttelte ihn wach.

Gellan nahm einen Federkiel und Papier und ließ sich auf dem Kutschbock nieder, um eine eilige Botschaft aufzusetzen. Tira erwachte und begann, sein Ohr zu lecken.

Ich bin hungrig, sprach sie in Gedanken, *bald werden die Kleinen da sein, und sie müssen fressen.*

Es gibt Fleisch hier in der Nähe, erklärte er ihr. *Wir werden dich am späten Abend hinbringen. Wann werden die Welpen kommen?*

Morgen Abend oder tags darauf, glaube ich.

Gellan händigte Aelwyn seine Botschaft aus und schickte ihn damit zu Clerrys Gasthaus. Als der Junge verschwunden war, legte er sich neben Tira und schlief ein paar Stunden.

Es war dunkel, als er erwachte. Wolken hatten eine dichte Decke gebildet und das Mondlicht am Himmel ausgelöscht. Nicht ein einziger Stern leuchtete.

Können wir jetzt vielleicht etwas zu fressen finden?

*Irgendwo hier in der Nähe befindet sich ein ganzer Fleischer-
laden, kleine Mutter,* dachte Gellan. *Vielleicht auch mehr als
einer. Möchtest du deine Jungen dort bekommen?*

Gellan streckte eine Hand nach dem mächtigen
Kopf aus und kraulte Tira hinter den Ohren. Tira
schnurrte vor Behagen und erhob sich dann.

Selbst für eine Wölfin war Tira außergewöhnlich
groß. Sie sprang vom Wagen, und Gellan folgte ihr. Als
sie nebeneinander standen, reichten ihre Schultern
ihm bis zur Brust.

*Soviel Fleisch kann ich riechen, wenn wir in die Nähe kom-
men.*

Sie verließen die Scheune und schritten vorsichtig
über den Innenhof. Tira hielt ihre Nase aufmerksam
hoch und schnüffelte in den Wind. Noch bevor die
Wolken sich verzogen hatten, fand sie sich von Fleisch
umgeben in den Vorratskammern des Schlosses neben
der Küche. Gellan fühlte, wie ihn eine Welle der
Erleichterung überkam. Obwohl sie Freunde waren –
eine hungrige Wölfin mit neugeborenen Welpen war
eine Größe, mit der man zu rechnen hatte.

Und wenn sie Feinde wären . . . Gellan überlegte, welcher Koch am nächsten Morgen wohl als erster herein-
kommen würde.

Gellan schlief noch ein paar Stunden, nachdem er fürs
Erste seine Pflicht getan hatte. Immerhin hatte er für
den kommenden Tag noch einiges vor.

Als er wieder aufwachte, war es draußen immer noch
dunkel. Er sattelte das größte Pferd, das er im Stall finden konnte, und suchte auch für sich eines aus. Als beide Tiere gesattelt und aufgezäumt waren, begab er sich
auf die Suche nach Ayenbyte.

Der Baron lag noch so da, wie er ihn zurückgelassen
hatte.

Gellan rüttelte ihn wach. »Die Pferde sind gesattelt,

Euer Lordschaft«, sprach er aufmunternd. »Zeit für einen Frühstart!«

Ayenbyte begann zunächst zu schimpfen, wurde aber schließlich wach genug, um zu begreifen, was vor sich ging. »Die gute Jagd!«, sagte er, die Augen vom Bier noch halb geschlossen. »Wir wollen uns einen Hirsch für meine Hochzeit holen.«

»Ja, ja«, bestätigte Gellan. »Wir müssen früh aufbrechen, wenn wir ihn heute noch erwischen wollen.«

»Ja, sicher«, meinte der Baron und sah sich verkatert um. »So kann ich nicht gehen. Muss andere Kleider anziehen!«

»Keine Zeit«, erklärte Gellan und drängte ihn aus der Tür.

»Wir müssen die Jagd sofort aufnehmen. Jede Jagd muss früh beginnen!«

»Das weiß ich«, entgegnete der Baron ärgerlich. »Ich bin ein erfahrener Jäger.«

»Selbstverständlich seit Ihr das, Euer Lordschaft«, pflichtete Gellan ihm bei.

Der Baron legte einen Augenblick die Hand an den Kopf und murmelte etwas, das Gellan nicht genau hören konnte, über die Qualität seines Bieres.

Gellan führte ihn zu seinem Pferd. »Euer Reittier, Baron«, sagte er.

Der Baron sah ihn verständnislos an.

»Seit Ihr früher nicht zur Jagd geritten?«

»Natürlich bin ich das«, schnauzte der Baron, der seinen Kopf immer noch mit beiden Händen festhielt. »Aber mein Rücken . . .«

»Ich werde Euch beim Aufsitzen helfen«, sagte Gellan. All seine Kräfte anspannend, bog er sein Bein zu einer Stütze, die es dem Baron in seinen weichen Schlosspantoffeln erlaubte, aufzusteigen. »Ich brauche den besten Bogen, den Ihr in Eurer Waffenkammer habt.«

»Nicht in der Waffenkammer«, sagte Baron Ayenbyte mit immer noch trunkener Stimme. »Seht in der

Halle hinter dem Türsturz nach.« Er fiel vornüber; im letzten Augenblick gelang es ihm gerade noch, sich am Hals des Pferdes festzuhalten und einen Sturz auf den Boden zu vermeiden. Er grunzte laut, schien aber in Sicherheit zu sein.

Der Bogen war gut. Im Licht der brennenden Kerze konnte Gellan sehen, dass sich jemand mit einer Feile daran zu schaffen gemacht und versucht hatte, einige eingeritzte Zeichen zu entfernen. Die Arbeit war schlecht gemacht und Marbrys Name noch deutlich zu sehen.

Wenn Gellan den Bogen mit Marbrys Namen darauf nicht gefunden hätte, hätte er vielleicht selbst jetzt noch gezögert. Nun aber: Diesem Mann musste eine ordentliche Lektion erteilt werden. Seit langem war Gellans Schritt nicht mehr so voller Spannkraft als in dem Augenblick, in dem er die Zügel des Barons ergriff und ihn tief in den Flothen-Wald führte.

»Page!«

Der Baron konnte hervorragend brüllen, wie Gellan feststellte. Aber er reagierte nicht und stocherte weiter in den glühenden Kohlen des Lagerfeuers herum.

»Keine Pagen, Baron. Wir sind auf einer Jagd. Erinnert Ihr Euch?«, sagte er schließlich. »Um einen Hirsch zu erlegen.«

Der Baron schüttelte den Kopf. »Nein. Ich erinnere mich nicht. Wir waren betrunken, daran erinnere ich mich. Uaah!«, stöhnte er. »Mein Kopf fühlt sich an, als habe mein Folterknecht seine Kunst daran erprobt.«

»Möglich. Aber nicht heute Morgen. Wir sind hierher geritten, und ich habe uns ein Lager errichtet.«

»Ihr habt ...« Der Baron stotterte. »Wer hat Euch die Erlaubnis gegeben..., o mein Gott, jetzt erinnere ich mich wieder. Es war mitten in der Nacht. Ihr habt mich entführt. Ich kann mich jetzt wieder an alles erinnern.«

»Ihr seid aus eigenem freien Willen mitgekommen. Im Übrigen würde ich Euch raten, diese Kleider da abzulegen und etwas Festeres anzuziehen.«

»Ich habe nichts mitgebracht, und daran seid Ihr schuld. Ihr wisst das.«

»Aha!«, sagte Gellan, als ob das Problem damit gelöst sei. »Vielleicht könnten wir von diesem hier ein Stück abschneiden?«

Der Baron ignorierte die Beleidigung, als er sich des Geruchs von Gebratenem bewusst wurde. »Ist das Fleisch? Schon?«

»Nur ein kleines Kaninchen, das ich gefangen habe«, erklärte Gellan bescheiden. »Es liegt hier auf dem Feuer. Ich dachte, ich könnte ein gutes Frühstück vertragen.«

»Glänzende Idee!«, schwärmte der Baron Ayenbyte. »Ich vermute, es ist für Euch auch noch genug da?«

»Aber gewiss«, sagte Gellan höflich. »Ich werde es allein aufessen. Ihr könnt Euch auch eins fangen, wenn Ihr etwas haben wollt.«

»Ich habe Leute für weniger als eine solche Frechheit töten lassen. Passt auf Eure Zunge auf!«

Gellan zuckte die Schultern. »Vielleicht in Eurem Schloss, wo Ihr Wachen und Diener habt. Hier draußen sind nur Ihr und ich. Aber falls ich mich geneigt fühlen sollte, großzügig zu sein, lasse ich Euch vielleicht probieren. Es müsste fast fertig sein.«

Gellan zog einen knusprigen Braten aus der Asche. Er blies das verbrannte Holz fort und das, was übrig blieb, hätte den Köchen in Ayenbytes Küche alle Ehre gemacht.

Gellan riss einen Schenkel ab und gab ihn dem Baron; der war im Nu damit fertig und verlangte hungrig nach mehr.

»Nicht bevor Ihr Eure Steuern bezahlt habt«, erklärte Gellan, als rede er mit einem kleinen Jungen. »Wir können Steuerschuldner wirklich nicht frei herumlaufen lassen, oder?«

»Was faselt Ihr da, Harfner? Ich *erhebe* die Steuern in diesem Land, ich zahle sie nicht.«

»Aha«, seufzte Gellan. »Aber jetzt befinden wir uns mitten im Flothen-Wald, und falls ich mich nicht irre, werdet Ihr den Weg hinaus wohl kaum mehr finden. Ihr seid in meinem Reich, und hier erhebe *ich* die Steuern.«

»Ihr könnt mich hier nicht festhalten! Meine Männer werden kommen und nach mir suchen.«

»Würden sie das?«, fragte Gellan. »Wie lange würde es dauern, bis sie Euch mitten im Flothen-Wald finden, falls sie überhaupt kommen? Ihr scheint mir dieses Gebiet schon seit einer ganzen Weile zu einem Privatgehege für Euch gemacht zu haben. Jetzt ist jemand anderes an der Reihe. Zahlt, Ayenbyte!«

Der Baron setzte sich auf einen passenden Baumstumpf und starrte Gellan an, ohne eine Antwort zu geben.

Gellan machte sich eifrig um den Lagerplatz herum zu schaffen. Er kehrte Abfälle weg, hielt das Feuer in Gang, tat dies und das, mehr um den Baron zu irritieren, als um etwas Vernünftiges zu unternehmen.

Der Baron starrte vor sich hin. Es wurde Mittag. Gellan ging für einen Augenblick fort, um in einer anderen Falle nachzusehen, die er aufgestellt hatte, und fand zwei Kaninchen darin statt nur ein einziges.

Pfeifend angesichts dieses glücklichen Umstands ging er zum Lagerplatz zurück, die beiden Kaninchen über die Schulter geworfen.

Als er dort ankam, war der Baron fort.

Er rief mehrmals, ohne Antwort zu erhalten. Er ging mit sich zu Rate, ob er warten sollte, bis er jemanden rufen hörte; schließlich setzte sich die Vorstellung durch, Ayenbyte könnte sich verletzen, und Gellan folgte der breiten Spur, die der Baron hinterlassen hatte.

Als er ihn fand, konnte er nicht umhin zu lachen. Der Baron war in seinen Prachtgewändern irgendwie auf einen Baum gelangt und starrte mit weit aufgerissenen Augen auf ein kleines Geschöpf unter ihm. Es hatte etwa die Größe der Kaninchen, die Gellan gefangen hatte, war aber schwarz mit einem gelblich-weißen Streifen auf dem Rücken.

Das Tierchen schaute zum Baron hinauf und fauchte. Der Baron stieß einen Entsetzensschrei aus und versuchte erfolglos, es mit seinem langen Rock fortzuscheuchen. Sein Kleid war an verschiedenen Stellen zerrissen, der Saum hing in Fetzen.

»Gellan, helft mir!«, schrie der Baron wieder, als das Tierchen sich auf die Hinterbeine stellte und schnatterte. »Tötet es, rasch!«

»Wollt Ihr nicht sagen ›Tötet es rasch‹?«, erkundigte sich Gellan. »Eure Grammatik sollte korrekt sein, wenn Ihr richtig verstanden werden möchtet. Dieser Rat ist einer Grammatiksteuer unterworfen.«

»Grammatiksteuer!«, kreischte Baron Ayenbyte. »Wovon redet Ihr?«

»Darauf liegt eine Frage-Steuer. Zusammen mit der Grammatik-Steuer und der Ess-Steuer für den Kaninchenschenkel macht das eine beachtliche Rechnung aus.«

Das Tierchen quietschte wieder.

»In Ordnung. Ich werde mich Eurer Erpressung beugen...«, sagte er mit zusammengebissenen Zähnen.

»Oh, oh, oh!«, machte Gellan und drohte mit dem Finger. »Es handelt sich dabei nur um kleine Dienstleistungssteuern. Ich könnte euch mit einer Tatsachenirrtums-Steuer belegen, aber ich bin bereit, das aus Großzügigkeit zu übergehen.«

»...dann besteuert! Aber befreit mich von diesem Untier.«

»Das würde ich gerne tun, aber Ihr habt Eure Steuern noch nicht bezahlt«, erklärte Gellan schlicht.

»Wie kann ich Eure verdammte Erpr ... Steuer bezahlen, wenn ich hier oben in diesem Baum hocke?«, schrie er.

»Ach ja«, entgegnete Gellan, »ich sehe, da gibt's ein Problem. Ich weiß es wirklich nicht. Ihr habt einige Leute genau aus demselben Grund im Gefängnis sitzen ... und mit genau demselben Problem. Nun, ich rechne, dass Eure Steuern ...«

Gellan legte den Kopf wie in tiefen Gedanken zurück, »... ungefähr vierzehntausend Gulden betragen. Und natürlich schließt das zusätzliche Steuern nicht ein, die ich möglicherweise später noch erheben muss.«

Baron Ayenbyte wurde blass.

»Ihr seid verrückt!«, sagte er. Das Tierchen schnatterte ihn wieder an. »Alles!«, kreischte er. »Ich werde Euch alles geben. Jagt nur endlich dieses Tier fort!«

»Ich verlange lediglich, was Ihr an Steuer zu zahlen habt, samt Zinsen natürlich«, erklärte Gellan. »Sie betragen inzwischen fast fünfzehntausend, wisst Ihr.«

»Ich werde bezahlen, ich verspreche es«, sagte der Baron. »Ihr habt mein Wort.«

»Also gut«, seufzte Gellan, »dann muss ich das Monstrum also verjagen.« Er nahm einen solide aussehenden Ast vom Boden auf und schleuderte ihn nach dem Tier. »Schschsch!«, rief er.

Gehorsam verschwand das Tier im Unterholz.

»Es ging am Lagerplatz auf mich los«, sagte Ayenbyte; »ich rannte um mein ...« Einfältig sah er Gellan an. »Das habt Ihr alles absichtlich getan, nicht wahr?«

Gellan zuckte die Achseln. »Ihr schuldet mir eine Menge Steuern. Warum gebt Ihr mir kein Schriftstück, mit dem mir die Eintreibung erlaubt wird?«

Der Baron machte einige unziemliche Bemerkungen über Gellans Verwandtschaft, die er unmöglich kennen konnte.

»Kommt, kommt«, sagte Gellan, der die Situation

genoss. »Wir könnten uns wenigstens wie Sportsleute benehmen. Ich hätte Euch leicht in dem Baum sitzen lassen können!«

Der Baron folgte ihm verdrossen zum Lagerplatz zurück.

Das Mittagessen war nicht den üblichen Steuern unterworfen. Aber der Himmel bewölkte sich und sie würden bald nass werden, wenn es ihnen nicht gelang, einen Unterschlupf zu finden.

»Ich könnte ein Pultdach bauen. Das würde uns schützen, bis der Regen aufhört.«

»Aber das kann bis morgen früh dauern! In dieser Jahreszeit könnte es die ganze Nacht durchregnen. Bringt mich zum Schloss zurück!«

Gellan streckte sich träge und legte sich dann auf den weichen Boden. »Warum? Ich liebe Regen.«

»Aber ich soll morgen heiraten! Ihr könnt doch nicht daran denken, mich die ganze Nacht hier draußen zurückzuhalten. Ich verlange, sofort nach Hause gebracht zu werden!« Der Baron stand auf, kreuzte die Arme vor der Brust und stampfte bei diesem Befehl mit dem Fuß auf.

Gellan kratzte sich mit dem Zeigefinger an der Nasenspitze. »Das habe ich ja ganz vergessen!«, sagte er. »Ich hoffe, dass Ihr das schafft!«

»Meine Befehle«, erklärte der Baron und richtete sich zu seiner vollen Höhe auf, »sind nicht auf die leichte Schulter zu nehmen.«

»In meinem Land«, sagte Gellan sanft, »werden von Leuten, die mit ihren Steuern im Rückstand sind, keine Befehle entgegengenommen. Und denkt daran – ich hätte Euch in dem Baum sitzen lassen können!«

Um seine Worte zu unterstreichen, zupfte er leicht an den Überresten der Staatsrobe des Baron Ayenbyte. Ein Fetzen Stoff blieb in seiner Hand.

Der Baron verstummte wieder.

»Lauft nicht wieder fort!«, mahnte Gellan und legte sich nieder, um einen Teil des Tages zu verschlafen.

Als die ersten Regentropfen auf sein Gesicht fielen, war es früher Abend. Gellan öffnete die Augen, um sich zu vergewissern, dass der Baron dageblieben war; er war es. Es begann in Strömen zu regnen. Der Regen wusch den Kopf des Barons, dem das Wasser über das Gesicht lief und sich mit dem Schmutz darauf vermischte. Das ergab eine schmuddelige Karikatur von etwas, das einmal glatte weiße Haut gewesen war.

»Folgendes verlange ich dafür, dass ich Euch zu Eurer Hochzeit bringe«, sagte Gellan. »Erstens wünsche ich einen Schuldschein über zwanzigtausend Gulden für Steuern und meine Auslagen. Außerdem verlange ich einen schriftlichen Befehl, dass alle Steuerschuldgefängnisse geschlossen werden. Schließlich sollt Ihr die Wahrheit darüber aufzeichnen, wie Ihr zu Euren Trophäen gekommen seid. Wenn Ihr versucht, Euch vor der Einlösung der beiden ersten Versprechen zu drücken, werde ich dafür sorgen, dass jedermann das dritte Schriftstück zu sehen bekommt. Denkt daran, alles liegt in Eurer Hand.«

Der Baron starrte ihn an.

»Wie Ihr wollt!« Gellan zuckte die Achseln und schlief trotz des Regens wieder ein.

Es dämmerte schon, als Gellan ein Paar Hände auf sich fühlte, die ihn wachrüttelten.

»Das Feuer ist ausgegangen«, sagte der Baron. »Ich erfriere.«

»Tatsächlich«, sagte Gellan. »Zu dumm. Ich hätte gerne ein nettes warmes Frühstück gehabt. Nun, daran kann man jetzt nicht mehr viel ändern.«

»Aber ich *verhungere!*«, erklärte Baron Ayenbyte. »Wenn ich nur irgendeine Kleinigkeit haben könnte.«

»Ich bin sicher, Ihr könntet, wenn Ihr bereit wäret, die kleinen Schriftstücke zu unterzeichnen, von denen wir gestern Abend sprachen. Oh, sollte nicht noch irgendetwas anderes heute los sein?«

»Ich sollte heiraten«, sagte der Baron unglücklich. »Was soll ich jetzt nur machen?«

»Ihr könntet die Schriftstücke aufsetzen.«

»Ich habe keinen Federkiel. Ich werde sie schreiben, wenn wir wieder im Schloss sind. Ist das nicht be-be-besser?«

»Ach, du lieber Gott!«, rief Gellan aus. »Ihr zittert ja. Ihr könntet Euch hier draußen den Tod holen!«

»Ich verspreche es!«, schrie der Baron aus vollem Hals.

Gellan kramte in seiner Gürteltasche. »Ich habe hier einen Federkiel und auch ein Stück Papier. Nanu!«, fügte er in gespielter Überraschung hinzu, »ich glaube, da ist sogar noch etwas Tinte. Ach nein, doch nicht. Aber der Regen würde sie wahrscheinlich ohnedies verderben. Wir brauchen ein trockenes Fleckchen.«

»Macht ein Verdeck aus meinen Kleidern«, flehte der Baron. »Nur bringt mich rechtzeitig zur Hochzeit ins Schloss zurück!«

Gellan dachte einen Augenblick nach. »Sehr gut. Zieht Eure Sachen aus.«

»Alle? Aber es ist mir doch jetzt schon so kalt!«

»Runter damit!«, befahl Gellan. Das Verdeck wurde errichtet, und in ein paar Minuten hatte Gellan die drei Schriftstücke in seiner Tasche.

»Jetzt laufen wir rasch zurück. Es ist gar nicht weit.«

»Aber meine Kleider! Ihr könnt doch nicht verlangen, dass ich nackt durch den Wald laufe!«

Ohne ihn zu beachten, fiel Gellan in einen langsamen Trott. Laut fluchend folgte Ayenbyte.

Leichtfüßig kam Gellan aus dem Wald gelaufen. Vor ihm standen Clerry und ein Haufen Leute aus der Stadt. *Der Junge hat gute Arbeit geleistet*, dachte Gellan, *ich hatte nicht erwartet, dass er es fertig bringen würde, so viele Leute für Ayenbytes Rückkehr auf die Beine zu bringen.*

Gellan fing Aelwyn auf, als er sich durch die Menge drängte, und schüttelte ihn kräftig.

»Wunderbar! Wie hast du nur so viele Menschen aufgetrieben?«

»Ich habe es Clerry gesagt«, erwiderte Aelwyn, »und er hat sie zusammengeholt. Was ist los?«

»Pass nur auf!«

In dem Augenblick, als Gellan die Hand erhob, tauchte Baron Ayenbyte in all seiner unverhüllten natürlichen Pracht aus dem Wald auf. Seine Glieder waren zerschunden und zerkratzt, sein Körper von Insektenstichen und Schmutz bedeckt. In einer Hand hielt er einen langen Stock, den er rasend vor Wut schwang, während er Gellan Obszönitäten an den Kopf warf.

»Euer Majestät«, sprach Gellan und verneigte sich tief; dabei hielt er die Tasche mit den drei Schriftstücken hoch, damit Ayenbyte sie sehen konnte. »Ihr solltet langsamer gehen. Betragt Euch würdevoller in der Gegenwart Eurer Untertanen!«

Ayenbyte warf einen Blick auf die Tasche mit der wahren Geschichte von seinen Jagderfolgen und den übrigen Schriftstücken, schluckte und verlangsamte seinen Schritt.

»Nun, ist das hier nicht etwas, was Ihr Euren Untertanen gerne vorlesen möchtet?«, fragte Gellan und zog das Schriftstück heraus, in dem die Freilassung aller Schuldgefangenen und die Schließung der Schuldgefängnisse verfügt wurde.

»Kann das nicht warten, bis ich etwas angezogen habe?«, fauchte der Baron *sotto voce.*

»Ich fürchte nein, Euer Majestät, und Ihr tätet besser daran, es rasch zu tun, denn ich glaube, ich sehe, dass Eure Hochzeitsgesellschaft im Anmarsch ist.«

Ayenbyte renkte sich schier den Hals aus, um über

die Menge hinweg und auf die große Straße zu sehen, die zum Schloss führte. Dann fluchte er und riss Gellan das Schriftstück aus den Händen. Er schickte sich an, es zu zerreißen, besann sich dann aber eines Besseren, als Gellan seine Hand in die Tasche steckte, um das Geständnis über Marbry herauszuziehen.

Der Baron blickte auf die herannahenden Gäste und fing an, so schnell zu lesen, wie er nur konnte. Zuerst lachte die Menge, dann aber ging ihr Lachen in Hochrufe auf Gellan und, zu Gellans Überraschung, auch auf Ayenbyte über. Als jemand eine Decke zum Vorschein brachte und sie dem Baron hinreichte, war dieser vor Dankbarkeit schier zu Tränen gerührt. Allerdings war das nur von kurzer Dauer, da die Festgesellschaft immer näher kam.

Der Baron rannte zum Schloss. Der Mann, der zuvor Wache »gehockt« hatte, hatte es sich inzwischen bequemer gemacht und schlief nun Wache. Der Baron musste aus vollem Halse schreien, um den Mann zu wecken.

Gellan folgte ihm, aber während der Baron auf das Haupthaus zuging, begab er sich in die Küche. Die Szene war unglaublich. Da standen sechs Köche, mit Hacken und Beilen bewaffnet, vor einer mächtigen Wölfin und vier Welpen. Der Wolf knurrte, Fänge und Klauen bereit, jedem Angriff zu begegnen.

In der Zwischenzeit waren ihre Welpen, wie es von Welpen nicht anders zu erwarten war, eifrig dabei, die Fleischkammer zu leeren. Überall auf dem Boden waren Fleischstücke verstreut, und jeder Welpe hatte einen kleinen Haufen davon neben sich liegen. Vor Tiras Füßen lag ein Steak, von dem bereits ein großer Brocken verschwunden war.

»Am besten lässt man sie in Ruhe«, erklärte Gellan einem der Köche, der mit dem Gedanken zu spielen schien, selbst den Weg des Fleisches auf dem Fußboden zu gehen.

Um diesen Punkt noch zu unterstreichen, zog Tira ihre Oberlippe zurück und entblößte ihre Fangzähne.

»Aber der Baron wird wütend sein!«, jammerte der junge Koch. »Wir sollten das Fleisch für das Fest heute Abend vorbereiten.«

»Ich bin sicher, dass der Baron Verständnis haben wird«, meinte Gellan in Gedanken an das Schriftstück in seiner Tasche und lächelte. »Und wenn nicht, sag ihm, ich sei durchaus noch imstande, seine Handschrift zu lesen.«

»Was soll das heißen?«, fragte der Koch.

Gellan zwinkerte. »Das ist ein Zauberspruch«, erklärte er feierlich. »Los, komm, Tira. Wir haben dringende Geschäfte an der Küste zu erledigen, und außerdem habe ich das Gefühl, dass die Gastfreundschaft des Barons sehr bald ungemütlich werden könnte!«

Draußen vor dem Tor kicherte er, und aus dem Kichern wurde ein Lachen und schließlich ein wieherndes Geheul. Tira griff den Laut auf, und die Welpen stimmten ein, als sie heulend und johlend die Straße hinabzogen.

Robert Cook

Der Sohn des Holzschnitzers

Ich habe viele dieser Geschichten erstmals auf einer Liedertafel in Greyhaven gehört. Wenn die Stunde spät wird und die entfernteren Bekannten ausgedünnt sind, in den kleinen Stunden vor dem Morgengrauen, tauchen einige ungewöhnliche Sachen auf; und in jener Nacht fingen wir aus irgendwelchen Gründen an, Gedichte über Einhörner vorzutragen. Nach dreien solcher Gedichte las Robert Cook, der in Greyhaven als »Serpent« bekannt war, die folgende Geschichte vor. Als er begann, dachte ich, es würde die übliche romantische Geschichte über Einhörner werden. Aber weit gefehlt . . .!

Robert Cook wohnte einige Jahre in Greyhaven, wo er als Entgelt für Kost und Logis und Zeit, sich als Autor zu etablieren, Haus- und Küchenarbeit verrichtete. Er nannte sich »Serpent«, aus einer ironischen Selbstbezichtigung heraus als »Your obedient humble Serpent«.* Er hatte im näheren Umkreis einen gewissen Ruf für seine Gedichte, die er auf Lesungen in örtlichen Cafés vortrug; er entwarf unglaublich detailfreudige Kostüme für Maskeraden, und eines Abends überraschte er die beiden Haushalte, Greyhaven und Greenwalls, mit seinem Weihnachtsgeschenk für uns alle: einem eleganten Dinner mit acht Gängen, zubereitet und aufgetragen von ihm selbst. Er war ein hoch gewachsener, hagerer junger Mann, ungefähr so alt wie mein ältester Sohn David. Er war ein aktives Mitglied der »Gesellschaft für kreativen Anachronis-

---

* Nach einer altertümlichen englischen Grußformel: »Your obedient humble Servant« (›Ihr ergebener untertäniger Diener‹); das Wortspiel »Servant« (›Diener‹) vs. »Serpent« (›Schlange‹) ist im Deutschen nicht wiederzugeben. Anm. d. Übers.

mus«,* und seit ihrem siebten Lebensjahr oder so war meine Tochter Dorothy sein Page und Lehrling in der Gesellschaft und stellte gewissermaßen sein Gefolge dar. Er hat ihr erstes Kostüm für eine Parade entworfen – einen eleganten Basilisken – und die komplizierte metallene Armatur für die Maske konstruiert. Ich bin den Verdacht nie losgeworden, dass dies sie in Richtung ihrer derzeitigen Arbeit beeinflusst hat: dem professionellen Entwerfen von Kostümen für den *Renaissance Faire*.** Seine Frau Cathy, eine begabte Sängerin bei einer lokalen Operettentruppe, wurde ihr Förderer und Mentor, als sie als Schauspielerin beim *Faire* arbeitete. Serpent und Cathy waren praktisch eine Art Ersatzeltern für Dorothy während ihrer frühen Jugend, wo jedes Kind mindestens drei Elternpaare braucht, um während der rebellischen Jahre Unterstützung und Hilfestellung zu finden.

In den frühesten Stadien der Zusammenstellung dieser Anthologie fragte ich Tracy nach »Serpents Einhorn-Geschichte«, an deren Titel ich mich nicht erinnern konnte – obgleich die Geschichte selbst und der Schauder, den sie in mir hervorgerufen hat, mir unvergesslich geblieben sind. Aber die Geschichte war bereits anderweitig vergeben. Ungefähr zur selben Zeit erfuhr ich dann, dass Serpent unter einer bösartigen Form von Hautkrebs litt. Nach einem langen Kampf mit chemischer Therapie und der vergeblichen Hoffnung auf Heilung starb er im Oktober 1981. Er war gerade dreißig Jahre alt. Er war viel zu jung zum Sterben.

Und ich glaube, Sie werden mir zustimmen, so wie wir einen lieben Freund verloren haben, hat die Welt der Fantasy einen sehr begabten und viel versprechenden Autor verloren. Doch unser aller Leben ist reicher dadurch, dass wir ihn gekannt haben, und durch die Werke, die er hinterlassen hat.

---

* Amerikanischer Verein, der mittelalterliches Brauchtum und Turniere mit simulierten Waffen pflegt. Anm. d. Übers.
** Freizeitpark in Kalifornien, Anm. d. Übers.

Gretch blickte nachdenklich in die blubbernde Masse im Kessel; Gedanken, Gesichter und Ereignisse wirbelten darin umher in einem ständig wechselnden Fries aus grauem Dunst. Sachte blies er in den steigenden Dampf und wartete, bis er sich an den Rändern sammelte und einen leeren Kreis zurückließ, in den er ein paar Körner eines unbestimmten Krautes streute, während er geheimnisvolle Worte murmelte.

Die dickflüssige Masse wallte einmal auf und verschlang das Kraut, und der Zauberer wartete.

»Kommt, kommt, meine Kinder«, sprach er nach einigen Augenblicken, »warum ärgert und neckt ihr mich so? Kommt heraus, damit ich die Geheimnisse kennen lerne, die ihr so sorgfältig hütet.«

In allen Ecken des Raumes erhob sich Kichern und Gelächter, hoch und klingend wie Zauberglocken, mal hier, mal dort, niemals zweimal von derselben Stelle.

Gretch lehnte sich ein wenig von dem Kessel zurück, und seine Mundwinkel hoben sich in einem nachsichtigen Lächeln, als er darauf wartete, dass sich die Heiterkeit legte.

Schließlich ließ sich aus dem Chor kristallklaren Gelächters eine helle silberne Stimme vernehmen: »Was wünscht Ihr zu wissen, Erdvater?«

»Nur, wie es den Einhörnern geht«, antwortete er lächelnd.

Neues vergnügtes Lachen folgte; das Rauschen vieler feiner Stimmen wurde hörbar, wie der Atem einer Sommerbrise in stillen Bäumen.

Wieder ließ sich die Stimme vernehmen, aufgeregt,

erwartungsvoll. »Die Einhörner sind hungrig, Erd-vater.«

Der alterslose Zauberer bedachte dies eine kleine Weile; schwer auf seinen Stab gelehnt, starrte er versun-ken in die Leere hinter dem Kessel, rieb gedankenab-wesend sein Kinn und runzelte die Stirn.

Nach einigen Augenblicken lachte er nachdenk-lich in sich hinein und nickte langsam mit dem Kopf.

»Ja ... ich verstehe.« Er machte eine kleine Pause und fuhr dann fort: »Sehr gut, meine Kinder; ich habe einen Auftrag für euch.«

»Gut, Erdvater«, kicherten die Stimmen im Verein, »wir hören und gehorchen.«

»Großartig. Ihr seid gute Kinder. Dann geht jetzt zum Hause Aeols, des Sohnes Bechlars des Holzschnit-zers, und wispert ihm, wenn er schläft, ins Ohr, dass ihn etwas Wundervolles im kleinen Humber-Tal erwartet; er brauche nur hinzugehen und es sich holen.«

Wieder erhob sich der Chor klingenden Gelächters in allen Winkeln des Raumes, und eine der Stimmen antwortete: »Ja, Erdvater, das werden wir tun.« Dann verklang das Lachen.

Gretch lächelte in sich hinein und ging fort, um nach einer Angelegenheit zu sehen, die seine Aufmerksam-keit erforderte. Der aufsteigende Dampf geriet in wir-belnde Bewegung, füllte die Leere über dem Kessel und setzte sich dann in schwachen, wehenden Schwa-den nieder.

In dieser Nacht hatte Aeol, der Sohn des Holzschnit-zers, seltsame Träume.

Aeol erwachte unruhig und schlecht gelaunt; der sonst so sichere, wenn auch einsame Hafen seines Hauses und Ladens, die sich in den Schutz des Dorfes schmieg-ten, schenkte ihm heute alles andere als Zufrieden-heit.

Es war wirklich nicht seine Gewohnheit, in den einsamen Hügeln und Tälern von Umberland herumzuwandern. Äste und scharfe Steine waren noch das wenigste, was einem Reisenden Sorge bereitete, und winzige Lichtpünktchen tauchten flüchtig aus den Schatten auf. Heute jedoch hielt es ihn nicht in Haus und Laden. Er wünschte sich plötzlich, zu wissen, was jenseits des Dorfes war, ferne Orte zu erforschen, die sein Fuß noch nie betreten hatte, und Dinge zu sehen, die seine Augen noch nie erblickt hatten.

So ging er denn fort, einen Brotbeutel an der Seite, einen Stock in der Hand, und unwillkürlich lenkten ihn seine Schritte auf den alten Vater Humber zu.

Als die Sonne rasch über den westlichen Hügeln niederging, befand sich Aeol schon weit weg vom Dorf. Als er aufgebrochen war, hatte er nicht die Absicht gehabt, die Nacht draußen zu verbringen. Abgesehen von den Dingen der Dunkelheit, gegen die er Zauber wusste und einen Schutz bei sich trug, gab es auch wilde Tiere, die den Wanderer zur Vorsicht mahnten, obwohl manche von ihnen, wie man sagte, einen schlafenden Menschen nicht anrühren. Dennoch fühlte er keine Neigung, umzukehren, und stellte zu seiner Verwunderung fest, dass sein Beutel Nahrung für zwei bis drei Tage enthielt statt für einen, wie er es im Sinn gehabt hatte.

Er blieb auf einem niedrigen Hügelkamm stehen, als die wachsende Dunkelheit die Kronen der Bäume einhüllte und die Betten der Bäche mit Schatten füllte. Er brauchte einen Platz zum Schlafen, schreckte aber vor den Lichtungen und Dickichten wegen der Dinge zurück, die darin hausen, und vor den Gipfeln, weil sie ihn dem Blick finsterer Augen aussetzen mochten. Für einen Augenblick zögerte er, aber die Nacht war nicht so dunkel, ihre Bewohner nicht so schrecklich, dass sie aufgewogen hätten, was er hier zu finden gewiss war. Bei diesem Gedanken holte er tief Luft, packte seinen

Stock ein bisschen fester und machte sich auf den Weg hügelabwärts.

Am Ende kam er zu einer kleinen Senke, durch die ein stiller Bach floss. Im spitzen Winkel zum Wasser stieg ein breiter Felsen, eine Ellenlänge höher als er selbst groß war, allmählich zu einem niedrigen Hügel im Hintergrund empor. Zusammen mit dem Bach bildeten Felsen und Hügel eine natürliche Barriere und boten ihm einen kleinen geschützten Lagerplatz. An der offenen Seite entzündete er ein Feuer und ging daran, sich für die Nacht einzurichten.

Als er gegessen hatte, lehnte er sich bequem zurück und blickte um sich. Das Feuer warf schwankende Schatten auf den Felsen, und seine Phantasie schuf daraus Geschöpfe, die ihm wenig behagten. Beunruhigende Geräusche erfüllten die Nacht zwischen den Bäumen und Büschen in der Senke und ließen die Anwesenheit ungezähmter Bestien vermuten. Voller Unbehagen blickte Aeol auf die Schatten und hoffte inbrünstig, dass alles nur auf seiner Einbildung beruhte.

Plötzlich erstarrte er und heftete den Blick auf ein weißes, pferdeähnliches Haupt, das oben auf dem Felsen erschien.

Die bernsteinfarbenen Augen, in denen sich der Feuerschein widerspiegelte, waren freundlich; das elfenbeinerne Horn auf seiner Stirn kannte böses Blut nicht, das wusste Aeol. Seine ganze Gestalt schien Neugier auszudrücken, so als habe es das Feuer gesehen und sei nun gekommen, um zu erfahren, was es bedeute.

Aeol starrte das Einhorn lange an, bis Wasser in seine Augen trat. Er zwinkerte ein einziges Mal, und schon war es verschwunden. Er sprang auf, um ihm zu folgen, blieb dann aber stehen.

Es bestand kein Grund, ihm in der Dunkelheit nachzujagen; am Morgen brauchte er nur auf den nahe gelegenen Hügel zu klettern und in das kleine Tal des Humber hinabzusteigen. Dort würde er es finden.

Die Dämmerung fand ihn auf dem Hügel. Forschend schaute er in das dunstige Tal hinunter, durch das der alte Vater Humber floss. Alles schien ruhig und heiter, doch hatte er das unbestimmte Gefühl, beobachtet zu werden. Und das war keineswegs das einzige merkwürdige Gefühl, das ihn überkam. Obwohl er es nicht sehen konnte, wusste er genau, wo das Einhorn war, und ... es schien fast so, als warte es auf ihn.

Am Fuß des Hügels kam er in ein dichtes Gehölz, das Gestrüpp und tief herunterhängende Äste schier undurchdringlich machten. Zweige verhakten sich in seinen Kleidern, und Blätter verfingen sich in seinen Haaren, als er sich einen Weg bahnte. Mehr als einmal musste er anhalten und seinen Fuß aus einem Gewirr verschlungener Wurzeln befreien.

Endlich kam er an eine Stelle, von der aus er gleich hinter dem letzten Blättervorhang grüne Felder sehen konnte. Er drehte sich seitwärts, schob das Laubwerk beiseite und zwängte sich hindurch. Als sich das Gebüsch hinter ihm schloss, wandte er sich um und blickte über das offene Feld.

Er blieb stehen; sein Mund öffnete sich, und er starrte wie in Trance. Dort stand es, am Saum des Wassers. Eine Flut von goldenem Sonnenlicht umspülte es, weißer als frisch gefallener Schnee, schimmernd und glänzend wie aus Edelsteinen gewobener Atlas, fing sein Fell das Morgenlicht ein und warf es in einem Regenbogen aus kristallklarem Weiß zurück; seine Mähne kräuselte sich im Wind – wie unverwobene, flaumige Seide. Auf der Stirn wuchs ihm ein einziges, elfenbeinernes Horn, zu einer unendlich feinen Spitze gedrechselt, glitzernd und funkelnd wie blank geschliffenes Perlmutt. Und aus dem feuchten Weiß der Augen blickten ihn zwei schimmernde Kreise an, nicht von hartem Gelb, nicht von schlichtem Bernstein und auch nicht von grellem Gold, sondern aus strahlendem leuchtendem Sonnenlicht.

Ob er nur Augenblicke oder ganze Ewigkeiten da stand, wusste Aeol nicht. Die Schönheit der Erscheinung durchdrang all seine Gedanken, füllte jeden Winkel seines Bewusstseins und ließ für nichts anderes mehr Raum. Dass es ein solches Geschöpf geben konnte, überstieg sein Begreifen. Legenden und Mythen verblassten daneben, und selbst die Götter wurden in seiner Gegenwart zu schäbigen Komödianten.

Wie es dazu kam, dass er den ersten Schritt wagte, wusste er nicht. Sein Bewusstsein war von der Schönheit des Wesens so ergriffen, dass er das saftige, weiche Gras unter seinen Füßen nicht wahrnahm. Er spürte den Frühlingswind nicht, der ihn umschmeichelte und ihn mit sich zog. Er war taub für das silberhelle Wispern, das ihn Schritt für Schritt weiterdrängte. Und er sah weder das Grün der Wiese noch das Blau des Himmels, die seinen Weg säumten.

Und dann stand er vor ihr, blickte in ihre Augen. Unbewusste Scheu ergriff von ihm Besitz, als er ihre Schönheit wie etwas Lebendiges fühlte. Niemals wäre es ihm in den Sinn gekommen, das Einhorn zu berühren; bei allen Göttern, er doch nicht! Nicht ein Sterblicher in den Lumpen seiner eigenen schäbigen Welt, unwürdig, die Grashalme unter ihren Hufen zu berühren. Und dennoch, wie aus eigenem Willen hob sich seine Hand.

Entsetzt sah er, wie seine Finger sich langsam ihrer Stirn näherten. Wäre er seiner Herr gewesen, so hätte er sie zurückgehalten, aber keine Macht der Erde wäre groß genug gewesen, seiner Hand Einhalt zu gebieten.

Dann fühlte er es; wie keines Gänsleins Daunen, keines Lämmchens Wolle, kein stilles Wasser, kein frischer Grashalm, nicht einmal wie einer Frühlingsdistel Flaum. Seine Fingerspitzen bebten, prickelten wie erstarrte Nerven, wenn sie auftauen. Das Gefühl breitete sich in seinen Armen und Schultern, in seiner Brust und in seinen Beinen aus, ungezählte ekstatische Ausbrüche überall, im selben Augenblick. Wie er die erste Berührung nicht hatte verhindern können, so vermochte er es auch nicht, damit wieder aufzuhören. Seine Finger schienen wie von einer unbezähmbaren Kraft festgehalten. Dann wurde sein Erstaunen größer und größer, als er sich bewusst wurde, dass er die ganze Hand auf sie gelegt hatte und er immer mehr in Verzückung geriet.

In äußerster Verwirrung streichelte er die unbegreifliche Gestalt. Jede Zärtlichkeit hielt länger an; mit jedem Streicheln bewegte er seine Hände weiter von ihrem Kopf fort, den seidigen Nacken hinunter, dessen Haar sich um seine Finger wand. Und weiter glitt seine Hand, bis sie auf ihrem Rücken ruhte.

Dann kniete das Einhorn nieder.

Obwohl alles, was geschah, ihm unwirklich erschien, war ihre Absicht ihm völlig klar. Langsam legte er ein Bein über sie und ließ sich auf ihrem Rücken nieder.

Wieder gab es nichts, womit man hätte beschreiben können, was er fühlte. Es war nicht Fleisch; Fleisch ist grob und rau. Dies war Gestalt, vollkommene Gestalt, durch ihren Willen gehaltene und nach ihrem Wunsch geformte Gestalt, die sich seinen Konturen in vollkommener Weise anpasste, ohne ihre eigenen zu opfern.

Langsam fühlte er den Beginn von Veränderungen. Hätte er zu sagen vermocht, es sei ein Bündeln von Muskeln, ein Spannen von Sehnen? Nein, bei allen Göttern! Keine Form verwandelte sich, keine Linie veränderte sich, nichts bewegte sich. Es war ein Aufstau von Energie, ein Aufgebot ungebändigter Kraft und unirdischer Stärke...

Und sie waren verschwunden!

Sie stand nicht auf, sie sprang nicht. Sie schien sich nicht im Geringsten zu rühren. Mit einer fließenden

Bewegung glitten sie fort, flogen mit einer Anmut und Leichtigkeit, wie sie kein Wind aus den Himmeln haben konnte. Alles um ihn her war ein Dunst aus Grün und Braun, während sich unter ihm ein Meer aus Smaragd breitete.

Über Länder flogen sie, über Täler und Hügel, durch Feld und Wald und Dickicht, wie in einem Traum, ohne den geringsten Hauch eines Gedankens.

Aeol, der Sohn des Holzschnitzers, war kein Dummkopf. Er kannte den Neid und die Vorurteile seiner Artgenossen nur zu genau, deshalb wagte er es nicht, das Einhorn mit in sein Dorf zu nehmen. Aber er wollte sie nicht verlassen, weil er fürchtete, sie zu verlieren. Und deshalb schlief er in dieser Nacht und in allen folgenden Nächten mit ihr auf einer der vielen Lichtungen oder im Unterholz der Wälder bei Wednestown.

Eines Morgens, als er erwachte, war sie verschwunden. Er sprang auf und rannte wie von Sinnen, rufend und suchend, zwischen den Bäumen hin und her. Nach einer Weile kam er zu einer kleinen Bergkuppe und fand sie dort; sie sah ihn verwundert an, als ob sie sich frage, was die ganze Aufregung bedeuten solle. Von da an fürchtete er nie mehr, sie zu verlieren.

Als die Tage sich zu Wochen dehnten, begann Aeol das Einhorn zu lieben, wie er niemals etwas je geliebt hatte. Es war unirdisch, zauberhaft, es machte die Wirklichkeit seines Lebens zu einem Traum, und er beschloss, aus diesem Traum niemals wieder zu erwachen. Alle Langeweile verflog in einer Welt des Entzückens, und sein früheres, ödes Leben wurde zu einer abstrakten Erinnerung, an die er dachte, als ob sie zu jemand anderem gehöre.

Er verließ Haus und Laden im Dorf, um mit ihr in den Wäldern zu leben; nur selten wich er von ihrer Seite. Jeder Tag mit ihr war etwas Besonderes; sie zeigte ihm seltsame und wundervolle Dinge, trug ihn endlose

Meilen von seiner Heimat fort, weit hinaus über die Grenzen dessen, was er kannte.

Es nahm ihn mit dorthin, wo das Land endet; und er, er allein von den Wesen seiner Art in hundert Jahren, sah, wie die rastlosen Wasser auf den Sand schlugen. An einem hellen Sommertag bei Sonnenaufgang stand er auf den mächtigen Mauern, welche die Römer gegen die Nordländer errichtet haben. Und an einem klaren Frühherbstnachmittag schaute er über eine weite Wasserfläche und erblickte ein fernes, unbekanntes Land.

Wenn sie nicht unterwegs waren, schritten sie ruhig über schattige Pfade, horchten auf die Seufzer des Sommerwinds und sahen dem Tollen brauner Eichhörnchen zu. Manchmal turnten und spielten sie in den Wiesen, wo sich das Gras dick und weich unter ihre Füße legte; und manchmal lagen sie einfach still auf einer kühlen Lichtung, er mit dem Kopf auf der Schulter des Einhorns, und genossen die Stille.

Gretch wartete geduldig, bis das Lachen verklang, während der Dampf aus dem Kessel seltsame Muster auf sein uraltes, zeitloses Gesicht zeichnete.

»So, meine Kinder«, sagte er, als alles wieder ruhig war. »Und wie geht es unserem jungen Holzschnitzer jetzt?«

Die Tage waren rasch vergangen; der Frühling war zum Sommer geworden und der Sommer zum Herbst. Die Luft war kühl, die Tage wurden kürzer, und es war am Vorabend von Allerheiligen.

»Oh, sehr gut, wirklich, Erdvater«, antwortete die klingende Stimme. »Eben gestern Abend noch stahl er den letzten goldenen Ring, den er brauchte, um sein geheimnisvolles Werk zu vollenden.«

»Das ist gut; alles verläuft, wie ich es erwartete. Nun habe ich einen Auftrag für euch.«

Die Stimmen kicherten.

»Geht zu Aeol, dorthin, wo er in der Lichtung mit seinem Einhorn schläft, und flüstert ihm ins Ohr, dass heute die Nacht gekommen ist; noch länger zu warten wäre Torheit.«

Begeistertes Lachen füllte den Raum.

»Wir hören und gehorchen, Erdvater!«

Aeol schaute voller Stolz auf das wundervolle Stück, das er geschaffen hatte; es hatte ihn den halben Sommer gekostet, es zu machen. Bei Nacht war er ins Dorf geschlichen, um zu stehlen, was er brauchte. Bei Tag hatte er sich versteckt und endlose Stunden mit Schnitzen, Sägen und Befestigen verbracht. Das Ergebnis war wahrhaftig staunenswert.

Ehrfürchtig strich er über die Prägungen auf den Lederriemen und streichelte vorsichtig die goldenen Ringe, die sie zusammenhielten. Er hatte endlos und unermüdlich gearbeitet, damit jedes Teil vollkommen, jede Einzelheit genau nach Maß und ihrem Zweck gemäß wurde. Nur das Vollkommene würde dem entsprechen, was er fühlte; nur dies war des herrlichen Geschöpfes würdig, das es tragen sollte. Nur dies war richtig für ein Einhorn ... sein Einhorn.

Im Mondschein kehrte er zurück und streckte Halfter und Zügel aus verziertem Leder und goldenen Ringen aus.

»Und nun, meine Schöne«, sprach er, »sollst du dies hier tragen, das ich für dich gemacht habe. Es wird ein Zeichen sein, an dem alle, die dich sehen, erkennen, dass ich dein Herr und Gebieter bin, dass du mir gehörst.«

Das Horn drang mühelos in seine Brust, als ob sein Körper aus Luft sei. Er versuchte, ihm auszuweichen, aber er vermochte seine Beine nicht zu bewegen. Zögernd berührte er die seidenweiche Stirn und blickte verständnislos in ihre Augen; die abgrundtiefen

Teiche aus Sonnenlicht gaben seinen Blick zurück, sanft, zärtlich, ohne jede Bosheit. Sein Blick trübte sich; die Wiese drehte sich vor seinen Augen und wurde zu einem Strudel aus mitternächtlichem Grau und Silber.

Dann begannen seine Todesschmerzen; nicht aus seiner Brust heraus, sondern in seinem ganzen Körper wirbelten und drehten sie sich, während sie stärker und stärker wurden, bis sie alles andere auslöschten.

Seine Sinne schwanden, gingen unter in einem tobenden Meer von Schmerz, der immer stärker wurde, immer rasender und stärker, bis Dunkelheit ihn verschlang, schwärzer als eine mondlose Nacht.

Und am Ende schwand selbst die Dunkelheit.

»Was für ein Ort ist dies, o Weiser?«, fragte der Lehrling, »und warum sind wir am Vorabend von Allerheiligen hierher gekommen?«

Die Jahreszeiten waren viele Male vorüber gegangen, hatten aber die Wiese kaum verändert.

»Ein Ort von großer magischer Kraft«, erwiderte der Zauberer. »Für den Zauber, den zu wirken wir hierher gekommen sind, ist er von unschätzbarem Wert.«

»Wie kann das sein, weiser Lehrer? Ich sehe nichts als die Überreste eines alten Halfters und einen Haufen Gebeine.«

»Sieh dir die fortgeschrittene Zersetzung des Leders an! Es hat hier viele Jahre gelegen. Und doch sind die Knochen sauber aufgeschichtet, nicht angetastet von Geiern und anderen Raubtieren.«

»Ihr sprecht wahr, Meister. Eine große Macht muss hier am Werk sein, um etwas so Seltsames zu bewirken.«

Gretch lächelte und dachte an die Nacht, in der Berchta, der Holzschnitzer, auf Betreiben der christlichen Mönche die blindwütigen Dörfler über den

Hügel und auf den Berg geführt hatte, um sein Haus zu verwüsten.

»Ja, ja, Gremlet, eine sehr große Macht, in der Tat. Ein Einhorn hat hier geweidet.«

»Ein Einhorn, Gelehrter? Ich wusste nicht, dass sie weiden. Was fressen sie denn?«

»Nur ihre Gebieter, Gremlet, nur ihre Gebieter.«

Marion Zimmer Bradley

Der unfähige Magier

Eines der Privilegien, die der Herausgeber einer Anthologie hat, besteht darin, eine eigene Geschichte dafür aussuchen zu dürfen. Es ist auch bekannt als das »Privileg des Ranges« oder nach dem Satz »Du sollst dem Ochsen, der da drischt, nicht das Maul verbinden.«

Warum habe ich »Der unfähige Magier« ausgewählt?

Seit ich anfing zu schreiben, in den späten vierziger und den fünfziger Jahren, war es mir nie möglich gewesen, richtige Fantasy zu schreiben. Von der Einstellung von *Unknown* in den vierziger Jahren bis zum Aufstieg der Ballantine-Adult-Fantasy-Reihe in den sechzigern war Fantasy ein sehr vernachlässigtes Genre. Jedes Science-Fiction-Magazin schrieb in seinen Marktnotizen: »Fantasy unerwünscht.« Die bekanntesten Fantasy-Autoren jener Jahre, Merritt, Kuttner, C. L. Moore, bedeckten ihre Fantasy mit einem dünnen Mantel, manchmal einem *sehr* dünnen Mantel, wissenschaftlicher Plausibilität. Selbst in *Unknown* wurde Fantasy mit einer leicht frivolen und scherzhaften Attitüde zugedeckt, als gäbe es eine Übereinkunft: »Fantasy macht Spaß, aber man darf sie nicht ernst nehmen, nicht in der Mitte des zwanzigsten Jahrhunderts.« In einer rationalen Gesellschaft wollte niemand sich der Konfrontation mit den tieferen Ebenen des Unterbewussten stellen, wo die Archetypen der Fantasy ihren ewigen Halt auf den menschlichen Geist ausüben.

All das änderte sich, als Tolkien, Donaldson, die neue Schule von Fantasy-Autoren die Jugend Amerikas in den sechziger Jahren im Sturm nahmen. Heute ist Fantasy ein angesehenes Genre . . . und fast *zu* populär. Ich erinnere mich, dass ich einmal im Verlagshaus von DAW Books, als ich einen Blick auf die unverlangt eingesandten Manuskripte warf (etwas, was ich ab und zu ganz gerne tue, um mein kritisches Urteil zu üben), etwas fand, was sich wie ein ganz nett geschriebener Roman ansah, und beschrieb ihn Donald und Betsy Wollheim bei einer Teepause, worauf Don seufzte und sagte: »Mit anderen Worten, die übliche Fantasy-Welt eines Erstlingsromans.« Dann seufzte er wieder und meinte: »Schreibt denn heute überhaupt niemand mehr *Science-Fiction?*«

Zur Zeit, als der große Fantasy-Boom kam, war ich bereits als eine Science-Fiction-Autorin bekannt. Ich benutzte keine Zauberstäbe und magischen Schwerter in meinen Romanen, sondern die Wissenschaft der Parapsychologie; und wenngleich einige Wissenschaftler den Erkenntnissen der Parapsychologie sehr skeptisch gegenüberstehen, ist es doch zumindest ein Spiel mit sehr engen Regeln und einer rationalen Erklärung für alle Kräfte. Niemals in meinem Leben hatte ich über reine Magie geschrieben – die Art, wo ein Magier seinen Zauberstab hebt und alle Regeln aufgehoben sind. Dann wurde ich gebeten, eine Geschichte zu einer Anthologie von Robert Asprin beizutragen,* zusammen mit einer Reihe von anderen Autoren – Poul Anderson, Gordon R. Dickson, John Brunner – und ich schrieb die erste Geschichte über Lythande, Magier und Wandermeister. Ich hatte eigentlich nur diese eine Geschichte schreiben wollen; aber ihr Geist kam nicht zur Ruhe, und im Augenblick sind mehrere Geschichten über Lythande in Planung oder in Arbeit.

Ich habe die ersten fünf Seiten dieser Geschichte einmal auf einem meiner Autorenseminare vorgestellt – wo die Teilnehmer gezwungen sind, *während* des Seminars eine Geschichte zu schreiben, und ich zwinge nie jemanden zu etwas, was ich nicht auch selber willens bin zu tun. Seitdem hat mich jeder, der in dem Seminar war, immer wieder gefragt, was aus Lythande und dem unfähigen, stotternden Rastafyre dem Unvergleichlichen geworden sei; darum habe ich diese Geschichte für sie zu Ende geschrieben.

---

* *Thieves' World* (1979); deutsche Ausgabe in Vorbereitung bei Bastei-Lübbe. Anm. d. Übers.

Nirgendwo in der Welt der Zwillingssonnen, von der Großen Wüste im Süden bis zu den Eisbergen im Norden, sucht irgendjemand ohne Grund einen Söldner-Magier auf. Niemals geht es zweimal um dieselbe Sache, aber was auch immer der Anlass sein mag, immer ist der Bittsteller jemand, der bis zum Hals in Schwierigkeiten steckt.

Lythande der Magier blickte unter der Kapuze des dunklen, fließenden Zaubermantels hervor, und unter der Kapuze begann der blaue Stern, den Lythande auf der Stirn trug und der das Wahrzeichen der Wandermeister war, zu funkeln und blaue Feuerblitze zu schleudern, während der Magier den dicken, jammernden kleinen Mann betrachtete und sich fragte, in welche Art von Schwierigkeiten dieser Kunde wohl geraten sein mochte.

Wie Lythande trug der kleine Fremde die Robe eines Zauberers, ein Magiergewand nach der Mode, wie sie in den Städten am Rande der Salzwüste üblich war. Er wirkte ein wenig verschüchtert, als er zu Lythandes hoch gewachsener Gestalt mit dem leuchtenden blauen Stern auf der Stirn aufblickte. Lythande, mit Zwillingsdolchen gegürtet, sah eher wie ein Krieger als wie ein Zauberer aus.

Der dicke Mann jammerte und zappelte und stotterte schließlich: »Ho-ho-hoher Magier, die Sa-Sa-Sache ist mir sehr pa-pa-pa-peinlich.«

Lythande half ihm nicht, sondern blickte mit höflicher Aufmerksamkeit auf den kahlen Fleck herab, der den Kopf des aufgeregten kleinen Burschen krönte. Der Fremde stotterte weiter:

»Ich muss Euch be-be-bekennen, dass einer meiner Ri-Ri-Rivalen meinen Za-Za-Zauberst-st-st-...«, er brach in einen regelrechten Stottersturm aus, ließ dann den Rest des Wortes fallen und stieß hervor: »...gesto-sto-stohlen hat. Ma-ma-ma-meine Kräfte si-si-sind nicht gr-gr-groß genug, um ihn zu-zu-zurückzu-zu-zubekommen. Welche Ge-Ge-Gebühr würdet Ihr fo-fo-fordern, o großer und edler Ma-Ma-Ma-«, er schluckte und schaffte es, »Zauberer« herauszubringen.

Unter dem blauen Stern zogen sich Lythandes geschwungene, farblose Brauen belustigt zusammen.

»Tatsächlich? Wie konnte das passieren? Hattet Ihr Euren Stab nicht mit einem Zauberspruch gebunden, sodass nur Ihr ihn berühren konntet?«

Der kleine Mann starrte verlegen auf die Gürtelschnalle seines Mantels. »Ich ha-ha-habe Euch scho-schon gesagt, da-da-dass mein A-A-Anliegen pa-pa-pa-peinlich ist, o großer und edler Ma-Ma-Magier. Ich war be-be-be...«

»Mit einem Wort«, unterbrach ihn Lythande, »Ihr wart betrunken. Und irgendwie muss Euer Zauber versagt haben – Nun, wisst Ihr denn, wer Euren Zauberstab gestohlen hat und warum?«

»Ro-Ro-Roygan der Stolze«, antwortete der kleine Mann und fügte hinzu: »Er wollte sich an mir rä-rä-rächen, weil er mich mi-mi-mit seiner Fr-Fr...«

»Mit seiner Frau im Bett erwischt hat?«, fragte Lythande ernst, obwohl, wer den Magier besser kannte, vielleicht einen leichten Hauch von Belustigung in den Winkeln des schmalen, asketischen Mundes bemerkt hätte. Der dicke kleine Zauberer nickte unglücklich und hielt den Blick auf seine Schuhe gesenkt.

Mit jener sanften melodischen Stimme, die Lythande den Namen eines Sängers eingetragen hatte, längst bevor man Lythandes Erfolge als Zauberer weit und breit zu rühmen begann, sagte der Magier schließlich: »Das bestätigt das Sprichwort, das ich immer für recht befunden habe, dass nämlich jene, die sich der Zauberei widmen, weder Weib noch Geliebte haben sollten. Sagt mir, o mächtiger Zauberer und galantester aller Schlafzimmerathleten, wie nennt man Euch?«

Der kleine Mann richtete sich zu seiner vollen Höhe auf – er reichte Lythande gerade bis zur Schulter – und erklärte: »Ich bin we-we-weit und breit bekannt in Gandrin als Rastafyre der U-U-Un...«

»Unfähige«, schlug Lythande ernsthaft vor.

Mit einem schmerzvollen Blick verzog Rastafyre den Mund und sprach mit großer Würde: »Rastafyre der Unvergleichliche!«

»Es dürfte vergnüglich sein zu hören, wie Ihr zu diesem Namen gekommen seid«, bemerkte Lythande, und die Augen unter der Kapuze zwinkerten. »Aber mit dem Erzählen komischer Geschichten, so amüsant es zum Zeitvertreib sein mag, während wir auf den letzten Kampf zwischen Gesetz und Chaos warten, kommen wir nicht weiter. Ihr habt also Euren Zauberstab an Euren Rivalen Roygan den Stolzen verloren und wünscht meine Hilfe, um ihn von ihm zurückzubekommen – habe ich Euch richtig verstanden?«

Rastafyre nickte, und Lythande erkundigte sich: »Was habt Ihr mir für meinen Dienst anzubieten, o Rastafyre der Un...«, Lythande zögerte einen Augenblick und schloss nachsichtig: »Unvergleichliche?«

»Diesen Edelstein«, erwiderte Rastafyre und zog einen großen funkelnden Rubin hervor, der im Dunkel des schmalen Torweges blutrote Flammen schlug.

Lythande befahl ihm mit einem Wink, den Stein wieder einzustecken. »Wenn Ihr *hier* mit solchen Dingen herumhantiert, könntet Ihr Räuber anziehen, im Vergleich zu denen Roygan der Stolze ein Waisenknabe ist. Ich trage keinen Schmuck außer *diesem*«, Lythande wies flüchtig auf den blauen Stern, dessen blasses Licht aufleuchtete, »und habe weder eine Geliebte noch ein

Weib oder eine Freundin, der ich ihn schenken könnte. Ich predige nur das, was ich selbst befolge. Behaltet
Eure Juwelen für die, die sie zu schätzen wissen.«

Lythande malte ein Zeichen in die Luft, und zwischen den langen, schmalen Fingern erschienen drei
Rubine, in Farbe und Glanz herrlicher als der Stein in
Rastafyres Hand. »Wie Ihr seht, habe ich sie nicht
nötig.«

»Ich ha-habe Euch nur die übliche Gebühr angebo-
ten, damit Ihr mich nicht für kna-knauserig haltet«, ver-
teidigte sich Rastafyre und schaute überrascht und ein
wenig begehrlich auf die Rubine in Lythandes Hand,
die einen Augenblick aufglänzten und dann wieder verschwanden. »Es m-mag sein, dass ich etwas ha-habe, was
Euch mehr lockt.«

Der nervöse kleine Mann wandte sich um, schnalzte
mit den Fingern und rief: »Ta-Ta-Tasche!«

In der dünnen Luft zeichnete sich eine große dunkle
Form ab, ein plumper, grober Umriss. Das Ding fiel
schwer vor die Füße und entpuppte sich als eine braune, mit Zauberzeichen in Rot und Gold bestickte
Tasche.

»Langsam, langsam, Ta-Ta-Tasche!«, tadelte Rastafyre, »oder du wirst me-meine Schätze zerbrechen, und
dann wird Lythande mich mit Recht den U-U-Unfähi-
gen nennen.«

»Tasche ist fähiger als Ihr, o Rastafyre. Warum
schimpft Ihr mit Eurem treuen Diener?«

»Nicht Tasche, sondern Ta-Ta-Tasche«, erklärte Rastafyre. »Ich wusste, dass ich wahrscheinlich stottern
würde, und ich be-be-benannte sie mit dem Wo-Wo-
Wort, das ich am ehesten be-be-benutzen würde.«

Diesmal ließ Lythande ein leises Lachen vernch-
men.

»Gut gemacht, o mächtiger und unvergleichlicher
Magier!«

Aber das Lachen verstummte, als Rastafyre aus Ta-Ta-

Tasches unergründlichen Tiefen einen Gegenstand von seltener Schönheit herauszog. Es war eine Laute aus dunklem, kostbarem Holz, mit Türkisen und Perlmutt besetzt, und mit Saiten, die silbern glänzten; und auf dem Lautenkörper befand sich, von herrlichen Perlen eingefasst, ein blassblauer Stein ähnlich jenem, der auf Lythandes Stirn glänzte.

»Bei Keth-Kethas blutunterlaufenen Augen!«

Plötzlich stand Lythande über den kleinen Zauberer gebeugt, und der blaue Stein begann zornig zu sprühen und zu flammen; die Stimme aber klang ruhig und gelassen wie immer.

»Woher habt Ihr das, Rastafyre? Ich kenne diese Laute. Ich selbst fertigte sie einst für eine, die ich liebte und die jetzt in den Höfen des Lichtes eine Geisterlaute spielt. Und das Eigentum eines Wandermeisters gerät nicht so leicht in die Hände anderer wie der Stab Rastafyres des Unfähigen!«

Rastafyre, nicht imstande, den blauen Glanz auf der Stirn des zornigen Lythande zu ertragen, senkte sein rundes Gesicht und murmelte, das sei ein Berufsgeheimnis.

»Was, wie ich vermute, bedeutet, dass Ihr sie schlicht und einfach von einem anderen Dieb gestohlen habt!«, bemerkte Lythande, und der Ärger verschwand so rasch aus den dunklen Augen, wie er gekommen war. »Nun gut, es mag dabei bleiben. Bietet Ihr mir diese Laute für die Wiederbeschaffung Eures Zauberstabs?«

Der hoch gewachsene Magier griff nach der Laute, aber Rastafyre sah den Hunger in den Augen des Wandermeisters und versteckte die Laute hinter seinem Rücken.

»Zuerst der Di-Dienst, dessentwegen ich Euch aufgesucht habe«, erinnerte er Lythande.

Lythande schien noch größer zu werden und den ganzen Raum auszufüllen, als sich die hohe Gestalt drohend aufrichtete. Die Stimme des Magiers, obwohl nicht laut, hallte wie eine große Trommel.

»Unfähiger Schuft! Ihr wagt es, mit mir über mein Eigentum zu feilschen? Narr, es gehört Euch so wenig wie mir, ja weniger, haben doch diese Hände ihr die ersten Töne entlockt, bevor Ihr auf dem Dunghaufen, auf dem Ihr geboren wurdet, noch gelernt hattet, wie man Ziegenmilch sauer werden lässt! Mit welchem Recht fordert Ihr einen Dienst von mir?«

Der kahlköpfige kleine Mann reckte sein Kinn vor und erklärte entschieden: »Alle Welt we-weiß, dass Lythande ein Diener des Gesetzes ist und nicht des Chaos, und kein dem Gesetz verpflichteter Ma-Magier würde sich soweit erniedrigen, einen ehrlichen Ma-Ma-Mann zu hintergehen. Und was mehr ist, edler Lythande, dieses Instru-stru-... diese Laute hat sich, seit sie in Euren Hä-Hä-Händen war, ve-ve-verändert. Seht her!«

Rastafyre schlug eine der hellen Saiten auf der Laute an und begann, eine sanfte, melancholische Weise zu spielen. Lythande sah ihn finster an und fragte: »Was tut Ihr da?«

Rastafyre bedeutete ihm energisch zu schweigen. Als die Töne zitternd in der Luft hingen, bewegte sich etwas in dem dunklen Torweg, und plötzlich stand eine Frau vor ihnen.

Sie war schlank und zart, mit wallendem blonden Haar, in ein hauchdünnes Gewand aus Spinnfäden aus den Wäldern von Noidhan gekleidet. Ihre Augen waren blau; sie lagen tief unter dunklen Wimpern in einem lieblichen Antlitz; aber dieses Antlitz war traurig und voller Schmerz. Mit einer lieblichen, singenden Stimme sprach sie: »Wer stört den Schlaf der Verzauberten?«

»Koira!«, schrie Lythande auf, und die sonst gelassene Stimme klang miteins hoch und klagend. »Koira, wie – was –?«

Die blondhaarige Frau bewegte ihre Hände in einer

unsicheren Gebärde. »Ich weiß nicht –«, murmelte sie, und dann, wie aus tiefem Schlaf erwachend, rieb sie sich die Augen und schrie auf. »Ich glaubte, ich hörte eine Stimme, die ich einst kannte – Lythande, bist du es? Hast *du* mich verzaubert, weil ich mich von dir ab und der Liebe eines anderen zuwandten? Was wolltest du? Ich war eine Frau –«

»Still!«, gebot Lythande mit gepresster Stimme, und Rastafyre sah, dass sich der Mund des Magiers wie in tiefem Leid bewegte.

»Wie Ihr seht«, sagte Rastafyre, »ist d-das nicht mehr die Laute, die Ihr kanntet.« Das Antlitz der Frau löste sich auf, und Lythandes angespannte Stimme flüsterte: »Wohin ist sie gegangen? Ruft sie zurück!«

»Sie ist jetzt die Sk-Sklavin der verzauberten Laute«, sagte Rastafyre und kicherte mit obszön anmutender Begeisterung. »Ich hätte sie für je-jeden Dienst haben können – aber um Eure anspruchsvolle Se-Seele zu beruhigen, Magier, will ich Euch bekennen, dass ich eine andere Art v-von Frauen vorziehe –«, seine Hände zeichneten robuste Konturen in die Luft. »Deshalb habe ich von ihr n-nur verlangt, dass sie hin und wieder zur Laute singt. – Wusstet Ihr das nicht, Lythande? Wart Ihr es nicht, der die Frau ver-verzauberte, wie sie sagte?«

Unter der Kapuze schüttelte Lythande abwehrend den Kopf. Das Gesicht blieb verborgen, und Rastafyre überlegte, ob er wohl schließlich als Erster den geheimnisvollen Lythande weinen sehen würde. Niemand hatte je erlebt, dass Lythande auch nur die geringste Erregung zeigte; niemals hatte Lythande in Gesellschaft gegessen und getrunken – vielleicht, so glaubte man, *konnte* der Magier weder essen noch trinken, obwohl die meisten Leute annahmen, es handle sich hier einfach um eines der seltsamen Gelübde, die einen Wandermeister banden.

Unter der tief hängenden Kapuze aber sprach

Lythande: »Und Ihr bietet mir diese Laute für meine Hilfe bei der Wiederbeschaffung Eures Zauberstabes?«

»Das tue ich, o edler Ly-Lythande. Denn ich kann sehen, dass die verzauberte Da-Da-Dame Euch seit langem bekannt ist und Ihr sie als Sklavin oder Kon-Konkubine oder was auch immer haben möchtet. Und das ist es, nicht allein die Musik der La-La-Laute, was ich Euch biete – wenn mein Zaubersta-sta-stab wieder mein ist.«

Der Glanz des blauen Sterns leuchtete für einen Augenblick stärker auf, verblasste dann wieder zu einem stillen Licht, und Lythandes Stimme klang wieder ruhig und gelassen.

»So sei es. Für diese Laute würde ich die verstreuten Perlen des Halsbands der Fischgöttin zurückholen, wenn sie sie im Meer verlöre; aber seid Ihr auch sicher, dass sich Euer Stab in den Händen Roygans des Stolzen befindet, o Rastafyre?«

»Ich ha-ha-habe keine anderen Fa-Fa-Feinde, niemand sonst hasst mich«, antwortete Rastafyre.

»Glücklich seid Ihr, o Un---«, Zögern und ein schwaches Lächeln – »Unvergleichlicher. Gut, ich werde Euren Zauberstab zurückholen, und die Laute wird mein sein.«

»Die Laute – und die Frau«, versicherte Rastafyre, »aber erst, we-we-wenn mein Stab wieder in meinen Hä-Hä-Händen ist.«

»Wenn Roygan ihn hat«, sagte Lythande, »dürfte das für einen *fähigen* Zauberer nicht allzu schwierig sein.«

Rastafyre wickelte die Laute in ihre dicke, schützende Decke und ließ sie wieder in Ta-Ta-Tasches unergründlichen Falten verschwinden. Hastig begann er einen neuen Zauber zu weben.

»Im Namen . . .« Er murmelte etwas vor sich hin und runzelte die Stirn. »Sie wird mir o-o-ohne meinen Stab nicht so gu-gut gehorchen«, brummte er. Wieder bewegten sich seine Hände. »Ge-Ge-Geh! Verstecke dich im Namen Indo-do-do-, im Namen Indo-do-«

Die Tasche hob sich nur ein wenig, und eine Ecke wurde unsichtbar, das Übrige aber blieb unsicher in der Luft hängen.

Lythande brachte es zuwege, nicht schallend zu lachen, und warf stattdessen ein:

»Erlaubt, o Un-Un-, o Unvergleichlicher«, und wob den Zauber mit raschen, schmalen Fingern. »Im Namen Indovicis des Schweigenden befehle ich dir, Tasche –«

»Ta-Ta-Tasche«, korrigierte ihn Rastafyre, und Lythande wiederholte den Zauber mit zuckenden Lippen.

»Im Namen Indovicis des Schweigenden befehle ich dir, Ta-Ta-Tasche, geh!«

Die Tasche verblasste langsam, erschien für einen Augenblick wieder, erhob sich dann in die Luft, und als sie in Augenhöhe schwebte, verschwand sie endgültig.

»Wirklich, Handel hin oder her«, erklärte Lythande, »ich muss Euren Stab zurückholen, o Unfähiger, damit die Zunft der Magier nicht von der Salzwüste bis zu den Kalten Hügeln zum Gespött der kleinen Buben wird.«

Rastafyre blickte böse drein, hielt es aber für besser, nicht zu antworten. Er drehte sich um und machte sich davon, gefolgt von einem kleinen braunen Schatten, der anzeigte, dass sich Ta-Ta-Tasche hartnäckig weigerte, ganz unsichtbar oder ganz sichtbar zu bleiben. Lythande blickte ihnen nach, bis sie außer Sicht waren, zog dann aus dem dunklen Zaubermantel einen Lederbeutel und entnahm ihm eine kleine Menge Kräuter. Die schmalen langen Finger rollten das Kraut zu einer dünnen Rolle, schnippten einmal, um eine Flamme hervorzuzaubern, und dann atmete Lythande den wohlriechenden Rauch ein und ließ ihn aus schmalen Nüstern in die schwere Luft des Raumes kräuseln.

Roygan der Stolze konnte keine große Herausforderung darstellen. Als dieser Dieb unter den Magiern vor langer Zeit erstmals in Lythandes Leben aufgetaucht war, war Lythande noch neu in der Zauberei und nicht in Wachsamkeit geübt gewesen, und so waren mehrere kostbare Gegenstände spurlos aus dem Haus verschwunden, in dem Lythande damals wohnte. Rastafyre musste ein so leichtes Ziel gewesen sein, dass es Lythande wunderte, warum Roygan nicht gleich Ta-Ta-Tasche, Rastafyres Zaubermantel und Kapuze und schließlich auch noch seine Backenzähne gestohlen hatte. Ein altes Sprichwort in Gandrin lautetet: *Wenn Roygan dir die Hand schüttelt, zähl deine Finger, bevor er außer Sichtweite ist.*

Lythande war Roygan durch drei Städte und über die große Salzwüste gefolgt und hatte ihn am Ende in seinem Schlupfwinkel aufgespürt, umgeben von Lythandes Zauberstab, seinen Ringen und magischen Dolchen. Einer der Ringe war zurückgeblieben, mit einem unlösbaren Zauber an Roygans Nase gehext.

Trage dies, so hatte Lythande gesagt, *in Erinnerung an deinen Verrat und damit ehrbare Leute erkennen, wer du bist, und dich meiden.*

Jetzt überlegte Lythande, ob Roygan jemanden gefunden haben mochte, der ihn von dem Ring an seiner Nase befreit hatte.

Roygan hegt einen Groll gegen mich, dachte Lythande und fragte sich, ob Rastafyre der Unfähige mit seiner Laute und allem anderen nicht vielleicht eine Falle war, um hinter das Geheimnis der Magie des Wandermeisters zu kommen.

Die Stärke jedes Meisters vom Blauen Stein liegt in einem bestimmten, verborgenen Geheimnis, das nie bekannt werden darf; und jemand, der das Geheimnis eines Wandermeisters lüftet, dem wird alle Magie des Blauen Steines zuteil. Und Roygan mit seinem Groll...

Roygan war es nicht wert, dass man sich über ihn Gedanken machte. *Aber,* dachte Lythande, *ich habe selbst unter den Wandermeistern Feinde; Roygan könnte sehr wohl ihr Werkzeug sein und ebenso Rastafyre.*

Nein, dazu war Roygan nicht stark genug; er war ein Dieb, kein echter Zauberer oder Meister. Was Rastafyre anging – Lythande lachte laut auf. Wenn irgendjemand sich dieses unfähigen, plumpen, immer aufgeregten kleinen Zauberers bedienen wollte, würde dessen völlige Unfähigkeit auf seinen Komplizen zurückschlagen. *Ich kann meinen Feinden nichts Schlimmeres wünschen, als Rastafyre zum Freund zu haben.*

Und sobald ich ihm seinen Stab wiederbeschafft habe – es kam Lythande niemals in den Sinn, an seinem Erfolg zu zweifeln –, *werde ich die Laute besitzen und damit Koira. Sie wollte mich nicht lieben; aber nun soll sie trotzdem mir gehören und für mich singen, wann immer ich es will.*

Wenn Lythandes Feinde – der Magier wusste, dass es davon viele gab, selbst hier in Gandrin – es jemals erfahren würden, dass Roygan sich den Zorn eines Wandermeisters zugezogen hatte, würden sie rasch damit bei der Hand sein, die Neuigkeit jedem anderen Wandermeister zu verkaufen, den sie finden konnten. Auch Lythande wusste, wie man sich dieser Taktik bediente.

Das Geheimnis eines anderen Wandermeisters zu kennen gab den besten Schutz unter den Zwillingssonnen.

Da von den Sonnen die Rede war – Lythande warf einen Blick zum Himmel –, es war kurz vor dem ersten Sonnenuntergang. Keth glühte rot und düster am Horizont, Reth stand wie ein blutiges, brennendes Auge ein oder zwei Stunden hinter ihm. Verdammt! Es war eine jener Nächte, in denen die Dunkelheit lange währte. Nachdenklich runzelte Lythande die Stirn – aber auch die Dunkelheit konnte nützlich sein!

Zuerst musste Lythande herausfinden, wo in Alt-Gandrin, in welchem Winkel oder in welcher Gasse dieser Stadt der Gauner und Betrüger, sich Roygan verbarg.

Gab es einen Meister des Blauen Steins, der von dem Streit mit Roygan wusste? Lythande glaubte das nicht. Sie waren allein gewesen, als der Zauber gewirkt worden war, und Roygan würde sich damit wohl kaum brüsten. Wahrscheinlich hatte der Schurke den Ring in seiner Nase als neueste Schöpfung der Schmuckmode ausgegeben! Deshalb besaß Lythande durch das Große Gesetz der Magie, das Gesetz der Resonanz, immer noch eine Verbindung zu Roygan. Der Ring, der früher Lythande gehört hatte, steckte immer noch an Roygans Nase und würde ihn so unvermeidlich zu Roygan führen, wie es eine Brieftaube in ihren heimatlichen Schlag zurückzieht.

Es war keine Zeit mehr zu verlieren. Lythande zog es vor, nicht in tiefer Nacht in Roygans Schlupfwinkel einzudringen, und der rote Keth war bereits hinter dem Rand der Welt versunken. Zwei Maßstriche vielleicht noch auf einer Zeitkerze, mehr Zeit blieb ihm nicht, bevor die Dunkelheit Roygan in den düsteren, mondlosen Straßen von Alt-Gandrin unter ihrem Mantel verbergen würde.

Ein Wandermeister braucht keinen Stab, um zu zaubern. Lythande hob seine schmale, zarte Hand und führte sie in einer seltsamen, ausladenden Bewegung nach unten. Dunkelheit floss von den Fingerspitzen und bedeckte den Magier mit ihrem undurchdringlichen Schleier. Innerhalb des Zauberkreises saß Lythande mit gekreuzten Beinen auf den Steinen, von einem matten, schattenlosen Licht überflutet.

Lythande streckte eine Hand gegen den Kreis aus und flüsterte: »Ring Lythandes, Ring, der einst meinen

Finger umschmeichelte, sei mit deiner Schwester vereint!«

Langsam begann der Ring an Lythandes Hand von innen her zu leuchten. Neben ihm erschien in dem merkwürdigen Licht ein zweiter Ring, der gestalt- und gewichtslos in der Luft hing. Und um diesen zweiten, geisterhaften Ring nahm ein blasses Gesicht Konturen an, zuerst die geschwungene Adlernase, dann die abgebrochenen Zähne, die wie Hauer mit glänzendem Metall beschlagen waren, und schließlich die eng zusammenstehenden Augen Roygans des Stolzen mit ihren langen, dunklen Wimpern.

Er war nicht hier in dem Zauberlichtkreis, Lythande wusste das. Vielmehr spiegelte der Kreis nur Roygans Gesicht wider. Auf ein gebieterisches Zeichen schwenkte das Bild ab und zeigte einen mit Schätzen angefüllten Raum, in den Roygan gegangen war, um sein Diebesgut zu verstecken. Roygan war wie eine diebische Elster! Er benutzte seinen Schatz nicht, um sich zu bereichern – wie Lythande hätte er Juwelen ganz nach seinem Belieben schaffen können –, sondern um Macht über andere Zauberer zu gewinnen. Und da Dinge immer mit ihren rechtmäßigen Eigentümern verbunden blieben, war Roygan jetzt Lythandes Magie ausgeliefert.

Wenn Rastafyre auch nur ein halbwegs fähiger Zauberer gewesen wäre – schon der Gedanke an den dicken kleinen Stümper hob Lythandes schmale Lippen zu einem spöttischen Lächeln –, hätte er an dieses Band gedacht und Roygan den Stolzen selbst ausfindig gemacht. Denn der Stab eines Zauberers ist ein eigentümliches Ding. In einem sehr konkreten Sinn *ist* er der Magier, denn dieser muss von seinen echten Kräften und Sinnen etwas in ihn hineinlegen. So wie der Blaue Stern in gewisser Weise Lythandes Gefühl war – er glühte mit blauem Schein, wenn Lythande ärgerlich oder erregt war –, so reflektierte der Zauberstab bei denen, die ihn benutzen müssen, oft die am höchsten geschätzte Kraft eines Zauberers. Wieder lächelte Lythande spöttisch. Keine Schlafzimmerathletik, keine Verführung von Frauen und Töchtern anderer Zauberer, bis sein Zauberstab wieder in Rastafyres Händen war!

Vielleicht sollte ich zum öffentlichen Wohltäter werden und nicht zurückgeben, was Rastafyre für so wichtig hält, damit die Frauen meiner Zaubererkollegen vor seinen Begierden sicher sind! Obwohl die Vorstellung ihn belustigte, wusste Lythande, dass Rastafyre seinen Stab zurückhaben musste und mit ihm die Macht, Gutes oder Böses zu tun. Denn das Gesetz liegt ewig im Streit mit dem Chaos, und jedes menschliche Wesen muss frei sein, sich auf die Seite des einen oder des anderen zu stellen. So lautet das Grundgesetz, das die Götter von Gandrin erlassen hatten: dass das Leben selbst, in der Welt der Zwillingssonnen wie überall, stets den Großen Kampf verkörpert, bis der letzte Stern der Ewigkeit ausgebrannt ist.

Und Lythande war durch den Blauen Stein dem Dienst am Gesetz verschworen. Rastafyre auch nur eines Jotas seiner Macht zu berauben, das Gute oder das Böse zu wählen, hieße die fundamentale Wahrheit zerstören, hieße Lythandes Eid auf das Gesetz an die Stelle von Rastafyres eigenen Entscheidungen zu setzen, und das würde in sich selbst zum Chaos führen.

Und Lythandes Karma würde in alle Ewigkeit die Verantwortung für Rastafyres Entscheidungen tragen. Wächter des Blauen Sterns, seid meine Zeugen, dass ich keine solche Macht erstrebe. Ich trage genug eigenes Karma! Ich habe schon Ursachen genug in Bewegung gesetzt und muss all ihre Wirkungen sehen . . . bis zur letzten Schlacht!

Das Bild von Roygan mit dem Ring in der Nase hing immer noch in der Luft, und um es herum Roygans Schatzkammer. Aber so sehr Lythande sich auch bemühte, das Bild wurde nicht deutlich genug, um sehen zu können, ob sich Rastafyres Zauberstab unter den Schätzen befand. Deshalb weitete Lythande mit einer gebieterischen Geste den Sichtkreis so aus, dass er die Straße außerhalb des Kellers oder Vorratsraumes, in dem sich Roygan und seine Schätze befanden, erfasste. Der Kreis wurde größer und größer, bis der Magier am Ende einen bekannten Orientierungspunkt entdeckte: den Brunnen der Seejungfrauen in der Straße der Sieben Segelmacher. Offenbar lag Roygans Schatzkammer irgendwo dort in der Nähe.

Und Rastafyre hatte seinen Zauberstab für eine Affäre mit Roygans Frau aufs Spiel gesetzt. Wahrhaftig, dachte Lythande, meine Maxime ist gut gewählt, dass ein Magier weder Geliebte noch Weib haben sollte. Bitterkeit flutete hoch und ließ den Blauen Stern flackern. *Sieh nur, was ich tue für Korias bloße Erscheinung oder ihren Schatten! Aber woher wusste Rastafyre das?*

Denn in den Tagen, als Koira und Lythande in den Höfen ihres weit entfernten Hauses die Laute schlugen, waren sie beide jung gewesen; weder der Blaue Stern noch die Suche nach Zauberkraft und nach dem Verborgenen Ort der Wandermeister hatten ihre Schatten zwischen sie geworfen. Und Lythande hatte einen anderen Namen getragen.

Doch Koira, oder ihr Schatten, kannte mich und nannte mich bei dem Namen, den ich jetzt trage. Warum hat sie mich nicht gerufen ... Lythande verdrängte die Erinnerung mit einer so großen, fast physischen Anstrengung, dass Schweiß auf die Brauen unter dem Blauen Stern trat. Schließlich löschte die eingeübte Selbstbeherrschung des Wandermeisters selbst die Erinnerung an den alten Namen aus.

Ich bin Lythande. Was immer ich war, bevor ich diesen Namen annahm, ist tot oder wandert in der Vorhölle der Vergessenen. Mit einer weiteren Geste löste Lythande den Zauberlichtkreis auf und stand wieder in den Straßen von Alt-Grandrin. Auch Reth näherte sich nun gefährlich rasch dem Horizont.

Lythande machte sich auf den Weg zur Straße der Sieben Segelmacher. Die Schatten nutzend, die die dunkle Magierrobe den Blicken entzogen, lautlos wie ein Windhauch, wie der Geist einer Katze, überquerte der Wandermeister ein Dutzend Straßen, ohne ihren Bewohnern größere Aufmerksamkeit zu schenken. Männer lärmten in den Kneipen und auf den gepflasterten Straßen. Händler verkauften alles und jedes, von Messern bis zu Frauen. Schmuddelige, halb nackte Kinder spielten ihre eigenen unverständlichen Spiele, sprangen über Fässer und Kisten und kreischten dabei vor Vergnügen oder in unschuldiger Wut. Lythande, ganz von dem Auftrag in Anspruch genommen, der erfüllt werden musste, sah und hörte sie kaum.

Am Brunnen der Meerjungfrauen schöpfte ein halbes Dutzend Frauen, in locker fallende Gewänder gekleidet, wie sie selbst einer hässlichen Frau etwas Anziehendes geben, aus einer sprudelnden Quelle Wasser. Sie zwitscherten und zirpten dabei wie Vögel. Lythande beobachtete sie mit einer seltsamen, schmerzhaften Traurigkeit. Es wäre besser gewesen zu warten, bis sie wieder fort waren, denn über das Kommen und Gehen eines Wandermeisters sollte lieber kein Gerede entstehen. Aber Reth war dem Horizont jetzt gefährlich nahe, und Lythande spürte in der Weise, wie ein Magier Gefahr erkennt, dass selbst ein Wandermeister nicht versuchen sollte, bei völliger Dunkelheit in das Haus Roygans des Stolzen einzudringen.

Sich mit leisem Zureden ihrer Kinder bemächtigend, verschwanden die Frauen, als Lythande lautlos wie aus dem Nichts am Rande des Brunnenplatzes erschien. Kichernd hielt sich ein Kind noch an einer der steinernen Meerjungfrauen fest, und seine Mutter, selbst fast noch ein Kind, kam herbeigelaufen, packte es und machte verstohlen das Zeichen gegen den bösen Blick, aber nicht verstohlen genug. Lythande stellte sich ihr in den Weg und fragte: »Glaubst du, Weib, dass ich Fluch über dich oder dein Kind bringen würde?«

Die Frau blickte zu Boden, bewegte ihre Füße unruhig auf dem Pflaster, und ihre Hände, mit denen sie das Kind an sich presste, waren an den Gelenken weiß vor Angst. Lythande seufzte. *Warum habe ich das getan?* Als die Frau das Seufzen hörte, schaute sie auf, warf dem Magier einen raschen, unsicheren Blick zu, wie ein ängstlicher Vogel, und wandte sich ebenso rasch wieder ab.

»Das blinde Auge Keths sei mein Zeuge, dass ich dir und deinem Kind nichts Böses will, und ich würde dich segnen, wenn ich einen Segen wüsste«, sprach Lythande schließlich und verschwand im Schatten. Und die Frau raffte all ihren Mut zusammen und eilte schnell über die Straße, den struppigen Kopf ihres Kindes fest an sich gedrückt. Die Begegnung hatte einen bitteren Geschmack in Lythandes Mund zurückgelassen, aber mit eiserner Disziplin verdrängte der Magier ihn, um ihn vielleicht wieder hervorzuholen und zu analysieren, wenn einst die Zeit die Bitterkeit gemildert haben mochte.

»Ring, zeige mir, wo ich deine Schwester an Roygans Nase suchen muss!«

Eines der jetzt im Schatten liegenden Häuser, die den Platz säumten, schien sich im sterbenden Tageslicht aufzulösen, durch die Mauern hindurch konnte Lythande Wände, Zimmer, Schatten sehen, den sich bewegenden Schatten einer unverschleierten Frau, einer frechen, molligen kleinen Person mit Locken über den niedrigen Brauen und einem Grübchen am Kinn und schwarz bewimperten Augen. Das also war die Frau, für die Rastafyre der Unfähige Zauberstab und Zauberkraft und Roygans Rache riskiert hatte?

Tadle ich seine Entscheidung, weil dieser Weg mir verwehrt ist?

Und doch! Welch eine Torheit, sich bei der Wahl zwischen Liebe und Macht für das Zerrbild der Liebe zu entscheiden, das eine solche Frau zu bieten hat. Denn als der Magier sich geräuschlos den Mauern näherte, die für den Blick eines Wandermeisters nun durchlässig waren, nahm Lythande hinter der Fassade naiver Koketterie die Selbstsucht und Habgier der Frau wahr, ihre Gier nach Schätzen, nicht wegen ihrer Schönheit, sondern wegen der Macht, die sie ihr verliehen. Rastafyre hatte nicht so tief in sie hineingesehen. Hatte ihn Wollust blind gemacht oder bestätigte sich hier nur, wie passend der Name war, den Lythande ihm gegeben hatte: »Der Unfähige«?

Mit einer Handbewegung löschte Lythande den Zauberblick. Er war jetzt nicht erforderlich; erforderlich aber war Eile, denn Reths orangefarbener Rand berührte schon den westlichen Horizont. *Aber ich kann noch immer ungesehen hinein- und wieder herauskommen, bevor das Licht völlig verschwunden ist,* dachte Lythande, und Dunkelheit wie einen Zaubermantel um sich legend, trat der Magier durch die steinerne Mauer. Es war, als bahne er sich seinen Weg durch Maisbrei, nicht schlimmer. Trotzdem beeilte sich Lythande, durch den Widerstand des Steins hindurchzudringen. In den äußeren Höfen der Wandermeister, wo diese Kunst gelehrt wurde, erzählte man Geschichten, schreckliche Geschichten von einem Meister des Blauen Sterns, der auf halbem Weg durch die Mauer den Mut verloren hatte und stecken geblieben war, dass sein Körper zur Hälfte in der Wand gefangen blieb und vor Schmerzen schrie, bis er starb ...

Lythande hasste dieses Schreiten durch Wände und verließ sich für gewöhnlich auf Lautlosigkeit, Heimlichkeit und Zaubersprüche gegen Schlösser und Riegel. Jetzt aber war keine Zeit, die Schlösser auch nur zu finden, geschweige denn sie durch Zauber zu öffnen und durch Zauber die Türen zu entriegeln. Als Lythande mit dem ganzen Körper im Innern der Kammer stand, atmete der Magier vor Erleichterung tief auf; selbst der Geruch von Moder und Spinnweben war dem körnigen Gefühl der Wand vorzuziehen, und jetzt war Lythande entschlossen, was immer auch geschehen mochte, das Haus nur durch die Tür wieder zu verlassen.

In der lastenden Finsternis der Schatzkammer würde das Licht des Blauen Sterns genügen. Lythande fühlte das merkwürdige Prickeln, das halb Schmerz war, als der Stein zu glühen begann. Ein blauer Schein fiel in die Dunkelheit, und bei dieser Beleuchtung konnte der Wandermeister die Umrisse großer Truhen, nachlässig aufgehäufte Schätze und verschlossene Kästen ausmachen. Wo in all diesem Durcheinander gestohlener Schätze, die Roygans Gier nach Elstermanier zusammengetragen hatte, war Rastafyres Stab zu finden! Nachdenklich blieb Lythande vor einem Berg von Juwelen stehen. Rubine flammten wie Keths Strahlen bei Sonnenaufgang. Saphire warfen verschwommen das Licht des Blauen Sterns zurück. Ein herrlicher Halsschmuck aus Diamanten funkelte wie ein Sternbild unter dem Polarstern eines einzigen großen Edelsteins. Lythande hatte Rastafyre die Wahrheit gesagt, Juwelen stellten für den Wandermeister keine Versuchung dar, doch dachte der Magier einen Augenblick fast traurig an die Frauen, deren Schultern, Arme und Finger einmal mit diesen Steinen geschmückt gewesen waren. Warum sollte Roygan aus ihrem großen Verlust Gewinn ziehen, wenn sie das Bedürfnis hatten, mit diesem Spielzeug, diesem Tand, ihre Schönheit zu steigern? Lythande zögerte und überlegte. Es gab ein Zauberwort, das, einmal ausgesprochen, all diese Edelsteine zu ihren rechtmäßigen Eigentümern zurückbringen würde, durch das Gesetz der Resonanz.

Aber warum sollte Lythande das Karma dieser unbekannten Frauen auf sich nehmen? Wenn es nicht ihr gerechtes Schicksal gewesen wäre, die kostbaren Steine an einen geschickten Dieb zu verlieren, hätte Roygan ohne Zweifel vergeblich nach den Schlüsseln zu ihren Schmuckkästen gesucht.

Und so gesehen – warum sollte ich mit meinem Zauber in Rastafyres Karma eingreifen, der seinen Zauberstab verlor, weil er seine Begier nach Roygans Weib nicht zügelte? Würde der Verlust des Stabes und seiner Männlichkeit ihn nicht die gebotene Achtung vor der Kunst der Mäßigung lehren? Es wäre ja nicht für lange, nur bis er sich die Mühe machen würde, einen neuen zauberkräftigen Stab zu fertigen und zu weihen…

Aber Lythande hatte das Wort eines Wandermeisters gegeben; bei der Ehre des Blauen Sterns: was versprochen war, musste gehalten werden. Dem Gesetz verschworen, war es Lythandes Pflicht, einen Dieb zu bestrafen, vor allem, weil Roygan nicht Lythande, nicht einen Magier beraubt hatte, dessen Kräfte zur Rache ausreichten, sondern den harmlosen Rastafyre … und wenn Roygans Frau mit ihm nicht zufrieden war, so war auch das Roygans Karma. In der Dunkelheit des Lagerraumes erschauernd, flüsterte Lythande den Zauberspruch, der die Schatzkästen für den Blick durchsichtig machen würde. Beim Licht des Blauen Sterns durchsuchte Lythande Kasten auf Kasten, sah aber nichts, was nur im Entferntesten Rastafyres Zauberstab hätte sein können.

Und draußen schwand das Licht rasch dahin, und die Dunkelheit würde alle Kräfte der Magie entfesseln…

Und als ob der Gedanke ihn herbeigerufen hätte, war er plötzlich da, obwohl Lythande keine Tür gesehen hatte, durch die er in die Schatzkammer hätte eindringen können: ein mächtiger Schatten, der dem Magier an die Kehle sprang. Lythande wirbelte herum, riss den rechten Dolch aus der Scheide und stieß damit heftig nach der Kehle des Werwolfs.

Der Dolch ging durch die Kehle hindurch wie durch Luft. Keine wirkliche Bestie also, sondern eine magische ... Lythande ließ den rechten Dolch fallen und griff mit der Linken nach dem zweiten, nach jenem Dolch, der dazu gemacht war, die Mächte und Untiere der Magie zu bekämpfen. Aber die kurze Verzögerung war beinahe tödlich. Die Zähne des Werwolfs schlugen wie feurige Nadeln in Lythandes rechten Arm und entrissen den Lippen des Magiers einen Schrei. Er verhallte ungehört; die Zauberbestie kämpfte lautlos, ohne ein Knurren oder auch nur das leise Geräusch des Atems. Lythande stieß mit dem linken Dolch zu, konnte aber das Herz des Angreifers nicht erreichen. Dann riss das unheimliche Gewicht des Werwolfs den Magier zu Boden. Erneut gruben sich die nadelscharfen Zähne der durch Zauber geschaffenen Kreatur wie Feuer in Lythandes Schulter, dann in die zum Schutz der Kehle hochgezogenen Knie. Lythande wusste, dass ein einziger Biss der feurigen Fänge in den Hals Atem und Leben verlöschen lassen würde. Langsam, unter Schmerzen, kämpfte sich Lythande hoch, stieß wieder und wieder zu und brachte es schließlich fertig, das Untier um den Preis unzähliger glühender Bisse zurückzudrängen. Des Werwolfs teuflische Augen schleuderten Blitze gegen das Licht des Blauen Sterns, das schwächer und matter wurde, je mehr Lythandes Kampfkraft erlahmte.

Ist es soweit mit mir gekommen, dass ich in einem finsteren Keller im Rachen eines Wolfs den Tod finde, und nicht einmal eines richtigen Wolfs, sondern einer Kreatur, die durch gemeinen Missbrauch magischer Kräfte in den Händen eines Diebes entstanden ist?

Der Gedanke machte den Magier rasend. Unter Anspannung aller Kräfte trieb Lythande den Zauberdolch tiefer in die Schulter der Werbestie, um sein Herz zu treffen. Mit der ganzen Wucht der Zauberwaffe, aufgepeitscht durch den tödlichen Schmerz, stieß der Arm des Magiers durch unnatürliches Fleisch und Bein, tief in die Lungen, in das Herz der mörderischen Kreatur … der heiße Atem des Wolfs rauchte und verging.

Lythande zog Arm und Dolch zurück, als die Bestie in furchterregender Lautlosigkeit auf dem Boden zusammensank und langsam in Rauchfetzen verging, bis nur noch ein kleiner Haufen von Asche wie ein Fleck von geronnenem Blut auf dem Boden der Schatzkammer zurückblieb.

Keuchend wischte der Wandermeister den Schleim von der Zauberwaffe, schob sie wieder in die Scheide und suchte dann nach dem zweiten Dolch. Auch an der linken Hand des Zauberers klebte Blutschleim – der Meister wischte ihn mit boshafter Freude an einem Ballen kostbarer Seide ab – Roygan zu geben, was Roygan gehört!

Als auch der rechte Dolch wieder in seiner Scheide steckte, machte Lythande sich aufs Neue auf die hastige Suche nach Rastafyres Stab. Es blieb nicht mehr viel Zeit. Selbst wenn Roygan sich seiner Frau widmete, die ihm nun, da Rastafyre seine Kraft verloren hatte, ganz allein gehörte, konnte er doch nicht immer bei ihr bleiben, und wenn seine Zauberkraft den Werwolf geschaffen hatte, würde der Tod der Kreatur, die an Roygans eigene Lebenskraft gebunden gewesen war, ihm den Einbruch in seine Schatzkammer anzeigen.

Durch den Deckel einer der Truhen konnte Lythande in dem magischen Schein, der nur auf Dinge von magischer Kraft reagierte, einen langen, schmalen Gegenstand sehen, der in Seide eingewickelt war, aber immer noch das Licht durchscheinen ließ, das von allen magischen Dingen ausgeht. Gewiss war das Rastafyres Stab, falls Roygan dergleichen Dinge nicht sammelte – und die Art von Unfähigkeit, die es Roygan gestattet hatte, sich in den Besitz des Stabes zu setzen, war ungewöhnlich unter Zauberern … Keths allwissendem Auge sei Dank!

Lythande mühte sich mit dem Schloss ab. Jetzt, da die Erregung des Kampfes mit dem Werwolf sich gelegt hatte, schmerzten Arm und Schulter dort, wo die Zauberzähne in Lythandes Fleisch gedrungen waren, wie Brandwunden. Schlimmer als Brandwunden, dachte Lythande, weil sie wahrscheinlich gewöhnlichen Heilmitteln widerstehen würden. Der Magier hätte gerne die Tunika, die der Wolf zerfetzt hatte, heruntergerissen, aber es gab Gründe, das in der Hochburg eines Feindes nicht zu tun! Lythande zog die Falten der Magierrobe enger um sich, während die mit Bisswunden übersäten Hände sich mühten, die Riegel zu öffnen. Der Wandermeister war sehr stark; anders als jene Magier, die sich stets nur auf Zauber verließen und Anstrengungen mieden, war Lythande zu Fuß und allein über alle Straßen, große und kleine, gereist, auf die das Licht der Zwillingssonnen fällt, und die drahtigen Arme, die vornehmen Hände hatten die Stärke der Dolche, die sie schwangen. Nach einer Weile gab der erste Riegel der Truhe mit einem Knall nach, der in dem dunklen Keller wie eine Explosion von Feuerwerkskörpern widerhallte. Lythande schreckte bei diesem Geräusch zusammen ... sogar Roygan musste es im Zimmer seiner Frau gehört haben! Aber nun zu dem zweiten Riegel. Mit jedem Augenblick schmerzten die verletzten Hände mehr; Lythande nahm den rechten Dolch, den, der für natürliche Dinge bestimmt war, und versuchte ihn unter den Riegel zu schieben, aber trotz all seiner Mühen wollte es ihm nicht gelingen. War das verdammte Ding durch Zauber verschlossen? Nein, denn dann hätten Lythandes Hände alleine den ersten Riegel nicht bewegen können. Blut tropfte von der zerschundenen Hand, bevor das zweite Schloss endlich nachgab. Lythande griff in den Kasten – und fuhr zurück wie vor den Zähnen des Werwolfs. Mit einem Aufschrei von Wut, Schmerz und Enttäuschung stieß der Magier mit dem rechten Dolch in den Kasten;

ein leises grässliches Schrillen war zu vernehmen, und etwas Hässliches, Entsetzliches und nur halb Sichtbares wand sich und starb. Lythande aber hielt triumphierend Rastafyres Stab in der Hand!

Schmerzgekrümmt streifte Lythande das Tuch von dem Zauberstab. Ein Ausdruck des Abscheus trat auf das schmale Gesicht, als die phallischen Schnitzereien und Formen des Stabes sichtbar wurden. Aber schließlich war ja die ganze Sache längst klar gewesen –, dass nämlich Rastafyre seinen Zauberstab mit seiner Männlichkeit gewappnet hatte. Nun, das war sein eigenes Problem; es war nicht Lythandes Karma, andere Zauberer Diskretion und Anstand zu lehren. Ein Handel war abgeschlossen worden, und ein Dienst musste geleistet werden.

Hastig die schützende Hülle wieder um den Stab legend – er war so leichter zu halten, und Lythande hatte keine Neigung, das Ding auch nur anzusehen –, wandte sich der Wandermeister dem Problem zu, wieder nach draußen zu kommen – und zwar nicht durch die Wand! Es musste inzwischen dunkel geworden sein, obwohl das in der fensterlosen Schatzkammer schwer zu sagen war. Und irgendwo musste es hier eine Tür geben.

Lythande hatte nichts gehört. Doch plötzlich, als das Zauberlicht aufflackerte, stand Roygan der Stolze mitten im Raum.

»So, Lythande der Magier ist jetzt Lythande der Dieb! Wie gefällt Euch denn das Diebsgeschäft, Magier?«

Also eine Falle! Lythandes weiche, gelassene Stimme war ganz ruhig.

»Es steht geschrieben, dass dem Dieb am Ende alles genommen werden soll. Beim Ring in Eurer Nase, Roygan, Ihr wisst, dass ich die Wahrheit sage.«

Mit einem unartikulierten Wutschrei stürzte sich Roygan auf Lythande. Der Magier trat zur Seite, Roygan flog gegen eine Truhe und gab einen wilden Schmerzensschrei von sich, als seine Knie gegen den Eisenbeschlag des Kastens stießen. Er wirbelte herum und sah Lythande mit dem Dolch in der Hand ihm gegenüber stehen.

»Ring Lythandes, Roygans Scham, sei mit diesem verbunden!«, murmelte Lythande, und der Dolch flog auf Roygans Nase zu. Roygan stöhnte vor Schmerz, als die Waffe mit dem Ring verschmolz und sich um sein Gesicht legte.

»Ai, Ai! Nehmt ihn fort! Verdammt sollt Ihr sein von allen Göttern Gandrins, oder ich ...«

»Ihr werdet *was*?«, fragte Lythande und blickte mit leichtem Grinsen auf Roygans verzerrtes Gesicht.

Der Dolch schlang sich um Roygans Nase und schlug, wie von einem starken Magnet angezogen, gegen die eisernen Spitzen seiner Zähne. Wutschnaubend, heulend, stürzte sich Roygan wieder auf Lythande; sein Gebrüll fand keinen Ausdruck mehr in Worten, da der Dolch immer fester gegen seine Zähne gepresst wurde. Lythande lachte und entzog sich mit Leichtigkeit Roygans zupackenden Fäusten, aber das Gesicht des Diebes strahlte plötzlich triumphierend.

»Hei!«, brachte er hinter der Schneide des Dolches hervor. »Jetzt habe ich Lythande berührt und kenne sein Geheimnis ... Lythande, Wandermeister, Träger des Blauen Sterns, Ihr seid ... ah, *aaah!*« Mit einem grauenvollen Schrei fiel Roygan zu Boden, ohne ein weiteres Wort hervorzubringen, da der Dolch sich tiefer in seinen Mund bohrte. Blut spritzte von seinen Lippen, und im nächsten Augenblick stieß Lythandes zweiter Dolch durch sein Herz und befreite ihn gnädig von seinen Schmerzen.

Lythande beugte sich nieder und zog den Dolch aus Roygans Herz. Dann, während der Blaue Stern magisch aufleuchtete, griff der Meister nach dem anderen Dolch, der Roygans Lippen, Mund und Kehle durch-

bohrt hatte. Ein leise gemurmelter Zauberspruch gab
der magischen Waffe ihre ursprüngliche Form zurück,
und unter den starken Händen ihres Eigentümers bog
sich das Metall wieder zurecht. Langsam und mit einem
Seufzer steckte Lythande beide Dolche in ihre Scheiden zurück.

*Ich wollte ihn nicht töten. Aber ich wusste nur zu gut, wie
seine nächsten Worte lauten würden; und die Zauberkraft
eines Wandermeisters schwindet, wenn das Geheimnis laut
ausgesprochen wird.*

Warum dann aber diese Trauer? Roygan war nicht
der Erste, den Lythande getötet hatte, um das Geheimnis zu wahren, das auf Roygans zerfetzter Zunge gelegen hatte: *Lythande, Ihr seid eine Frau!*

Eine Frau. Eine Frau, die in ihrem Ehrgeiz verkleidet
in die Höfe der Wandermeister eingedrungen war, die,
als der Blaue Stern schon zwischen ihren Brauen leuchtete, mit eben dem Geheimnis bestraft worden war, das
sie so gut gehütet hatte, dass sich selbst der Großmeister
im Tempel des Blauen Sterns hatte täuschen lassen.

*Euer Geheimnis soll für immer gelten. An dem Tag, an dem
ein anderer Mann außer mir es laut ausspricht, wird Eure
Kraft enden. Seid denn für immer mit dem Geheimnis belegt,
das Ihr selbst gewählt habt; seid in den Augen aller Menschen
auf immer das, was Ihr uns glauben machtet!*

Mit einer rauen Gebärde versteckte Lythande Rastafyres Stab in den Falten ihres Gewandes. Jetzt hatte sie
Zeit genug, den Weg zurück durch die Tür zu finden.
Die Schlösser gaben unter der Berührung des Zaubers
nach; aber bevor sie den Keller verließ, sprach Lythande das Wort, mit dem Roygans gestohlene Schätze zu
ihren Eigentümern zurückkehrten.

Ein kleiner Sieg für die Sache des Gesetzes. Und Roygan
der Dieb war seinem gerechten Schicksal begegnet.

Als sie in den sinkenden Tag hinaustrat, blickte
Lythande verwundert drein. Er schien Stunden gedau-
ert zu haben, der lautlose Kampf in der dunklen Schatz-

kammer. Aber der Abendschein säumte noch den Himmel, und ein kleines Kind vergnügte sich still damit, mit den Füßen im Brunnen herumzuplantschen, bis eine pausbäckige junge Frau herbeikam, es fröhlich ausschalt und ins Haus zog. Lythande lauschte auf das Lachen und seufzte. Tausend Jahre, tausend Erinnerungen trennten sie von der Frau und dem Kind.

Keinen Mann zu lieben, damit mein Geheimnis nicht bekannt wird. Keine Frau zu lieben, damit sie meinen Feinden auf ihrer Suche nach dem Geheimnis nicht als Zielscheibe dienen kann.

Und immer wieder nahm sie die Entdeckung und den Verlust der Macht für solche wie Rastafyre in Kauf. Warum?

Weil ich es muss. Es gab keine andere Antwort als diese: die Entscheidung eines Wandermeisters für das Gesetz gegen das Chaos. Rastafyre sollte seinen Stab zurückhaben. Es gab kein Gesetz, dass alle Zauberer fähig zu sein hätten. Sie legte ihre Hand an den Stab, bemüht, vor seiner Form nicht zurückzuschrecken, und murmelte: »Bring mich zu deinem Meister!«

Lythande fand Rastafyre in einer Schenke und winkte ihn heraus, weil sie ihre Macht nicht öffentlich zur Schau zu stellen wünschte. Der dicke kleine Mann blickte ängstlich auf den Blauen Stern.

»Ihr habt ihn? Sch-schon?«

Wortlos hielt Lythande ihm den eingewickelten Stab hin. Als Rastafyre ihn berührte, schien er größer, hübscher, weniger dick zu werden. Selbst sein Gesicht nahm Züge von Stärke und Männlichkeit an.

»Und nun mein Lohn!«, erinnerte Lythande ihn.

Grämlich sagte Rastafyre: »Wie kann ich wis-wissen, ob Roygan mir nicht nachstellen wird?«

»Ich wusste nicht«, entgegnete Lythande ruhig, »dass Euer Zauber die Macht hat, Tote zu erwecken, o Rastafyre der Unvergleichliche.«

»Ihr-Ihr-Ihr habt ihn getö-tö-tö ... er ist tot?«

»Er liegt dort, wo seine gestohlenen Schätze ruhen, mit Lythandes Ring noch in der Nase«, sagte Lythande unbewegt. »Versucht von jetzt an, Euren Zauberstab von anderer Männer Frauen fernzuhalten.«

Rastafyre lachte leise. Er fragte: »Aber wa-wa-was sollte ich sonst mi-mit meiner Kr-Kr-Kraft tun?«

Lythande verzog das Gesicht. »Koiras Laute«, sagte sie, »oder wollt Ihr neben Roygan liegen?«

Rastafyre der Unvergleichliche hob die Hand. »Ta-Ta-Tasche!«, stimmte er an, und im Halbdunkel des Raumes aufflackernd erschien die Samttasche, verschwand wieder, kam zurück und verschwand erneut, obwohl Rastafyre schon seine Hand hineingesteckt hatte.

»Verflucht, Ta-Ta-Tasche! Ko-ko-komm oder geh, aber fackle nicht so! Bleib hier! Blei-bleib hier, sage ich!« Es klang, so dachte Lythande, als ob er zu einem widerspenstigen jungen Hund spräche.

Schließlich, als Rastafyre erreicht hatte, dass sie sich ganz materialisierte, nahm er die Laute aus der Tasche. Mit einer tiefen Verneigung nahm Lythande sie entgegen und verbarg sie in den Falten ihres Zaubermantels.

»Gesundheit und Gedeihen für Euch, o Lythande!«, sagte Rastafyre, diesmal ohne zu stottern. Vielleicht bewirkte der Stab auch das?

»Gesundheit und Gedeihen auch Euch, o Rastafyre der Un-«, Lythande zögerte, lachte laut und schloss: »Unvergleichliche.«

Rastafyre machte sich davon, und Lythande fügte leise hinzu: »Und mehr Glück bei Euren Abenteuern«, während sie zusah, wie Ta-Ta-Tasche kaum noch sichtbar hinter ihrem Meister her sprang wie ein kleiner, verdrießlicher Schatten, bis sie schließlich völlig verschwand.

Als Lythande endlich allein war, trat sie auf die dunkle Straße unter dem kalten, mondlosen Himmel hinaus. Mit einer einzigen Bewegung löschte der magische Kreis alles aus; es gab weder Zeit noch Raum mehr. Dann begann Lythande leise die Laute zu schlagen. Etwas rührte sich in der Stille, und Koiras schlanke, zarte Gestalt erschien vor ihr, das blonde Haar schimmerte um ihr Gesicht, und ihr Körper leuchtete unter hauchdünnen Schleiern.

»Lythande«, flüsterte sie, »du bist es!«

»Ich bin es, Koira. Singe für mich!«, befahl Lythande. »Singe für mich das Lied, das du gesungen hast, wenn wir in den Gärten von Hilarion saßen.«

Lythandes Finger glitten über die Saiten der Laute, und Koiras sanfter Mezzosopran erklang in einer alten Melodie aus einem Land, das eine halbe Welt und so viele Jahre entfernt war, dass Lythande sich davor fürchtete, daran zu denken, wie viele es waren.

»Wie dich der Jahre Last zerbricht,
Dein Licht in ewiger Nacht erlischt,
Wie Wein im dunklen Grund versinkt,
Dein Lied der Mund des Nichts verschlingt,
Und wie der Bäume Laub verweht,
Selbst deines Geistes Bild vergeht.
Ein Spruch es sagt,
Ein Lied es klagt –
Nur die Erinnerung bleibt . . .«

»Hör auf!«, sagte Lythande mit erstickter Stimme. Koira verstummte. Nach einer Weile flüsterte sie: »Ich sang auf deinen Befehl, und nun stehe ich weiter zu deinen Diensten.«

Als Lythande wieder imstande war, ohne den tödlichen Schmerz der Verzweiflung aufzublicken, blieb auch Koira still. Endlich fragte Lythande:

»Was bindet dich an die Laute, Koira, die ich einst geliebt habe?«

»Ich weiß es nicht«, antwortete Koira, und der Geist

ihrer Stimme klang bitter. »Ich weiß nur, dass ich ihre Sklavin bin, solange die Laute existiert.«

»... und die meines Willens?«

»Auch das, Lythande.«

Lythandes Mund wurde hart. Sie sprach: »Du wolltest mich nicht lieben, als du es gekonnt hättest. Jetzt werde ich dich besitzen, ob du es willst oder nicht.«

»Liebe...«, Koira schwieg einen Augenblick. »Wir waren junge Mädchen damals und liebten wie junge Mädchen. Und dann gingst du in ein fernes Land, wohin ich dir nicht folgen wollte, denn mein Herz war das Herz einer Frau, du aber –«

»Was weißt du von meinem Herzen?«, rief Lythande verzweifelt.

»Ich weiß nur, dass mein Herz das einer Frau war und sich nach einer anderen Liebe sehnte als deiner«, sagte Koira. »Was willst du, Lythande? Auch du bist eine Frau; ich nenne das nicht Liebe...«

Lythande hatte die Augen geschlossen. Aber ihre Stimme klang hart: »Nun aber bist du hier, und du sollst für alle Zeit nach meinem Willen singen und für alle Zeit von deinem Wunsch nach der Liebe eines Mannes schweigen... Für dich gibt es jetzt niemanden mehr als mich.«

Koira verneigte sich tief, aber es schien Lythande, als läge in der Verneigung eine Spur von Spott. Sie fragte scharf: »Was kettet dich an die Laute? Bist du für eine bestimmte Zeit oder für immer gebunden?«

»Ich weiß es nicht«, antwortete Koira, »oder falls ich es weiß, kann ich es nicht aussprechen.«

So war es oft mit Verzauberungen, Lythande wusste das ... und nun würde sie Zeit genug haben, und früher oder später, früher oder später würde Koira sie lieben ... Koira war ihre Sklavin. Sie konnte ihr mit den Händen auf der Laute befehlen zu kommen und zu gehen, mit Händen, die einst mehr gesucht hatten als ein gemeinsames Lied und einen Jungmädchenkuss...

Aber die Liebe einer Sklavin ist keine Liebe. Lythande hob die Laute und nahm die Finger von den Saiten. Koiras Gestalt begann zu zerfließen, und dann, ganz plötzlich, bevor sie noch Zeit fand nachzudenken, hob Lythande die Laute höher, ließ sie krachend niederfallen und zerbrach sie über den Knien.

Koiras Gesicht erzitterte zwischen ungläubigem Staunen und grenzenlosem Glück.

»Frei!«, schrie sie auf. »Endlich frei – oh, Lythande, jetzt weiß ich, dass du mich wirklich geliebt hast...« Ein Wispern und Flüstern ging durch den Zauberkreis, verging und verstummte, und nichts blieb als eine leere Blase aus Magie, leer, still, ohne Licht und Laut.

Lythande stand regungslos, die zerbrochene Laute in den Händen. Wenn Rastafyre das sehen könnte! Sie hatte Leben, Gesundheit, Magie, selbst das Geheimnis und die Kraft des Blauen Sterns aufs Spiel gesetzt für diese Laute und sie in wenigen Augenblicken zerbrochen und die eine freigegeben, die über Jahre hinweg hätte zu ihr hingezogen werden können – als Gefangene, unfähig, sich zu verweigern und Lythandes Stolz noch weiter zu brechen...

Er würde mich auch für einen unfähigen Zauberer halten!

Ich möchte wissen, wer von uns beiden Recht hätte?

Mit einem langen Seufzer zog Lythande das Magiergewand fester um ihre schmalen Schultern, vergewisserte sich, dass die beiden Dolche sicher in ihren Scheiden ruhten – denn zu dieser Zeit gab es in den mondlosen Straßen von Alt-Gandrin viele Gefahren, gewöhnliche und magische –, schritt über die zerbrochene Laute hinweg und trat ihren einsamen Weg an.

Jon DeCles

Das Tier, das weinte

Um das Jahr 1962 oder so, als ich noch in Texas wohnte und mein Bruder Paul mit meinen Eltern auf unserem Hof in der Nähe von Albany lebte, kam John DeCles auf ein Wochenende zu Besuch, und irgendwie wurde aus dem Wochenende ein Monat, ein Jahr und mehr, und als ich die Farm ein paar Wochen lang heimsuchte, kamen Jon und ich irgendwie zu der stillschweigenden Übereinkunft, dass auch wir Bruder und Schwester waren. Heute kommt mir nur noch selten zu Bewusstsein, dass mein adoptierter Bruder Jon gar nicht wirklich der Sohn meiner Eltern ist; was sehr verwirrend für Leute ist, die meine Eltern kennen. Wenn ich ihn als meinen Bruder vorstelle, so denke ich selten daran, das »Adoptiv-« hinzuzufügen. Als der Haushalt auf der Farm aufgelöst wurde, kamen Jon, Paul und unsere Mutter zu uns nach Berkeley (das war vor der Zeit von Greyhaven), und wir begannen uns wie eine richtige Familie zu fühlen.

Als ich noch in Texas lebte, schickte mir Jon eine Kopie dieser, seiner ersten veröffentlichten Geschichte. Es ist immer ein schwieriges Unterfangen, eine Geschichte von jemandem zu lesen, der einem sehr nahe steht. Was soll man sagen, wenn sie einem nicht gefällt? Angenommen, sie ist absolut scheußlich, und man möchte doch so gern ein paar höfliche und ermutigende Worte dazu sagen?

Zu meiner großen Erleichterung fand ich »Das Tier, das weinte« eine aufrichtig warme und rührende Erzählung und konnte ihr ohne Vorbehalte Lob zollen. Die meisten von Jons späteren Geschichten sind in England besser aufgenommen worden als hier in den USA, obwohl er eine große Anzahl von Kurzgeschichten an alle Arten von Märkten verkauft hat. Aber ich halte immer noch diese ergreifende, bitter-süße Geschichte von dem Tier, das weinte, für sein bestes Werk. Jon hat außerdem auch Theaterstücke inszeniert, ein Streichquartett und andere Musikstücke geschrieben, die von örtlichen Musikern aufgeführt wurden, Ein-Mann-Shows verfasst und selbst dargestellt (seine Verkörperungen von Mark Twain und Edgar Allan Poe wurden viel gerühmt); er ist ein Maler von beträchtlichem Rang, ein Kenner der japanischen Teezeremonie und ein genialer Landschaftsgestalter.

Doch es scheint mir, dass bei all seinen vielen Talenten Jon in seinem schriftstellerischen Werk den höchsten Grad an Universalität in dieser rührenden kleinen Fantasy-Geschichte erreicht hat. Ich weiß nicht, warum sie bisher noch nie Eingang in eine Anthologie gefunden hat; sie sollte weit mehr bekannt sein als das kleine Juwel, für das ich sie halte.

Eine Vermutung: es kam aus der Vergangenheit. Oder: es kam aus der Zukunft. Eine Annahme: es war ein Pfeil, abgeschossen von einem Genie, das selbst in Ketten groß war, abgeschossen aufs Geratewohl, weil er nicht auf ein Ziel gerichtet sein durfte. Was die Natur der Kette oder des Genies angeht –? Zu allen Zeiten und allerorten lebt das Genie nur, soweit engstirnige Zeitgenossen es dulden.

Seine Gestalt war nicht zu beschreiben und hätte aus diesem Grund vielleicht unbemerkt bleiben können. Das Auge kann sich weigern, dem Gehirn Eindrücke zu übermitteln, für die es keine Begriffe gibt. Fast unmittelbar nach seinem Erscheinen hörte es auf zu sein. Die Samen, die es enthielt, zu klein, das Auge herauszufordern, wurden zerstreut und fielen langsam zur Erde. Der Boden, auf den sie fielen, war der steinige, unfreundliche Boden einer Stadt, und in wenigen Sekunden starben die meisten von ihnen, weil sie keinen Wirt fanden. Nur eines überlebte. Durch einen mathematisch vielleicht kalkulierbaren, aber dennoch seltenen Zufall fand dieses eine seinen Weg durch eine Öffnung – kleiner als der Durchmesser einer Nadel – auf den Grund einer Kuppel aus Quarzglas, welche die Wolkenkratzerdomäne des Stadtherrn krönte, und wurde in einen Teich geweht, der chemisch und anderweitig im Gleichgewicht gehalten wurde, um darin Leben zu erhalten: Pflanzen, Algen und kleine Fische. Mittags wurde in der vom Zufall angebotenen Nährlösung dieses *de facto*-Schoßes *das Tier, das weinte,* geboren. Im Augenblick seiner Entstehung war es weniger als einen

Zentimeter groß. Noch kurz zuvor war es eine zufällige Anhäufung von Protoplasmazellen gewesen, die von den Sonnenstrahlen von einer Seite des Fischteiches in die andere gewirbelt wurde. Die Wärme der weit in den Herbst ausgreifenden Sommersonne brachte es hervor. Es war weniger als einen Zentimeter lang, aber das änderte sich bald. Mit der Aufnahmefähigkeit, die ihm das Leben verliehen hatte, fand es und verschlang es bald, was der Garten an Nahrung bot. Im Lauf einer Woche wurde es so groß wie ein kleiner Hund.

Einen reichlichen Teil seiner Zeit verbrachte das Tier während dieser Woche damit, zu beobachten. Nach den Maßstäben der Stadt war der Garten nicht klein. Er erstreckte sich in alle Himmelsrichtungen etwa fünfzehn Meter nach jeder Seite. Dort wurde er dann durch Mauerwerk abgegrenzt. Über dem Garten wölbte sich ein Ausschnitt einer Quarzglaskuppel, die hoch hinauf in den Himmel gebaut war, um die seltene Kostbarkeit kühler Höhenluft einzufangen. Hier, hoch oben auf dem Wolkenkratzer des Stadtherrn, war der Garten völlig isoliert und sog wie ein Kind an der Brust der Mutter die Wärme der Sonne ein.

Auf den Gartenmauern befanden sich Wandgemälde, eine Art von Mosaikfriesen in warmen Erdfarben, zu weich und vermischt für die unterentwickelte Vorstellungskraft des Tieres. Außerdem hatte das Tier nur die Dinge im Garten zum Vergleich, die Blumen und Fische, die zwergwüchsigen Obstbäume und die fröhlich bunten Vögel, die überall herumflatterten; das alles gehörte nicht zu dem, was die Wandbilder darstellten.

Eines Tages, als das Tier im Seerosenteich saß und Lotossamen kaute, machte es eine Entdeckung. Es ergriff einen Goldfisch. Der wand sich und schlug um sich und gab schreckliche Laute von sich, als es in ihn hineinbiss. Es machte die Erfahrung, dass lebende Dinge es nicht mögen, gefressen zu werden, solange sie noch leben. Sein Gedächtnis erinnerte ihn an die durchdringenden Schreie der Vögel, die es gefressen hatte, und daran, wie schwierig es war, die unangenehmen Flaumfedern wieder loszuwerden.

Es überlegte und beschloss, keine Dinge mehr zu fressen, die lebten. Als die Tage verstrichen, stellte es fest, dass es einen guten Entschluss gefasst hatte. Die Tiere hörten auf, es zu fürchten, und sorgten für seine Unterhaltung.

Das Tier brauchte immer noch Protein. Es löste das Problem, indem es den Tod seiner Mitgeschöpfe abwartete; auf diese Weise war für seine natürlichen Bedürfnisse gesorgt. Der Rest seiner Nahrung fand sich an den Bäumen und in den Blüten der Blumen.

Als es vier Fuß groß war, lernte es, auf seinen Hinterbeinen zu gehen, und es entdeckte die Tür. Die Entdeckung war Teil einer Veränderung in seiner Umgebung. Die Tür öffnete sich, und die Frau kam heraus.

Inzwischen konnte das Tier die Wandbilder sehen, und es erkannte die Frau sofort als eines der Dinge, die im Mosaik dargestellt waren, welche in zarten Brauntönen in der pulsierenden Wärme des ungefilterten Sonnenlichts erglühten. Sie sah es zuerst nicht. Es saß ruhig im kühlen Wasser des Teiches und kaute noch an seinen Lotossamen. Die Frau warf das goldene Gewand ab, das sie trug, und streckte sich in dem heißen, sauberen Sand aus, wobei sie ein dunkles Tuch zum Schutz über die Augen legte.

Das Tier stand langsam auf und trat vorsichtig von dem blau bemalten Boden des Teiches auf den mit Fliesen belegten Weg. Ruhig ging es dorthin, wo sie lag, und sah sie mit herzzerreißenden Blicken an, mit einem Gefühl, als müsse es etwas tun. Aber es blieb regungslos stehen und betrachtete ihren Körper mit einem Sehnen, das zu verstehen es noch nicht alt genug war.

Nach einer Weile fühlte die Frau seine Gegenwart

und nahm das schützende Tuch von den Augen. Als sie es sah, setzte sie sich auf und griff nach ihrem Gewand. Sie stieß einen leisen Schrei aus.

»Wie bist du hier hereingekommen?«, fragte sie. »Was tust du hier?« Das Tier sah sie einen Augenblick mit anderen Augen an. Ihre Stimme war nicht hell und süß wie die Stimme der Vögel, auch nicht sanft und kehlig wie die Stimme der Goldfische. Sie sirrte nicht wie die Insekten.

»Nun antworte mir!«, befahl sie.

Das Tier stieß einen heiseren Laut aus, es fasste mit den Händen an seine Brust. Ihre Stimme war dieses Mal scharf gewesen und tat ihm innerlich weh. Es wandte ihr den Rücken zu und weinte, wie es beim durchdringenden Schrei eines Vogels getan hatte, aber wieder wusste es nicht, warum.

»Was ist mit dir? Kannst du nicht sprechen?«, fragte sie.

Das Tier drehte sich wieder zu ihr um und schaute tief in die blauen Augen der Frau. Sie waren feucht wie seine eigenen, aber nicht vor Schmerz. Das Tier hatte noch nie Mitleid gesehen.

»Du armes Ding!«, sagte die Frau. Sie stand da, errötete, warf sich ihr Gewand über und näherte sich ihm. Sie deutete auf die Tür.

»So kannst du nicht hinausgehen«, sagte sie. »Wo sind deine Kleider?« Sie machte noch mehr Zeichen und versuchte, ihrer Frage Ausdruck zu geben, indem sie auf ihr Gewand deutete. Das Tier stand verwundert da und begriff sie nicht.

»Schon gut, ich werde danach suchen!«

Während sie suchte, redete die Frau. Leeres Geschwätz meistens, um ihre Unruhe über sein Erscheinen zu überwinden. Ein Blitz, ein dunkles Donnergrollen, und eine Rakete raste quer über den Himmel, vom Weltraum angezogen wie von einem Magnet. Die Frau lachte.

»Weißt du«, sagte sie und schaute unter einen Garde-nienstrauch, »wir sind im Grund wie Pilze. Diese Rake-ten, diese Raumschiffe. Ich nehme an, dass du, dass die meisten Arbeiter keine Vorstellung davon haben, was sie sind. Als Menschen, als Sterbliche, leben wir am Fuß der Bäume und werden von den vorüberziehen-den Ochsen, von den Vorgängen des Lebens zertreten. Hoch oben in den Zweigen der Eiche bauen die Raum-schiffe ein Imperium auf, ohne einen Gedanken an uns zu verschwenden. Ohne einen Gedanken an das Volk.

Nur die Gesetzgeber denken an das Volk. Sie ma-chen die Gesetze, die die Erbauer des Imperiums daran hindern, das Feuer der Sonne auf uns herabzuschleu-dern, uns zu unterjochen oder zu töten. Sie machen die Gesetze, die den Menschen nur den persönlichen Kampf erlauben oder die Anwerbung von Söldnern. Sie geben uns eine soziale Vernunft, die den Zugriff eines Menschen auf seine unmittelbare Umwelt be-schränkt.«

Sie untersuchte jeden Fußbreit des Gartens. Sie sah unter Sträuchern und Büschen und sogar im Teich nach. Als sie damit fertig war, zeigte sie sich sehr ver-wundert.

»Ich kann mir nicht vorstellen, wie du ohne Kleider hier hereingekommen bist. Ich kann mir wirklich nicht einmal vorstellen, wie du überhaupt hier hereingekom-men bist. Es ist nur gut, dass dich niemand anderes gefunden hat, sonst wärest du in Schwierigkeiten gera-ten. Du wartest hier, und ich werde nach unten gehen und versuchen, etwas von den Sachen meines jüngeren Bruders für dich zu holen. Dann wollen wir sehen, ob ich dich aus dem Turm hinausschaffen kann, ohne dass dich jemand sieht.«

Sie blickte es wieder an; dabei bewegte sie ihren Kopf von links nach rechts und neigte ihn schließlich gegen eine ihrer goldenen Schultern.

»Vielleicht kann ich dich heute Abend noch nicht wegbringen, deshalb werde ich dir später etwas zu essen bringen. Ich habe schon oft hier oben gegessen, deshalb wird niemand etwas dabei finden.«

Das Tier blieb lange an der Stelle stehen, wo sie im Sand gelegen hatte. Dann, weil es nicht verstanden hatte, was sie vom Essen gesagt hatte, ging es durch den Garten und suchte sich seine eigene Nahrung.

Das Tier verstand die Nacht nicht. Es war ein Geschöpf der sanften Strahlen und harten Strahlungen der Sonne, und als diese hinter den steinernen Grenzen des Gartens verschwand, rollte es sich auf einem Beet von prächtigen Schierlingen zusammen und schlief ein. Es hatte Zeiten gegeben, als Geräusche von unten es aus seiner Versunkenheit gerissen hatten, und in diesen Zeiten hatte es die Sterne und den Mond gesehen. Die Sterne waren kalt, und der Mond machte es elend und blass vor innerer Bewegung, von der es nicht wusste, dass sie Traurigkeit bedeutete.

Es schlief, als die Frau zurückkam. Sie bewegte ihre Hand vor einer leuchtenden Metallplatte, und der Garten explodierte wie eine eben erblühte Iris in einem Wunderwerk künstlichen Lichtes. Das Licht war nicht so stark wie die aufgehende Sonne, beleuchtete aber die Umgebung ebenso hell. Da die Lichter keine Wärme verbreiteten, fand die Frau das Tier eng zusammengerollt im Schlaf. Als sie es berührte, erwachte es und blickte zu ihr auf.

Sie war jetzt von blassem Gold. Der Mond umspülte sie mit seinem milchigen Licht. Ihr Haar schimmerte blau im Mondlicht, nicht schwarz, und doch war sie eins mit dem schwarzen Boden unter ihm. In der Stille des Mondes und der Sterne betete es sie an.

»Komm!«, sagte sie. »Zieh dir das hier an. Ich glaube, mein Bruder ist größer als du, aber es wird dir passen.«

Das Tier stand verwundert da. Es versuchte, ihren Bewegungen zu folgen, aber ohne Erfolg.

»Weißt du nicht, wie man Kleider anzieht?«

Es schwieg. Da merkte die Frau, dass es etwas in sich trug, dem sie noch nie zuvor begegnet war. Einen Augenblick fürchtete sie sich vor ihm.

»Oh! Du verstehst mich nicht, oder? Überhaupt nicht?«

Die Frau half ihm, die Kleider anzuziehen, obwohl seine Berührung sie befangen machte. Seine Augen folgten ihr, und es sog den Geruch von Pfefferminze ein, der sie umgab, einen Geruch, den es von einem Gewürzbeet neben der Trankschale für die Vögel kannte.

»Du bist ein netter kleiner Junge«, sagte sie, als sie es ankleidete. »Ich habe ein seltsames Gefühl in deiner Gegenwart. Fast als wäre ich deine Mutter, aber nicht mütterlich.« Sie lachte. »Ein Gefühl wie für meine Puppen, als ich in deinem Alter war. Oder wie für die Vögel hier im Garten. Ich hatte einmal einen schwarz gefleckten kleinen Hund, als ich noch sehr jung war. Mein Vater war damals noch kein Stadtherr. Wir lebten in dem Turm eines Stadtherrn, und mein Vater erlernte sein späteres Amt. Ich durfte mit den anderen Kindern spielen, und ich kannte eine Menge Jungen wie dich. Nur konnten sie natürlich sprechen.«

Sie sah es wieder mit jenem mitleidigen Blick an.

»So, nun siehst du wenigstens vorzeigbar aus. Und du sollst neue Kleider bekommen, bevor du nach Hause zurückgehst. Ich nehme an, das ist irgendwo bei den Arbeitern. Nun, ganz gleich, heute Abend musst du nicht zurück. Selbst wenn mein Leben davon abhinge, könnte ich dich heute nicht einmal bis zum hundersten Stockwerk hinunterschmuggeln. Ich habe dir etwas zu essen mitgebracht.«

Sie führte es durch den Garten und gab ihm einen Korb voller Essen in die Hand. Es schaute sie stumm an, deshalb öffnete sie eine Flasche Bier, legte ein Tuch auf den Boden und darauf Stücke von gekochtem Huhn, Brot und Melonen. Es aß immer noch nicht, bis sie ihm ein Stück in die Hand gab. Da wusste es, dass dies Nahrung war.

Die Frau setzte sich auf die steinernen Fliesen und sah zu, wie es mit den Fingern aß. Nach einigen Augenblicken empfand sie das Bedürfnis, die Hand auszustrecken und es zu streicheln oder zu kraulen; es erinnerte sie so sehr an ihr verlorenes Hündchen.

»Weißt du, wenn ich diesen Raum ganz für mich alleine hätte, könnte ich dich heimlich hier behalten. Mein Vater erlaubt mir keinen neuen Hund. Er sagt, jemand könnte ihn als Waffe gegen mich einsetzen. Ich habe keine Freunde. Niemanden, mit dem ich sprechen kann, und natürlich darf ich den Turm nicht verlassen. Ich bin erst achtzehn Jahre alt, und das Los hat noch keinen Mann für mich ausgesucht, und deshalb war ich noch nie in Gesellschaft eines jungen Mannes. Oh, *wie* ich darauf warte! Jemand, der groß und stark ist wie ein Krieger und braun wie von der Arbeit auf den Feldern. Er wird wunderbar und ritterlich sein. Er wird mich in seine Arme nehmen, und wir werden durchs Leben tanzen!«

Die Augen der Frau glänzten; sie blickten über das Tier hinaus in die Zukunft. Das Tier sah in ihre Augen, durch den Schleier von Glückstränen, und auch seine Augen wurden nass.

Als es gegessen hatte, machte das Tier eine neue Erfahrung. Es streckte seine fettglänzenden Hände aus und berührte die Ärmel ihres Kleides. Es war ein weißes Kleid mit Puffärmeln, die sich blähten, wenn sie ging. Die Stelle, an der sich seine Hand auf den zarten Stoff legte, wurde hoffnungslos fleckig, aber die Frau lächelte. Impulsiv beugte sie sich vor und küsste es zart auf die Stirn, zärtlich, wie man ein Kind küsst.

»Du bist süß!«, sagte sie und ging mit dem Korb und dem weißen Tuch fort. Sie löschte die Lichter, und das

Tier tappte zurück zu seinem Schierlingsbeet und war bald eingeschlafen.

Die Familien der Stadtherren wurden gut ernährt. Wenn der Stadtherr eine Mahlzeit bestellte, die in sich nicht nahrhaft genug war, wurde sie sorgfältig mit den nötigen Vitaminen, Mineralien und Proteinen angereichert. Auf diese Weise war das Tier zu seiner ersten vollständigen und ausgewogenen Mahlzeit gekommen. Zum ersten Mal in seinem kurzen Leben hatte es die Nahrung bekommen, die sein ungewöhnliches Wachstum förderte.

In dieser Nacht wurde das Tier erwachsen.

Die Sonne ging über den Mauern auf und begann ihren täglichen Lauf von einer Glasscheibe zur anderen, wie ein geheimnisvoller Stein in einem regellosen Schachspiel. Das Tier schwelgte in der Wärme. Es dehnte seine goldfarbenen Glieder, und beim ersten Zusammenziehen spannten und rundeten sich seine Muskeln. Als es den Duft des Immergrün und den Sauerstoff der Morgenluft einatmete, wurden seine Lungen kräftiger, und sein Brustkorb dehnte sich. Als es aufstand, geschah das mit grenzenloser Leichtigkeit, und es stellte fest, dass es nun eine Menge Haare auf dem Körper hatte. Und noch anderes war da, Dinge in ihm, die sich verändert hatten.

Die Kleider, die die Frau ihm gegeben hatte, waren zerrissen, gesprengt von seinem nächtlichen Wachstum, und fielen von ihm ab. Das Tier war jetzt ein Jüngling oder doch kurz vor diesem Stadium.

Während des ganzen Morgens bewegte sich die Sonne auf ihrem vorgeschriebenen Pfad, und als der Tag sich neigte, wartete das Tier an der Tür. Als die Farben des Sonnenunterganges das Quarzglas färbten, öffnete sich die Tür. Die Frau war jetzt ganz in Gelb gekleidet, in dünnes Nylon, wie Narzissen, Sonnenblumen, wie die hohen reinen Töne einer Trompete. Sie schaute das Tier an.

Nichts Erkennbares begab sich zwischen ihnen. Das Tier stand reglos da. Es weinte jetzt nicht. Die Frau stand reglos da. Sie suchte in ihrem Bewusstsein nach keiner Erklärung, und sie dachte auch nicht, dass eine Erklärung nötig sei.

»Du bist derselbe«, sprach sie, »du bist derselbe kleine Junge, ich weiß es. Und doch bist du anders, nicht derselbe, denn jetzt bist du ein Mann.«

Das Tier sah sie an, und sein Blick war weder feucht noch unkonzentriert. Es war jetzt stark und ein anderer geworden.

Als die Sonne versunken war und die Sterne schwach an einem mattblauen Himmel aufglommen, erblühten die Seerosen. Sie erhoben ihre großen, weißen Kelche langsam über das Wasser und streckten sich der Stelle entgegen, an welcher später der Mond stehen würde. Das Tier griff herunter und zog an einer der Blüten, bis ihr weicher Stengel sich löste. Wassertropfen übersprühten sie. Die Frau führte die Blüte an ihre Brust und sog ihren Duft ein.

Sie seufzte, und ihre dunklen, feuchten Lungen verströmten mit dem Atem den Wohlgeruch heißer Sommernächte und den Duft von Weiden. Das Tier küsste sie, wie sie es gelehrt hatte, sie zu küssen.

Zurückgelehnt ins Gras summte sie eine leise rhythmische Melodie und begann dann zu singen: »*Mein Prinz war ein Frosch*«, sang sie, und die Grillen schwiegen, um ihr zu lauschen.

Mein Prinz war ein Frosch
in silbernem Teich,
und wie ich ihn küsste,
erzähle ich gleich.
Er brachte zurück mir
den goldenen Ball,
mein Frosch, der ein Prinz war.

Sie verließ es, bevor der Morgen graute. Ihr dunkles Haar glänzte vom Streicheln zärtlicher Hände. Das Tier aß, was sie ihm gebracht hatte, und ging schlafen. Das Schierlingsbeet war ihm nun ein unbequemes Lager geworden, und die Lotosblüten waren ihm nicht länger heilig.

Eine Woche verging. Das Tier hatte nun einen hellbraunen Bart, und um seine Augen zeigten sich Spuren von Falten. Sein schulterlanges Haar war weniger weich, seine Haut nicht mehr so zart und seine Lippen dunkler und fester als zuvor. Die Frau hatte sich nicht so verändert und war doch verändert.

»Ich wünschte, dies könnte ewig dauern, mein Prinz«, sagte sie eines Tages, als die Sonne besonders warm schien. »Aber du wirst nicht ewig leben und auch ich nicht. Ich bin in dir etwas Wunderbarem, einem Wunder begegnet: aber Wunder vergehen, wie alles vergeht, Gutes und Böses, und ich fürchte, dass das Gute oft früher vergeht als das Böse. Du bist rasch gewachsen – vom Kind zum Manne – in weniger als einem Monat. Ich glaube, dass du bald sterben wirst, mein Prinz. Wenn du tot bist, werde ich allein zurückbleiben.«

Jetzt war es an der Frau zu weinen, und das Tier konnte sie nicht trösten, weil es ihre Worte nicht verstand, und hätte es sie verstanden, wäre es nicht fähig gewesen, die Vorstellungen, von denen sie sprach, zu teilen. In den Tagen der Frau kannte das Tier nur Verzückung.

»Du bist hierhergekommen«, sprach sie, fasste sich und wischte ihre Tränen ab, »von einem Ort jenseits meiner Welt, und du bist für mich eine ganze Welt geworden. Ich bin glücklich, dass du gekommen bist. Du hast mir etwas gegeben, um daran die Welt meines Lebens zu messen, einen Maßstab ... Ich glaube, es ist vielleicht gut, dass du rasch alterst und stirbst. Wenn mein Vater dich hier fände, würde er dich töten lassen. Ich kann vom Tod keine Gunst verlangen. Aber ich will nicht durch einen Mord betrogen werden.

Das Tier war wie ein Mann im mittleren Alter. Es war schwerer, wenn es auch dank der Gunst seiner Entstehung keinen Wanst bekam und von keinem der weniger angenehmen Zufälle heimgesucht wurde, die einem Mann in diesem Lebensabschnitt manches von seinem physischen Stolz rauben. Hätte das Tier irgendeine dieser Unvollkommenheiten entwickelt, hätte es sich darüber keine Gedanken gemacht. Sein Leben war zu kurz, um es mit einem sozialen Bewusstsein auszustatten.

Sie waren nun nicht mehr so leidenschaftlich, das Tier und die Frau. In zwei kurzen Wochen hatten sie zu jener Art von Beziehung gefunden, die viele Menschen selbst nach langen Ehejahren niemals erreichten. Sie waren ständig beisammen, und wenn sie zusammen waren, war keiner allein.

»Dies sind Tage gewesen, die es wert waren, gelebt zu werden«, sagte sie. »Diese Tage haben für mich einen Wert, wie ihn kein zukünftiger Tag jemals haben wird. Wenn man einen Mann für mich auswählt, werde ich sein Weib sein, aber sie werden das falsche Los gezogen haben. Und der, der mein Mann sein wird, wird es schwer haben, meine Zuneigung zu erringen.«

Als sie einmal traurig gestimmt war, erzählte sie ihm: »Mein Vater hat Schwierigkeiten mit den anderen Stadtherren. Seine Gesetzesvorlage ist im Kongress zurückgewiesen worden, und nun droht ihm die Vertreibung. Wenn das eintritt, wird man mich fortjagen, und ich muss fortan als Arbeiterin leben. Vater wird bleiben und kämpfen, so will es der Brauch, und am Ende werden alle im Turm erschlagen werden. Wenn mein Vater zum Kampf antritt, wird man dich entdecken. Dieser Garten liegt über den Gefechtstürmen, und der Boden steckt voller Waffen. Ach, wen er vertrieben wird –!«

Bald kam die Zeit, da das Tier alt wurde. Es konnte die Schierlingspflanzen in der Nacht nicht mehr riechen und auch nicht die rosafarbenen Perllilien. Sein langes, glattes Haar war weiß wie sein Bart. Seine Augen waren nun tief eingesunken und wässrig. Es ging gebückt und schlief viel mehr als gewöhnlich.

Die Frau war seit drei Tagen nicht mehr gekommen. Der Himmel draußen war kalt und grau. Hin und wieder schlugen dünne scharfe Schneeflocken gegen das Glas und verursachten ein scharrendes Geräusch. Das Tier traf eine Entscheidung, die auf seiner Beobachtung beruhte, und bewegte seine Hand vor einer leuchtenden Metallscheibe. Die Lichter gingen an, aber gemischt mit dem düsteren Tageslicht, machten sie ihm keine Freude. Die roten Rosen an einem kleinen Spalier, Rosen, die voller Leben gewesen waren, Rosen, die sich in all ihrer Pracht der Sonne entgegengestreckt hatten, waren welk geworden und von Verzweiflung durchtränkt, purpurfarben wie die Lippen einer geschminkten Hure.

Als die Frau kam, war sie in Eile. Sie stürzte durch die Tür in den dunklen, feuchten Garten. Es war das erste Mal, dass das Tier Straßenkleider sah, und es war sehr erstaunt darüber. Die Frau drängt sich an es. Sie bedeckte sein Gesicht mit Tränen.

»Leb wohl!«, schluchzte sie. »Leb wohl, mein Prinz. Dies ist das letzte Mal, dass ich dich sehen werde. Man hat meinen Vater ausgestoßen, und er schickt mich durch die unterirdischen Gänge fort. Es gibt keinen Weg, dich zu retten. Mein Vater und seine Anhänger werden noch vor dem Morgen tot sein und du mit ihnen. Willst du mir jetzt nicht ein Wort sagen, ein einziges Lebewohl? Sprich zu mir, nur einmal!«

Das Tier hielt sie sanft in den Armen. Draußen wurde

ein Brummen hörbar, wie von einem Bienenschwarm. Schnee klatschte an die Scheiben und schmolz.

Das Tier fühlte, was sie wollte. Aus seiner Kehle kamen Laute, raue, heisere Laute, krächzende Geräusche – aber keine Worte. Es ging über seine Fähigkeiten, und seine Lebensspanne war zu kurz gewesen, um zu lernen.

Wie ein Stern, der zwischen fliegenden Wolken aufscheint, wurde ein Flugzeug hinter den Scheiben der Kuppel sichtbar. Es war eine alte Maschine, völlig unangebracht in dieser Welt, mit Propellern und einem engen gläsernen Cockpit und einem Gewehr. Der Pilot zog den Hahn durch, und eine ganze Ladung von Kugeln durchschlug das Glas. Dann war das Flugzeug wieder verschwunden, und die Scheiben waren zersplittert.

Kraftlos hing die Frau in seinen Armen. Sie hatte sich mit einem Sprung von ihm gelöst, als das Flugzeug herankam, und war dann in seine Umarmung zurückgefallen.

Das Tier bemühte sich mit seinen rauen Finger, die glänzenden schwarzen Knöpfe ihres Umhanges zu öffnen. Mit großer Vorsicht und Zärtlichkeit öffnete es ihre Bluse. Es zerriss die beengende Unterkleidung und entblößte ihre Brust. Zwischen ihren Brüsten entdeckte es ein Loch. Es hatte blaue, gezackte Ränder, und Blut sickerte heraus, und kein Herzschlag war zu spüren. Die Frau war tot.

Es überlegte, was es jetzt tun sollte. Wenn die Tiere des Gartens starben, aß es sie auf. Es überlegte, ob es das jetzt auch tun sollte. Gedankenverloren beugte es seinen in wenigen Wochen alt gewordenen Kopf nieder und leckte das Blut von ihrem Leib. Es schmeckte süß und salzig in seinem Mund. Es schloss die Augen; als es sie wieder öffnete, weinte es. Das Tier weinte. Es stand da, gekrümmt vor Erschöpfung und weinte.

Ihr Leib war rein und weiß. Durch die zerbrochenen

Fenster fuhr ein scharfer Wind herein und bewegte ihr glänzendes schwarzes Haar. Eine kleine Locke fiel in ihre Stirn.

Hoch oben unter dem Himmel, auf der Spitze des Turmes verwilderte der Garten. Der Wind blies immer heftiger, zerbrach die übrig gebliebenen Scheiben und raste durch die Schale voll Leben. Der Wind riss die Blätter von den Rosen, wirbelte sie ins Freie und zerstreute sie am Himmel. Die Vögel wurden frei. Gelb-grüne, blaue und weiße Sittiche flatterten zwischen den gelben und roten Blättern hoch, um fortzufliegen und im herannahenden Winter zu sterben. Ein Pfau stieg auf, stürzte und verschwand in der Ferne.

Schnee wurde in die kleinen warmen Teiche geweht und legte sich auf die Blätter der Lotospflanzen. Und die Teiche wurden zu Beeten voller riesiger Pilze. Als die Kälte sie berührte, wurden die Orchideen schwarz. Die Palmen und Bougainvilleen, vom rasenden Sturm erfasst, verloren ihre Blüten.

Allein in den Himmeln starb *das Tier, das weinte.* Schnee verhüllte die Sonne, alle Blumen starben, und nur die Schierlingspflanzen schien es nicht zu kümmern.

Susan M. Shwartz

Königsklinge

Dies ist die erste von zwei Geschichten, die nur am Rande mit Greyhaven zu tun haben. Nachdem ich all die »Greyhaven«-Geschichten für diese Anthologie gelesen und gegeneinander abgewogen hatte (wobei zwei oder drei der Greyhaven-Autoren aus verschiedenen Gründen nicht vertreten sind, sei es, weil sie andere Dinge zu tun hatten, sei es aus Versehen oder wie im Falle meines Sohnes David Bradley, der so hart an einem Roman arbeitete, dass er keine Zeit hatte, eine Geschichte zu diesem Band beizusteuern), entdeckte ich, dass ich weniger Text zusammenbekommen hatte, als der Verleger mir zugebilligt hatte. Daher wählte ich zwei von den besten Autoren aus, mit denen ich engen persönlichen Kontakt gehabt hatte und bei denen ich das Gefühl habe, dass sie die Art von Talent zeigen, die ich bei Leuten, die ich kenne, gerne entdecken und fördern möchte.

Susan Shwartz gehörte zu den Teilnehmern des ersten von mir veranstalteten Autoren-Workshops, bei dem von jedem Autor verlangt wurde, während des Seminars eine Geschichte zu erfinden und zu schreiben. Ich halte nicht viel von den fälschlich so bezeichneten »Workshops«, bei denen nur alte Manuskripte durchgehechelt werden. In neun von zehn Fällen lösen sie sich in Gruppentherapien von der schlimmsten Sorte auf, wobei die »Kritik« entweder in gegenseitigem Beweihräuchern besteht oder zu giftigen Ausbrüchen von Feindseligkeit ausartet.

Susan, die in Oxford und Harvard studierte und (damals) englische Literatur an der Cornell University lehrte, beeindruckte mich von Anfang an durch die Qualität ihrer Arbeiten; ein erster Eindruck, der sich bald durch ihr Erscheinen in *Ana-*

log mit »The Struldbug Solution« und ihre Herausgabe der Anthologie *Hexengeschichten* (Bastei-Lübbe 13 003) bestätigen sollte. Als ich den Titel für diese Anthologie hörte,* hatte ich gehofft, die ausgezeichnete Geschichte »Königsklinge«, die sie für den Workshop geschrieben hatte, irgendwo darin zu lesen. Doch ihr Verlust ist mein Gewinn; ich glaube, dass diese Geschichte von alter Ritualmagie (die man z. B. Adrienne Barnes' »Wildwald« gegenüberstellen könnte) sehr gut in die Umgebung der Greyhaven-Geschichten hineinpasst und, wie ich aufrichtig hoffe, einen Beleg dafür gibt, dass Gleichgesinnte einander anziehen. Ich bin stolz, Susans allererste Story in meiner Anthologie *The Keeper's Price* abgedruckt zu haben, und obwohl sie seitdem auch anderweitig Erfolg gehabt hat, bin ich stolz darauf, sie hier vertreten zu sehen.

---

* Im Original *Hecate's Cauldron* (›Hekates Kessel‹). Anm. d. Übers.

Olwen zwang sich von ihren zerschrammten Knien hoch. Ihre schmutzigen Hände klaubten ein paar hartnäckige Kletten aus ihren Sandalen und von ihrem zerrissenen Umhang. Es war einmal ein sehr schöner Umhang gewesen – würdig der Prinzessin von Penllyn, die sie gewesen, nicht der Renegatin, zu der sie geworden war –, aber die Felsschründe und Disteln, vertrocknet und braun wie alles andere in Penllyn, hatten es zu Lumpen zerfetzt.

Auf lose Steine und hervortretende Wurzelstöcke achtend, arbeitete sich Olwen die Abhänge zum Cynfael hinunter auf die Talebolion-Klippen zu, wo sich der Fluss in ein kochendes Gezeitenbecken stürzte. Von messerscharfen Kieseln gesäumt, würde der Talebolion für immer behalten, was er einmal besaß. Wenn sie den königlichen Dolch hineinwarf, würde die Königin, ihre Mutter, ihn beim Mai-Opfer nicht gegen sich selbst richten können.

Alles, was ich will, ist, Mutters Leben retten. Göttin, warum ist das zu viel verlangt? Was bist du, dass deine Töchter im Weißdorn-Heiligtum sterben müssen?

Eine Wolke verhüllte den Mond, als ob die Göttin Modron ihr Antlitz abwende. Olwens Gedanken formten sich zu einem Gebet, das sie im Rhythmus ihrer brennenden Füße hervorstieß. Ihre Nägel pressten sich in die Handflächen, und dieser neue Schmerz und die Finsternis des Mondes ließen ihren Gesang wieder verstummen. Olwen hatte Königsklinge, den heiligen Dolch der Göttin Modron, gestohlen und trug sie jetzt bei sich, um sie fortzuwerfen. Olwen, Tochter der Königin Blodeuedd, der Auserwählten der Muttergöttin in Penllyn, war zur Gotteslästerin und Gesetzlosen geworden, ein Nichts, ohne das Recht, die Göttin anzurufen.

Und sie war froh, froh, froh!

Heiße Tränen sprangen in Olwens Augen, und das austrocknende Flussbett verschwamm hinter dunklen Regenbogen. Sie wartete, bis der Wind ihren Blick wieder klärte; die Felsbrocken und der Schlamm des schrumpfenden Cynfael waren gefährlich für ein Mädchen, dessen Augen vom Weinen getrübt waren. Wenn sie fallen und sich einen Knöchel brechen würde, müsste sie hier liegen bleiben und verhungern, unfähig, sich zu retten und Penllyn von Königsklinge zu befreien – *Königsfluch*, wie sie den Dolch nannte. Olwen rieb sich die Hüfte, die sie sich verletzt hatte, als sie von ihrem Pony gefallen war *(denk jetzt nicht an Liatha, sonst musst du wieder weinen!)*, und die jetzt schmerzte. Sie war von den Hufen des armen Tieres weggestolpert, und der harte Griff des Dolches hatte sich so tief in ihr Fleisch gedrückt, dass sie bei jedem Schritt zusammenzuckte.

Wenn nur der Cynfael noch so tief gewesen wäre wie in ihrer Kindheit, als er ganz Penllyn ernährte, dann hätte Olwen Königsklinge in ihm versenken können. Aber der Cynfael war nach Jahren der Trockenheit seicht geworden und würde den Dolch vielleicht wieder an Land spülen, sodass jemand ihn finden und zum Hof der Königin zurückbringen könnte ... zur Königin, die ihn gegen sich selbst richten würde, um Penllyn zu retten.

Nein, lass das Meer den Dolch verschlingen, und nur die Fische werden wissen, was aus ihm geworden ist. Mag Königsklinge ihr dünnes Blut als Opfer nehmen, meinetwegen!

Und nachher? Wenn Olwen von den Felsen stürzte oder wenn sie sich in eines der von Königen regierten Reiche flüchtete, wo kein Sänger Spottlieder sang –

nun gut, lass es kommen, wie es will. Noch niemals war sie so müde gewesen! Ihre Mutter Blodeuedd würde leben, und im Exil würde Olwen ihr Kummer erspart bleiben und würde sie die beißenden Satiren nicht hören, die Penllyns kluge Barden vortragen würden: Olwen, der Feigling, Olwen, die Diebin!

»Der verborgene Frühling ernährt das Weißdornheiligtum«, Olwen machte eine Pause, um ihr drei Jahre altes Gedächtnis nach dem Rest des Gesetzes der Göttin zu durchsuchen. Das war's! Sie rezitierte ihn triumphierend für ihre Mutter und den Erzdruiden, »und der Tochter Opfer ernährt das Land.«

»Gut, Olwen!« Amergin, der Druide, nickte ihr zu, spärliches Lob, das aber dem Kind tiefe Befriedigung schenkte. Blodeuedd drückte sie an sich und lachte, ein Laut wie das Wasser des Cynfael, das unter der Frühlingssonne über die Felsen rinnt. Die goldenen Äpfel, die ihre Flechten zusammenhielten, glitzerten, aber nicht so hell wie ihr Haar und ihre Augen.

Überall um Olwen herum leuchtete es hell. Funkelnde Flämmchen von den Schlüsseln, die ihre Mutter an ihrem schimmernden silbernen Gürtel aus verschlungenen Blättern trug. Grünes Sternenlicht, das auf ihren Armreifen tanzte, die Aillel, Olwens Vater, ihr vor seinem Tod aus dem sehr weit entfernten Varangia mitgebracht hatte. Und ein wechselndes Licht auf dem Griff des königlichen Dolches an ihrem Gürtel; schwarze und silberne Ziselierung blitzte im Feuerschein auf, und fasziniert streckte Olwen die Hand aus, um die uralte Klinge zu berühren, vielleicht sogar herauszuziehen.

»Nein!«, sagte ihre Mutter. Olwen zog ihre Hände zurück. Es macht nichts. Eines Tages würde sie Königsklinge halten und vielleicht tragen. Sie war Olwen, Prinzessin von Penllyn, und von der Herrlichkeit des wohlriechenden Feuers bis zu den Forellen, die in den Flüssen sprangen, war ihr Land voller Wunder.

Plötzlich wandte ihre Mutter den Blick ab, ihre Augen wurden noch heller.»Ich wünschte, Aillel könnte sie hören«, flüsterte sie. Eine Träne schimmerte auf ihrem Gesicht, wurde aber rasch wieder weggewischt.

Der einzige Vater, an den Olwen sich wirklich erinnern konnte, war Amergin. »Du hast ja mich«, bot sie sich ihrer Mutter an, um Blodeuedds Traurigkeit zu lindern, die der einzige mögliche Schatten in ihrer kleinen Welt ohne Furcht war.

Da lächelte Blodeuedd, und das Licht flutete zurück, wie die Sonne am Morgen über dem Gipfel des Eryi im Frühling.

Im vergangenen Jahr war die Ernte ausgefallen. Im Hochsommer waren die Brunnen ausgetrocknet. Der Winter hatte kaum genug Schnee gebracht, um die Höhen des Eryi mit Weiß zu überpudern, und so hatte es im Frühjahr nur eine geringe Schneeschmelze gegeben, die nicht ausreichte, um die Quellen und Flüsse für die Aussaat wieder aufzufüllen. Und jetzt, wo der Himmel schwer von schwellenden Wolken hätte sein sollen, war es unangenehm klar. Und der Mond, das Antlitz der Modron, wandte sich unaufhaltsam dem Maifest zu.

Erst einige Wochen zuvor hatte Olwen ihre erste Blutung gehabt. In plötzlicher Panik – *das ist zu früh!* – hatte sie aufgeschrien und Blodeuedd an sich gezogen, damit sie ihr Kind in die Arme nehme und tröste.

»Dank sei der Göttin!«, freute sich Blodeuedd. »Nun bist du eine Frau. Nun werde ich . . .«

Voller Angst vor den nächsten Worten, hängte sich Olwen an ihre Mutter, wie ein Kind, nicht wie eine Prinzessin, die eben die Schwelle zum Frauentum überschritten hatte. Sie fühlte sich nicht erwachsen, und sie wollte es auch nicht sein!

An ihrem schlanken Körper fühlte sie den Leib ihrer Mutter, schwerer, weicher, als sie sich erinnerte. Und ihr Haar, ohne Flechten und Locken, war ergraut.

Sie ist älter geworden!, bemerkte Olwen plötzlich voller Entsetzen. Königsklinge – selbst so früh am Tag trug Blodeuedd sie an einem Gürtel über ihrem lose fallenden Nachtkleid an ihrer Hüfte, und Olwens Herz zog sich zusammen. Nun war ihr Blut geflossen, und dieses Blut ließ Modrons Gesetz grausame Wirklichkeit werden. Es bedeutete ihren Tod, das begriff sie nun miteins – und den Tod ihrer Mutter.

Ihr hübsches Zimmer drehte sich und schrumpfte. Jetzt war es wie ein Gefängnis oder wie der Käfig, in dem die Opfertiere, zusammengekauert und erschreckt, brüllten, während sie auf ihren Tod im Weißdorn-Heiligtum warteten. Sie riss sich von Blodeuedd los und rannte in den Garten.

»Olwen!«, rief ihre Mutter. »Was ist los, Kind?« Was erwartete man von ihr? Ihrer Mutter mit dieser neuen Erkenntnis gegenüberzutreten, in die sanften, liebenden Augen zu sehen und zu wissen, dass sie beide sterben mussten? Als Blodeuedd jung gewesen war *(so jung, wie ich jetzt bin,* dachte Olwen schaudernd), hatten die Barden sie Mutter der Blumen genannt. Niemand würde jemals sagen, dass dort, wo Olwen vorüberging, weiße Rosen blühten. Sie vermochte nicht eine einzige Blume zum Knospen zu bringen.

Dass ihre Rosen blühten, wurde plötzlich zur wichtigsten Sache in Penllyn. Olwen hastete zu dem artesischen Brunnen neben den Küchenräumen. Selbst als alle anderen Brunnen in der schrecklichen Dürre ausgetrocknet waren, hatte dieser eine den ganzen Hof mit Wasser versorgt. Olwen ließ den ledernen Eimer fast bis zum Ende des Seils herunter, bevor sie endlich ein gedämpftes Plätschern hörte, aber sie brachte nur ein bisschen braune, verschlammte Flüssigkeit nach oben.

Wenigstens eine einzige Rose...

Eine schmale Hand legte sich auf das Seil und hielt Olwen auf. »Schütte es zurück!«, sagte die Königin. »Wir können kein Wasser für Blumen verschwenden, wenn wir Nahrung brauchen.«

»Mutter«, protestierte Olwen, »mein Garten stirbt!«

»Der meine auch«, erwiderte Blodeuedd.

Olwens Augen glitten rasch zu dem schweren Dolch am Gürtel ihrer Mutter, dann über den eingeschrumpften Fluss zu dem verschwiegenen Hain des Weißdorn-Tempels, des heiligsten aller Haine in Penllyn. Er war der einzige Ort, in den Eisen hineingebracht werden durfte – nein, musste – und in dem Blut vergossen werden durfte – und musste.

Blodeuedd folgte Olwens Blick und Gedanken. »Beltane, das Maifest, kommt mit dem Vollmond. Wenn Penllyn in diesem Jahr Früchte tragen soll...«

»Nein!«, schrie Olwen. »Du hast noch viele Jahre!«

»Olwen, du bist es, die noch Jahre vor sich hat. Meine Jahre sind gezählt. Du wirst eine gute Königin sein, mein Liebling. Ich habe dich alles gelehrt, was ich...«

Sonnenlicht funkelte auf Königsklinge, zog Olwens Augen auf sich, wie eine Viper einen eben flügge gewordenen Nestling in ihre Schlingen zieht.

»Du wirst damit nicht in den Tempel gehen!« Aufgebracht zeigte sie auf den Dolch. »Wir können nicht einmal sicher sein, dass Modrons Gesetz richtig ist.«

»Infrage zu stellen, was sein muss, ist nutzlos«, sagte Blodeuedd ruhig. »Früher oder später muss ich in die Göttin eingehen, um Penllyns willen. Das ist das Gesetz, Olwen. Gib mir deinen Segen, und ich werde zufrieden gehen. Weigere dich, wenn du willst; ich muss dennoch gehen. Tochter, siehst du nicht, dass Penllyn stirbt? Das Land braucht junges Blut, um es zu regieren.«

Junges Blut! Wenn Königsklinge von Blodeuedds Blut satt sein würde, würde Olwen sie tragen müssen, bis auch sie alt sein und das Gesetz sie zwingen würde, die Klinge gegen sich zu richten.

»Kannst du nicht noch ein wenig warten – nur ein bisschen länger?« Sie feilschte um Zeit. Jahre zuvor hatte sie so gefeilscht, um länger aufbleiben zu können. »Vielleicht, bis ich verheiratet und selbst Mutter bin? Ich habe noch so vieles zu lernen ... Ich bin noch nicht bereit ...«

»Du wirst es sein müssen«, erklärte Blodeuedd fest. Vor Jahren hatte derselbe Ton Olwen ins Bett geschickt.

»Aber es ist nicht gerecht!«, protestierte Olwen. »Warum braucht Penllyn dich mehr als ich? Weil Amergin behauptet, dass sei das Gesetz? Ich traue diesen Druiden nicht. Sie lieben ihre Macht zu sehr. Sie benutzen das Gesetz wie eine Peitsche, um Penllyn in Furcht und Angst zu halten. Modrons Gesetz ist kalt. Jedes Land, das das Blut seiner Königin fordert – ich sage, es ist das nicht wert!«

»Du lästerst«, sagte Blodeuedd streng. »Alles, was wir sind, sind wir durch die Gunst der Göttin. Sieh zu, dass du immer daran denkst, Mädchen!«

Jetzt war Blodeuedd böse mit ihr. Das war die Höhe der Ungerechtigkeit!

»Es ist alles so hoffnungslos!« Olwen würgte und floh wie ein Kind nach einem Schlag, zurück zu ihrem staubigen, sterbenden Garten und weinte, die Stirn gegen den kühlen Marmor des stillen Brunnens gepresst.

Amergin fand sie dort. »Olwen«, befahl er, »dreh dich um!«

Sie schüttelte den Kopf.

»Steh auf und sieh mich an!« Niemand weigerte sich zu gehorchen, wenn der Erzdruide in diesem Ton sprach. Widerwillig stand sie auf, das Gesicht halb abgewandt und verstockt.

»Dein kindisches Verhalten bereitet deiner Mutter großen Kummer«, sagte Amergin traurig.

Und bringt ganz Penllyn in Gefahr. Olwen war mehr erzürnt über die Worte, die er zu sagen vermied, als über die, die er tatsächlich äußerte.

»Du nennst Modron Mutter, Druide?«, fragte sie anklagend. »Dann sage mir: Welche Art von Mutter verlangt den Tod ihres Kindes?«

Der Druide trat einen Schritt vor und packte ihre Schultern, als ob er sie, so dachte Olwen, in die Unterwerfung unter das entsetzliche Gesetz schütteln wolle, das Penllyns Königin für die Hoffnung auf Regen tötete. Dann beruhigte er sich. Olwen fühlte, wie seine Hände sich von ihr lösten.

»Ich dachte, ich hätte dich besser unterwiesen. Aber wie es immer ist: der achtlose Weber muss dasselbe Kleid zweimal weben. Setz dich, ich will es noch einmal versuchen.«

Diese ganz ungewohnte Geduld beschämte Olwen mehr als sein Zorn. Ihr Kinn zitterte, sie biss sich auf die Lippen und wandte sich ab, kein Druide sollte eine Prinzessin von Penllyn weinen sehen.

»Weil du von königlichem Blut bist, Olwen, hast du geglaubt, dass es dir erspart bliebe, Gaben durch Gaben zu vergelten? Was wir am meisten lieben, müssen wir am teuersten bezahlen. Hast du jemals einen Vogel gesehen oder ein Kaninchen, das sich dem Jäger in den Weg stellt, um seine Jungen zu retten? Als ich ein junger Mann war, wanderte ich durch die Reiche, die von Königen regiert werden. Krieg hatte sie verwüstet, und viele Menschen ergriffen die Flucht. Ich sorgte für einige der Flüchtlingsfrauen. Manche waren krank, verhungerten, aber ihre Kinder lebten, weil die Körper der Mütter sich verzehrt hatten, um ihren Kindern eine Chance zu geben. Selbst um den Preis ihres eigenen Lebens.« Amergin sah in schrecklichem Erinnern durch Olwen hindurch.

Vielleicht könnte ich jetzt fortlaufen, dachte sie, aber der alte Respekt und die alte Liebe hielten sie an der Seite des Erzdruiden fest.

»Wenn eine Bettlerin den Tod in Kauf nimmt für ihr Kind, wie viel mehr muss eine Königin für ihr Land auf sich nehmen. Die Königin ist die auserwählte Tochter, aber die Mutter des Landes. Ihre Fruchtbarkeit ist die Fruchtbarkeit Penllyns, und wenn der Frühling ihres Herzens stirbt...«

»Nein!«, schrie Olwen. »Ich will sie nicht verlieren!«

»Glaubst du, dass es mir Freude macht, dir zu sagen, dass du es musst?« Amergins Stimme war schmerzerfüllt. »Nennst du Druiden kaltherzig, Olwen? Unsere Pflicht ist die Unterwerfung unter das, was *ist:* nicht, was uns gefällt, nicht einmal das, was wir für richtig halten, sondern einfach das, was sein muss.« Er blickte auf seine Hände, stark geädert, langfingrig und alt. »Und so muss ich jetzt, anstatt mich dem Gesetz der Göttin zu widersetzen, dulden, dass du mich hasst.«

Amergins Stimme brach, und Olwen, die seinen Schmerz fühlte, brach in Tränen aus. Fast mit der Zärtlichkeit einer Mutter streckte er die Hand aus und streichelte ihr kupferfarbenes Haar. »Olwen, Olwen, bist du bereit, eine Königin zu werden? Bald füllt sich der Mond mit vollem Glanz für Beltane, für das Fest des Frühlings. Ich wäre nur zu glücklich, wenn ich dir dies ersparen könnte, aber wenn wir überhaupt eine Ernte einbringen wollen, muss das Land wieder zum Leben erweckt werden ... und bald ...«

Olwen setzte sich müde auf einen toten Ast, der sich über den austrocknenden Fluss lehnte. Vielleicht war sie in diesen letzten unruhigen Tagen vor dem Maifest ein bisschen verrückt geworden. Stundenlang hatte sie die alten vergilbten Ogham-Schriften nach einer Lösung durchstöbert. Aber statt einer Lösung hatte sie die Geschichte von Gunhamara der Treulosen gefunden. Vor Hunderten von Jahren hatte sich Gunhamara, die unbedingt Königin bleiben wollte, geweigert, als

Königin zu sterben, als sie zu altern begann. Gunhamara, die so verzweifelt am Leben hing, hatte Penllyn verlassen, um einem Mann aus einem der von Männern regierten Königreiche zu folgen. Sie war im Kindbett an der Geburt eines Sohnes gestorben, in einem Alter, in dem die meisten Frauen in Penllyn Großmütter wurden, nicht Mütter, in einem Alter, in dem jede andere Königin längst in das Heiligtum eingegangen wäre. Bis dieser lange aufgeschobene Tod es befreit hatte, hatte Penllyn unter Trockenheit und Hungersnot gelitten.

Bis zum heutigen Tag nannten die Barden alle Verräter »Gunhamaras Kinder«. Olwen rieb ihre Schläfen und brachte ihr langes Haar noch mehr durcheinander, während sie diesen Namen ausprobierte: Olwen, Gunhamaras Kind, nicht Blodeuedds. Aber was würde das schon bedeuten im Vergleich zu Blodeuedds Leben?

Nacht für Nacht wurde der Mond am Himmel voller, und das Maifest rückte näher. Das Weißdornheiligtum schien vor Erwartung zu leuchten und zu zittern. Niemand hatte mehr über Gesetz und Königinnentum gesprochen, aber Blodeuedd war dazu übergegangen, Königsklinge blank zu tragen.

Da entstand Olwens großer Plan. Gunhamara hatte Leid über Penllyn gebracht, weil sie sich weigerte, Königsklinge zu benutzen. Aber wenn Olwen sie an sich nahm, sie stahl, konnte Blodeuedd sie nicht benutzen, weil sie sie nicht haben würde. Penllyn würde in Sicherheit sein, und so auch ihre Mutter. Wenn Olwen den Dolch ins Meer warf, würde niemals wieder eine Königin für das Land sterben müssen. Nicht einmal die Göttin konnte ihre Mutter tadeln ... oder Penllyn. Und da Olwen nicht sicher war, dass es tatsächlich eine Göttin gab, was konnte es ihr schon ausmachen.

Als sie an dem trägen Fluss entlangtrottete, verwünschte Olwen sich selbst als eine Närrin. Oh, es war leicht genug gewesen, in das Schlafzimmer ihrer Mutter zu schleichen, während Blodeuedd vor dem Abendessen ihr Bad nahm und der Dolch unbewacht war.

Olwen pflückte eine Hand voll harter grüner Beeren und stopfte sie sich in den Mund. Sie waren so sauer, dass sie sie wieder ausspuckte, und ihr Gesicht verzog sich bei dem unerwarteten kupferartigen Geschmack, der wie Galle war, oder Blut ... oder Schuld.

Sie war noch keine Stunde vom Königshof entfernt gewesen, als man ihre Flucht bemerkt und Jäger auf ihre Spur gesetzt hatte. Wie schrill ihre Hörner geklungen hatten, wie die Wilde Jagd selbst. *Danach,* so dachte sie, *würden Geschichten vom Zug dieser Geister auf Geisterpferden durch die Wolken, Geister, die nach menschlichem Blut gierten, sie nicht mehr erschrecken. Man hatte sie gejagt, und die Wirklichkeit war viel schrecklicher als alle Geschichten am Kamin.* Aber sie hatte laut geschrien und ihre Hände fester um die Zügel ihres Ponys Liatha gelegt, bis es vor Angst schnaubte und wieherte.

Nein! Man würde sie nicht fangen und zum Königshof zurückschleppen wie ein unfolgsames Kind oder einen Verräter. Sie riss Liathas Kopf herum und galoppierte in den tiefen Wald, wo die großen Pferde der Jäger nicht unter den tief hängenden Zweigen durchbrechen konnten. Selbst hier hatte sich Penllyns Dürre ausgebreitet. Niedergestürzte Bäume versperrten ihr den Weg, drängten Liatha vom Pfad ab, tiefer und tiefer hinein in das Revier hungriger Wölfe. Wieder klangen Hörner auf, und Olwen schlug auf Liathas Flanken, trieb sie in dem brechenden Unterholz zu größerer Eile an.

Als Olwen sich im Sattel umdrehte, um nach ihrer Spur zu sehen, verfing sich Liathas Huf in einer verschlungenen Wurzel. Das Pony stolperte und fiel mit schrillem Wiehern zu Boden. Noch gerade rechtzeitig genug, um nicht unter den Körper ihres Reittiers zu geraten, rollte Olwen sich zur Seite und spürte, wie der Griff des Dolches schmerzhaft ihre Hüfte traf. Stunden, die ewig zu dauern schienen, lag sie da und beobachtete, wie ein verhangener, violetter Sonnenuntergang über ihr aufwärts gerichtetes Gesicht zog. Kein Jäger kam. Schließlich brachte Liatha, die sich vor Schmerzen schnaubend hin und her wälzte, sie wieder zu vollem Bewusstsein.

Olwen kroch zu ihrem Pony. Sattel und Zaumzeug waren an ihrer Flanke auf groteske Weise ineinander verschlungen. »Oh, Liatha«, murmelte sie, »ich hätte niemals auf so unebenem Boden galoppieren dürfen. Alles ist meine Schuld!«

Ein Blick auf Liathas verdrehten Vorderhuf sagte ihr, dass ihr Pony niemals wieder irgendwohin laufen würde.

Vorsichtig nahm sie Sattel und Zaumzeug ab, setzte sich und streichelte Liathas Mähne. Als der Himmel sich verdunkelte, wurde ihr bewusst, dass sie weitergehen musste. Aber sie konnte Liatha nicht einfach so in ihren Schmerzen liegen lassen, bis Jäger, Durst – oder Wölfe sie töteten. Alles war ihre Schuld. Wenn nur Gwyn, der Stallknecht, bei ihr wäre. Er würde tun, was getan werden musste, und Olwen schonen.

Aber Gwyn war am Königshof und machte sich gewiss Gedanken über Olwens Flucht, während er die Pferde der Jäger abrieb, denen es nicht gelungen war, sie und Königsklinge wieder einzufangen. Liatha konnte nicht mehr laufen, und man durfte sie nicht allein und langsam sterben lassen. So würde Olwen ihr einen raschen Tod schenken müssen. Sie sah auf Königsklinge herunter. Es war die einzige Waffe, die sie hatte.

Olwen schlang ihre Arme um den heißen, schweißnassen Hals ihres Ponys; sie weinte und bat Liatha um Verzeihung, bis das Pony sie anstupste und mit seiner weichen Nase liebkoste. Olwen zog den schweren Dolch und verbarg ihn in den Falten ihres Umhangs, damit Liatha ihn nicht sehen sollte.

»Süße Liatha, gutes Mädchen!« Olwen summte trotz des bitteren Schmerzes, der ihr in der Kehle saß. Sie wischte die Tränen weg: sie musste klar sehen, um die Stelle zu finden, die Gwyn ihr einmal gezeigt hatte.

Mit einer Kraft, deren sie sich nie bewusst gewesen war, tat sie den raschen, gnädigen Schnitt und sprang vom Hals des Ponys fort. Erregt schleuderte sie den blutigen Dolch von sich.

Zitternd blieb er mit einem weichen, satten Ton in einer Baumwurzel stecken. Als das Licht in Liathas malzfarbenen, guten Augen erlosch, legte Olwen ihr Gesicht an die Seite des Ponys und weinte bitterlich.

Schließlich setzte sie sich auf, rieb ihre Hände im rauen Gras, um das Blut abzuwischen, und erschauerte. Über dem verblassenden Horizont war der wächserne Mond aufgegangen und beobachtete sie kalt.

Nun, Göttin, bist du zufrieden?

Das Zirpen der Grillen zerrte an ihren Nerven. *Sie war nicht zum Dieb geworden, nur um hier aufzugeben.* Sie holte den Dolch und säuberte ihn. Mondlicht auf seiner gehämmerten Oberfläche (Legenden erzählten, dass Königsklinge aus dem Herzen eines gefallenen Sterns geschmiedet worden sei) zog ihre Augen auf sich.

Nimm hin, was sein muss, hatte Amergin gesagt...

»Nein!«, flüsterte Olwen. Sie ging an Liathas stillem Körper vorbei auf Talebolion und das Meer zu.

Später in der Nacht zog Olwen ihren Umhang enger um sich. Gezweig zog ihr die Kapuze vom Kopf und verfing sich in ihrem Haar; Dornen zerrissen ihre Röcke und zerkratzten ihre Füße. Und Königsklinge, auch sie mit Liathas Blut befleckt, hing schwer an ihrer Seite. Muttermörder, von Dieb getragen! Oh, sie hörte schon die Rätsel, die die Barden erzählen würden.

Eine riesige Eiche mit zwei Ästen, die nach ihr griffen, wölbte sich über dem Pfad und sah aus wie ein rachsüchtiger Druide. Olwen duckte sich, trat auf einen losen Stein und stürzte. Für eine kleine Weile weinte sie wieder – um ihre Mutter, um ihr Pony und über die schmerzenden Kratzer und Prellungen. Nun aber keine Tränen mehr! Sie war lange genug, zu lange schon, in Selbstmitleid zerflossen. Sie war Olwen, und sie musste Königsklinge vernichten. Das war es, was getan werden musste!

Immer und immer wieder sang sie sich den Namen und die Aufgabe vor. Schwarze Wolken rasten im kalten Wind vorüber, und Modrons Antlitz stieg höher auf ihrem Weg über den Himmel, strahlend und vorwurfsvoll. Im unvergänglichen Glanz des Mondes erschien das, was wie eine große, selbstlose Tat ausgesehen hatte, wie ein Verrat. Mondspinnereien! Olwen zuckte zusammen und wandte ihre Augen ab.

Das Wasser des Cynfael kam aus dem Wald und floss am Fuß des Hügels vorüber. Durch das Flussbett halb vom übrigen Teil Penllyns abgeschnitten, lag eine kleine Lichtung.

Olwen starrte ungläubig auf das Bild. Sie konnte nicht glauben, dass sie dem Wald wirklich entronnen war. Etwas sprang über ihre Füße, und sie stieß gegen einen Birkenschößling. Sie presste eine Hand gegen den Mund. Wenn sie nicht schrie, würde es vielleicht fortkriechen. Durstig wisperte und raschelte das hohe Gras. Sie wagte einen Blick nach unten. Zu ihren Füßen hockte ein Kaninchen mit mattem, stumpfem Fell, die Ohren flach an den Kopf gelegt, und seine Augen blinkten und schauten voller Angst. Warum war es auf sie zugelaufen?

Olwen warf einen raschen Blick um sich. In einem weichen Nest aus Grasbüscheln und Fellflocken krabbelten vier kleine Kaninchen, nur fingerlang, blind und verwundbar. Die Mutter hatte ihren eigenen Körper benutzt, um eine Spur zu legen, die von ihnen wegführte.

»Ich werde ihnen nicht wehtun«, versprach Olwen. Sie beugte sich nieder, streckte ihre Finger, die Handteller geöffnet, nach dem Muttertier aus, aber es sprang zurück, ohne die Augen von ihr zu lassen. »Siehst du, ich gehe fort!« Vorsichtig schritt Olwen an dem Kaninchen, an dem Nest vorbei und hörte, wie sich das Gras bewegte, als sich das Kaninchen wieder zu seiner Brut legte.

Olwen schritt weiter den Hügel hinunter auf die Lichtung zu. Vor Jahren musste jemand damit begonnen haben, sie einzufrieden, dann aber zu der Einsicht gekommen sein, dass es die Mühe nicht lohnte. Nur noch ein paar Pfosten standen um eine armselige Hütte herum.

Zuerst dachte Olwen, die Hütte sei seit langem verlassen, aber rötliches Licht drang durch einen zerbrochenen Fensterladen und die Risse in den erbärmlichen Wänden. Vor der Tür zupfte eine Ziege mit eingefallenem Euter an den trockenen Halmen des spärlichen Grases. Was taten die Menschen hier, um Mich oder Brot zu bekommen?

Auch Olwen brauchte – wenn sie den ganzen Weg nach Talebolion laufen musste – eine Ruhepause. Und Nahrung. So arm diese Leute auch sein mochten, sie gehörten immerhin zu Penllyn. Und es war seit jeher der Stolz ihres Landes gewesen, dass niemals ein Fremder ohne Gastfreundschaft fortgeschickt wurde.

Olwen rieb mit den Händen über ihr Gesicht, leckte daran und versuchte es wieder. Sie dachte, dass sie jetzt fast sauber aussehen müsste. Dann zog sie Zweige und Blätter aus ihren aufgelösten Zöpfen und drehte den Gürtel um, sodass Königsklinge unter ihrem Umhang versteckt war. Verletzt, hungrig und schmutzig, wie sie war, sah sie aus wie irgendein anderes verirrtes Mädchen. Selbst wenn diese Häusler wussten, dass die Prinzessin fortgelaufen war, wie konnten sie annehmen, dass Olwen an ihre Türe kommen würde.

Jetzt, da sie Aussicht auf ein bisschen Ruhe hatte, war Olwen überrascht, dass ihre Knie so zittrig waren. Sie schritt auf die Hütte zu. Kein Duft von einem leckeren Eintopf begrüßte sie, und als sie sich näherte, hörte sie schrecklich heisere Stimmen. Fast schüchtern klopfte sie an den verzogenen Türpfosten. Sogar die ledernen Scharniere waren zerfranst.

»Hallo, ist jemand da?«, rief sie. Ihre Stimme wurde ganz hoch und brach zu ihrem Entsetzen. »Bitte, ist da jemand?«

»Sei willkommen an diesem Herd«, kam die müde Stimme einer Frau. Olwen stieß die Tür auf und trat ein.

Ein paar Riedbündel lagen an der Seite eines jämmerlichen Feuers. Auf der anderen Seite standen ein roh gehobelter Tisch und ein paar Bänke – sonst enthielt die Hütte keine Einrichtung. Zwei Kinder saßen ruhig da und warteten auf ihr Essen. Ein anderes, kaum älter als seine Geschwister, keuchte, als es eine schwere Axt an einen Haken hängte, der hoch oben in die Wand eingetrieben war.

Warum hat Mutter nicht...; dann erinnerte Olwen sich. Blodeuedd konnte nicht alle Häuser in ihrem Land aufsuchen, nur um zu sehen, dass sie alle gleichzeitig verhungerten. Vielleicht würde, wenn Olwen Königsklinge wegwarf, die Göttin, falls sie existierte, Mitleid mit Penllyn haben.

Die Frau kniete neben dem Feuer und hielt es mit Holzstücken, die ihr Sohn hereingebracht hatte, in Gang. In den Ecken flackerte der Widerschein des Feuers im Nachtwind, der durch die Ritzen fuhr, und warf tanzende Schatten an die rauen Wände. Hinter Olwen schlug die Türe zu.

»Komm nur herein«, sagte die Frau. Trotz ihrer Lumpen und ihrer schmalen, verkrümmten Schultern klang ihre Stimme freundlich. Sie richtete sich auf und rührte zum letzten Mal in dem schweren Kessel, der von einem verrosteten Metallhaken über dem Feuer hing.

»Komm herein und iss«, sagte sie, »du kommst gerade zur rechten Zeit. Die Suppe ist dünn, aber ich lasse kein Kind an meinem Herdfeuer hungern.«

Olwen blickte auf die knochigen Hände der Frau. Das Licht des Feuers leuchtete durch sie hindurch, als sie die letzte Schüssel füllte. Die Kelle scharrte über den gehämmerten Topfboden und klirrte, weil die Hand der Frau zitterte. Es waren vier Schüsseln da, stellte Olwen fest, und fünf Leute jetzt, die essen sollten.

»O nein, ich danke dir«, sagte sie hastig. »Ich werde zu Hause essen. Ich bin schon spät dran.«

Eine Spur von Mitleid und Verwirrung verschleierte die Blicke der Mutter und ihrer Kinder, die die Fremde anstarrten. Olwen, die ihrer Stimme nicht sicher war und fürchtete, sie könnte brechen und doch noch um das Essen dieser armen Leute betteln, ging auf die rissige Tür zu.

Der Wind kühlte ihre von der Sonne oder vor Scham geröteten Wagen. Draußen sank Olwen an der Hüttenwand zusammen und beweinte die Hungernden drinnen. Dies war Frühling, wo Penllyns Felder und Obstgärten zum Leben erweckt sein sollten, doch diese Familie hatte nichts. Sie würden den Herbst nicht mehr erleben, geschweige denn den Winter überdauern.

Sie wickelte ihre Schultern fester in den Umhang und legte ihre Hand auf die schlangenförmige Nadel, die ihn zusammenhielt. Amergins Geschenk zu ihrem Namengebungstag; es bestand aus kostbarem Metall und Amethysten. Wenn sie es irgendwo hinlegen würde, wo die Leute es finden könnten ...

Was dann?, dachte sie. *Menschen haben schon um den Preis eines einzigen Edelsteines getötet. Oder was, wenn irgendjemand es sehen und schreien würde ›Seht her! Die Brosche der verschwundenen Prinzessin! Was habt Ihr ihr angetan?‹ Man*

könnte sie bestrafen, obwohl sie doch unschuldig sind,
unschuldig...

Ihre Barmherzigkeit könnte das Schicksal dieser Menschen noch schwerer machen und ihr Ende beschleunigen. Es war nicht gut genug.

Unsicher erhob sich Olwen und bedauerte, dass sie ihnen dieses Geschenk nicht machen konnte. Ihre Füße schlugen zögernd den Weg zum Meer ein. Der Wind wurde schärfer, und sie roch das Meer und hörte das Klatschen von Wellen gegen Fels. Ihre Berechnung war falsch gewesen: Sie war Talebolion näher, als sie vermutet hatte.

Eine Stunde später stand sie am Rand des Felsens, unter dem das Meer gegen die hohen Klippen schlug und unstet unter Moldrons Antlitz schimmerte. Der Wind blies und hob den Umhang von ihrem Körper.

»Göttin, hilf mir!«, schrie sie plötzlich auf. Am fernen Horizont glaubte sie Segel zu sehen. Schiffe von den Reichen der Könige!

»Nein!«, kreischte Olwen. »Fahrt zurück!«

Sie winkte mit beiden Armen und tat einen raschen Schritt vorwärts, aber der Wind stieß sie zurück, ließ die Wellen zu Schaum werden und blies die Wolken fort. Moldrons Antlitz leuchtete am Horizont, beschien die leere See, die nur das Bild des Maimonds widerspiegelte.

So hell leuchtete das Mondlicht, dass Olwen ihr Gesicht in der Klinge – Königsklinge – sehen konnte, die sie unwillkürlich gezogen hatte, als sie Penllyn in Gefahr glaubte. Wenn diese Schiffe an Land gekommen wären, so wurde Olwen bewusst, wäre sie auf sie zugelaufen – ein Mädchen gegen eine ganze Flotte – und hätte versucht, ihr Reich zu schützen, auch wenn das ihren Tod bedeutet hätte.

Mondlicht brach sich auf der Klinge und fiel ins Meer.

Das muss es sein, was Mutter fühlt, dachte Olwen.

Königsklinge zitterte in ihren bebenden Händen. Einen Augenblick wurde sie wie zu Stein, verzweifelt versucht, die Waffe in Talebolions Kessel zu schleudern. Aber sie hatte sie gezogen, um Penllyn zu retten. Sie wäre für Penllyn gestorben.

Olwen senkte ihre Hand und steckte den Dolch in die Scheide. Sie begann zu klagen, und ihr Klagelied hallte über das Wasser. Genauso würde sie am Vorabend des Vollmonds klagen, wenn Amergin allein aus dem Tempel kommen und sie mit Krone und Klinge in den Dienst an Penllyn stellen würde.

Sie wandte sich ab, müde vom Salzgeruch, vom Rauschen des Windes und der Wellen, unendlich traurig und doch mit klarem Sinn, wie jemand, der aus einem Fieber erwacht ist, das sein Bewusstsein weit fort, über raue, schlechte Straßen hinabgetragen hat.

Olwen ging nach Hause.

Ihre Schritte wurden schneller, aber sie schonte ihre Kräfte: Penllyn brauchte sie zu sehr, als dass sie sich jetzt hätte in Gefahr begeben dürfen.

Ich werde dir eine gute Königin sein, versprach sie dem müden, schlafenden Land.

Patricia Shaw Mathews

Lariven

Patricia Shaw Mathews begann damit, Darkover-Geschichten für die »Freunde von Darkover« zu schreiben, und ist sicher eines der größten Talente, die wir unter ihnen entdeckt haben. Wie bei allen Autoren, die anstatt in einem eigenen zuerst in einem fremden Universum zu schreiben beginnen, sei es *Star Trek* oder Darkover, stellte sich mit der Zeit auch bei ihr das nötige Selbstvertrauen ein, eine ganz persönliche Phantasiewelt mit den dazugehörigen Figuren zu entwickeln.

»Lariven« benutzt einige der Elemente von Darkover – insbesondere eine sterbende telepathische Rasse und eine übervölkerte terranische Bürokratie –, aber irgendwie gewinnt dies hier eine eigene, einzigartige Qualität. Auf der Oberfläche ist es die Geschichte der barbarischen Königin, die gegen das zivilisierte und dekadente Imperium steht; unter der Oberfläche ist es etwas ganz anderes.

Pat Mathews ist niemals physisch in Greyhaven oder Greenwalls zugegen gewesen. Und doch habe ich lange genug mit ihr gearbeitet, um das Gefühl zu haben, dass sie sowohl ein Schützling als auch ein Freund ist – und dass sie eines Tages ein Name sein wird, mit dem man in unserem auserwählten Feld der Literatur zu rechnen hat.

Pat verkaufte ihre ersten Geschichten unter dem Namen Patricia Mathews, bevor sie erfuhr, dass es eine Bestsellerautorin von Liebesromanen mit dem Namen Patricia Matthews, mit zwei »t«, gibt, deren Verleger sie darauf hinwies, dass dies zu Verwirrungen führen könnte. Da sie nicht die Absicht hatte, aus dem Bekanntheitsgrad von Ms. Matthews unberechtigt Kapital zu schlagen, hat Patricia Shaw Mathews, als die jüngere Autorin, die zudem in einem ganz anderen Genre schreibt, den von ihr benutzten Verfassernamen von sich aus in dieser Weise geändert.

I.

Korvath der Eroberer hatte sein Schloss so erbauen lassen, dass eine breite Terrasse den dunstverhangenen Hügeln jenseits des Flusses gegenüberlag, dem einen, einzigen Land, das er nie erobert hatte. Inzwischen wusste er, dass er es nie erobern würde. Das war wie ein Stein unter dem Sattel. Gereizt sprach er nun zu seinen terranischen Gästen: »Kein Mensch geht dorthin ohne Einladung. Die Leute von jenseits des Flusses haben Kräfte, mit denen ich nichts zu tun haben möchte.«

Brooklyn Anderson vom Terranischen Überwachungsdienst biss sich auf die Lippen. »Ich glaube, wir sind eingeladen«, erklärte sie dem Kriegsherrn, obwohl ihr bewusst war, wie dumm ihrem Gastgeber das vorkommen musste. Ihr Partner, Ben de Anza, nickte zustimmend.

Eine von Korvaths Frauen, eine dickliche blonde Person mit dem Akzent dieser Gegend, nickte. »Sie sind Telepathen«, bestätigte sie ehrfürchtig. Die andere Frau, ein magerer, athletisch gebauter Rotschopf mit Korvaths Akzent, warf ihr einen skeptischen Blick zu, während die Terraner ihr unverhofftes Glück nach allen Seiten auf Fallgruben überprüften.

Das Imperium brauchte verzweifelt Telepathen – für Verbindungen im Weltraum, für erste Kontaktaufnahmen vor allem mit nicht-menschlichen Existenzen und ganz besonders für die Navigation. Erst seit kurzem begann man zu verstehen, wie viel bei der Navigationskunst im Hyperraum von parapsychologischen Phänomenen abhing. Telepathen, die in der übervölkerten Welt des inneren Imperiums geboren wurden, wo die Erlaubnis, mehr als ein Kind zu haben, ein sichtbares Zeichen des Erfolgs war, wurden erfahrungsgemäß wahnsinnig oder in ihrer Entwicklung gehemmt, bevor man sie identifizieren konnte. Angehörige telepathischer Kulturen aus anderen Welten schätzten die Atmosphäre der industrialisierten, übervölkerten, bürokratischen Erde ganz und gar nicht und pflegten sie nach einem Jahr oder nur wenig mehr wieder zu verlassen.

Nur im Raum geborene Menschen waren imstande, zuverlässige Telepathen für die Tätigkeit im Weltraum aufzuziehen, und sie forderten dafür vom Imperium ungeheure Vertragssummen. Da der Ruf eines Telepathen Andersons und de Anzas Überwachungsteam erreicht hatte, würden sie ihm unter allen Umständen Folge leisten, es sei denn, ein interplanetarischer Unfall hinderte sie daran.

»Wir sind von Träumen heimgesucht worden«, erklärte Anderson Korvath. »Eine Frau bat uns zu kommen. Aschblond, sehr blass, schlank, grüne Augen, feine Gesichtszüge, mit einem Kleid von etwa dieser Farbe« – sie zeigte auf einen rostbraunen Vorhang über der Wandbekleidung.

Mit offenem Mund hielt Korvath in seinem rastlosen Schritt inne. »Lariven«, flüsterte er heiser. »Tja, das ist natürlich eine andere Sache, Gäste aus der Fremde. Wenn Lariven Euch gerufen hat, werde ich Euch selbst begleiten.« Er rief einen Diener herbei. »Bitte Larivens Kinder hierher zu kommen, wenn es ihnen recht ist!«

»Sehr wohl, Herr«, antwortete der Mann und eilte fort.

Die orangerote Sonne versank hinter dem Nebel, der einen Augenblick lang wie ein riesiges Tuch in korallenfarbenem Licht erstrahlte. Der Terraner dachte über das unglaubliche Glück nach, das ihnen einen so leichten Zugang zu einem oder mehreren Telepathen verschafft hatte, die bereit waren, mit dem Imperium zu verhandeln, vielleicht sogar mit ihm zusammenzuarbeiten. Diese Lariven nahm hier offensichtlich einen hohen Rang ein, und aus irgendeinem Grund schien sie mit den Terranern in Kontakt treten zu wollen. Warum? Und wer war sie?

Sie war eine der Sieben Königinnen der Hügel hinter dem Fluss, in die kein Mann ohne Einladung kommt. Sie saß auf einem niedrigen Säulenfuß in einem moosbedeckten Hain und zog ihren Geist vorsichtig von einem Kontakt zurück. »Sie nennen sich Terraner«, sagte sie zufrieden.

Deliet von der Silbernen Harfe leckte im Geist ihre Finger wie eine Katze, als wolle sie etwas Klebriges loswerden. »Unten am Fluss bei den Geist-Blinden«, bemerkte sie und schnitt eine kleine verächtliche Grimasse.

Ariane vom Wind hielt ihren Weinbecher hoch, um ihn wieder füllen zu lassen. Ein Halbling aus Larivens Haushalt füllte das Gefäß. Ariane streichelte die Wange des zarten Knaben, und er stammelte: »Danke, Herrin.«

»Du hattest dich entschlossen, eine Zeit lang unten am Fluss zu leben, nicht wahr?«, fragte Ariane ihre Schwester-Königin. »Wie war das?«

»Erdgebunden.« Lariven dachte an die deftige Nahrung und das schaumige starke Bier, an die schweren Kleider, die zahllosen kleinlichen Einschränkungen ihrer Bewegungsfreiheit, die lästigen Verdächtigungen der Frauen in Korvaths Haus und Korvaths plumpen Körper auf ihrem Leib. Sie dachte an ihren großen starken, intelligenten, leidenschaftlichen Sohn Branoth und überlegte, wie es kommen konnte, dass Erde – Korvath – und Luft – sie selbst – Feuer zeugten.

Der Halbling füllte ihren Becher. Sie geizte nicht mit Zärtlichkeiten und Dank. Unterhalb der Ebene ihres Bewusstseins, zu der er Zugang hatte, lag das nagende Gefühl, dass er noch in diesem Jahr sterben würde. Sie waren so zerbrechlich, so kurzlebig! Wenigstens waren Branoth und seine Schwester Elidir keine Halblinge. Dafür musste sie dankbar sein.

Sie tauchte aus ihren brütenden Gedanken auf und fand sich mitten in einem mentalen Austausch zwischen Ariane und einer der anderen Frauen gezogen: »...Deliet ist zu hübsch, um eine Heirat einzugehen, wie es Lariven getan hat...«

»Oh, aber das verstehst du nicht!«, antwortete Ariane mit ausgesuchter Bosheit. »Lariven hat sich von Korvath benutzen lassen. Deliet hält ihren Krieger als Schoßtier!«

»Das will ich wohl glauben, denn von allen Kindern und Halblingen, die sie geboren hat, gleicht ihm nicht eines auch nur im Entferntesten.«

Sie beendeten diese Unterhaltung, ließen von aller Bosheit ab, ohne auch nur den Anschein eines Mitgefühls zu erwecken, und schalteten wieder auf normale Aufmerksamkeit. Lariven lächelte und legte ihre langen, schmalen Fingerspitzen zusammen. »Ich werde zu diesen Terranern gehen«, sagte sie.

»Wie du zu Korvath gegangen bist«, dachten alle, sagten es aber nicht offen. Wenn eine Schwester nach draußen heiratete, stand es den anderen nicht zu, Kritik zu üben, wenn auch unaufhörlich darüber geredet wurde. Nichts würde sich dadurch ändern; nichts änderte sich je in diesen Hügeln jenseits des Flusses.

Sie begaben sich in die Vorhalle, um ihre Umhänge, ihre Reittiere und ihre Männer zu holen. Weder Deliets ungeschlachter fremdländischer Krieger noch Arianes Prinzling noch irgendeiner der anderen Männer war zu Rate gezogen worden. An solchen Dingen hatten sie keinen Anteil. Lariven saß allein in einem Haus, in dem mehr als fünfzig Halblinge auf ihre leisesten Winke warteten, und dachte über die Geister ihrer Familie nach. Dann griff sie wieder nach den Gedanken der Terraner aus.

Korvath der Eroberer, seine terranischen Gäste und die beiden jungen Leute, die man Larivens Kinder nannte, ritten auf großen Säugetieren, die das Überwachungs-team solange als eine Art Pferde einordnete, bis die Leute vom Wissenschaftsdienst sie in Augenschein nehmen konnten. Die Einheimischen nannten sie Lorthum.

Korvath war unruhig. Der groß gewachsene, stämmi-ge, rothaarige Mann bewegte sich und sprach mit einer Sprunghaftigkeit und Reizbarkeit, die er vorher nicht gezeigt hatte. Unterwegs sagte er plötzlich: »Ich wünschte, der Rest Eurer Mannschaft wäre auch hier. Ling ist eine Zauberin von großer Macht, und Moya ist ein Mann, den man gerne mit einer Waffe neben sich hätte.«

»Moya ist erst in der Ausbildung für den Über-wachungsdienst, und dies hier ist eine Erst-Kontakt-Mission bei einer unbekannten Kultur«, erklärte Anderson. »Ling ist unser Telepath. Sie ist zu wertvoll, als dass man ihre Sicherheit bei einem solchen Unter-nehmen aufs Spiel setzen würde, wenn man bereits eine örtliche Verbindung hat. Drei sogar«, fügte sie hinzu und sah die Kinder an. Welcher Kultur mochten sie sich als zugehörig betrachten?

»Deshalb halten sie beim Raumschiff Wache«, sagte de Anza.

Der Kriegsherr lachte, und Anderson erinnerte sich, dass man in diesem Kulturbereich davon ausging, dass alle Männer und Frauen, die nicht verwandt waren, miteinander schliefen, wann immer sich die Gelegen-heit dazu ergab. Sie hätte am liebsten deutlich gemacht, dass die Größe eingeborener Familien in dieser Welt vielen Terranern genauso unschuldig obszön vorkommen würde, wie die mit beiden Geschlechtern besetzten terranischen Teams den Eingeborenen, aber sie hielt sich zurück. Sie verstand etwas von Anthropologie, Korvath nicht.

Branoth, Korvaths Sohn, war ähnlich gereizt, aber auf eine stillere Weise. Er war ebenso groß wie sein Vater, aber schmächtiger gebaut, mit goldrotem Haar und pfauenblauen Augen; er war reicher gekleidet und trug ein leichteres, schärferes Schwert. Elidir die Priesterin war still wie ihr Bruder, aber ausgeglichener als er. Sie schien ungefähr fünfzehn Jahre alt zu sein – Branoth achtzehn –; ihre Haare waren silbern, ihre Augen silber-blau, ihre Haut silber-weiß.

»Albino«, flüsterte Anderson de Anza leise zu.

»Funktional in diesem Klima«, flüsterte de Anza zurück. Die hohen Wolken über den niedrigen Bergrücken hatten sich inzwischen zu einer dichten Nebeldecke zusammengeballt und machten es ihnen unmöglich zu sehen, wo sie ritten. »Ich würde gerne einen Blick auf die Küste des Meeres werfen, das dafür verantwortlich ist«, griff er Andersons Gedanken auf.

»Ich überlege gerade, ob die Lorthum infrarotempfindlich reagieren«, sagte sie leise. »Ich glaube, das Mädchen tut es.« Sie hielt ihre gedämpfte Stimme bei; Geräusche trugen weit in diesen Hügeln. Es wurde ihr bewusst, dass auch sie gereizt war.

Dann plötzlich war Lariven bei ihnen, groß und blass, in rostrote Gewänder gehüllt, von goldenem Licht umgeben. Wie alt war sie? Es war unmöglich zu sagen.

Korvath fiel auf ein Knie nieder. De Anza tat es ihm nach, nicht ganz außerhalb des Rahmens der örtlichen Sitten. Lariven streckte die Hände aus, und Elidir warf sich in ihre Arme. Lariven drückte das Mädchen an sich und küsste es. Sie breitete einen Arm für Branoth aus, der langsam näher kam, als sei er mütterlicher Sorge schon entwachsen. Sie presste ihren Sohn einmal an sich und hielt dann Korvath die Hand hin. »Komm!«, sagte sie mit einer Stimme, die wie sanfte Musik klang.

Anderson schüttelte ihr nach terranischer Art die Hand. »Lady Lariven.« Sie gebrauchte den einheimischen Titel für die Herrin eines unabhängigen großen Hauses.

Ruhig sprach Lariven: »Willkommen, Tochter.« Ben de Anza starrte sie wie in Trance an. Sie schien ihm unvorstellbar schön. Dass ihre Züge von fremdartigem Schnitt waren, erhöhte ihre Schönheit nur. Sie war hoch gewachsen, schlank und blond; Weisheit sprach aus ihren Bewegungen, ihrer kühlen Zurückhaltung, ihrem aristokratischen Auftreten. Es war schwer zu glauben, dass sie einen erwachsenen Sohn hatte. Als sie seine Hand ergriff, schluckte de Anza schwer. Sie berührte seine Wange mit ihren Lippen, eine rein zeremonielle Begrüßung.

»Willkommen auch du, Mann von Terra«, sagte sie.

Von diesem Augenblick an war Benjamin de Anza in Lariven verliebt.

II.

Larivens Schloss war eine endlose Anhäufung von niedrigen steinernen Gebäuden, von Gärten, Obstplantagen und offenem Mauerwerk mit in die Ecken eingelassenen Räumen. Sie ritt zu einem Flügel dieser weitläufigen Anlage und vertraute das Lothrum einem Mann an, der ihre Züge trug, aber barfuß daherkam, verarbeitete Hände hatte und eine abgetragene grüne Tunika aus derbem Stoff trug.

Sie wies Korvath verschwenderisch ausgestattete Gemächer zu. Sie waren durch einen Hof von den Räumen seines Sohnes Branoth getrennt, dazwischen lagen Larivens und de Anzas Zimmer. Die beiden Frauen brachte Lariven in Räumen unter, die ebenso prächtig ausgestattet waren wie ihre eigenen, und erlaubte ihnen, sich nach ihrem Gefallen einzurichten. Dann ritt sie fort, um für den Halbling zu sorgen, den sie unterwegs mitgenommen hatte.

Es war einen halben Tag nach ihrem Zusammentreffen gewesen, als sie den Pfad verlassen und vor einer aus grünen Ästen und Zweigen geflochtenen Hütte angehalten hatte. Ein offensichtlich krankes Kind stand vor der Behausung, weit dünner als die menschliche Norm in dieser Welt, mit riesigen glänzenden Augen in einem Kopf, der viel zu groß für seinen Körper war, nackt und schmutzig und möglicherweise ein Junge. Tränen rollten über das fein geschnittene Gesichtchen.

Lariven stieg ab, kniete sich vor dem Kind in den Schmutz und trocknete seine Augen mit ihrem Schal. »Weine nicht mehr«, sagte sie liebevoll. »Ich, deine Herrin, bin jetzt hier, um für dich zu sorgen.« Sie hob den Kopf – ein gebieterischer Ausdruck trat in ihr Gesicht. Eine Frau erschien in der Hüttentür, eine rothaarige Frau mit ungeschnittenem, zerzaustem Haar, barfuß, mit einem Hemd und einer grünen Tunika bekleidet wie der Stallbursche. Sie trug ein Baby auf dem Arm, das normal aussah.

»Ihr habt nicht gut daran getan, mir von diesem Halbling nichts zu sagen«, erklärte Lariven mit der Freundlichkeit dessen, der es nicht nötig hat, laut zu werden.

Die Frau stierte sie an. »Die Mütter selbst sind meine Zeugen, dass ich nichts getan habe, um ein solches Kind zu verdienen. Ich habe mit keinem Eurer Brut geschlafen, nicht mit einem Halbling oder mit sonst wem, und keiner von ihnen hat meine Träume gestört.«

Lariven legte eine Hand auf den Arm der Frau. »Schwester, dergleichen kann ebenso von den Göttern kommen wie von unserer Art; es ist eine Heimsuchung, die alle Angehörigen unseres Volkes trifft; ich habe solches überall beobachtet außer unten am Fluss. Möchtet Ihr den Halbling behalten? Er würde mir dienen, solange er lebt, und ich würde mir die Zeit nehmen, seine Tränen zu trocknen.«

Die Frau schluckte herunter, was sie sagen wollte, aber Lariven konnte ihre Gedanken lesen. Sie sagte nur: »Er schreit und gerät wegen nichts in Wut. Wenn seine Schwester sich in den Finger schneidet, heult er doppelt so laut wie sie.«

»Das ist seine Art«, meinte Lariven und zog das Kind an sich. »Hast du einen Namen, Halbling?« Das Kind schüttelte den Kopf, und sie sprach: »Ich will dich Arie nennen, wenn dir das gefällt, und ich schwöre bei allen Göttern und Mächten, dass ich dir kein Leid zufügen werde, sondern nur Gutes. Seid Ihr damit zufrieden, Herrin?«

Zögernd nickte die Frau. Anderson überlegte, ob sie wohl zustimmte, weil sie wusste, dass sie für das Kind nicht sorgen konnte, oder weil sie nicht wagte, sich ihrer Gebieterin zu widersetzen. Oder ein wenig wegen des einen und des anderen.

Lariven gab jetzt den Terranern ein Zeichen, ihr in die Häuser der Halblinge zu folgen. Sie führte sie zu einem geräumigen, grasbewachsenen Platz mit Büschen und Bäumen und weit auseinander verstreut liegenden kleinen Hütten. Sie winkte einer schmalen, kindlichen Gestalt mit dem verwitterten Gesicht eines Vierzigjährigen. »Lennie, nimm dich dieses Kindes an; es heißt Arie«, sagte sie. »Ich weiß, du wirst nett zu ihm sein.« »Das werde ich, Herrin«, versprach Lennie wie ein Kind.

Bei der Abendmahlzeit wurden sie von Halblingen bedient, und die Terraner waren erstaunt – ja ein wenig schockiert –, dass Lariven diese Wesen mit Zärtlichkeiten überschüttete, als seien sie Schoßtiere. »Sie bleiben ihr ganzes Leben lang Kinder«, sagte Lariven. »Arie, denke ich, ist einer von denen, die für immer steril bleiben; es ist gut, dass sie nicht alle sterben.«

Ein Schrei gellte durch die Nacht. Larivens altersloses Antlitz sah für einen Augenblick erschöpft und müde aus. Sie erhob sich. »Kommt mit mir, de Anza, Anderson, wenn Ihr verstehen wollt.«

Sie führte sie wieder zu den Hütten der Halblinge, wo ein zerbrechlich wirkendes Mädchen, unverkennbar ein Mädchen im beginnenden Reifealter, auf einem Bett lag und mit schmerzverzerrtem Gesicht zu den Monden hinaufstarrte. Sie krümmte sich und hielt krampfhaft ihren Leib umfasst. Lariven legte eine Hand auf ihre Stirn, und die angespannten Muskeln lockerten sich ein wenig. De Anza wandte den Blick an. »Was ist mit ihr?«, fragte er.

»Die Großen Monde sind sich am Hügel begegnet, und nun blutet sie«, antwortete Lariven und schaute zum Himmel auf. Dann verächtlich: »So ist es bei unseren Frauen, Terraner. Hat Euer Schoß keine Zyklen?«

De Anza sah sie fassungslos an. »Ihr lest in meinen Gedanken! Es tut mir Leid. Ich habe Schlüsse gezogen, ohne Euch bis zum Ende anzuhören.«

Lariven schnaubte. »Ihr dachtet, ich sei so unwissend, dass ich den Himmel nach Zeichen ablese? Dann ist auch die, die Euer Sternenschiff lenkt, eine Ignorantin, glaube ich! Elidir, wie stark ist die Blutung?«

»Sehr stark, Mutter. Sie muss eine Fehlgeburt haben, aber ich finde keine Spur eines Kindes.«

»Sie hat keines. Sie ist Jungfrau.« Lariven tauchte ein Tuch in eine Kräuterlösung und legte es über das Mädchen. »Es ist ihre Zeit, Frau zu werden.«

»Jungfraumutter!« Elidir fluchte leise.

De Anza trat einen Schritt vor. »Jeder Überwa-

chungsmediziner könnte einen ihrer Biochemie ange-
passten Schmerztöter zubereiten«, bot er an. Er sprach
die Sprache der Einheimischen und vermischte sie mit
terranischen Ausdrücken. Er setzte zu einer Erklärung
an.

»Tut es!«, befahl Lariven, ihm ins Wort fallend.

Er las ein Gerät ab und runzelte die Stirn. »Das kann
nicht stimmen. Brooksie, leih mir deinen Kasten.«

»Was gibt er an?«, fragte Anderson.

»Lethal. Die Betäubungsmenge, die man brauchte,
um ihr helfen zu können, würde sie töten. Lady Lariven, irgendetwas ist hier nicht in Ordnung! Es muss
sich um mehr handeln als um einfache Menstruations-
krämpfe.«

Lariven wandte sich ab. Sie konnten sie geradezu
denken hören. *Das also ist terranische Weisheit!* Sie drehte
sich wieder um. »Gib ihr das Mittel!«, befahl sie.

»Das kann ich nicht!«, protestierte de Anza. »Es würde sie töten!«

»Schenkt ihr wenigstens die Gnade, Benjamin de
Anza«, bat Lariven. Das Mädchen schrie immer noch;
ihr Schreien wurde jetzt unerträglich. Lariven legte
eine Hand auf ihr Gesicht und entnahm einer Schachtel mit Kräutern und Werkzeugen ein dünnes silbernes
Skalpell, das sie in die Hände des Mädchens legte. Das
Mädchen warf sich herum und tat ein paar wilde, unsi-
chere Schnitte und schrie hoch und schrill. »Dreht
Euch um, Terraner«, befahl Lariven, eine Hand über
der Kehle des Mädchens. Sie drehten sich um und
schlossen die Augen. Das Schreien verstummte.

Drei, vier Halblinge drängten sich an der Türe.

»Befie war meine Freundin«, sagte der mit dem ältli-
chen Gesicht und weinte laut. Er legte eine zerschlisse-
ne Fellpuppe auf ihr Bett.

Ein Mädchen mit einer Harfe trat vor. »Befie war
meine Freundin«, jammerte es und schniefte. »Wir
haben zusammen Musik gemacht.«

Ein Junge mit einem Stofftier kam. »Befie und ich hätten zusammen geschlafen, aber die Herrin sagte, sie würde sterben. Da haben wir es nicht getan.« Seine Augen baten Lariven um Verzeihung.

»Das war richtig, Nomie«, sagte sie und klopfte ihm auf die Schulter. »Die Götter haben sie weggenommen, als sie groß wurde.«

Noch mehr Halblinge kamen herein und legten ihr Spielzeug auf einen Haufen. Als sie fortgegangen waren, schloss Lariven die Tür und lehnte sich erschöpft gegen die Wand. »Sie leben nur eine so kurze Zeit, die Kinder der Menschen«, klagte sie und ließ ihren Tränen freien Lauf. »Sie war so hübsch; nie wieder werde ich ein so hübsches Kind haben!«

»Sie war Eure Tochter?«, fragte de Anza ungläubig; er hatte beträchtliche Mühe, seine Gedanken zu ordnen.

»Ein Kind meines Leibes, geboren in dem Jahr, in dem ich in mein eigenes Land zurückkehrte. Korvath würde es nicht gerne hören, dass ich aus jener Zeit einen Halbling hatte. Er würde schwören, dass er nicht von ihm sei, und es ist unerfreulich, von einem Dummkopf Lügner genannt zu werden, wenn ...«, sie überlegte einen Augenblick und bediente sich dann einer terranischen Redensart, »Wenn ich ein Spiel spiele, beachte ich immer die Spielregeln.« Sie runzelte die Stirn. »Aber wie könnte ein Halbling sein Kind sein? Sie werden niemals aus Fremdheiraten wie der unseren geboren!« Sie zuckte die Schultern und gab es auf, nach einer Erklärung zu suchen. De Anzas Augen folgten ihr beunruhigt, als sie zu ihrer unterbrochenen Abendmahlzeit zurückgingen.

Als keiner der Halblinge in der Nähe war, wagte Anderson zu fragen: »Geistig retardiert?«

»Sensitiv«, sagte Lariven. »Keine Kraft, aber sensitiv. Wie Maevenn Greentree sagte, weinen sie, wenn jemand anders sich in den Finger schneidet. Wie sollten sie auch nicht? Es ist ja auch ihr Schmerz. Sie können das Gefühl eines anderen berühren, wenn sie ganz nahe bei ihm sind.«

Sie sah die Terraner aus großen leuchtenden, rätselhaften Augen an. »Kinder von Telepathen-Blut«, sagte sie, »von uns oder von den Frauen dieses Landes geboren, nur die, die heiraten und unten am Fluss leben, sind frei davon, aber sie schenken auch keinen Kindern das Leben, die die Macht haben.«

»Wir sterben aus«, fuhr sie fort, und alle Hügel schwiegen. »Seit mein Zwillingsbruder Larivoe starb, bin ich in diesem Hause der einzige Telepath meiner Generation. Es gab nur deshalb zwei von unserer Art, weil es meiner Mutter Merith gelang, das Ei in ihrem Schoß zu teilen. Sie war eine Telepathin von großen Fähigkeiten, aber die Einzige, die in ihrer Zeit geboren wurde. Die Fähigkeit ihrer Mutter Baete war gering. Nur Volsce, Baetes Bruder, war –«, sie entnahm das Wort dem Bewusstsein ihrer Gäste – »ein voll entwickelter Telepath und lebensfähig. Er verlor den Verstand, wie es bei alten männlichen Telepathen mit großen Fähigkeiten zu sein pflegt. Wind und Regen mussten Volsce gehorchen; das stand ihm zu, und er geriet außer sich vor Empörung, dass sie es nicht taten. Er glaubte, Larivoe plane seinen Sturz, und zwang ihn, sich ihm auf dem Kampffeld zu stellen.«

Unter dem Stillen Mond fuhr ihre klare, helle Stimme wie aus unendlicher Ferne kommend fort: »Larivoe starb, Volsce starb, die einzigen männlichen Mitglieder unseres Hauses. Fünfzig Halblinge starben im Sturm der letzten Raserei Volsces. Zwanzig rangen monatelang mit dem Tod wie ich, denn Larivoe und ich waren eins. Selbst um Volsce trauerten wir, denn er war unser Vater –«, sie blickte hinauf zu den beiden Monden am Himmel –, »und es hatte bis dahin besser um uns gestanden als um alle anderen Geschlechter in diesem Land.« Grenzenlose Traurigkeit lag in ihrer leisen Stimme. »Nun wisst ihr, warum ich Verbindung mit dem Imperium suche.«

III.

»Das ist es, was ich vom Imperium verlange«, sagte Lariven. Die vier Mitglieder des Überwachungsteams standen am Fuß ihres Schiffes in der offenen Tür. Der Wind blies kalt von den Hügeln, aber Lariven stand da in ihrem dünnen Gewand, unberührt von Wind und Wetter ... »Die Weisheit, die Euch Telepathen schenkt ohne Halblingsgeburten. Oder wenn es nicht in Euren eigenen Kräften steht, muss ich es selbst versuchen. Dafür werde ich Euch als Telepathin dienen und für Euch mit Euren Raumschiffen sprechen, und jedes telepathische Kind, das ich von der Zeit mit Euch bekomme, soll für immer Euch gehören.«

Sie wartete nicht auf eine Antwort, sondern nickte, als ob sie ihnen die Erlaubnis erteile, sich zu besprechen, und ging hinüber, wo ihre Familie stand – das, was davon übrig geblieben war.

De Anza, unfähig, sich vom Anblick ihrer Schönheit loszureißen, sah, wie sie ihren hoch gewachsenen Sohn Branoth umarmte und küsste und seine Hände in die ihren nahm. Sie schien ihn flehentlich um etwas zu bitten.

Branoth schüttelte den Kopf, und der Wind trug de Anza seine Worte zu. »Ich kann nicht, Mutter, bitte mich nicht darum. Ich bin nicht wie dein Volk erzogen worden, sondern nach der Art des meinen.«

»... Elidir? Sie ist bereit, und sie wenigstens wird uns nicht sterben lassen, ohne es noch dieses eine, einzige Mal zu versuchen ... Sei dennoch gesegnet, Branoth.« Sie weinte. Wieder küsste sie ihn, dann kehrte sie zu dem terranischen Raumschiff zurück.

Die vier vom Überwachungsdienst nickten ihr zu.

Anderson fühlte sich gedrängt zu sagen: »Es ist abgemacht. Mag sein, dass sie es in Sektor HQ nicht akzeptieren, aber soweit es mich angeht, ist die Sache abgemacht.«

Lariven drückte ihre Hand und stieg dann die Rampe hinauf, leichtfüßig, als seien sie auf einem Mond. Ihr Gesicht, ihr Verhalten verrieten nicht die leiseste Erregung. Sie nahm de Anzas Arm und ließ sich von ihm zu ihren Räumen führen. Brooklyn Anderson sah ihnen beunruhigt nach. Allem Anschein nach war Ben in sie verliebt, obwohl sie sich nur ein paar Wochen kannten. Ein solches Verhalten entsprach nicht einem Mitglied des Überwachungsdienstes, das lange genug unterwegs war, um Landurlaubsaffären von einer Bindung auf Dauer unterscheiden zu können. Sie überlegte, was Lariven an Ben finden mochte. Er war Ende dreißig, ein wenig kleiner als der Durchschnitt, mit Haaren von unbestimmbarem Braun, dünn, fein und schlicht gekämmt. Er war ein guter Junge, gesund und intelligent, aber kein romantisches Idol, es sei denn, Lariven hatte Sterne in ihren Augen. Raumschiffsterne?

Lariven war schön. Ganz sicher war sie älter, als Ben dachte. Er schien sie wie durch einen romantischen Schleier zu betrachten; er war an jenem ersten Tag vor ihr auf die Knie gesunken. Reines Zeremoniell? Anderson bezweifelte das. Natürlich, Lariven war eine Telepathin; wahrscheinlich konnte sie Bens Gedanken und Vorstellungen genug entnehmen, um sich das Aussehen der erstrebenswertesten Frau seiner Welt zu geben, wenn sie das wollte und soweit sie es durchzuhalten vermochte.

Die wirkliche Lariven, die in Tränen von ihrem Sohn Abschied genommen hatte, war wahrscheinlich eher wert, dass man sich in sie verliebte, als das leichtherzige, spitzfindige Geschöpf, das nun täglich mit ihnen bei Tisch saß – oder war das nur Euphorie? Schließlich befand sie sich auf dem Weg, der ihrem Volk vielleicht Rettung bringen konnte.

Lariven gab sich bei den Mahlzeiten unbeschwert, amüsant und amüsiert. Sie hatte den Übergang in den Hyperraum und wieder hinaus gut überstanden und betrachtete Schwerelosigkeit als interessante Erfahrung. Mit Leichtigkeit fand sie sich im Schiff zurecht, von der Werkstatt bis zur Messe mit den Nahrungsmittelautomaten, und die Enge machte ihr so wenig zu schaffen wie die winzigen Räume in den Hütten der Hügelbewohner. Sie fühlte sich nicht nur wohl, sondern unterhielt sie mit Anekdoten und Liedern ihres Volkes und seinen alten Geschichten. Sie suchte aus den Gewohnheiten anderer Völker heraus, was ihr interessant erschien, und übernahm es. Unbefangen und unschuldig sprach sie über ihre Ehe mit Korvath.

»Am Ende bin ich zu meinem Volk zurückgekehrt«, sagte sie und legte ihre Fingerspitzen leicht auf Bens Arm. »Bei ihm war das Leben eine Strapaze. Aber ich denke immer noch an seine Kraft. Einige meiner Schwestern sagen, er sei grob; was immer es auch gewesen sein mag, ich mochte es an ihm.«

Moya schnaubte. »Ein kluges Kind!«, bemerkte er. Moya war ein Raumsiedler, ein Praktikant, der im wesentlichen als Leibwächter und als Verbindungsmann zu Leuten wie Korvath fungierte. Er war ein großer behaarter Mann mit den Manieren der Hinterwäldler seiner Heimatwelt, der sich manchmal wie ein Affenmensch benahm, wenn ihm das gerade passte. Anderson und de Anza warfen ihm warnende Blicke zu, die er völlig ignorierte.

Lariven lächelte: »Danke, Tom«, sagte sie fast ohne eine Spur von Sarkasmus.

Sektor HQ war ein Außenposten, drei Wochen von Larivens Heimatwelt entfernt. Bis das Schiff wieder in den Normalraum eintauchte, waren Lariven und de

288

Anza ein festes Paar geworden. Ling hielt sich für sich. Sie hatten mehrere Male ihre Meinung über Lariven und ihre Absichten erbeten. Aber Ling sprach von Berufsethos und weigerte sich entschieden, sich einzumischen, schwor aber, dass ihres Wissens Lariven nicht an Bord war, um Sabotage, Spionage oder andere üble Sachen zu betreiben, sondern lediglich aus genetischen Gründen, wie sie gesagt hatte. Moya sagte nichts, und niemand fragte ihn um seine Meinung. Nur Anderson war unruhig und hielt ihre Augen offen.

Als sie sich Sektor HQ im Normalraum näherten, spürte Lariven, wie ihr Kopf unter dem telepathischen Druck zu vieler Stimmen zu schmerzen begann. Dabei gab es aber nur ein paar tausend Leute in der Außenbasis. Beunruhigt rief Anderson die Basis an.

»Nichts zu befürchten!«, antwortete eine brüske Stimme. »Ein BuGen-Team wird sich um 1750 Uhr auf Außenstation Alpha, ich wiederhole: Alpha, mit Euch treffen, das ist auf der Rückseite des Hauptmondes, der in der Nähe der Quarantänestation steht. Zielperson ist Psi; für abgeschirmte Laborräume ist gesorgt. Sektor aus.«

Jetzt sprach Ling. »Abgeschirmte Aufenthaltsräume wären angemessener«, erklärte sie ärgerlich.

Lariven machte ein Gesicht, als ließe sie eine tote Ratte in den Abfallbehälter fallen. »Sie denken nicht an mich, sondern an das Wohlergehen des BuGen-Teams«, meinte sie verständnisvoll.

Moya versetzte ihr einen leichten Rippenstoß. »Jetzt wirst du einiges lernen, Schwester!«, erklärte er mit dem ganzen Zynismus eines Hinterwäldlers, der es mit Bürokraten zu tun bekommt. Sie lächelte ihn an und nickte.

Sie legten an Außenstation Alpha an, nahmen die Einrichtungen in Augenschein und beschlossen, im Schiff zu bleiben. Anderson fühlte sich veranlasst, Lariven für diesen sterilen Anblick bei ihrer ersten Begegnung mit dem Imperium um Entschuldigung zu bitten. Larivens Augen weiteten sich.

»Entschuldigungen dafür, dass etwas ist, wie es ist?«, fragte sie.

Ein kleiner brauner Mann mit einem weißen Kittel kam an Bord. »Joby, BuGen«, stellte er sich vor. »Mrs. Lariven Korvath? Ich möchte eine komplette medizinische Untersuchung und die üblichen Genanalysen durchführen. Wenn Sie es wünschen, können Sie eine weibliche Technikerin bei sich behalten. Ihre Kultur hat Bedenken hinsichtlich der Entnahme von Gewebeproben?«

Ganz schwach erschien ein verunsicherter Blick auf Larivens Gesicht, und sie legte die Spitzen ihrer langen Finger in Gedanken aneinander. »Sie werden tun, was Ihres Amtes ist«, sagte sie ruhig, »und ich möchte diese Frau vom Überwachungsdienst bei mir haben, und wenn Sie Ihre Gedanken bei sich behalten wollen, tun Sie es!«

Mehrere Stunden später händigte ihr der BuGen-Mann die terranischen Kleider aus, die ihre Freunde vom Überwachungsdienst für sie besorgt hatten, und sagte fröhlich: »Das war nicht allzu schlimm, nicht wahr, Mrs. Korvath?«

»Lady Lariven«, entgegnete sie mit schwacher Stimme, stand auf und schüttelte sich wie ein nasser Pudel. »Ich bin noch nie als ein Stück lebender Maschine betrachtet worden; das war etwas ganz Neues!«

Der BuGen-Mann konsultierte ein vor ihm liegendes Dossier. Daran angeheftet war ein Raumtelegramm, das auf elektronischem Wege innerhalb der Grenzen des Systems versandt worden war, und ein Abdruck von einer Art Fernschreiben, wie ihn Berichterstatter und Telepathen benutzen, die interstellarische Botschaften aufnehmen. Lariven dachte kurz darüber nach, warum sie dieselbe Geschichte einem Telepathen, einer Maschine und jetzt auch noch den Ohren eines Psi-blinden Mannes erzählen musste. Ein Ritual, entschied sie bei sich; was dreimal auf drei verschiedene Weisen erzählt wurde, konnte als wahr akzeptiert werden.

Der BuGen-Mann forderte sie auf, sich zu setzen – in ihrem eigenen Schiff, auf dem sie Gast war! –, und sagte: »Wenn Ihrem Volk lebensfähige, aber nicht telepathisch veranlagte Kinder außerhalb ihrer häuslichen Umgebung geboren werden und teilweise telepathische, aber nicht lebensfähige Kinder zu Hause, dann haben wir es zweifellos sowohl mit einem Erb- als auch mit einem Umweltfaktor zu tun. Vielleicht macht die Anwesenheit anderer Telepathen den Unterschied aus«, meinte er.

Lariven versuchte, dankbar dafür zu sein, dass ihr terranischer Wohltäter intelligent genug war, das Offensichtliche zu erkennen, doch es gelang ihr nicht; der kleine Mann war einfach zu stolz auf sich! »Ich habe Branoth, meinen Sohn von Korvath, aus diesem Grunde bei den Leuten seines Vaters am Fluss gelassen«, sagte sie höflich. »Er besitzt sogar eine Spur der Kraft. Wäre er bei meinem Volk aufgewachsen, wäre er ein Halbling geworden, und das wollte ich nicht riskieren.«

»Ist Eure Tochter nicht eine Telepathin?«, fragte Ben de Anza plötzlich.

Lariven sah ihn an und antwortete freundlich: »Aber sie ist meine Tochter von Larivoe. Wir waren Zwillinge. Sie sollte die ganze Kraft haben, und so ist es auch gekommen.« Sie wandte sich wieder dem BuGen-Mann zu, der sich eine Notiz machte.

»Es ist klar, dass wir es hier mit einer instabilen Kreuzung zu tun haben, Mrs. Korvath«, sagte der Mann strahlend. »Können Sie mir folgen? Ich vermute, dass Ihr Vater – Ihr Großvater – Volsce die Mutation in ihrer ursprünglichen, reinen Form repräsentierte! Ich glaube, eine kleine Computeranalyse könnte uns eine oder mehrere stabile Formen angeben. Zwei haben wir bereits gefunden: die Aristokratie mit einer weit überwiegenden Zahl von Psi-Genen und das gemeine Volk, das nur eine Spur davon besitzt. Ihr Bericht über die Prävalenz von nicht lebensfähigen Geburten bei allen gesellschaftlichen Schichten beweist, dass beide Formen hybrid sind, denke ich.«

»Beefalos!«, sagte Moya plötzlich. »Meine Leute züchten sie. Unten auf der alten Erde hatten sie eine Art wilder Tiere, groß und kräftig, aus denen sie Haustiere zu züchten versuchten. Versagte kläglich! Schließlich fanden sie heraus, dass eine Kreuzung von drei Achteln Wild- und fünf Achteln Haustier der richtige Trick war. Sie nennen sie Beefalo.«

Zum ersten Mal, seit sie Lariven kannten, lachte sie aus vollem Hals. »Ich glaube, Sie haben Recht, Tom Moya«, sagte sie zustimmend und überlegte, warum das Wort Halbling dem BuGen nicht über die Lippen kam. Sie lächelte dem Mann zu.

»Meine Kinder von den Menschen unserer Welt waren entweder Menschen oder Halblinge«, fasste sie zusammen. »Die von anderen Telepathen waren alle Halblinge außer Branoth, selbst die von Volsce.« Eine leise Spur von vergangenem Leid klang in ihrer Stimme mit.

»Von wie vielen Schwangerschaften, Mrs. Korvath?«, fragte der kleine Mann von BuGen in ganz unpersönlichem Eifer.

Lariven zuckte die Schultern. »Fünfzehn, zwanzig. Verstehen Sie, wir zählen Halblinge nicht. Wir waren glücklich, die Frauen meiner Linie, Kinder von Volsce haben zu können, aber unser Glück fand ein rasches Ende.«

De Anza fühlte sich krank vor Mitleid mit ihr; sie stellte sich tapfer einer genetischen Tragödie von solchem Ausmaß, dass es zwanzig Schwangerschaften bedurfte, um zwei lebensfähige Kinder zur Welt zu bringen, und eines von ihnen musste von ihrem Zwillingsbruder gewesen sein. Sie schätzte sich glücklich, von einem alten Megalomanen schwanger zu werden, der ihr Vater und der Vater ihrer Mutter und der Bruder ihrer Großmutter gewesen war. Er dachte an ägyptische und hawaianische Dynastien, die Inzest praktiziert hatten ohne Larivens Zwang, eine Mutation zu schützen. Fünfzehn oder zwanzig Schwangerschaften – von jedem, der sie ihr verschaffen konnte, Verwandter oder Fremder. Deshalb hatte sie Branoth angefleht, das genetische Programm fortzusetzen, eine Generation mehr aus einer sterbenden Linie zu erzwingen. Mit Elidir? Mit ihr selbst?

Lariven wandte sich von einer Diskussion über Computeranalysen und künstliche Befruchtung ab, ging zu dem Wandautomaten und entnahm ihm eine Tasse Kaffee. »Beides, Ben«, sagte sie freundlich, aber auch ein wenig ungeduldig. »Auf die Dauer natürlich mit Elidir.«

Ben de Anza verschlug es die Sprache. Er sah sie suchend an, als hoffe er, die Frau wiederzufinden, die er geliebt hatte. Er sah eine Fremde, eine gewöhnliche, abgezehrte, blasse Frau mit fremdartigen Zügen, die ihre Jugend weit hinter sich gelassen hatte, mit Gesichtszügen, die von einem langen, unvorstellbar schweren Leben sprachen, das über sein Begreifen ging. Ein Künstler hätte sie schön genannt und ebenso jeder Mann, der zu unterscheiden verstand. Und auch er nannte sie schön. Aber nicht wie eine geliebte Frau schön ist. Er bewunderte ihren Mut über alle Maßen, aber er konnte sie nicht mehr lieben!

Unfähig, die Diskussion unter dem Ansturm von de Anzas Gefühlsausbruch fortzusetzen, der sich ihr mitteilte, nahm Lariven eine neue Tasse Kaffee in die Hand und warf die andere weg. Sie legte eine lange, kühle Hand auf seinen Arm. »Es tut mir Leid, dass ich dich so verwirrt habe, Ben«, sprach sie sanft. »Eure Art hat harte Gesetze in diesen Dingen.« Sie blickte ihm freundlich in die Augen. »Bedeutet es etwas, dass du mich nicht länger liebst? Oder dass du mich einmal geliebt hast? Es ist vorbei. Ich werde ein telepathisches Kind für Terra tragen; wenn es mir gelingt, die Zelle in meinem Schoß zu teilen, sollst du eines der Kinder haben.«

»Einen Augenblick!«, explodierte er in einer völlig automatischen Reaktion. Er war seit Jahren im Raumfahrtdienst, und eines der ersten Dinge, die er gelernt hatte, war es, aus einem Flirt von zwei Wochen keine Angelegenheit des Imperiums zu machen. Eine lange Schlange einheimischer Raumhafenmädchen, die die Erdbürgerschaft haben wollten, eine Zulassung oder auch eine Heirat und eine Flugkarte nach Terra von einem Raumfahrer, der dumm genug war, ihnen dazu zu verhelfen, bewegte sich durch seine Gedanken.

Lariven erstarrte zu Eis; alle im Raum spürten den kalten Windhauch. Sie verschwand, und der BuGen-Mann vermerkte auf einer Ecke seines Dossiers sorgfältig »Teletransport«. Die terranische Kleidung erschien in dem automatischen Abfallbehälter, darauf zwei Tassen Kaffee. Als die braune Flüssigkeit von der roten Kunstfaser aufgesogen wurde, erschienen die Reste einer halb aufgegessenen Mahlzeit und dann der Inhalt von Larivens Magen. Dann drückte sie auf den Knopf.

Moya starrte auf das Schauspiel und sprach für sie alle: »Was, zum Teufel, hast du ihr gesagt, Ben?«, fragte er.

IV.

Ben de Anzas Name war besudelt.

Seit mehr als vier Tagen war Lariven in ihrem Zimmer geblieben, ohne zu essen; alle Nahrung und Erfrischungen hatte sie zurückgeschickt. Sie sprach nur, wenn man sie anredete, und mit de Anza gar nicht. Der BuGen nutzte die Zeit, um Labortests und Simulationstests mit dem Computer zu machen, und erklärte dabei aufmunternd, Psis seien temperamentvoll und bei Außerirdischen zeigten sich auf Sektor HQ häufiger Fälle schlechter geistig-seelischer Verdauung.

Über Ling hatte Lariven ein einziges Wort der Erklärung abgegeben: »Es ist nicht mehr länger mit meiner Ehre zu vereinbaren, Geschenke aus terranischen Händen entgegenzunehmen.« Als Anderson ihrer Sorge Ausdruck gab, hatte sie völlig gleichgültig geantwortet: »Ich bin schon sehr viel länger ohne Nahrung ausgekommen!«

»Sie ist auch nicht unfehlbar«, sagte de Anza bei einem inoffiziellen Standgericht der drei Raumschiffinsassen, um sich zu verteidigen. »Ich hatte mich Hals über Kopf in sie verliebt. Und dann war es damit auf einmal vorbei – sie ist eine Telepathin und hat das mitbekommen.« Als man weiter in ihn drang, sagte er widerstrebend: »Ich fand sie schön. Nun ja, sie ist es, aber nicht auf die selbe Weise. Ich habe sie gesehen, als sie wie hundert Jahre alt aussah und völlig verfallen. Das hat sie wohl auch mitbekommen.«

»Sie ist nie ein junges Küken gewesen«, sagte Moya nachdenklich, »aber sie ist eine verdammt feine Dame, und es würde mir nicht das Geringste ausmachen, mit ihr gesehen zu werden. Weißt du, Ben, ihr drei habt es manchmal fertig gebracht, dass ich mir ziemlich blöd vorkam. Aber jetzt fange ich an, darüber nachzudenken, wer hier der Blödmann ist. Männer müssen sich in sie verliebt und sie wieder fallen gelassen haben, seit sie aus den Windeln heraus ist, wenn sie so alt ist, wie sie aussieht, und immer noch so hübsch ist wie jetzt. Männer sind gestorben«, setzte er unvermittelt hinzu, »und von Würmern gefressen worden, aber keineswegs aus Liebe. Verletzter Stolz ist etwas anderes!«

Sie sahen ihn an; er zuckte die Achseln. »Schon in

Ordnung! Ich werde meinen Mund halten«, erklärte er.

Aber in dieser Nacht, als Moya zu dem einzigen kleinen Badezimmer ging, das sich im Raumschiff befand, hatte er das Gefühl, dass irgendjemand Probleme hatte. Er war kein Psi, aber er besaß das Gefühl eines Farmers, der weiß, wann eine Kuh kalbt oder ein junger Ochse in einem Zaun hängen geblieben ist. Er wartete, bis sich die Türe öffnete und Lariven herauskam. In der gedämpften Nachtbeleuchtung sah sie grau-weiß aus. Sie trug ihr eigenes Gewand, und man sah, dass sie darin geschlafen hatte.

Er streckte ihr eine Hand hin. »Haltet Euch fest«, sagte er. Überrascht blieb sie stehen. Mit Arm und Hand versperrte er ihr den Weg. Sie wartete. »Heraus damit!«, sagte er. »Redet!«

Sie sah ihn ruhig an. »Man hat mich schamrot werden lassen; soll ich wieder schamrot werden, wenn ich es Euch erzähle?«, fragte sie ganz vernünftig.

»Verletzter Stolz. Tja, ja!« Er betrachtete sie, ein unrasierter, unattraktiver Raumsiedler in verknautschter Schiffskleidung und die schlanke vornehme Fremde, und schüttelte den Kopf. »Das Problem ist, dass niemand von uns richtig weiß, was los ist. Wenn ein Mann kommt und dich erschießen will, möchtest du gerne wissen, warum. Wir können keine Gedanken lesen, und die meisten haben die Nase voll von Ratespielen. Der Bu-Gen-Typ wird in einigen Tagen zurückkommen. Was sollten wir ihm sagen? Zum Teufel mit der Rettung einer ganzen Rasse, Ihr habt beschlossen, Euer Zeug zusammenzupacken und nach Hause zu gehen? Lässt uns wie einen Haufen von Trotteln aussehen!«

»Tut, wozu Ihr hergekommen seid«, sagte Lariven und setzte sich in der Messe nieder, »und dann sagt mir, was Ihr zu sagen habt. Es ist nicht sehr bequem, Euch so zuzuhören.«

Mit einem spöttischen Grinsen sagte Moya: »Ja,

Mama!«, betrat das Badezimmer und schloss die Tür. Ein paar Minuten später kam er zurück, nachdem er zwei Dosen Bier besorgt hatte. Sie ließ ihre Dose ungeöffnet neben sich stehen; er öffnete und trank. »Also raus damit!«, sagte er.

Sie saß da und dachte nach. Er wartete eine Zeit lang, dann meinte er, um ihr einen Anstoß zu geben: »Eure familiären Arrangements haben Benny den Magen hochkommen lassen«, sagte er. »Mir nicht. Ich bin Viehzüchter. Ob Tiere oder Fremdwesen, für mich ist das alles dasselbe. Ich würde mir so was nicht für meine eignen Leute wünschen, aber wenn wir die letzten menschlichen Wesen auf unserem Planeten wären, glaubt Ihr, ich würde auch nur eine einzige Minute zögern, genau das zu tun, was Ihr getan habt? Und Ihr seid eine erwachsene Frau; Ihr werdet doch nicht wegen Klein-Bennys unausgegorenen Vorstellungen einen Rappel bekommen?«

»Ihr seid ein Viehzüchter«, bestätigte Lariven mit kühler Stimme. »Angenommen, Ihr bringt ein Gastgeschenk mit, zum Beispiel ein Beefalo« – ein schwaches Lächeln trat auf ihr Gesicht – »für jemanden, der behauptet, er habe sich schon immer ein Beefalo gewünscht. Aber wenn Ihr dann Euer Geschenk bringt, jagt man Euch wütend fort und flucht ›Nerven haben diese Bettler! Ständig versuchen sie, mir ihr wertloses Vieh zu verkaufen!‹ Würdet Ihr so jemandem jemals wieder irgendein Gastgeschenk anbieten? Oder weiter Gast spielen, wenn man Euch Euer Geschenk an den Kopf geworfen hat? Es gereicht mir zur Schande, dass ich immer noch unter einem terranischen Dach leben muss, bis wir zurückkehren! Ihr redet von BuGen. Was habe ich ihnen anzubieten? Ich habe nichts für Terra, und Terra hat nichts für mich!«

Moya rieb sein unrasiertes Kinn und ließ in Gedanken noch einmal den Tag an sich vorüberziehen, an dem sie von der Bildfläche verschwunden war. »Das

Kind!«, sagte er. »Ihr botet ihm ein Kind an. O Gott!« Er brüllte vor Lachen. »Und natürlich konntet Ihr nicht wissen ... nun bekommt nicht wieder einen Wutanfall, sondern hört mir zu!«, wiederholte er.

Lariven, so fassungslos, dass ihre Kräfte sie für einen Augenblick verließen, hielt ganz still unter seinen Händen und dachte aus irgendeinem Grund an Korvath und an Volsce, bevor er dem Wahnsinn verfallen war. Sie hörte zu.

»Der größte Teil des Imperiums«, erklärte er ernsthaft, »ist in terranischem Besitz. Ihr glaubtet, Sektor HQ sei überfüllt, aber Sektor HQ ist eine Wüste, leer. Ihr müsst eine Lizenz haben, bevor Ihr auf Terra auch nur an ein Kind *denken* dürft. Bevor Ihr ein zweites bekommt, müsst Ihr BuGen beweisen, dass Ihr mehr wert seid als die Nahrung, die man an euch verfüttert. Deshalb ist mein alter Herr ausgewandert. Er hat sechs Kinder, und sie sind alle A-plus-Bürger, und eine meiner Schwestern ist ein Spezialtalent, aber auf der Erde hätten wir das nicht beweisen können. Erzählt einem Terraner, Ihr hättet fünfzehn oder zwanzig Schwangerschaften gehabt, und er wird Euch empfehlen, Euren Mund mit Seife auszuwaschen. So, und nun kommt Ihr und würdet alles für ein kräftiges, gesundes Kind geben und beschließt, falls Ihr zwei bekommen solltet, Eure Dankbarkeit dadurch zu zeigen, dass Ihr Daddy davon eins gebt. Großartig für einen Hinterweltler, aber für einen Erdmenschen? Oh, Bruderherz!«

Lariven sah ihn an, als ob er die Sache völlig falsch verstanden hätte. »Ein telepathisches Kind, Moya«, sagte sie geduldig. »Will das Imperium Telepathen oder nicht? Mein inneres Bewusstsein hat mir gezeigt, dass gedoppelte Telepathen von einiger Begabung und mit einem geistigen Band, von denen einer bei seinen eigenen Leuten und der andere bei Nicht-Telepathen aufwächst, wenigstens keine Halblinge wären und mit einigem Glück ihre Kraft entwickeln.«

Moyas Augen wurden schmal. »Davon habe ich noch nie etwas gehört, Lady. Wann habt Ihr ihnen das gesagt? Oder ist Euch das erst jetzt eingefallen?«

Sie legte die Finger ineinander. »Ich war gerade dabei, es ihnen zu sagen, als sie mir mein Geschenk, das telepathische Kind, das dem Imperium gehören sollte, ins Gesicht schleuderten. Erwartet Ihr, dass ich ihnen jetzt weinend nachlaufe, mich an ihre Rockschöße hänge und sie anflehe, der wertlosen Gabe, die sie von der Bettlerkönigin nicht kaufen wollten, doch noch einen Blick zu schenken?«

»Eher sollen sie verrecken!«, pflichtete Moya ihr bei.

»Ihr versteht mich doch.«

Moya spuckte haarscharf an ihrem Gesicht vorbei in den Abfallbehälter. »Was ich verstehe, ist, dass wir eine Abmachung getroffen haben, und Ihr sie brecht. Ich habe nicht genug Achtung vor jemandem, der so handelt, um ihm auch nur ins Gesicht zu spucken! Los, geht! Bekommt so viele Wutanfälle, wie es Euch passt; packt Eure Sachen und geht nach Hause, aber wenn Ihr ein Mann wäret, würde ich jetzt mit Euch den Fußboden putzen!«

Zorn machte sich in ihrem Gesicht breit. Sein Herzschlag wurde unregelmäßig, und er fühlte, wie Hals und Brust sich verkrampften. »Kämpft wie ein Mann, verdammt noch mal. Gehört Ihr zu dem Gesindel, das mit einem Messer auf einen wehrlosen Mann losgeht?« Er schnappte nach Luft und hielt sie scharf im Auge. »Ja, ja! Ich wette, Ihr gehört dazu. Ihr verspracht dem Imperium einen Telepathen, und weil Klein-Benny Euch wild gemacht hat, nehmt Ihr Euer Wort zurück!«

Eine Welle rasender Wut überkam sie, und sie lockerte den Griff um sein Herz. »Ihr nennt mich Eidbrecherin!«, stieß sie hervor, und Zwillingsdolche erschienen in ihren Händen. Einen von ihnen hielt sie ihm mit dem Griff entgegen.

»Was sonst?«, gab er genauso wütend zurück, ohne die Waffen zu beachten. »Wenn Ihr mit Benny nichts zu tun haben wollt, so gibt es ja hier im Schiff noch mindestens drei andere Leute, von denen Ihr genau wisst, dass sie Euch zuhören würden: Anderson, Ling und Wie-heißt-er-noch: der BuGen. Und nicht ein Einziger von ihnen würde so tun, als versuchtet Ihr, ihm eine Vaterschaftsklage anzuhängen!« Er knurrte. »Benny hat zu viele Ausbildungsfilme gesehen; sie sind ihm in den Kopf gestiegen. Was Euch angeht ...«

»Seid still, Moya, lasst mich nachdenken!«

»Ich wollte sagen, steckt mich in Bennys Schuhe – oder in sein Bett – und Ihr würdet nicht ...«

Seine Stimme stockte. Er beendete seinen Satz, ohne dass ein Ton dabei herauskam. Sie beobachtete ihn lächelnd mit ungespielter Belustigung und steckte einen ihrer Dolche in seinen Gürtel. Als er aufhörte zu stammeln, gab sie seine Stimme wieder frei und sagte mit einem Lächeln auf den Lippen:

»Und es verträgt sich nicht mit Eurer Ehre, mit dem Messer gegen eine Frau zu kämpfen, die doppelt so alt ist wie Ihr und vielleicht schwanger ist. Sagt das beim nächsten Mal gleich!«

»Es wird noch ziemlich viel Zeit vergehen, bevor Ihr doppelt so alt seid wie ich oder dick genug, damit man sieht, dass Ihr ein Kind erwartet«, antwortete Moya wenigstens halbwegs wahrheitsgetreu, »und Ihr seid immer noch eine verteufelt schöne Frau. Ich wollte gerade sagen, dass Terra nicht der richtige Ort für ein telepathisches Kind ist. Aber Neu-Barranca steht weit offen.«

Lariven nahm sein Gesicht in ihre Hände. »Still, lasst mich sehen!«, befahl sie. Ihre Hände lagen kühl und leicht auf seinem Gesicht. »Aber wenn ich mit den anderen rede und sie mich so behandeln, wie Ben de Anza es getan hat, werde ich Euch töten. Zweimal ertrage ich eine solche Schande nicht«, sagte sie.

»Kein Schneid. Zu schade!«

Lariven war nahe daran, seine Stimme wieder einzufrieren, als sie seinen Gedanken entnahm, dass er jetzt schweigen würde, und ließ ihn los. Mit gekreuzten Beinen schwebte sie wie unter Schwerelosigkeit zur Mitte der Messe und dachte nach. Wenigstens Moya hatte sich ehrenhaft verhalten und war das Risiko eingegangen, den Unwillen seiner Teamkameraden zu erregen. Er hatte nur getan, was er tun musste, dennoch war sie gerührt darüber. Und er hatte sie eine Eidbrecherin genannt, als ob sie mit einem versprochenen Schatz nach Terra käme, nicht mit leeren Händen.

Sie würde zu den Hügeln zurückkehren. Sie wandte ihren Blick nach innen in ihren Schoß und sah Kinder, die langsam an einer Fehlentwicklung starben, zerbrechliche Kinder, kranke, geistig behinderte, unfertige Emphaten, dem Untergang geweiht. Sie sah ihr Geschlecht, ihre Rasse dahinsterben, während immer wieder Hoffnungen geweckt und mit jeder Geburt langsam und qualvoll zerschlagen wurden. Sie dachte an alles, was sie schon getan hatte und noch tun würde, um diesem Schicksal zu entgehen. Ihr Leben hingeben? Gewiss, sei es im Tod, sei es in lebenslanger Knechtschaft. Bei einem Manne liegen, den sie verachtete? Wenn es nötig wäre, würde sie sich an sein Bett anketten. Bei einem Manne liegen, der sie verachtete? Auch auf diese Frage musste die Antwort »Ja« lauten, das war eine Schlussfolgerung, der sie nicht ausweichen konnte, auch wenn sie die stechende Scham darüber nicht zu verwinden vermochte, dass de Anza sie zurückgewiesen hatte.

Sie musste. Sie zwang ihre Gedanken weg vom Wimmern des sterbenden Halblingsmädchens, löste sich aus der engen fötalen Haltung, in die sie gefallen war, und sagte: »Ich werde mit dem Mann von BuGen sprechen, wenn die Frau vom Überwachungsdienst dabei ist. Auch Ihr könnt dabei sein, wenn Ihr wollt, aber ich möchte de Anza lieber nicht sehen.«

Moya zuckte die Achseln. »Soll mir recht sein!« Innerlich jubelte er.

Ein Jahr später stand Lariven in der Vorhalle von Moyas Ranch und nahm das Kind Benita aus den Armen von Moyas Mutter entgegen. »Sie sind geistverbunden; wir werden immer alles voneinander erfahren«, sprach sie und küsste Benitas Zwillingsbruder Anderson zum Abschied. »Wahrscheinlich werden wir unser beider Sprachen fließend sprechen, bevor sie noch ihre Milchzähne verlieren.«

Sie versenkte sich ganz in Moyas Eltern, in seine Brüder und Schwestern und in die ganze Ranch und barg ihr Wissen um dies alles in der großen Schatzkammer ihres Bewusstseins, in dem alles gespeichert war, was sie in diesem Jahr vom terranischen Imperium gesehen hatte. »Er wird bei Euch gut aufgehoben sein«, sagte sie.

Mrs. Moya schüttelte ihr die Hand. »Ich bin froh, dass Ihr so denkt«, meinte sie gedankenvoll. Sie konnte sich des Gefühls nicht erwehren, dass die Zwillinge Kinder ihres Sohnes waren, ihre eigenen Enkel, was auch immer BuGen und Lariven gesagt haben mochten. BuGen würde für Andys Erziehung aufkommen; es handelte sich um die übliche Pflegschaftsabmachung. Sie hoffte, dass sie mit dem Jungen zurechtkommen würde. Wenn er sich zu Hause nicht normal entwickeln konnte, nun, natürlich brauchte er dann Pflegeeltern. Es war wunderbar, wieder ein kleines Kind um sich zu haben.

Sie küsste Benita und wechselte mit Lariven einen Händedruck. Dann kletterten Moya und Lariven an Bord des Landungsbootes des Überwachungsdienstes.

»Ich werde zu Korvath zurückkehren, wenn dies vorüber ist«, sagte Lariven, als sie die Atmosphäre von

Neu-Barranca verlassen hatten. »BuGen hat Partner für die Zwillinge ausfindig gemacht und auch für Branoth und Elidir – zu Branoths Erleichterung. Merkwürdig, sich vorzustellen, dass sie ihren Partnern nie begegnen müssen, noch merkwürdiger, dass eine Maschine so etwas für sie ausgedacht hat. Glaubt Ihr, dass die Häuser meiner Schwestern meinem Beispiel folgen werden?«

»Ich glaube, sie werden genau das tun, was sie tun wollen«, sagte Tom Moya aus den Tiefen seiner Erfahrung mit ihr. »Wie, glaubt Ihr, wird es Korvath gefallen, mit dem Weltraum verheiratet zu sein?«

Lariven dachte an Korvaths andere Frauen. »Er ist schon mit merkwürdigeren Dingen verheiratet gewesen«, sagte sie und lachte, und sie begannen ihre lange Heimreise.

C. A. Cador

Der Ring

Lange bevor der Haushalt von Greyhaven oder gar von Greenwalls errichtet wurde, in den längst vergangenen Zeiten, bevor Paul Tracy oder Diana Jon geheiratet hatte, lebte eine ganze Reihe von uns in einem großen alten Haus auf der Arch Street. (Es war ein Spukhaus, aber das ist eine andere Geschichte, die ich vielleicht eines Tages schreiben werde.)

Eines Tages im Sommer 1966, oder vielleicht war es auch 1967, brachte mein Sohn David einen Freund mit nach Hause, den er uns nur als »Caradoc« vorstellte und welcher, wie er sagte, für eine Weile eine Bleibe benötigte. Wir hatten Platz genug, und Caradoc erwies sich als ein ungewöhnlich ruhiger und unaufdringlicher Untermieter, der selbst seine eigenen Mahlzeiten kochte, die meist aus braunem Reis und anderen makrobiotischen Genüssen bestanden. Er blieb ein paar Monate lang und zog dann weiter, und da es uns weder Kosten noch Mühe bereitet hatte, ihn zu behausen, hatte ich die Episode schon bald vergessen, obwohl ich ihn als einen netten jungen Mann im Gedächtnis behalten und mich oft gefragt hatte, was wohl aus ihm geworden war.

Im Jahre 1972 oder so, als das Haus Greenwalls als eine Art auswärtiges Domizil in Staten Island errichtet worden war, machte ich eine Reise zur Westküste, um die Familie zu besuchen, und traf dort Caradoc wieder und musste entdecken, dass wir uns mit jener selbstverständlichen Gastlichkeit von damals einen Freund fürs Leben gemacht hatten. Inzwischen kannte ich auch seinen richtigen Namen, aber es kostet mich Mühe, mich daran zu erinnern, denn ich denke immer noch von ihm als Caradoc, und dies umso mehr, als er sich mit seiner ersten Geschichte, »Payment in Kind«, die in einer von Lin Carters *Year's-Best-Fantasy*-Anthologien bei DAW Books erschien, sogleich als ein ernst zu nehmender, guter Fantasy-Autor einen Namen machte. Obwohl er auch nordamerikanische Indianer und Peruaner zu seinen Vorfahren zählt, zeigen seine Fantasy-Erzählungen eine deutliche Hinwendung zu der britisch-walisischen Seite seiner Abstammung. Viel in seinen Werken lässt an die phantastische Tradition des »keltischen Zwielichts« von Yeats, Dunsany und Fiona MacLeod denken, und »Der Ring« ist definitiv in dieser Manier und diesem Stil geschrieben.

Das purpurdunkle, weiß gesäumte Meer rollte vom Rand des Himmels heran und brach sich mit tosendem, unerschöpflichem Hall in der kleinen steinigen Bucht. Die Dunkelheit tönte wider vom Rauschen der Brandung und vom Schrei der Seemöven. Fiachra fühlte sich in diesem Leben geborgen und lächelte ihm zu wie einem Freund.

Er war allein an dieser steinigen Küste; seinen Mantel hatte er zum Schutz gegen die Morgenkälte fest um sich geschlungen. Sein Haar schimmerte fast weiß im Licht des verblassenden Mondes.

Im Osten zog die Dämmerung herauf; er wusste, dass er sich eigentlich beeilen sollte, aber er konnte sich nicht aufraffen, es wirklich zu tun. Seine Brüder würden nicht ohne ihn ausfahren, sondern allenfalls fluchen, wenn er zu spät kam.

Ihre Flüche würden jetzt an ihn verschwendet sein; er war gegen sie so gefeit wie gegen den Biss des Windes.

Er blieb stehen und blickte hinaus über die schimmernde Weite des Meeres und hing seinen Erinnerungen nach ... Mairis Haar im Feuerschein, Mairis Lachen.

Beinahe wünschte er sich, seine Brüder würden ohne ihn ausfahren; er hatte so viel zu erzählen, aber nur einen Menschen, dem er es anvertrauen konnte: seiner Schwester Morag.

Er hatte die Nacht in Mairis Dorf verbracht, im gemeinsamen Wohnraum ihrer Familie – zum ersten Mal, seit sie sich beim Maifeuer einander versprochen hatten.

Nun war es Morgen, und er schritt am Inselstrand entlang zu seinem eigenen Dorf zurück und zu seiner täglichen Arbeit auf dem Boot seiner Familie.

Von allen Leuten auf der Insel ging nur Fiachra aus purem Vergnügen am Strand entlang und genoss die klare Schärfe des Windes, der aus allen Ecken der Welt vom Meer hereinblies.

In anderen Dingen war er nicht anders als die Übrigen: der Sohn eines Fischers. Seit ungezählten Generationen hatten seine Vorfahren ihren Lebensunterhalt dem Meer abgerungen; es war ein gutes Leben gewesen und ein schweres Sterben, mit einem Grabstein, der keinen toten Leib deckte. Nur selten gibt das Meer zurück, was es eingefordert hat.

So war der Tod seines Vaters gewesen und der seines ältesten Bruders . . ., aber das Meer ist gerecht: wenn es Leben schenkt, wer kann ihm dann verwehren, dass es auch nimmt?

Niemand vom Dorf außer ihm pflegte in den kalten Stunden vor dem Morgengrauen draußen zu sein, und so geschah es, dass der Ring zu ihm kam.

Hinter einem großen Felsbrocken sah er ein Boot liegen, dessen zerbrochene Planken im Mondlicht schroffe Schatten warfen; der Ring funkelte ihm mattgolden von einer toten Hand entgegen.

Und dann dachte er, wie schön dieser Ring an ihrem Hochzeitstag an Mairis Hand aussehen würde.

Er saß lose an dem verwesten Finger und fiel im nächsten Augenblick in Fiachras Hand.

Er prüfte das Gewicht seines Fundes und war überrascht, dass er offensichtlich von reinem Metall war. Dann verloren sich solche Gedanken in Bewunderung, als er auf den Ring in seiner Hand blickte. Er war aus blassgelbem Gold geschmiedet, in der Form zweier verschlungener, mit Blättern bedeckter Zweige.

Niemals hatte er etwas so Wundervolles in der Hand

gehalten; es glänzte wie aus eigenem Licht, und das Metall schien auf seiner schwieligen Haut fast warm zu sein. Der Ring glitt auf seinen Finger und passte so gut, als sei er für ihn gemacht worden.

Der Himmel verblasste in der bevorstehenden Dämmerung, als er sich von der Bucht und dem zerschellten Boot abwandte. Er ging auf seinem Weg zurück, am Wasser entlang und um die Felsklippe am Ende des Strandes.

Im Dorf drunten begann es sich zu regen. Es lag geschützt in einem Tal zwischen den Hügeln, ein Haufen weiß gewaschener runder Hütten rund um den kleinen Hafen, der sein Herzstück war.

Aus den Kaminen stieg der Rauch der Herdfeuer auf, und bei den Booten bewegten sich Gestalten mit der ruhigen, unauffälligen Eile, die sich aus langer Gewohnheit ergibt. Flüchtig kam ihm in den Sinn, dass seine Brüder dabei waren, das Boot fertig zu machen, und dass er gebraucht wurde oder doch bald gebraucht würde. Aber das kümmerte ihn nicht. Alles, was er wollte, war, seiner Mutter zeigen, was an seinem Finger glänzte.

Als er sich dem Dorf näherte, rief ihn einer seiner Brüder an. Fiachra, mit dem Rücken zum Meer, schritt, ohne auf den Ruf zu achten, weit über die schmutzige Straße, die sich durch das Dorf wand, und kam schließlich zu der weißen Mauer seines Elternhauses.

Es war ein behagliches Haus; seine steinernen Mauern waren frisch gekalkt und glänzten im ersten Tageslicht; das Dach war neu gedeckt. Dahinter, gegen den Hügel hin, arbeiteten seine Schwestern an den säuberlich gezogenen Beeten im Küchengarten.

Innen teilten Wände aus engmaschigem Weidengeflecht das Haus in Kammern, die rings um den Herdraum lagen. Es herrschte ein gedämpftes Licht, hervorgerufen durch einen Sonnenstrahl aus dem Rauchfang und das Feuer in der Herdstatt. Das Feuer verbreitete Wärme und machte das Haus zu einem freundlichen Ort, geschützt vor dem Wind, der ständig vom Meer herüberwehte – wenngleich nicht vor den Winden, die in den langen Winternächten heulten, und nicht vor dem immer gegenwärtigen Rauschen der Wellen.

Immer war dies der beste Ort der Welt für ihn gewesen, ein Ort, der alles an Annehmlichkeiten und Schönheit bot, das jemand sich wünschen konnte; irgendwie schien dieser Ort nun zusammengeschrumpft zu sein.

Seine Mutter saß schon am Spinnrocken und summte zum Takt ihres Fußes auf dem Tretrad, während ihre Finger geschickt die langen Wollknäuel teilten und damit die Spindel fütterten.

Ohne in der flinken Bewegung innezuhalten, brach sie ihr Lied ab. »Wie stehen die Dinge mit Mairi? Und warum bist du nicht bei deinen Brüdern?«

Statt einer Antwort hob er die Hand, um ihr den Ring zu zeigen, der an seinem Finger funkelte.

Der Faden zerriss in ihrer Hand, aber ihr Fuß fuhr fort, das Rad zu drehen. »Was ... Woher hast du das, Junge?«

»Vom Meer, von der Hand eines toten Mannes.« Er lachte unsicher bei seinen Worten, und selbst in seinen eigenen Ohren klang das Lachen falsch. Einen Augenblick lang dachte er darüber nach, wie er es über sich gebracht haben konnte, den Ring an sich zu nehmen und damit das Schicksal herauszufordern.

Der Fuß der Mutter erstarrte, bevor er noch ausgesprochen hatte. Langsam wich alle Farbe aus ihrem Gesicht. »Von der Hand eines Toten?«

Fiachra nickte lächelnd, er hatte seine Verwirrung überwunden. »Hinter der Landspitze; von einem Boot, das in der Nacht an Land gespült worden ist.«

Sorgsam legte sie den Faden, an dem sie gesponnen hatte, nieder und kam mit den etwas steifen Schritten ihres Alters auf ihn zu.

Sie neigte sich über seine Hand, um den Ring anzusehen. Fiachra schaute auf sie nieder und lachte, und dieses Mal klang nichts Falsches in seiner Stimme mit. »Ist er nicht schön? Der Ring eines Königs, das ist er!«

Seine Mutter murmelte etwas vor sich hin, dann richtete sie sich auf, bis ihre Augen auf der Höhe seines Kinns lagen. Einen Moment blickte sie suchend in sein Gesicht, dann drehte sie sich um, immer noch seine Hand haltend, und sprach: »Komm!«

Fiachra folgte ihr wortlos, als sie mit ihm zur Herdstelle ging und die Hand mit dem Ring nahe an die glühende Hitze führte, um ihn zu läutern.

In diesem Augenblick kam seine Schwester Morag aus dem Garten. Die alte Frau hieß sie mit einer raschen Geste zu schweigen, und das Mädchen blieb reglos auf der Schwelle stehen.

Als es geschehen war, ließ die Spannung in der Frau etwas nach, aber nur ein wenig. »Sehr hübsch, ohne Zweifel. Die Händler werden viel dafür zahlen und nichts von der Hand des Toten wissen.«

»Ooooh, lass mich sehen!«, rief Morag. Aus dem Bann des mütterlichen Befehls befreit, trat sie ins Haus. »Ist das...?«

»Ich werde ihn nicht verkaufen!« Fiachra fiel ihr ins Wort, noch bevor ihm bewusst wurde, was er sagen wollte. »Es gibt nichts, was sie mir dafür geben könnten und was ich mir mehr wünschen würde.«

Seine Mutter murmelte etwas und nahm ihre Arbeit wieder auf. Morag warf Fiachra über das Feuer hinweg einen fragenden Blick zu.

Er lächelte. »Es ist wirklich und wahrhaftig Gold, Gold aus dem Meer. Du kannst ihn zu deiner Hochzeit tragen, wenn du möchtest.« Morags Augen tanzten. »Darf ich wirklich?«

»Sie wird nichts dergleichen tun!« Die Stimme ihrer Mutter klang heftig und endgültig. »Willst du, dass man sie holen kommt? An ihrem Hochzeitstag, mit einem Ring, der an toten Fingern aus dem Meer kam?«

Morag brachte es fertig, gleichzeitig ein entsetztes Gesicht zu machen, ihrer Mutter zu Gefallen, und Fiachra verschwörerisch zuzublinzeln.

Ihre Mutter näherte sich ihr. »Hast du nichts Besseres zu tun, als hier herumzustehen und zu schwatzen, Mädchen?«

Morag rannte in den Garten zurück, sichtbar geschwollen vor Stolz über die Neuigkeit, die sie zu verkünden hatte.

Fiachra setzte sich ans Feuer und hob den Ring hoch, um ihn in dem schwachen Lichtschein zu betrachten; sortfältig prüfte er die Feinheit, mit der er geschnitten war, die Vollkommenheit jedes einzelnen Blattes der vielfältig verschlungenen Zweige und der halb geöffneten Blüten.

Wo, dachte er, *gibt es so wundervolle Rosen wie diese?*

Das laute Lachen seiner Brüder ließ Fiachra zusammenfahren, holte ihn durch unzählige Nebenschichten von Träumen zurück zu seinem Platz am Feuer. Als er die Augen öffnete, wusste er zuerst nicht, wo er war, aber als er seine Mutter sah, die vom Spinnrad aufstand, und das Funkeln des Ringes an seinem Finger, kam er wieder zu sich.

Seine Brüder drückten sich durch die niedrige Tür herein. Taggart, der älteste, begann zu fluchen, als er Fiachras ansichtig wurde.

»Ruhe!«, befahl die alte Frau. »In diesem Haus wird nicht gestritten.«

Taggart schüttelte den Kopf. »Es ist schön warm am Feuer, nicht wahr, wenn wir anderen auf dem eisigen Meer schuften ... Er war nicht krank. Wir haben ihn heute Morgen gesehen, als er durch das Dorf nach Hause ging, munter wie ein Fisch im Wasser. Ich habe nichts dagegen, wenn er zu seinem Mädchen geht; ich erinnere mich noch an die Zeit, als ich so alt war wie er, aber er soll heimkommen und trotzdem arbeiten und nicht alles uns überlassen.«

Dann streckte die Hand aus, und aus bösen Worten wurden Ausrufe des Erstaunens über den Glanz des Goldes.

Taggart pfiff leise, als er es sah, und es half alles nichts, Fiachra musste unbedingt die Geschichte noch einmal erzählen, wie er den Ring gefunden hatte, während seine Brüder über ihn geneigt standen wie Bäume über einem Brunnen.

Als er schließlich fertig war, lächelte Taggart und klopfte ihm auf die Schulter. »Guter Junge ... Wenn wir ihn verkaufen, müssen wir den Toten begraben.«

Fiachra schüttelte den Kopf.

»Ich will ihn nicht verkaufen!«

Taggart geriet ins Stottern, dann sah er seine Mutter an.

»Er will ihn nicht verkaufen.« Ihre Mundwinkel senkten sich einen Moment nach unten. »Den ganzen Tag hat er damit verbracht, ihn halb schlafend anzustarren.«

»Was hat er davon, außer den beiden Kühen, die wir dafür von unserem Händler bekommen könnten?« Sein Bruder Ross kratzte sich seinen braunen Bart.

Die alte Frau zuckte die Achseln. Nach ein paar Minuten schlurften die Brüder in ihre Kammern. Fiachra ertrug ihren Ärger und ihr Erstaunen mit dem selben lächelnden Gleichmut.

Später kam Morag in seine Kammer. »Lass mich ihn anschauen.« Ihre Stimme klang beinahe scheu. »Lass mich ihn anschauen, Rotohr!«

313

Fiachra schüttelte energisch den Kopf von rechts nach links, dann reckte er den Hals und bewegte seinen Kopf auf und ab wie ein Hund, der bellt. »Wie Ihr wünscht, meine Königin.«

Rasch nahm er den Ring vom Finger und ließ ihn in ihre ausgestreckte Hand fallen. »Er ist wundervoll!« Sie nahm eine übertriebene Würde an. »Passend für eine Königin.« Sie unterdrückte mühsam ein Kichern. »Würdest du ihn mich wirklich auf meiner Hochzeit tragen lassen?«

»Ich schon, aber die alte Frau nicht, das weißt du!«

Morag seufzte. »Es wäre großartig, obwohl ... Erzähl mir noch einmal, wie du ihn gefunden hast.«

In dieser Nacht war sein Schlaf unruhig, voller Träume, an die er sich beim Erwachen kaum noch erinnerte: nur dass sie schön und seltsam gewesen waren, wusste er noch.

Seine Träume, obschon vergessen, verfolgten ihn, als ob ihm mit ihnen etwas Kostbares verloren gegangen sei, und er kämpfte verzweifelt gegen die dunkle Wand an, hinter der sie sich verbargen.

Er wirkte irgendwie abwesend, und wenn er sprach, so war es wie aus der Ferne. Erst als sie draußen auf dem Meer waren, verlor er die Mattigkeit dieses merkwürdigen Schlafes, und selbst dann noch fühlte er sich müde. Es schien ihm, als finde die Arbeit an diesem Tag kein Ende.

So ging es mehrere Tage lang. Seine Träume wurden immer lebhafter, bis er endlich eines Tages die Augen schloss und nicht mehr Dunkelheit, sondern eine fruchtbare Ebene erblickte, grünen Rasen mit kleinen gelben und weißen Blumen und dahinter einen Wald von Apfelbäumen. Im selben Augenblick fühlte er, wie die Luft plötzlich warm und der scharfe Meereswind zu einer sanften Brise wurde, die nicht nach Salz und Fisch roch, sondern nach Apfelblüten und Heidekraut und Düften, für die er keine Namen hatte. Unter den Apfelbäumen hing ein eigenartiges Instrument, wie eine Harfe mit vielen Saiten, die im Windhauch leise sangen.

Als er die Augen öffnete, befand er sich wieder in dem von windgepeitschten Wellen hin und her geworfenen Boot.

Von diesem Augenblick an vergaß er seine Träume nicht mehr.

In den Nächten wandelte er über unvorstellbar satte, grüne Wiesen, über Weideflächen, wie er sie noch nie gesehen hatte, oder durch Wälder, die sich grenzenlos unter einem Himmel zu erstrecken schienen, der blauer war als jeder Himmel der Sterblichen.

In seinen Träumen schritt er über Strände, deren Sand funkelte wie winzige Edelsteine, an einem Meer entlang, das die Farbe von Lapislazuli hatte und mit Elfenbein gekrönt war. Und er erblickte eine Stadt mit kristallklaren Türmen, zwischen denen sich gewölbte Brücken tausend Fuß hoch in der Luft über die endlose Leere spannten.

Er sah niemals etwas von denen, die in diesem Traumland lebten, aber sie waren da. Manchmal fühlte er sie, und manchmal hörte er ihre Stimmen, ruhig und rein wie Sternenlicht, bald ihm zurufend, bald in Liedern aufsteigend.

Seine Familie sah, wie er sich veränderte, und beobachtete ihn voller Sorge, als er immer lustloser und zerstreuter wurde.

Niemals mehr fand man ihn achtungsvoll im Kreis von Geschichtenerzählern beim Zuhören oder unter denen, deren Füße sich im Rhythmus der Inseltänze drehten, wenn die Musikanten bis tief in die Nacht hinein aufspielten.

Obwohl er immer noch allein über den Strand lief, tat er dies nun nicht mehr mit einem Ziel, und Tag um

Tag verging, ohne dass er Mairis Namen auch nur ein einziges Mal erwähnte.

Viele Augen schauten vergeblich nach den roten Locken seines Kopfes und der kräftigen Anmut seines jungen Körpers aus; er hatte keine Zeit mehr für die vertrauten Betätigungen seiner Vergangenheit. Sein Leben bestand nur noch aus Arbeit und Traum, aus Wachen und Schlafen.

Wenn seine Brüder versuchten, mit ihm darüber zu reden, wandte er sich ab und erklärte nur, dass er nicht gut schlafe und sehr müde sei. Eine aber gab es, von der er sich nicht abwenden konnte: seine Schwester Morag.

Sie kam des Nachts an sein Bett und legte ihre Hand auf seine Hand. »Was ist mit dir in diesen letzten Monaten, Rotohr?«

Der Spitzname drang leichter durch die Schalen, die ihn umschlossen, als alle barschen oder ernsten Worte seiner Brüder. Er sog den Atem tief ein, um zu sprechen, atmete mit einem Seufzen wieder aus, holte noch einmal Luft und brach dann hervor: »Es ist so schwer, Schwester. Ich träume ... Ich träume von einem Ort.«

Sie schaute ihn verwunderter an als zuvor. »Was für ein Ort?«

Fiachra überging ihre Frage. »Nicht mehr nur in meinen Träumen. Es genügt, wenn ich die Augen schließe, wenn wir über das Meer segeln, und schon finde ich mich dort wieder ... an einem Ort, der schöner ist, als ich beschreiben kann. Der Westen ist für meine Augen nicht länger leer; manchmal sehe ich ihn wie eine farbige Wolke dort, wo Himmel und Meer sich berühren. Und das Meer selbst ...« Seine Stimme nahm einen fast hypnotischen Klang an, als er sprach: »Das Meer hat Stimmen, Stimmen wie Glocken, Stimmen, die mich rufen, die Lieder singen, vor denen des Königs Barde seinen Kopf in Scham senken, vor Neid in Tränen ausbrechen würde.«

Morags Hand schloss sich fester um seine Hand. »Du wirst uns also verlassen und zu jenen Stimmen gehen ...« Ihre Stimme brach. »Oh, mein Narr, wie soll ich nur ohne dich leben!«

Fiachra lächelte ein verträumtes, halbes Lächeln. »Oh, nein, meine Königin, dein rotohriger Narr rennt immer noch durch die dunklen Räume der Nacht hinter dir her!«

»Das tust du, Rotohr, aber ich habe Angst um dich. Es ist, als ob dich deine Träume am Tage heimsuchten und dich lebendig verzehrten.«

Fiachra lachte nur und fuhr ihr mit den Händen durch die Haare.

Seine Mutter war weniger freundlich zu ihm.

Eines Tages, als sie vom Meer nach Hause zurückkehrten, begrüßte sie ihn barsch: »Verkauf den Ring, du Narr!«

Er stolperte an ihr vorbei, mit halb geschlossenen Augen, alle Sinne noch im Licht seines Traumlandes; sie packte ihn bei den Schultern und drehte ihn zu sich herum.

»Es ist der Ring, der dich soweit gebracht hat, dass du nur noch ein blasser Schatten deiner selbst bist! Er ist voll vom Zauber der Anderswelt und vernichtet einfache Leute. Er ist etwas für die Großen und Weisen; uns bringt er Tod.«

Fiachra konnte ein Lachen nicht unterdrücken; bei diesem Laut lief das Gesicht seiner Mutter rot an, als habe er sie geschlagen.

»Habe ich dich nicht geheißen, ihn zu verkaufen, schon an dem Tag, an dem du ihn gefunden hattest? Verkauf ihn oder noch besser: wirf ihn zurück ins Meer und lass ihn für immer darin ruhen, sonst werden die Anderen dich holen oder dich in den Tod locken.«

Er schüttelte den Kopf und schritt an ihr vorbei, aber sie redete weiter: »Mairi wird heute Abend beim Tanz sein; man sagt, dass sie eigens von der anderen Seite der Insel herübergekommen sei. Aber es ist schon so lange her, dass du hingegangen bist, um sie zu sehen, dass sie nicht zu uns kommen will.«

Er schenkte den Worten seiner Mutter keine Beachtung, und ihre Stimme kam ihm rau und grob vor im Vergleich zu den zarten Stimmen, die er nun Tag und Nacht hörte. Was war sie mehr als eine törichte alte Frau, die nicht wusste, wovon sie redete.

Am nächsten Tag fuhr er nicht mit seinen Brüdern hinaus, sondern blieb zu Hause, als warte er auf etwas.

Kurz nach Mittag kam Huil, Mairis Bruder, vorbei. Fiachra vernahm zuerst seine Stimme; Huil stand im Hof und rief, bis die alte Frau ihn hereinließ.

»Nicht nötig, mit uns so förmlich zu sein, Huil Dubh, und wie ein Fremder um Einlass zu bitten«, sagte sie, als sie ihn einzutreten bat. »Kann ich dir etwas anbieten? Etwas zu trinken? Oder ein paar Haferküchlein?«

Während sie sprach, blickte Huil um sich, bis er Fiachra entdeckte. Er lächelte dünn und schüttelte den Kopf. »Es ist wirklich kein besonders langer Weg von der anderen Seite der Insel ... Aber wenn man danach urteilt, wie selten Euer Sohn ihn in letzter Zeit gegangen ist, könnte es weiter sein als bis zu den Schwarzen Toren.«

Sie nickte. »O ja ... Nun, es ist ihm in der letzten Zeit nicht gut gegangen, weißt du, und ich habe ihm gesagt, er solle nicht so viel herumlaufen, wie er es sonst tat, ich hatte Sorge, er könnte sich erkälten.«

»War es eine Erkältung, die er sich gestern Abend beim Tanz hätte holen können? Als Mairi herüberkam, um ihn zu sehen, für den Fall, dass er sie hätte sehen wollen?« Huils Gesicht verlor etwas von seiner Gutmütigkeit.

Er durchquerte den Raum, blieb vor Fiachra stehen und ließ seinen Blick über den in sich zusammengesunkenen Körper gleiten. »Ich habe die Geschichte gehört, aber ich glaubte sie nicht. Es ist noch keine zwei Monate her, als ich dich das letzte Mal sah; du warst kräftig und lebhaft, voller Jugendlichkeit und Hoffnung. Jetzt wirkst du zusammengeschrumpft, als wärst du in dich hineingewachsen, und ich mag das Licht nicht, das ich in deinen Augen sehe. Hast du dir den Unwillen eines Magiers oder Zauberwebers zugezogen? Wahrlich, ich glaube, man hat dich verhext!«

Fiachra lachte hohl. »Nicht verhext. Ich sehe lediglich, was du nicht sehen kannst. Und was habe ich mit Zauberern zu schaffen, die sich doch nur unter den Großen bewegen?«

Huil schüttelte den Kopf. »Das sei, wie es mag: solange dieser Fluch auf dir liegt, taugst du für keine Frau zum Ehemann, und ganz sicher bist du keiner für meine Schwester. Sie wird einen besseren Mann finden als dich, einen, der frei von Torheit und Zauber ist.« Huil machte eine Pause. Fiachras Mutter ergriff seine Hand und wollte etwas sagen, aber er befahl ihr zu schweigen.

»Es tut mir Leid und meiner Schwester auch, weil wir diese Heirat selbst beschlossen hatten. Aber es muss so bleiben, bis der Zauber gebrochen ist, der auf dir liegt.«

Die Schultern der alten Frau sanken herab.

Fiachra kämpfte gegen ein kurzes Bedauern an, das ihn überkam, und schloss für einen Moment die Augen, um sich an dem Anblick und den Lauten seines Traumlandes zu erquicken, bevor er antwortete: »So soll es sein. Die Verantwortung dafür musst du tragen, mit mir hat es nichts zu tun. Ich werde eine bessere Frau finden als Mairi. Und nun mach, dass du fortkommst!«

Viele bittere Worte waren es, die Fiachras Mutter ihrem Sohn an diesem Abend sagte, sodass seine Brüder hinaus zum Strand gingen, weil sie den Sturm im Haus mehr fürchteten als die klirrende Kälte und den feuchten Seewind. Am Ende, als sie sah, dass ihre Worte nichts fruchteten, ging sie weinend zu Bett.

Kurz nachdem seine Mutter ihn verlassen hatte, vernahm er ein vertrautes Geräusch an der geflochtenen Wand, und eine leise Stimme rief: »Rotohr ..., bist du wach?«

Er murmelte eine Antwort, und im Nu war sie bei ihm. »Warum hast du das getan, mein Narr; hat sie dir so wenig bedeutet?«

Fiachra lachte leise in sich hinein. »Mairi? Sie war ein Traum, nicht mehr; ein Bild, das aus meinem Bewusstsein verschwunden ist, ein Sturm von gestern.«

»Aber du hast sie einmal geliebt. Du hast ihr den Hof gemacht, ein Lied für sie gedichtet und es an Festabenden gespielt. Jetzt ist sogar die Musik, die du auf der Harfe spielst, anders geworden ... Alles ist verändert!« Tränen lagen in ihrer Stimme. »Oh, mein Narr, was wird nun aus uns werden?«

»Du wirst heiraten und einen guten Mann haben, und du wirst glücklich sein und Kinder haben und ein schönes Haus und mindestens ein Dutzend Kühe. Und vielleicht wirst du eines Tages vergessen, dass du mit deinem rotohrigen Narren in der Nacht herumgelaufen bist.«

»Nie!« Jetzt schluchzte sie. »Niemals, Rotohr! Eher werden Ochsen fliegen! Ich könnte dich nie und nimmer vergessen.«

Fiachra war jetzt völlig von seinen Träumen besessen. Er war kaum noch imstande zu arbeiten, und sein Schlaf war etwas anderes als Schlaf, etwas, das ihm nur wenig Ruhe schenkte. Er fühlte sich fast körperlich gen Westen gezogen; es war jedes Mal ein schrecklicher Augenblick, wenn das Boot am Ende des Tages nach dem Fischen wieder den Heimweg antrat.

Der Zwang wurde stärker und stärker, täglich verlangte ihn mehr danach, ihm nachzugeben und zum Äußersten Westen zu segeln, um dort das Land seiner Träume zu suchen.

Je wirklicher dieses Land für ihn wurde, um so mehr erschien ihm sein Fischerleben als Illusion.

Mit Morags widerwilliger Hilfe begann er aus der Speisekammer Nahrungsmittel zu stehlen und in seiner Kammer zu verstecken: Käse, geräucherten und gesalzenen Fisch, Dauerbrot. Nahrung für die Reise von einigen Wochen. Gewiss war das Land, in dem er so oft herumwanderte, nicht weiter entfernt.

Schließlich meinte er, nun reiche es. In der Nacht erhob er sich von seinem Bett und ging vorsichtig in die Kammer, in der seine Schwester schlief.

Er stand in der Dunkelheit über sie geneigt und blickte auf die Schatten, die sie umgaben. Er sehnte sich danach, sie zu wecken, ihre Stimme noch einmal zu hören, aber am Ende bewegte er nur sacht die Hand über ihrem schlafenden Körper und flüsterte: »Leb wohl, meine Königin.«

Seine zusammengepackten Vorräte in ein Tuch gehüllt, stahl er sich leise aus der Tür und schlich zum Hafen hinunter.

Er nahm ein kleines Boot, kaum größer als ein Dinghi, das er vor Jahren selbst gebaut hatte, und belud es mit seinen Nahrungsmitteln und einem Wasserfass. Dann hisste er das einzige Segel und richtete den Bug gegen Westen.

Es war, als fiele eine schwere Last von seinen Schultern. Er sang, als das Boot wie ein lebendes Wesen davonjagte, jubelte über seine rasche Fahrt und vermischte seine Stimme mit den Stimmen der Anderswelt, als er schnurgerade von der Dämmerung wegsteuerte.

An der schon weit entfernten Küste stand seine Schwester und sang die alte Klage für die vom Meer Verschlungenen.

Immer weiter segelte er in einem Tagtraum von der Mitte der Inselgruppe fort nach Westen. Er aß und trank nur wenig, und doch gingen seine Vorräte allmählich zur Neige.

Endlich erblickte er eines Morgens vor sich in weiter Entfernung ein Land, von dem er wusste, dass es nur das eine sein konnte, und als er es sah, erinnerte er sich des Namens wie aus vergessenen Geschichten: *Das Land der Träumenden Jugend.*

Rasch glitt das Boot vorwärts über wild wogende Wellen, durchschnitt milchweiße Schaumkronen auf steilen Wellenkämmen, und doch kam die schimmernde Küste nicht näher.

In der Ferne erspähte er etwas, was wie große fliegende Vögel aussah; als einer von ihnen näher kam, sah er, dass das Tier den Kopf einer Frau hatte.

Er drehte ein wenig von seinem Kurs ab, um auf die Vögel zuzusegeln, die auf riesigen Schwingen langsam über der silbernen Oberfläche des Meeres auf- und niederschwebten. Als er sich ihnen näherte, konnte er sie singen hören. Rhythmen und Harmonien verwoben sich mit den vielfältigen, zusammenhängenden Figuren der Spirale, die sie tanzten, zu überwältigender Vollkommenheit.

Noch näher kam er, und ihr Gesang brannte wie Feuer in seinen Adern, brannte wie uralte Freude und uralte Trauer. Was schwerer zu ertragen war, wusste er nicht, denn beides überstieg die Freude und Trauer von Menschen.

Immer noch schien die Küste vor ihm zurückzuweichen, als wolle sie ihn zum Narren halten. Die Stimmen seiner Träume hallten in seinen Ohren wider, und manchmal glaubte er, den leisen Ton einer silbernen Glocke zu vernehmen.

Seine Finger wurden seltsam dünn, als die Tage vorübergingen, und er fürchtete, der Ring könnte von seiner Hand gleiten. Er band ihn an einer Schnur um seinen Hals.

Wie lange er nun schon segelte, wusste er nicht, und es kümmerte ihn nicht; es genügte ihm, bugvoraus die Küsten des westlichen Landes zu sehen. Tage waren vergangen, seit er zum letzten Mal geschlafen hatte. Er fühlte sich im Gleichgewicht auf der Schwelle zwischen Tag und Nacht, wachend und schlafend zugleich. Er blickte auf Leben und Tod, als gehöre er weder zum einen noch zum anderen.

Einmal sah er eine Barkasse vorbeiziehen mit silbern schimmerndem Rumpf und mit Segeln vom Purpurrot der Dämmerung. Eine Harfe und das leichte, kristallhelle Lachen jener drang zu ihm herüber, die weder Alter noch Tod kennen.

Er rief und rief, aber die Barkasse glitt an ihm vorüber und verschwand spurlos in der Ferne.

Nahrung und Wasser waren ausgegangen, und Tag für Tag wurde er schwächer; er nahm ein Seil und band sich am Mast fest.

Es schien ihm, als erblicke er plötzlich eine Frau von der Schönheit der Sterne in einer mondlosen Nacht oder des ersten frischen Frühlingsrasens. Er streckte die Hand nach ihr aus. Kraft durchströmte ihn bei ihrer Berührung, und er fühlte, wie die Kraft ihn von den Füßen hob.

Er zwinkerte mit den Augen, denn das Boot war verschwunden; er stand auf der Schwelle einer Halle voller Licht und Musik. Um ihn herum stimmten die Stimmen seiner Träume ein Lied zum Willkomm an; die raue Wolle fiel von seinen Schultern ...

Die Vögel mit den Frauenköpfen umkreisten das

Boot und sangen ein Lied, das halb Willkommensgruß, halb Totenklage war. Es heißt, dass niemand, der von einer Frau geboren ist, lebend die Hallen des Äußeren Westens betreten darf.

Später erhob sich ein Wind und blies das Boot zurück, zurück in die Gewässer der Welt der Lebenden, wo Boote ihre Spuren hinter sich herziehen, und Möwen fraßen das Fleisch von seinen Knochen.

Nach langer Zeit wurde es an Land getrieben. Mitten im Wrack lag er, und der Ring glänzte golden über seinem Brustbein.

Paul Edwin Zimmer
Die Hand Tyrs

Ich war dreizehn, als mein Bruder Paul geboren wurde, und bereits dabei, lange, unzusammenhängende Romane in Schulhefte zu kritzeln. Ich heiratete zum ersten Mal und zog nach Texas, als er sieben Jahre alt war, und hinterließ ihm meine alte Sammlung von Fantasy-Romanen, Amateurzeitschriften und selbst meine alten Vervielfältigungsmaschine. Ich glaube nicht, dass ich jemals für eine Minute daran zweifelte, so jung und naiv, wie ich war, dass Paul schon in der richtigen Weise aufwachsen würde – das heißt, als Science-Fiction-Fan, und mehr noch, nämlich als ein Fan, der selbst danach strebte, ein Autor zu werden.

Er begann stattdessen als Maler, mit einer Zwei-Mann-Ausstellung in einer kleinen Galerie in Albany, New York, und später, als er nach Berkeley zog, machte er sich einen gewissen Namen als Dichter in der örtlichen Szene; er hatte zeitweise eine Ausbildung als Schauspieler genossen, und der höchst dramatische Vortrag seiner eigenen Werke machte ihn zu einem der gesuchtesten Poeten in den Cafés jener Stadt (die unter einer gewissen Überversorgung an Dichtern aller Art leidet, von den sagenhaften bis zu den unsäglichen).

Von Zeit zu Zeit zeigte er mir Kurzgeschichten oder Romananfänge, die ich jedoch nie besonders ernst nahm. Sein Hauptinteresse in diesen Jahren schien darin zu bestehen, als Earl Marshal (eine Art Waffenexperte und Kampfrichter) der bereits des Öfteren erwähnten »Gesellschaft für kreativen Anachronismus« zu fungieren. Es ist nicht leicht, objektiv bei jemandem zu sein, den man als Kind auf dem Arm herumgetragen hat und dessen jugendliche Narreteien man mitbekommen hat (wie zum Beispiel, als Paul mir, wie ich glaube ernsthaft, weismachen wollte, dass Edgar Rice Burroughs als eine wichtige Figur in der Weltliteratur anerkannt werden solle und dass meine eigene Schriftstellerei davon profitieren könne, wenn ich mir Burroughs zum Vorbild setzte). Aber ich war beeindruckt von Pauls wachsender Bedeutung als Dichter und noch mehr von seinen Fähigkeiten als Experte für Kampfsportarten.

Auf diese Art begann unsere Zusammenarbeit. Als ich den Vertrag für *Das Zauberschwert* unterzeichnete, ging ich zu Paul, als die bestinformierte Person, die ich kannte, und bat ihn, mir bei der Inszenierung der Kampfszenen zu helfen. Ich hatte an einfache Szenenabläufe gedacht, in der Art der alten Radioberichterstattung bei Boxkämpfen, bevor das Fernsehen erfunden wurde: »Eine Rechte ans Kinn – der Champion knallt in die Seile – der Herausforderer setzt nach mit einer kurzen Linken an den Körper, wieder eine Rechte ans Kinn . . .«, und so weiter.

Stattdessen präsentierte mir Paul, zu meiner angenehmen Überraschung, nach langen Diskussionen über das, worum es ging, mehrere ausgearbeitete Kapitel, die ich fast alle, ihrer Klarheit und Vorzüglichkeit, aber auch der darin einfließenden gelungenen Charakterisierung der Figuren wegen, beinahe Wort für Wort in das wachsende Manuskript von *Zauberschwert* einbringen konnte. Er war besonders hilfreich bei der Ausarbeitung der Charakterzüge des Dom Esteban – der, in gegenseitigem Einvernehmen, unserem Vater nachempfunden war. Nach dieser Erfahrung hatte ich keine Bedenken, Paul darum zu bitten, die Kampfszenen in *Die Jäger des Roten Mondes* zu konzipieren. Paul schrieb beinahe ein Drittel des endgültigen Manuskripts; wenn Leute uns nach der Art unserer Zusammenarbeit fragten, pflegten wir zu scherzen, dass Paul für die Gewalt gesorgt und ich den Sex hineingebracht hätte. Bis heute werden die Tantiemen für *Zauberschwert* und *Jäger* zwischen Paul und mir aufgeteilt, und von Rechts wegen sollte sein Name zusammen mit dem meinen auf dem Titelblatt von *Jäger* auftauchen, aber da er damals noch unbekannt war, erschien das Buch nur unter meinem Namen.

Flüchtlinge des Roten Mondes, die Fortsetzung, wurde als offene Zusammenarbeit zwischen uns beiden geschrieben, und sein Name erschien mit auf dem Buch. Dieses Buch schrieben wir anders; nachdem wir die einzelnen Kapitel und die Handlung besprochen hatten, schrieb Paul einen ersten Entwurf, und ich überarbeitete ihn von Grund auf, wobei ich insbesondere die Charakterisierung der Figuren und die persönlichen Beziehungen zwischen ihnen etwas schärfer herausarbeitete. Die ausgesprochen originelle Schöpfung des kirgonischen Sklavenjägers und der Kirgone selbst waren Pauls eigene Erfindung, ohne dass ich daran viel geändert hätte. Und in beiden Büchern war die Figur Arataks, mit seiner ständigen Anrufung der Weisheit des Göttlichen Eis, eher Pauls Schöpfung als meine. Ich habe die Hoffnung immer noch nicht aufgegeben, dass wir eines Tages Dane, Rianna und Aratak zu einer weiteren Reise durch die Waffenkammern des Universums wieder aufleben lassen können.

Aber es mag noch eine Weile dauern; denn kurz nach der Vollendung von *Flüchtlinge* traf Paul Sharon Davis auf einem Science-Fiction-Kongress und weckte bei ihr das Interesse an dem Roman, an dem er selber arbeitete, und Sharon kaufte ihn für ihren Verlag an. Seitdem hat Paul, wann immer ich ihn auf das Thema einer weiteren Zusammenarbeit ansprach, stets an *The Dark Border* gearbeitet, einem Roman, der beinahe so lang ist wie mein eigener *Die Nebel von Avalon.*

Ich sehe Paul selten außer in jenen Zeiten der Dämmerung, wenn sich Tag und Nacht überschneiden. Paul ist ebenso definitiv ein Nachtmensch, wie ich ein Tagmensch bin, dass einige Leute im Scherz schon den Verdacht geäußert haben, dass er Vampirblut in seinen Adern habe. Wenn er bei Tage ausgehen muss – denn selbst die exzentrischsten Personen müssen gelegentlich Zahnärzte oder Banken aufsuchen –, schützt er seine empfindlichen Augen mit der dunkelsten Brille, die man finden kann. Er steht etwa um vier Uhr nachmittags auf und taumelt bis etwa um sieben oder so im Halbschlaf in Greyhaven umher, bis mehrere Tassen Kaffee ihre belebende Wirkung gezeigt haben. Gegen elf Uhr abends beginnt er aufzublühen, bei einer Party oder einer Liedertafel – ungefähr um die Zeit also, wo mir, der ich ein absoluter Tagmensch bin, die Augen zufallen und die Puste ausgeht. Jedoch bin ich wie alle wirklichen Tagmenschen immer um fünf Uhr morgens wieder hellwach. In jener Stunde vor Sonnenaufgang pflegte ich Greyhaven heimzusuchen. Paul und ich saßen dann in der Küche, unterhielten uns über unsere Arbeit und tranken Kaffee. Danach wünschte ich ihm eine gute Nacht und begann meinen Tag, während er zum Schlafen ins Bett kroch.

Und es war bei einer der Liedertafeln, dass ich ihn »Die Hand Tyrs« vortragen hörte. Ich habe mich immer selbst überschlagen, um bei Pauls Werk ja nicht zu unkritisch zu sein – und er seinerseits reagiert sehr sensibel auf den Gedanken, nur als MZBs jüngerer Bruder zu erscheinen, und ist vielmehr bemüht, sich selbst einen Namen zu machen. Ich habe nicht einmal das Manuskript von *The Dark Border* lesen dürfen, da er sagt, er wolle, dass ich es erstmals als ein professionelles, unabhängiges Werk zu Gesicht bekomme.

Als ich ihn – oder genauer, meine Schwägerin Tracy, die auch Pauls Agentin ist – nach der »Hand Tyrs« für diese Anthologie fragte, erklärte sie mir, Paul wolle diese Geschichte ohne meine Hilfe verkaufen, und sie sei hierfür nicht zu haben. Ich ließ aber nicht locker und sagte ihr, ich wolle ihn mit seiner besten Erzählung von allen in dieser Anthologie vertreten sehen – andernfalls könnte man mir vorwerfen, ich hätte eine Geschichte dafür genommen, die Paul nicht anderweitig hätte verkaufen können. Die Logik dieser Argumentation ging ihr schließlich auf, und sie stimmte zu, dass, selbst wenn die Geschichte anderswo einen Käufer fände, ich die Anthologierechte daran erwerben würde.

Ich glaube, dass diese Geschichte Pauls beste ist. Ich wünschte mir, Sie könnten sie alle beim ersten Mal, wie ich, in einer vollklingenden Baritonstimme erzählt hören – mit entsprechender Übung könnte Paul manchen Bühnenschurken oder Shakespeare-Schauspieler vor Neid erblassen lassen –, die, als er zum Schluss kam, selbst die Zuhörer eine volle Minute lang in atemlosem Schweigen verharren ließ, ehe ein

Sturm der Begeisterung losbrach. Doch selbst in gedruckter Form, glaube ich, bewahrt sie etwas von jener Kraft. Es ist eine Freude für mich, den »Kleinen« als einen Künstler eigener Art vorstellen zu können – denn niemand auf der Welt könnte sagen, dass diese Geschichte aus der »Marion-Zimmer-Bradley-Schule« sei – und ihm als einem Gleichgestellten oder Besseren zu huldigen.

Vater Odin entsandte aus der Halle der Erschlagenen jenen Helden, der unter den Einherjern Farin genannt wird, wenngleich er auf der Erde viele andere Namen hat. Heimdall der Allessehende sah ihn über die Regenbrücke schreiten; Frija, die Gesegnete, und Mutter Frigg halfen ihm, seinen Weg in den Schoß einer Menschenfrau und zu gegebener Zeit wieder hinauszufinden.

Aber natürlich hatte er seinen Auftrag vergessen und auch, wer er war.

Roger Oggs zerknüllte das Gedicht, das er geschrieben hatte, und kickte das Papier quer durch sein kleines Zimmer. Er schüttelte den Kopf; kein Wunder, dass niemand seine Dichtung schätzte, wenn er sie selbst nicht einmal verstand.

Sonnenstrahlen fielen durch schmutzige Fenster. Eine Matratzte auf dem Boden (Decken und Leintücher sorgfältig zusammengelegt) und ein paar alte, auf die Seite gekippte und mit Büchern voll gepfropfte Apfelsinenkisten machten das ganze Mobiliar aus, abgesehen von dem selbst gebastelten Ständer, der seinen einzigen wertvollen Besitz trug: das zweihundert Jahre alte Samuraischwert, das ihm ein Freund für vierzig Dollar verkauft hatte, obwohl es wahrscheinlich mehrere tausend wert war.

Ganz gleich, wie arm er war, davon würde er sich niemals trennen.

Er seufzte. Eine Zeit lang hatte er geglaubt, dass er vielleicht mit seiner Dichtkunst einen Platz im Leben gefunden habe – aber es sah ganz so aus, dass das eine Sackgasse war, wie nahezu alles andere.

Sein ganzes Leben lang war er von der Idee, von dem Gefühl besessen gewesen, dass es irgendetwas gab, das er tun *musste*. Er war zum Mann geworden mit dem dringenden Bedürfnis, ein Lebensziel zu finden, und mit einer merkwürdigen Gewissheit, dass er es, was immer es auch sein mochte, noch nicht gefunden hatte.

Vielleicht war es nur Einsamkeit. Er hatte nie viele Freunde gehabt. Seine Eltern, unfähig, diesen komischen Kuckuck zu begreifen, der sich bei ihnen eingenistet hatte, hatten ihn schließlich in der festen Überzeugung aufgegeben, dass *sie* ihre Pflicht getan hatten.

Nur Einsamkeit. In Gedanken hörte er den verhassten Reim, der ihn vom Kindergarten an verfolgt hatte – »Roger ist ein Ochs! Roger ist ein Ochs!«

Aber das erklärte nichts. Seit Generationen mussten alle Oggs so ziemlich den selben Reim gehört haben, aber kein anderer Ogg war so geworden wie er ...

Seine Augen glitten liebkosend über die lackierte Scheide seines Schwertes, der einzigen Sache, die er liebte; das Einzige, das ihn nie im Stich gelassen hatte. Romantische Tagträume hatten ihn früh zum Fechten gebracht, dann hatte er Judo, Karate, Aikido und schließlich die Schwertkämpfe Kendo und Iai gelernt. Jetzt konnte er mit Unterricht in diesen Kampfkünsten endlich einigermaßen sein Leben fristen.

Das schien näher als alles andere bei jenem geheimnisvollen Ziel zu liegen, das er im Leben suchte, aber noch *nicht nahe genug*.

Seltsam, wie ein Schwert, jedes Schwert, in seine Hand zu passen, ein Teil seiner selbst zu werden schien. Er hatte sich ganz instinktiv den verschiedenen Kampfarten – vor allem dem Schwert – zugewandt, als habe er ganze Lebzeiten damit zugebracht, sie zu erlernen.

Er kniete nieder, wo er stand, schloss die Augen in Meditation und versuchte, seinen Geist von allen Gedanken zu entleeren. Er hatte schon früh den fernen Gott verlassen, zu dem seine Eltern beteten, und nach einem kurzen Flirt mit dem Atheismus hatte er sich Yoga und Zen zugewandt in der Hoffnung, einen Sinn außerhalb der Öde des Alltagslebens zu finden.

Er versuchte, seine Erinnerungen auszulöschen, seine verletzten Gefühle auszuschalten, Vergangenheit, Gegenwart und Zukunft in jenem Zustand der Ruhe zu vergessen, die das Geräusch einer klatschenden Hand ist ...

Rote Schwaden verdichteten sich vor seinen Augen. Er fühlte, wie sein Herzschlag rascher ging, als eine seltsame Erregung ihn überkam. Er atmete langsam und tief und versuchte Frieden in seinen Geist zu atmen, in das Weiße Licht zu tauchen ...

Rote Schwaden, dichter werdend, fließend sich zusammenballend – wie Blut. Es *war* Blut, Blut, das aus einem zerrissenen Handgelenk sprudelte, aus einem blutigen Stumpf, der mit weißen, vorstehenden Knochensplittern auf ihn zeigte.

Keuchend sprang er auf die Füße, starrte auf die Wand und prüfte aufmerksam den weißen Verputz. Aber da war nichts. Was hätte da auch sein können? Also eine Halluzination ...

Oder eine Vision?

Er hatte einen Mann gesehen – einen Krieger aus alter Zeit mit sprühenden Augen –, der auf ihn zeigte, mit einem Arm auf ihn zeigte, der in rotem zerfetztem Fleisch und zermalmten Knochen endete.

Als sein rasendes Herz sich beruhigte und sein Keuchen wieder in normale Atmung überging, stieg ein Name in seinem Bewusstsein auf: Tyr, Kriegsgott der Wikinger!

Die nordischen Mythen hatten ihn immer in besonderem Maße fasziniert; viele seiner Gedichte hatten darin ihre Wurzeln. Vor allem jene eigenartige Geschichte von der Fesselung des Wolfs...

Ein Teil seines Verstandes durchstöberte wie besessen seine psychologischen Kenntnisse und versuchte, die Ursache für seine phantastische Halluzination zu ergründen.

Der andere Teil aber versank in staunendem Begreifen und fragte, was der Gott des Kampfes mit *ihm* vorhaben mochte?

Krieg! Das war für seine Generation ein schmutziges Wort: seine romantischen Neigungen hatten ihn nicht gehindert, das zu sehen. Er dachte an die schnittigen, tödlichen Raketen in ihren Silos tief in der Erde, die darauf warteten, dass der Knopf von Ragnarök gedrückt und das Chaos des Weltendes hereinbrechen würde. Er erinnerte sich, wie er als Kind wach gelegen und auf die Flugzeuge über seinem Kopf gelauscht hatte, krank vor Angst, dass dieses Flugzeug *das* Flugzeug sein könnte, und darauf gefasst, jeden Augenblick das Zischen der herabrasenden Bombe zu hören, die allem ein Ende machen würde...

(Aber es war der *Wolf*, der Ragnarök bringen sollte, und Tyr hatte den Wolf *gefesselt*...)

Er dachte an sich immer als an einen »Visionär«, aber wenn dies eine wirkliche Vision war...

War es eine Aufforderung? Gab es da etwas, das er tun sollte? Ich schnappe über!, sagte der Teil seines Verstandes, der noch dabei war, die Halluzination wegzuerklären. *Sie haben schon immer gesagt, ich sei verrückt, und sie hatten Recht! Paranoia – ich sehe nicht nur Dinge, ich muss sie auch noch unbedingt als Botschaft der Götter interpretieren!*

Joe! Es war ihm immer schon wie ein höchst merkwürdiger Zufall erschienen, dass er und seine radikalen Freunde ausgerechnet bei ihm auf dem Flur eingezogen waren...

Wenn es eine wirkliche Vision *war*, dann erschreckte

sie ihn zutiefst. Joe hatte angedeutet, wenn er wirklich den Wunsch habe, dabei zu helfen, die Welt in Ordnung zu bringen – es hatte eine Zeit gegeben, in der sie beide von nichts anderem geredet hatten –, gäbe es Dinge, die getan werden müssten, Dinge, die *er* tun könnte. Dass die Bewegung jemanden wie Roger brauche ...

Seine Hand schoss hoch und nahm das Schwert von seinem Ständer. *Handeln!* War das endlich sein Ziel? Er zog das Schwert aus der Scheide, streckte es aus und beobachtete, wie das Licht auf der polierten Schneide funkelte.

Joe hatte immer von einer Welt des Friedens und der Liebe und des Überflusses gesprochen, die er erstrebte, und von dem Kampf, der nötig sei, um sie zu verwirklichen. Vielleicht war es das, wozu Roger geboren worden war. Vielleicht war es das, was diese Vision bedeutet hatte ...

Größenwahn!, verhöhnte ihn der andere Teil seines Verstandes. *Bruder, du bist verrückt!*

Er steckte das Schwert wieder in die Scheide und hängte es vorsichtig auf den Ständer zurück.

Eine Wolfszeit, eine Windzeit, eh die Welt endet ... Plötzlich ging ihm diese Zeile aus der Völuspa durch den Kopf, als er seine Wohnung verließ, und er ertappte sich dabei, dass er die Worte leise vor sich hin sprach.

Er hatte Joe im College kennen gelernt – sie waren in dieselbe Karate-Klasse eingetreten. Sie hatten wenig genug gemeinsam gehabt – auf beiden Seiten Unzufriedenheit mit der Welt, wie sie war, und eine gewisse Unbeliebtheit bei ihresgleichen. Aber Roger hatte wenig Freunde, und jetzt war Joe der Einzige, zu dem er Kontakt hatte – und das nur wegen des eigenartigen Zufalls, der Joe und seine neuen Freunde veranlasst hatte, diese Wohnung zu mieten.

Er klopfte an die Tür. *Eine Wolfszeit, eine Windzeit, eh die Welt endet* ... die Tür öffnete sich, und ein bärtiges Gesicht sah ihn misstrauisch an.

»Ist Joe zu Hause?«, fragte er. Das bärtige Gesicht verschwand, und ein gedämpftes Stimmengemurmel war zu hören. Dann ging die Türe gerade weit genug auf, um Joes schmalen Körper durchzulassen; hinter ihm wurde sie energisch wieder zugemacht.

»Hi, Roger! Was gibt's?« Seine blauen Augen waren groß und unschuldig. Roger blickte zu Boden.

»Ich habe darüber nachgedacht, was du letzte Woche gesagt hast.« Er zögerte und wünschte sich, die eigentliche Geschichte wäre nicht so – blöd. »Über – was du gesagt hast – dass ich nützlich sein könnte – weißt du – für die Bewegung und alles andere. Ich möchte gerne nützlich sein.«

»Hei, das ist großartig!« Joes Zähne blitzten, und sogar die unbestimmbaren Augen lächelten. Ein Gefühl, angenommen zu sein, wärmte Roger wie Kaffee an einem frostigen Morgen. Dann nahmen Joes Augen wieder einen nichts sagenden Ausdruck an. Mit bedauerndem Stirnrunzeln fuhr er sich mit den Fingern durch seine ungekämmten Haare.

»Warte einen Augenblick, Roger. Ich muss – muss mal eben mit den anderen Jungs reden.« Sein Kopf machte eine Bewegung, die wahrscheinlich geheimnisvoll wirken sollte, drehte sich um und hieb laut gegen die Tür.

Wieder öffnete sie sich nur einen Spalt breit, um Joe durchzulassen, und Roger hörte, wie der Schlüssel sich im Schloss drehte, als sie sich schloss.

Er starrte auf die glatte graue Türfüllung. Dahinter konnte er das unverständliche Gemurmel von Stimmen hören und einen Augenblick später sogar gedämpftes Schreien.

Nun, er konnte nicht erwarten, dass sie ihm alle sofort trauten, oder?

Plötzlich erinnerte er sich daran, dass Dienstag war. Dienstag – Tyrs Tag. Vielleicht deshalb! Vielleicht war das überhaupt alles …

Die Tür ging auf – weiter dieses Mal. »Komm herein«, sagte Joe.

Helles Licht und der Geruch von abgestandenem Chili. Ein Durcheinander von Kleidern, Büchern, Bettzeug, als ob einige Leute mehr in dieser kleinen Wohnung lebten, als darin Platz hatten. In einer Ecke hatte man ein paar Bettlaken hastig über etwas geworfen, das ein großes Ölfass hätte sein können, als wolle man verhindern, dass er es sah. Nun, das war zu erwarten gewesen...

Dann fand er sich von sechs oder sieben jungen Männern umringt, die alle einer schlanken, seltsam korrekt wirkenden Gestalt in schwarzen Jeans und Rollkragenpulli Platz machten.

»Hallo, Ivan«, sagte Joe, »das hier ist Roger...«

Ivan? Ein kalter blauer Blick durch dicke gläserne Wände und ein eingeübtes Lächeln, das die Lippen niemals zu verlassen schien. Er trug sein blondes Haar kürzer geschnitten als die anderen, fast ein Igelschnitt.

»Roger, ja. Joe hat uns von dir erzählt.« Eine professionelle, übertriebene Wärme lag in der Stimme. »Du bist der mit dem Schwarzen Gürtel, stimmt's? Ja, wir *brauchen* Leute wie dich in der Bewegung. Natürlich müssen wir vorsichtig sein – du verstehst!«

Die sanfte, geschulte Stimme fuhr fort zu reden; sie zögerte kaum bei der versteckten Drohung und begann, die anderen vorzustellen.

Mick sah kleiner aus, als er wirklich war, hatte Schultern wie ein Schrank und schwarzes krauses Haar. Von vorn wirkte er dick, von der Seite eher mager, und seine Hände sahen aus, als würde er damit Steine klopfen. Er war der Einzige von ihnen, der ein Jackett trug, und eine leichte Ausbuchtung unter einem Arm verriet Roger, warum.

Johnnys Haar war blond wie das von Ivan, fiel ihm aber bis auf die schmalen Schultern. Duke war klein und heimtückisch, mit dunklem ungekämmten Haar, einem sauber geschnittenen Schnurrbart, aber mindestens einen Tag alten Stoppeln auf den Backen. Das bärtige Gesicht, das durch die Tür geguckt hatte, wurde als Bob vorgestellt.

Dann waren da noch Steve, Dave und El Adrea. Die verwirrende Menge von Gesichtern drehte sich um ihn. Schwarze und weiße Gesichter, bärtig und rasiert, redend, planend – seine neuen Freunde, Kameraden, die kleine Schar, mit der er Schulter an Schulter der feindlichen Welt entgegentreten würde.

Eine Woche verging. Wieder war es Dienstag geworden, und wieder kniete Roger nieder, wie er es jeden Tag tat, und meditierte.

Wieder rote Schwaden, helles Blut, das vor seinen Augen Form annahm.

Er presste die Augenlider fest zusammen, aber das änderte nichts. Er kämpfte die Furcht nieder, die sein Bewusstsein ausfüllte, und trennte sie von seinem Ich; er versuchte alle Gedanken zu vertreiben. Das war schon früher geschehen, es war nicht neu...

Und doch war es neu.

Das Rot war von weißen Streifen durchzogen.

Die Zähne des Wolfs.

Er blickte in den geöffneten Rachen, an den Reißzähnen vorbei in den schleimigen, roten, gierigen Schlund; und er fühlte den heißen Atem und den tropfenden Speichel auf seiner ausgestreckten Hand.

Schweißgebadet sprang Roger vom Boden auf und unterdrückte einen Schrei.

Er starrte auf die nackte Wand und gab sich alle Mühe, tief durchzuatmen und das Zittern in seiner Kehle unter Kontrolle zu bekommen.

Der *Wolf?*

Von den drei Kindern Lokis war der Fenriswolf das gefährlichste. Die Midgardschlange hatten die Götter in die Tiefen

des Meeres verbannt, und Hel hatte ihr eigenes Reich in Nifl-
heim erhalten. Fenris aber war noch in Asgard und nahm
immer mehr zu an Stärke und Bosheit. Und als die Götter
versuchten, ihn zu fesseln, weil sie wussten, dass er sonst die
Welt vernichten würde, zerbrach er alle Ketten, die sie über
ihn warfen, und brüstete sich, dass keine Fessel ihn halten
könne.

Dann bekamen die Götter von den Zwergen die wunderbare
Schnur Gleipnir, dünn und weich wie ein silberner Faden, aus
sechs unmöglichen Dingen gedreht.

Als handle es sich um ein sportliches Vergnügen, baten die
Götter den Wolf, sich mit der leichten Schnur fesseln zu
lassen, um seine Kraft zu erproben. Aber Fenris, der eine
List vermutete, schwor, er werde das Spiel nur mitmachen,
wenn er die Hand eines der Götter zwischen den Zähnen
halte.

Die Götter zögerten, schauten einander an, aber Tyr, der
Krieger, trat ruhig vor und legte seine Hand in den Rachen des
Wolfs.

Der überhebliche Fenris erlaubte ihnen, seine Glieder zu
fesseln, und sammelte dann seine ganze weltvernichtende
Kraft. Aber vergeblich. Die Fessel hielt allem Bemühen des
Wolfs stand, und die Götter lachten.

Alle außer Tyr. Er hatte seine Hand verloren . . .

Roger erschauerte, als ihm die Geschichte durch den
Kopf ging. Er hatte den Atem des Wolfs an seinem *aus-*
gestreckten Arm gefühlt . . .

Er schauderte bei der Erinnerung. Und er verstand
das alles nicht.

Wild versuchte er, sein Bewusstsein von diesem
Wahnsinn zu befreien. Er sollte heute Karate unterrich-
ten. Das war alles, woran Joes Freunde interessiert
waren. Er musste ihnen heute eine Unterrichtsstunde
geben. Eine Unterrichtsstunde. Daran klammerte er
sich. Es war noch nicht ganz so weit, aber es würde
ihnen nichts ausmachen, wenn er etwas früher kam . . .

Er stürzte aus der Tür. In seinem Kopf setzte sich die erschreckende Zeile aus der Völuspa fest, die Ragnarök prophezeit: *Die Fessel zerreißt, und der Wolf wird frei* . . .

Ragnarök und die tödlichen Raketen, die glitzernden Kinder Lokis, die in ihren Höhlen hockten, darauf wartend, dass die alten Bande bersten. *Die Fessel zerreißt, und der Wolf wird frei* . . .

Er schüttelte ungestüm den Kopf, um ihn zu klären. Was sollte dieser Unsinn?

Die Wikinger hatten keine Atombomben gehabt. Vielleicht schnappte er wirklich über?

Er war ein Revolutionär geworden wegen der . . . der Halluzination oder was immer es gewesen sein mochte. Letzte Woche. Und nun dies! Was konnte das bedeuten?

Es bedeutet, dass dein Verstand durchdreht, erklärte er sich selbst. *Sieh dich nicht nach irgendwelchen anderen Erklärungen um, oder du wirst dich an einer Straßenecke mit einem »Bereue!«-Schild in den Händen wiederfinden. Oder in einer Zwangsjacke!*

Seine Hand zitterte, als er sie hob, um anzuklopfen. Die Tür öffnete sich den üblichen Spaltbreit, und Joe schaute um die Ecke.

»Es ist Roger«, rief er über die Schulter und machte die Tür weiter auf.

Es gab ein hastiges Scharren, als die anderen das Tuch über das Zeug in der Ecke zogen. Er erhaschte einen kurzen Blick auf eine Art elektronisches Gerät und etwas Großes, das wie ein Ölfass aussah, mit einem schwarz und gelb markierten Zeichen auf der Seite, aber er schaute betont woanders hin. Wenn sie nicht wollten, dass er sah, was immer da in der Ecke lag, so ging das in Ordnung.

Ivan warf Joe einen Blick zu und brummte ein paar sehr kurze Worte vor sich hin. Joe sah ihn herausfordernd an. »Da du nun schon einmal hier bist, was willst du?«, schnauzte Ivan.

»Wir wollten heute Karate üben.« Roger gab Ivans Blick ruhig zurück, wie er es bei einem Gegner im Wettkampf getan hätte. Irgendetwas an dieser Feindseligkeit war gut: es war real, es war normal, es gab ihm etwas, an das er sich halten und mit dem er kämpfen konnte . . .

»Du bist früh dran!«

»Tut mir Leid«, Roger zuckte die Achseln. »Ich kann später wiederkommen.«

»Nein, nein«, sagte Ivan und warf Mick einen beunruhigten Blick zu. »Nein, wir werden's schon machen. Später. Setz dich!«

Roger setzte sich. Sie waren alle schrecklich nervös wegen irgendetwas.

Aber zur Hölle damit! Es gab eine Menge, was sie nervös machen konnte. Wenn er alle ihre Pläne kennen würde, wäre er wahrscheinlich genau so zappelig wie sie . . .

Er setzte sich und wünschte, sie würden aufhören, Joe anzustarren und ihm verstohlene Blicke zuzuwerfen. Er lehnte sich auf seinem Stuhl zurück und schloss die Augen . . .

Der Wolf! Die riesigen Kiefer, die sich weit öffneten, um die Welt zu verschlingen . . .

Er setzte sich kerzengerade auf. Sie sahen ihn alle an, aber er kümmerte sich nicht darum. Das Ding war *hier!* Er wagte nicht, seine Augen wieder zu schließen oder auch nur zu zwinkern. Er erschauerte unter dem überwältigenden Gefühl seiner lebendigen Gegenwart . . .

Das Ganze war lächerlich! Schweiß rann über seine Haut. Er saß still da. Ivan und Steve flüsterten in der Ecke leise miteinander. Bob kritzelte verbissen etwas in ein Notizbuch. Mick reinigte ostentativ seine Pistole. Sie hielten alle die Augen auf ihn gerichtet; rasche, misstrauische Blicke trafen ihn, wenn sie glaubten, er schaue nicht hin. Was, zum Teufel, war mit ihnen los?

Joe kam zu ihm und setzte sich auf die Lehne seines Stuhls. »Scher dich nicht drum«, flüsterte Joe. »Sie sind ein bisschen nervös.«

»Das habe ich gemerkt.«

»Nun, sie haben ihre Gründe«, fuhr Joe fort. »Dies hier ist eine große Sache. Ständig sind Agenten unterwegs, und, weißt du, die Jungs kennen dich noch nicht.«

»Tja«, nickte Roger, »das begreife ich …«

Plötzlich ein Klopfen an der Tür, das alle aufspringen ließ. Ivan öffnete den üblichen Spalt und dann die ganze Tür. Duke stürzte herein. Als sich die Tür hinter ihm schloss, begann er zu reden, mit vor Aufregung schriller Stimme.

»Ich habe die richtige Stelle gefunden. Macht die Bombe fertig. Nur die Straße hinunter zum Supermarkt, auf der Rückseite ist ein …« Er sah Ivans wild wedelnde Hand und schwieg, und seine Augen folgten Ivans Hand zu Rogers Stuhl!

Roger kniff die Augen zusammen. *Ein Supermarkt?*

In der hinter seinen Lidern kurz auftauchenden Dunkelheit klaffte der geöffnete Rachen …

Aller Augen waren jetzt auf ihn gerichtet, aber ihre Feindseligkeit war weniger beunruhigend als der eine, einzige kurze Blick des Wolfs.

Er fühlte, wie sich die Frage in ihm aufbaute, und merkte einen Augenblick später, dass er den Mund aufmachte, um sie auszusprechen:

»Warum ein Supermarkt? Warum nicht das Rathaus? Oder das Polizeigebäude oder so etwas?«

»*Halt's Maul!*«, *brülle Ivan.*

»Es ist eine Atombombe«, sagte Joe und warf Ivan einen herausfordernden Blick zu.

Das Licht im Zimmer blitzte auf den Zähnen des Wolfs auf.

»Klatschmaul!«, bellte Ivan. »Jawohl«, fügte er hinzu und blickte in Rogers entsetztes Gesicht. »Eine Atombombe. Die Bombe des Volkes! Warum nicht? Wir haben das Plutonium gestohlen, und wir wissen, wie man sie zusammensetzt. Wenn die Schweine uns nicht folgen und tun, was wir ihnen sagen, dann – Rumpps! Dann wird die ganze Stadt in die Luft fliegen!«

Die Fessel zerreißt, und der Wolf wird frei...

»Roger ist kein Bulle!«, schnaubte Joe. »Ich hab's euch gesagt! Er steht auf unserer Seite. Er ist der Bewegung ergeben!«

»Ist er das?«, fragte Ivan sehr ruhig, die Augen auf Rogers bleiches Gesicht gerichtet.

»Bin ich es?«, überlegte Roger.

»Nun passt auf!«, unterbrach Duke sie. »Was immer wir seinetwegen beschließen, wir müssen uns jetzt beeilen; und wir haben nicht genug Ausrüstung für alle!«

Ivan runzelte die Stirn und nickte dann. »In Ordnung. Du gehst in dein Zimmer zurück, Roger. Mick« – der Dicke blickte auf – »du gehst mit ihm. Tut mir Leid, Roger, aber wir können kein Risiko eingehen.«

»Natürlich«, sagte Roger und nickte.

Mick entsicherte ostentativ seine Pistole.

In seinem Zimmer ließ Roger sich auf dem Fußboden nieder und blickte fest auf die Wand. Mick spazierte eine Zeit lang herum, blätterte neugierig in den Büchern und warf sich schließlich auf die Matratze, ohne Roger aus den Augen zu lassen.

Sie redeten nicht.

Im Park spielen Kinder, dachte Roger. Und überall um sie herum laufen Tausende von eiligen, ahnungslosen Menschen, unbewaffnet, harmlos und hilflos...

Er schloss die Augen und blickte in den roten Schlund des Wolfs.

Er brachte seine Furcht unter Kontrolle und atmete tief und langsam ein. Er musste die Sache durchdenken. Langsam und ruhig atmete er aus. Dies waren seine *Freunde* . . .

Der Rachen des Wolfs öffnete sich weit.

Plötzlich bewegte sich etwas, eine andere Gegenwart, wie der scharfe, freudige Pulsschlag von Posaunen im Herzen.

Der Gott kniet nieder. Er stößt seine Faust in das Maul des Wolfs. Als die magische Fessel sich zusammenzieht, schlagen die großen Fänge blindwütig über dem Handgelenk zusammen . . .

Roger *fühlte* den Schmerz des Kriegsgottes, als sich die schrecklichen Kiefer schlossen.

Seine Augen öffneten sich. Sein Geist war klar. Aus seinem Bewusstsein stieg ein Satz auf, aus welcher vergessenen Vergangenheit, hätte er nicht zu sagen gewusst: *Ruhm und Ehre dem Gott Tyr, dem Einzigen, der den Wolf fesselte!*

Er kam lautlos auf die Füße und hob das Schwert von seinem Ständer.

»He!« Mick sprang vom Bett auf. »Was willst du damit?«

»Dich töten«, antwortete Roger und steckte die Scheide ruhig in den Gürtel. Micks Augen weiteten sich, und sein Kinn fiel herab. Er hob die Pistole –

Das Schwert fuhr blitzschnell aus der Scheide, und die Pistole kam nie dazu, loszugehen.

Roger schwang das Schwert hoch und ließ es niedersausen und schüttelte das Blut so unbewegt ab, als schüttle er Regentropfen von einem Schirm. Er *konnte* jetzt die Polizei rufen, damit *sie* die Gefahr auf sich nahmen.

Stattdessen steckte er das Schwert sorgfältig wieder in die Scheide, öffnete die Tür und schritt den Gang hinunter.

Er klopfte nicht, sondern bewegte den Griff. Abgeschlossen, natürlich.

Sein Blick verschwamm, und es schien, als ob eine

riesige vernarbte Hand – *nicht seine* – sich ausstreckte und das Schloss berührte, und die Tür sprang auf.

Und dann stand er da und starrte, in einem Traum befangen.

Der Wolf war da. Seine glühenden Augen und sein grinsendes Maul füllten den Türrahmen. Es war *hier*, und es war *jetzt!*

Und durch die geifernden Fänge sah er, wenngleich wie durch einen Nebel, einen anderen Albtraum. Unheimlich ausstaffierte Gestalten, wie Astronauten aus einer fremden Welt, standen zusammengedrängt um einen olivgrünen runden Zylinder mit einem schwarz-gelben Zeichen auf der Seite, das einer giftigen dreiblättrigen Blüte glich.

Sein Verstand sagte ihm, was dieses Ding im Rachen des Wolfs sein musste – ein gepanzerter Behälter zum Transport von Plutonium –, aber dann breitete sich der Anblick des gierigen Wolfes in seinem Verstand aus und lähmte seine Sinne; die geöffneten Kiefer warteten darauf, ihn aufzunehmen...

Er hörte eine Stimme sagen: »...aber sie war *abgeschlossen,* verdammt nochmal!« und sah, wie ihn die verschwommenen, fremdartigen Gestalten anstarrten.

Er trat mitten hinein in den schleimigen Rachen und sprach in das plötzlich aufglühende Licht ein einziges Wort:

»Nein!«

Die unheimlich ausgerüsteten Gestalten liefen auseinander, ein Gewehr richtete sich auf ihn, aber der Raum war zu klein. Sein Schwert sauste nieder, und das Gewehr ging los, als der Mann fiel, und die Kugel drang tief in den Boden. Zwei andere Gewehre gingen in Stellung, aber nur eines schoss, und die Kugel pfiff harmlos über seine Schulter, als er losschlug.

Er überlegte, wer von ihnen wohl Joe gewesen sein mochte.

Dann zogen die beiden letzten sich an die Wand zurück. Einer von ihnen hielt einen Bleizylinder mit einer Zange fest, und der andere streckte die Hand aus und zog daran.

»*Geh zurück!*« Das war Ivans Stimme. »*Das Zeug ist heiß!* Komm nur einen Schritt näher, und wir nehmen es heraus. Es wird dich töten!«

Roger zuckte die Achseln und hob sein Schwert.

Das tödliche Metall fiel zu Boden, und Rogers Schwert sauste zweimal durch die verseuchte Luft. Er wischte das Blut von seinem Schwert ab und steckte es in die Scheide. In der Ferne hörte er eine Sirene und überlegte, ob wohl einer der Nachbarn wegen der Schüsse die Polizei alarmiert hatte. Wahrscheinlich war es nur ein Zufall. Er würde die Polizei selbst rufen müssen. Er mochte nicht, aber irgendjemand musste das hier aufräumen. Und er musste sie vor der Strahlung warnen.

Das Plutonium lag auf dem Boden; so unschuldig wie unsichtbar tötete es ihn. Es musste in seinen Schutzbehälter zurück. Er zuckte die Achseln und hob es auf.

Als er es berührte, sah er, wie sich der Rachen des Wolfs über seinem Handgelenk schloss.

Sie begruben ihn in einem bleigefassten Sarg, mit dem alten, radioaktiven Schwert auf seiner Brust.

Und über die Regenbogenbrücke trugen die Walküren Farin von den Einherjern – der Roger Oggs gewesen war – zurück, und mit ihnen ging Tyr, der Einhändige, der schallend lachte.

Allvater Odins einziges Auge blitzte seinem heimkehrenden Helden Anerkennung zu. Aber als die jubelnden Walküren mit Farin und dem lachenden Krieger Tyr in ihrer Mitte vorbeigezogen waren, begab sich der Kriegsvater zu Heimdall nach Bifrost und blickte mit seinem einen, alles sehenden Auge über die Welt, von wo der graue Wolf, in den Herzen aller Menschen gefangen, die Wohnungen der Götter beobachtete.

Nachwort der Herausgeberin

Einige Leute möchten Sie vielleicht glauben machen, dass eine Anthologie herauszugeben einfach darin besteht, die Geschichten zu lesen, die auf den Tisch geflattert kommen, die zu kaufen, die man mag, die abzulehnen, die man nicht mag, und schließlich das fertige Manuskript an die Druckerei zu schicken. *Et voilà!*

Und natürlich würden sie auch glauben, dass es bei einer Anthologie, die so eng begrenzt ist wie diese »Geschichten von Greyhaven-Autoren«, sogar noch einfacher sein würde: man bittet einfach jeden um seine beste unveröffentlichte Geschichte, schreibt ein paar witzige kleine Anekdoten über den jeweiligen Verfasser, der dem Herausgeber ja so gut bekannt ist; und fertig ist die Sache!

Wenn ich jemals irgendwelche Vorstellungen dieser Art hatte, so verflüchtigten sie sich in dem Augenblick, als ich den ersten Stapel von Geschichten vor mir liegen hatte, die alle von Leuten geschrieben waren, die irgendwie mit Greyhaven zu tun hatten. Ich hätte zum Beispiel diese Anthologie mit sieben oder acht Novellen von dreißig bis vierzig Druckseiten überladen können. Ich hätte eine Anthologie zusammenstellen können, die so zu grimmigen, grotesken und schrecklichen Geschichten tendiert hätte, dass der Leser glauben müsste, Greyhaven stünde irgendwo in einem Vorort einer Spukstadt wie Arkham oder Innsmouth. Oder die Anthologie hätte sich zu einer Art Ausgabe der alten *Weird Tales* aus den dreißiger Jahren entwickeln können, sodass sich der Leser uns als eine Art Monsterfamilie hätte vorstellen können, mit einem Werwolf zur Linken, einem Vampir zur Rechten, während Ratten und Ghule am Gemäuer kratzten, durch das wie das Gerassel alter Knochen das Klappern unserer Schreibmaschinen drang.

Stattdessen bemühte ich mich um einen Ausgleich. Ich nörgelte und quengelte und warf den Greyhaven-Leuten Geschichten vor die Füße, bis ich nicht nur Geschichten hatte, bei denen es einem kalt den Rücken herunterlief, sondern auch ein paar, die einen zum Lachen kitzelten. Für jeden Horrorschauder wollte ich zumindest ein Schmunzeln, wenn nicht gar ein Kichern haben. Und während es eine schwere Versuchung war, sich im keltischen Zwielicht zu ergehen (wir sind alle der ernsthaften mythologischen Fantasy verfallen, und die meisten unserer Liedertafeln, wie hier beschrieben, zeigen eine irisch geprägte Melancholie in den Geschichten, Liedern und Gedichten, die wir singen und erzählen), tat ich mein Bestes, Fantasy mit Science-Fiction, Magie mit rationalem Denken, Leid mit Lachen und nicht zuletzt längere mit ganz kurzen Erzählungen auszugleichen. Nur drei Geschichten hatte ich bereits definitiv für diesen Band ausgewählt, als ich den Vertrag unterzeichnete – Dianas »Brüder des Windes«, Pauls »Die Hand Tyrs« und Serpents »Der Sohn des Holzschnitzers« –, und ich musste um jede Einzelne von ihnen kämpfen, weil jeder der Autoren eine andere Geschichte geschrieben hatte, von der er oder sein Agent dachte, dass sie besser sei, und die länger war. Alles Weitere war das Ergebnis von Abtauschen und Argumenten und einem Versuch, die Wirkung auf den Leser auszugleichen. (»Nein, nein, Tracy, ich kann nur *eine* keltische Fantasy-Geschichte nehmen . . .«)

Ganz zu schweigen davon, dass meine Familie mir gegenüber viel mehr Einwände vorbringt, als sie es bei anderen Herausgebern machen würde. Ich musste meine Entscheidung bei jeder Geschichte, die ich auswählte, rechtfertigen . . . ganz zu schweigen von denen, die ich ablehnte! Zweifellos werden sie mir eines Tages für die Geschichten, die ich abgedruckt habe, vergeben – und vielleicht eines sehr, sehr fernen Tages auch für die, die ich nicht genommen habe.

Ich möchte im Nachhinein auch denjenigen Angehörigen von Greyhaven und Greenwalls danken, die mir die Arbeit dadurch leichter machten, dass sie KEINE Autoren sind: meinem Mann Walter Breen, der nur technische Sachbücher schreibt, meiner Tochter Dorothy, die mit Tanzen beschäftigt ist, und unserer lieben Tracy Blackstone, die als Agent für viele der Autoren hierin fungiert und ernsthafte Argumente dafür ins Feld führte, weshalb die eine Geschichte besser war als die andere, wobei sie es fertig brachte, ihre übliche, unumstößliche gute Laune zu bewahren, obgleich ich weiß, dass sie sehr selten mit meinen Entscheidungen übereinstimmte. Tracy scheint die glückliche Ausnahme von jeder Regel zu sein, die ich oft in diesen Seiten bestätigt fand, dass in einem Haushalt von Autoren zu leben unweigerlich zur Ansteckung führt; sie ist eine intelligente Leserin und sehr hilfreiche Kritikerin, aber behauptet steif und fest, dass sie nicht die geringsten Ambitionen hat, selbst ein Buch zu schreiben – »Nein, niemals!«

Ebenso frei von jener lästigen Ambition ist meine hilfreiche Sekretärin Linda Crowe, deren angenehmen Gesang man gleichwohl von Liedertafeln kennt, wozu sie auch ihre eigenen Stücke komponiert und vorspielt, und – bislang – der kleine Alex, der Sohn von zwei der Autoren, die in diesem Band vertreten sind, dessen Haupttalent einstweilen darin besteht, strapazierte Nerven zu beruhigen, indem er einfach süß knuddelig ist, wenn er von Schoß zu Schoß wandert.

Aber geben Sie ihm nur Zeit. Schließlich ist er erst vier Monate alt, und nicht einmal ich bekam den Ehrgeiz zu schreiben, ehe ich neun Jahre alt war. Und in diesem Haus der Träume kann ich mir gut vorstellen, dass er in ein paar Jahren zu mir kommen und mir sagen wird, dass er angefangen hat, einen Roman zu schreiben.

Aber für diese Anthologie sei nun der Träume Genüge.

Marion Zimmer Bradley

STEFAN BAUER • HERAUSGEBER

DAS VERMÄCHTNIS DES RINGS

Neue fantastische Geschichten
J.R.R. Tolkien zu Ehren

›Nach dem HERRN DER RINGE war die Welt der Fantasy nicht mehr dieselbe‹, hieß es auf dem Klappentext zum Vorgängerband dieser Anthologie: DIE ERBEN DES RINGS herausgegeben von Martin H. Greenberg (Bastei Lübbe Band 13 803). In jenem Band verbeugten sich anglo-amerikanische Autoren vor dem großen Erzähler. Doch nicht nur im englischsprachigen Raum hat Tolkien seine Spuren hinterlassen, auch eine junge Generation von deutschen Schriftstellern wird auf die ein oder andere Art von ihm beeinflusst. In dieser Anthologie sind neue Geschichten gesammelt, die Tolkien zu Ehren geschrieben wurden, oft mit einem Augenzwinkern, aber stets voller Respekt. Autoren sind u.a.: Helmut W. Pesch, Wolfgang Hohlbein und Kerstin Gier

ISBN 3–404–20421–2

BASTEI LÜBBE

Das Hohe Haus, Abendsee, das seine Giebeldächer zwischen den großen Hügeln erhebt, die eine Landschaft voller Efeu, Rotdorn und Brombeersträuchern überragt, mit Früchten so süß und klein wie die Fingerspitzen eines Kindes, das Hohe Haus haben normale Sterbliche nur selten gesehen. Jene, die es besuchen, gelangen nicht durch Zufall dorthin, und jene, die in ihm leben, verweilen lange in seinen dunklen Hallen; nur selten wagen sie sich auf die gewundene Straße, die zu den Siedlungen der Menschen führt. Von allen die dort leben, war nur einer dort geboren worden und aufgewachsen — der Mann mit Namen Carter Anderson. Erst in der Zeit der Not hat das Haus ihn wieder zurückgerufen. Über sein Leben und die großen Taten, die er während des Großen Krieges des Hohen Hauses vollbracht hat, berichtet *Das Graue Buch von Abendsee*, doch diese Geschichte erzählt von einer Zeit lange vor diesen Heldentaten.

ISBN 3-404-20381-X

BASTEI
LÜBBE

DAVID & LEIGH EDDINGS

Belgarath der Zauberer

Roman

Jahrhundertelang tobte der Krieg, nun ist er endlich beendet, und das Leben nimmt wieder seinen gewohnten Lauf. Es gibt nur noch einen Menschen, der von den fast vergessenen Zeiten zu erzählen weiß, als die Götter noch über die Erde wandelten. Einen Menschen, der noch weiß, wie der Dunkle Gott Torak das Auge Aldurs stahl und die Welt spaltete, wie die Menschen in einen erbarmungslosen Konflikt gezogen wurden, den Krieg der Götter. Einen einsamen, letzten Zeugen, genannt der Alte Wolf: Belgarath der Zauberer. Und er war von Beginn an Teil dieser Geschichte …

In dieser lang erwarteten Fortsetzung der berühmten Belgariad-Saga erzählen David und Leigh Eddings die Legende von Belgarath dem Zauberer: voller Spannung, geistreich, atmosphärisch dicht und mit der gewohnten Begeisterung, die sehr schnell auch den Leser packt.

ISBN 3-404-20386-0

BASTEI LÜBBE